벽

벽

1판 1쇄 발행 2005년 10월 28일
1판 9쇄 발행 2024년 11월 22일
지은이 장 폴 사르트르
옮긴이 김희영
펴낸이 이광호
펴낸곳 ㈜문학과지성사
등록번호 제1993-000098호
주소 04034 서울 마포구 잔다리로7길 18(서교동 377-20)
전화 02)338-7224
팩스 02)323-4180(편집), 02)338-7221(영업)
전자우편 moonji@moonji.com
홈페이지 www.moonji.com

ISBN 89-320-1644-5

Le Mur
Jean-Paul Sartre

Copyright ⓒ 1939 by Éditions Gallimard
Korean Translation Copyright ⓒ 2005 by Moonji Publishing Co., Ltd.
All Rights Reserved.

This Korean edition was published by arrangement with Éditions Gallimard
through Imprima Korea Agency.

이 책의 한국어판 저작권은 Imprima Korea Agency를 통해
Éditions Gallimard와 독점 계약한 ㈜문학과지성사에 있습니다.
저작권법에 의해 보호받는 저작물이므로 무단 전재 및 복제를 금합니다.

장 폴 사르트르 소설집 　벽
김희영 옮김

문학과지성사 2005

차례

벽 7
방 41
에로스트라트 85
내밀 111
어느 지도자의 유년 시절 165

옮긴이 해설—『벽』, 치열한 자기 삶의 글쓰기 276
작가연보 297

올가 코사키에비츠에게*

* 사르트르는 노르망디에 정착한 러시아 망명자의 딸인 올가 코사키에비츠 Olga Kosakiewicz를 1935년 시몬 드 보부아르의 소개로 알게 되어 이들은 이내 3인조를 형성한다. 올가는 보부아르의 『초대받은 여인』의 그자비에르, 사르트르의 『자유의 길』에 나오는 이비치라는 인물에 직·간접적으로 영향을 미쳤다. 연극배우로 활동했으며 나중에 자크 로랑 보스트와 결혼했다.

벽

누군가 우리를 커다랗고 하얀 방으로 밀어넣었다. 나는 빛 때문에 눈이 부셔 눈을 깜박거렸다. 그런 후 책상과 책상 뒤에서 서류를 보고 있는 민간인 복장의 네 녀석을 보았다. 구석에는 다른 죄수들이 모여 있었는데 우리는 그들과 합류하기 위해 방 한가운데를 지나가야 했다. 거기에는 내가 아는 사람들도 여러 명 있었고, 그중에는 외국인인 듯한 사람들도 있었다. 내 앞에 있는 두 남자는 둥근 머리통에 금발이었다. 그들은 서로 닮았는데 프랑스인 같다는 생각이 들었다. 그중 제일 나이 어린 녀석이 계속 바지를 치켜올리고 있었다. 아마도 초조한 모양이었다.

그것은 거의 세 시간이나 계속되었다. 나는 얼이 빠지고, 머리가 텅 빈 것 같았다. 그러나 방은 아주 따뜻했고, 그래서 오히려 기분이 좋았다. 24시간 전부터 계속 몸을 떨어왔기 때문이다. 간수들이 죄수들을 차례차례 책상 앞으로 끌고 갔다. 그 네 명의 녀석은 죄수들에게 이름과 직업을 물어보았다. 대개의 경우 더 이상은 묻지 않았다. 하지만 때때로 "넌 군수품 공급 사보타주에 가담했지?" 혹은 "9일 아침에 어디서 무얼 했지?"라고 질문하기도 했다. 그러나 대답

벽 9

은 듣지 않았다. 아니 적어도 그런 기색이 없었다. 그들은 잠시 침묵을 지키다가 앞을 똑바로 보면서 무엇인가 쓰기 시작했다. 그들은 톰에게 국제여단(國際旅團)[1]에서 일한 게 사실이냐고 물었다. 톰은 윗도리에서 발견된 서류 때문에 아니라고 말할 수는 없었다. 후안에게는 아무것도 묻지 않았다. 그러나 그가 이름을 말하자, 그들은 한참 동안 뭔가 적었다.

"아나키스트는 바로 내 형 호세입니다. 그가 여기 없다는 걸 잘 아시지 않습니까. 나는 어떤 당에도 가담하지 않았습니다. 정치라곤 전혀 해본 적도 없습니다"라고 후안이 말했다.

그들이 아무 대답도 하지 않았다. 후안이 다시 말했다.

"전 아무 짓도 하지 않았습니다. 다른 사람들 때문에 희생당하고 싶지 않습니다."

그의 입술이 떨렸다. 간수 하나가 그의 말문을 막고 데리고 나갔다. 내 차례였다.

"네가 파블로 이비에타인가?"

나는 그렇다고 말했다.

녀석이 서류를 보더니 말했다.

"라몬 그리스는 어디 있지?"

"모릅니다."

"그를 6일부터 19일까지 네 집에 숨겼지?"

---

[1] 1936년 일어난 스페인 내전에서 공화 정부를 위해 싸운 세계 각국의 지원병들을 가리키는 말. 프랑코 장군의 군국주의 집단의 쿠데타 기도에 맞서 스페인의 모든 진보 세력과 유럽의 진보 세력이 결집한 연대 투쟁의 역사로 기록된다.

"아닙니다."

그들은 잠시 무엇인가 적었다. 간수들이 나를 밖으로 나가게 했다. 복도에는 톰과 후안이 두 간수 사이에서 기다리고 있었다. 우리는 걷기 시작했다. 톰이 한 간수에게 물었다.

"어떻게 되는 겁니까?"

"뭐가?" 간수가 말했다.

"아까 한 것은 심문인가요, 아니면 재판인가요?"

"재판이지." 간수가 말했다.

"그렇다면 우리를 어떻게 할 작정인가요?"

간수는 냉정하게 대답했다.

"감방에 가 있으면 판결을 알려줄 거야."

사실, 우리가 감방으로 사용하는 방은 병원 지하실이었다. 그곳은 외풍이 심해서 끔찍이 추웠다. 우리는 밤새 내내 떨었으며, 낮이라 해도 나을 것이 없었다. 지난 5일 동안 나는 중세의 지하 감옥 같은 대주교관의 골방에 있었다. 죄수는 많았고 장소는 모자랐기 때문에 아무 곳에나 죄수들을 처넣었던 것이다. 그러나 내가 머물렀던 골방이 그립지는 않았다. 추위 때문에 고통받지는 않았지만 거기서는 혼자였다. 결국, 그건 짜증나는 일이었다. 그러나 여기 지하실에는 동료들이 있었다. 후안은 전혀 말이 없었다. 그는 겁이 났고 또 너무 어려 할 말이 없었기 때문이다. 그러나 톰은 수다쟁이였고, 스페인어에도 능통했다.

지하실에는 벤치 하나와 짚방석이 네 개 있었다. 간수들이 우리를 다시 그곳에 데려다 놓자, 우리는 앉아서 아무 말 없이 기다렸다. 톰이 잠시 후 말했다.

"우린 이제 끝장이야."

"나도 그렇게 생각해. 하지만 꼬마에게는 아무 짓도 안 하겠지"라고 나는 말했다.

"그들은 그에게서 흠을 잡을 수 없어. 그는 단지 열성분자의 동생일 뿐이지"라고 톰이 말했다.

나는 후안을 바라보았다. 그는 우리 얘기를 듣고 있는 것 같지 않았다. 톰이 다시 말을 이었다.

"자네는 사라고사에서 그들이 한 짓을 아나? 길바닥에 사람들을 쓰러뜨리고, 그 위로 트럭을 지나가게 했다는 거야. 어떤 모로코 탈영병이 말하더군. 탄약을 절약하기 위해서였다고 그들이 말하더라나."

"휘발유 절약은 안 되는데." 내가 말했다.

나는 톰에 대해 좀 화가 났다. 그런 말은 하지 말았어야 할 텐데.

"도로 위를 왔다 갔다 하면서 감시하는 장교들이 있었다나. 손은 주머니에 찌른 채 담배를 피우면서 말이야. 그들이 단번에 끝장낸다고 생각하나? 천만에! 그들은 사람들이 소리 지르도록 내버려둔다네. 때로는 한 시간씩이나. 그 모로코 탈영병의 말로는, 자기도 처음에는 도힐 뻔했다는 거야."

"여기서야 그런 짓은 하지 않겠지. 적어도 탄약이 모자라지 않는 한은 말이야."

네 개의 채광 환기창과 왼쪽 천장에 하늘을 향해 뚫어놓은 둥근 구멍을 통해 빛이 들어오고 있었다. 바로 이 구멍을 통해— 보통 때는 뚜껑으로 닫혀 있는— 지하실에 석탄을 쏟아넣는 것이다. 구멍 바로 밑에는 탄가루 더미가 잔뜩 쌓여 있었다. 병원 난방용이었으나, 전쟁이 일어나 환자들을 내쫓아버렸기 때문에, 석탄은 저기 사용되지 않은 채 놓여 있었다. 이따금 사람들이 뚜껑을 닫는 것을 잊어버려 비까지 들이치는 지경이었다.

톰이 몸을 떨기 시작했다.

"빌어먹을! 몸이 떨리는군. 다시 시작하는 모양이군." 그가 말했다.

그는 일어서서 체조를 하기 시작했다. 몸을 움직일 때마다, 셔츠가 벌어져서 털투성이의 허연 가슴이 보였다. 그는 반듯이 드러누워, 다리를 공중으로 치켜올려 벌렸다 오므렸다 했다. 나는 그의 커다란 엉덩이가 흔들리는 것을 보았다. 톰은 건장했지만 살이 너무 쪘다. 머지않아 버터 덩어리처럼 부드러운 이 살덩어리 속으로 총탄이나 총검의 끝이 박힐 것이라고 생각했다. 그가 말랐더라면 그런 느낌은 주지 않았을 것이다.

정확히 말해서 나는 춥지 않았다. 그러나 더 이상 어깨와 팔의 감각이 없었다. 이따금 나는 내게 뭔가 부족하다는 느낌을 받았다. 그래서 재킷을 찾으려고 주위를 두리번거렸다. 그러자 문득 녀석들이 재킷을 돌려주지 않은 것이 생각났다. 그건 더 참을 수 없는 일이었다. 병사들에게 주려고 우리 옷을 빼앗아간 것이다. 우리에게 셔츠와, 입원 환자가 한여름에 입는 마 바지만 남겨놓고. 잠시 후, 톰이 다시 일어나 헐떡거리며 내 곁에 앉았다.

"몸을 좀 녹였나?"

"제기랄, 아냐. 숨만 가쁘지."

저녁 8시경에 소령이 두 명의 팔랑헤 당원[2]과 함께 들어왔다. 손에는 서류 한 장을 들고 있었다. 그가 간수에게 물었다.

---

[2] 스페인 파시스트 당 팔랑헤는 프랑코 독재를 유지하기 위해 1933년에 창설되었다.

"저기 세 명의 이름이 뭐지?"

"슈타인복, 이비에타, 미르발입니다." 간수가 대답했다.

소령이 코안경을 끼고는 명단을 보았다.

"슈타인복……, 슈타인복……, 아! 여기 있군. 사형이야. 내일 아침에 총살될 거야."

그는 다시 명단을 들여다보았다.

"다른 두 명도 마찬가지야."

"그럴 리 없습니다. 전 아닙니다." 후안이 말했다.

소령이 놀란 기색으로 그를 바라보았다.

"이름이 뭐지?"

"후안 미르발입니다."

"네 이름이 여기 있는데, 사형이야."

"전 아무 짓도 안 했는데요."

소령은 어깨를 으쓱하더니 톰과 내 쪽으로 몸을 돌렸다.

"너희들은 바스크 태생이지?"

"바스크 사람은 하나도 없습니다."

그는 짜증이 난 모양이었다.

"세 명의 바스크인이 있다고 들었는데. 그놈들을 쫓아다니느라고 시간을 낭비할 수야 없지. 물론, 너희들은 신부를 원치 않겠지?"

우리는 대답조차 하지 않았다. 그가 말했다.

"곧 벨기에 의사가 올 거야. 그는 너희들과 함께 밤을 보내도록 허가받았어."

그는 군대식으로 인사를 하고는 나가버렸다.

"내가 자네에게 뭐라고 했나. 꼴좋게 됐군." 톰이 말했다.

"그래, 하지만 꼬마에게는 너무했는데."

나는 공평하게 하려고 그렇게 말했지만, 꼬마는 좋아하지 않았다. 꼬마의 얼굴은 지나치게 섬세한데다 공포와 고통이 그의 얼굴을 온통 일그러지게 했다. 사흘 전만 해도 그는 허약한 체구의 어린애여서 사람들의 마음에 들 만했다. 그러나 지금은 늙은 남색가와도 같았다. 설령 그를 놓아준다 해도 그는 결코 다시 젊어질 수 없을 것이다. 그에 대해 약간의 동정심을 품는다고 해서 나쁘지야 않겠지만, 난 본래 동정심이라면 딱 질색이고, 또 그 아이는 날 소름 끼치게 했다.

꼬마는 더 이상 아무 말도 하지 않았지만 거의 잿빛이 되었다. 얼굴도 손도 잿빛이었다. 그는 다시 앉아, 동그란 눈으로 땅바닥을 쳐다보고 있었다. 톰은 마음이 착한지라, 꼬마의 팔을 잡아주려고 했으나 꼬마는 얼굴을 찌푸리며 거칠게 뿌리쳤다.

"가만 놔두게, 막 울음을 터뜨리려고 하는 판인데"라고 나는 낮은 목소리로 말했다.

톰은 마지못해 내 말대로 했다. 그는 꼬마를 위로해주고 싶었던 모양이다. 그러면 그 일에 정신이 팔려 자신에 대해 생각하지 않아도 되기 때문이다. 그러나 그것이 내 비위를 거슬렀다. 나는 지금까지 한 번도 죽음에 대해 생각해보지 않았다. 그럴 기회가 없었기 때문이다. 하지만 지금이 바로 그 기회이며, 죽음에 대해 생각하는 것 이외에는 달리 할 일도 없었다.

톰이 말하기 시작했다.

"자네는 사람을 죽여본 적이 있나?" 그가 내게 물었다.

나는 대답하지 않았다. 그는 8월 초부터 여섯 명을 죽였다고 내게 설명하기 시작했다. 그는 지금 자기가 어떤 처지에 놓여 있는지를 알지 못하는 것 같았다. 아니 알기를 *원치* 않는 것이 분명했다. 나 역시 완전히 이해하고 있지 못했다. 정말로 고통이 심할까 하고 중얼거려보기도 하고, 총탄을 생각하고, 내 몸을 관통하는 그 빗발치는 총탄을 생각해보기도 했다. 그러나 이 모든 것은 진짜 문제가 아니었다. 하지만 나는 평온했다. 밤새 이해할 시간이 있으니. 잠시 후 톰이 말을 멈췄다. 나는 힐끗 그를 쳐다보았다. 그 역시 잿빛이 되어 있었고, 비참한 모습이었다. 나는 중얼거렸다. "드디어 시작이로군." 거의 밤이 되었다. 희미한 불빛이 환기창과 석탄 더미를 통해 새어들어, 하늘 아래 커다란 얼룩을 만들었다. 천장에 난 구멍을 통해 나는 벌써 별을 보았다. 밤은 맑고 차디차겠지.

문이 열리고 두 명의 간수가 들어왔다. 그 뒤를 벨기에 유니폼을 입은 금발의 남자가 따라왔다. 그는 우리에게 인사했다.

"전 의사입니다. 이렇게 고통스러운 상황에 놓여 있는 당신들을 도와드릴 허가를 받았습니다."

그는 품위 있고 듣기 좋은 목소리를 가지고 있었다. 나는 그에게 말했다.

"당신 뭘 하러 어기 왔소?"

"여러분 뜻대로죠. 이 몇 시간이 여러분에게 조금이라도 덜 부담이 되도록 최선을 다하겠습니다."

"왜 우리에게로 오셨소? 다른 사람들도 있을 텐데. 병원은 사람들로 만원이 아니오?"

"이리로 보내더군요." 그는 막연하게 대답했다.

"아! 담배를 피우고 싶겠군요. 그렇죠?" 그는 급히 덧붙여 말했다. "저는 담배와 시가도 가지고 있답니다."

그는 우리에게 영국제 담배와 스페인제 시가를 권했다. 하지만 우리는 거절했다. 나는 그를 똑바로 쏘아보았다. 그는 당황하는 기색이었다. 나는 그에게 말했다.

"동정심으로 여기 온 것은 아니겠지요. 게다가 난 당신을 알고 있소. 내가 잡히던 날, 당신이 병사(兵舍) 마당에 파시스트들과 함께 있는 걸 보았소."

나는 말을 계속하려 했다. 그러나 갑자기 나를 놀라게 하는 일이 일어났다. 이 의사의 존재에 대해 갑자기 관심이 없어진 것이다. 평소에는 한 사람을 공격하면, 결코 그를 놓치는 법이 없었는데. 그러나 이젠 말하고 싶은 욕망조차도 사라졌다. 나는 어깨를 으쓱하고 시선을 돌렸다. 잠시 후 고개를 돌려보니, 그가 호기심에 찬 시선으로 나를 관찰하고 있었다. 간수들은 짚방석 위에 앉아 있었다. 키가 크고 야윈 페드로가 무료하게 시간을 보내고 있었고, 또 다른 간수는 이따금씩 잠을 쫓기 위해 머리를 흔들었다.

"불을 켤까요?" 갑자기 페드로가 의사에게 물었다.

의사는 고개를 끄덕였다. 바보가 아닌가 하는 생각이 들었지만 그리 나쁜 사람 같지는 않아 보였다. 그의 파랗고 싸늘한, 그 커다란 눈을 보고 있노라니 무엇보다도 상상력의 부족으로 죄를 짓는 것 같았다. 페드로는 밖으로 나가 석유등을 들고 돌아와 그것을 벤치 구석에 놓았다. 불빛은 희미했으나 없는 것보다는 나았다. 전날 밤에는 우리를 암흑 속에 내버려두었다. 나는 한참 동안 석유등이 천장에다 그리는 둥그런 빛을 바라보았다. 나는 매혹되었다. 그러다 갑자기 깨어났고, 둥그런 빛도 사라졌다. 엄청난 무게에 짓눌리는 느낌이었다. 그것은 죽음에 대한 생각도 두려움도 아니었다. 그것은 익명의 그 무엇이었다. 나는 광대뼈가 쓰라렸고 머리통도 아팠다.

나는 몸을 흔들고, 두 동료를 바라보았다. 톰은 손으로 얼굴을 감싸고 있어 살찌고 허연 그의 목덜미밖에는 보이지 않았다. 꼬마 후안은 최악의 상태였다. 입은 벌어져 있고 콧구멍은 떨리고 있었다. 의사는 그에게로 다가가 위로하려는 듯 어깨에 손을 올려놓았다. 그러나 그의 눈은 여전히 싸늘했다. 나는 벨기에 녀석의 손이 슬그머니 후안의 팔을 따라 손목까지 내려가는 것을 보았다. 후안은 무관심하게 하는 대로 내버려두었다. 벨기에 녀석은 방심한 표정으로 세 손가락 사이에 후안의 손목을 잡았다. 동시에 약간 물러서서 내게 등을 돌리기 위해 자세를 고쳤다. 하지만 나는 몸을 약간 뒤로 젖혀, 그가 꼬마의 손목을 놓지 않은 채 시계를 꺼내 한순간 들여다보는 것을 보았다. 잠시 후 그는 무기력한 꼬마의 손을 떨어뜨리고 벽에 가 몸을 기댔다. 그러고 나서 마치 무엇인지 금방 적지 않으면 안 될 중요한 일이라도 갑자기 생각난 것처럼, 주머니에서 수첩을 꺼내 몇 줄 적어넣었다. '더러운 자식, 어디 내 맥박을 재러 오기만 해봐라. 더러운 주둥이를 주먹으로 처박아버리고 말 테니'라고 나는 화를 내며 생각했다.

그는 오지 않았다. 하지만 나를 쳐다보고 있다는 것을 느꼈다. 나는 고개를 들고 그를 마주 쏘아보았다. 그는 무덤덤한 목소리로 말했다.

"여기 있으면 몸이 떨리지 않습니까?"

그는 추워 보였고, 얼굴은 보랏빛이었다.

"춥지 않소." 나는 대답했다.

그는 냉랭한 눈빛으로 계속해서 날 쳐다보았다. 갑자기 나는 알아차렸다. 얼굴에 손을 갖다 대었다. 땀에 흠뻑 젖어 있었다. 한겨울에, 바람이 이렇게 불어대는 지하실에서 땀을 흘리고 있었던 것이다. 머리카락 속으로 손을 넣어보니 역시 땀에 젖어 있었다. 동시에 셔츠도 흠뻑 젖어 살갗에 달라붙어 있었다. 적어도 한 시간 전부터 땀을 뻘뻘 흘렸으면서도 아무것도 느끼지 못한 것이다. 그러나 이 사실을 저 돼지 같은 벨기에 녀석이 놓칠 리가 없었다. 그는 내 뺨에 땀방울이 흐르는 걸 보고 거의 병리학적인 공포의 표시라고 생각했을 것이다. 그래서 자신은 정상적이라고 느끼며 추위를 느낀 자신에 대해 자랑스러워했을 것이다. 나는 일어나서 의사의 얼굴을 까부수고 싶었다. 하지만 몸을 움직이려 하자마자 어느새 수치심과 분노가 사라져버렸다. 나는 무심코 벤치에 다시 주저앉았다.

나는 손수건으로 목을 닦는 데 만족했다. 이제는 머리에서 목덜미로 땀이 흐르는 것을 느낄 수 있었고, 그것은 불쾌한 느낌이었다. 게다가 곧 땀 닦는 것도 그만두었다. 부질없는 짓이었기 때문이다. 이미 내 손수건은 쥐어짤 정도로 젖어 있었지만, 나는 여전히 땀을 흘렸다. 엉덩이에도 땀이 흘러 젖은 바지가 의자에 착 달라붙었다.

꼬마 후안이 갑자기 말했다.

"당신은 의사인가요?"

"그렇소." 벨기에인이 말했다.

"고통이……, 오래 지속됩니까?"

"아! 언제요……? 그렇지 않아요. 금방 끝나요." 벨기에인은 정에 넘치는 어조로 말했다.

그는 마치 유료 환자를 안심시키는 듯한 태도였다.

"그러나 제가 얘기 듣기로는…… 흔히 두 번 쏘아야 한다고 하던

벽 19

데요."

"이따금 그렇죠." 벨기에인은 고개를 끄덕이며 말했다. "첫번째 사격이 어떤 급소에도 맞지 않을 수 있으니까요."

"그러면 다시 총을 장전하여 한 번 더 쏘는 건가요?"

그는 잠시 생각하더니 쉰 목소리로 덧붙였다.

"시간이 걸리겠군요!"

그는 고통에 대해 굉장히 겁을 먹고 있었으며, 오로지 그것만을 생각했다. 그 나이에 걸맞은 것이었다. 나는 더 이상 고통을 생각하지 않았다. 내가 땀을 흘리는 것은 고통에 대한 두려움 때문만은 아니었다.

나는 일어서서 석탄 더미 쪽으로 걸어갔다. 톰이 펄쩍 뛰더니 증오에 찬 시선으로 나를 쳐다보았다. 내 구두의 삐걱거리는 소리가 그의 신경을 거슬리게 했기 때문이다. 내 얼굴도 역시 그처럼 흙빛일까 하고 생각해보았다. 그 또한 땀을 흘리고 있는 것을 보았다. 하늘은 무척이나 아름다웠다. 어떤 빛도 이 어두운 구석에는 흘러들어오지 않았다. 나는 고개만 쳐들면 북두칠성을 볼 수 있었다. 그러나 그것은 더 이상 예전과 같지 않았다. 그저께 대주교관의 골방에서는 하늘이 많이 보였고, 시간마다 다른 추억이 떠올랐다. 하늘이 짙푸르고 산뜻해 보이는 아침에는 대서양 연안의 모래사장을 생각했고, 정오의 태양을 바라보고는 소금에 절인 멸치와 올리브를 먹으며 만자닐라³를 마시던 세비야의 술집을 회상했다. 오후의 그늘 속에서는, 한쪽은 태양에 반짝이는데 다른 한쪽은 짙은 그늘이 드리워 있

---

3 약간 쓰고 향기가 나는 스페인 술.

던 투우장의 그늘을 생각했다. 이렇듯 모든 대지가 하늘에서 반사되는 것을 보는 일은 정말로 괴로웠다. 그러나 지금은 내가 원하는 대로 하늘을 쳐다볼 수 있지만, 그것은 더 이상 아무것도 떠오르게 하지 않았다. 어쩌면 이편이 더 나을지도 몰랐다. 나는 돌아와 톰 곁에 앉았다. 긴 시간이 흘렀다.

톰이 나지막이 말하기 시작했다. 그는 항상 말을 해야 했다. 그렇지 않으면 생각의 갈피를 잡을 수 없었던 모양이다. 그는 내게 말하는 것 같았지만, 나를 보지는 않았다. 아마도 잿빛 얼굴을 하고 땀을 흘리고 있는 나를 보기가 두려웠나 보다. 우리는 닮은꼴이었으며, 서로를 쳐다보는 게 거울을 쳐다보는 것 이상으로 지긋지긋했다. 그는 살아 있는 사람인 벨기에 녀석을 쳐다보았다.

"자네는 이해하겠나? 난 모르겠어." 그가 말했다.

나 역시 나지막이 말하기 시작했다. 나는 벨기에 녀석을 쳐다보았다.

"뭘 말이야, 무슨 일인데?"

"내가 이해할 수 없는 일이 우리에게 닥쳐오고 있다는 걸."

톰의 주변에서 이상한 냄새가 났다. 나는 평상시보다 더 냄새에 민감해진 것 같았다. 나는 빈정거리듯 말했다.

"곧 알게 될 걸세."

"아무래도 분명치 않아." 그는 집요하게 말했다. "용기라도 내고 싶지만, 적어도 알기라도 해야지……. 그래! 우릴 마당으로 끌고 갈 걸세. 그 녀석들은 우리 앞에 나란히 서겠지. 몇 놈이나 될까?"

"모르겠는데, 다섯 아니면 여덟. 그 이상은 아닐 거야."

"그래, 여덟이라고 해두지. 누군가 '거총' 하고 외치겠지. 그러면 나는 여덟 개의 총이 나를 겨누고 있는 것을 보게 될 거야. 난 벽 속으로 들어가고 싶다고 생각할 테고, 온 힘을 다하여 등으로 벽을 밀겠지. 그러면 벽은 악몽에서처럼 꼼짝하지 않겠지. 나는 이 모든 것을 상상할 수 있다네. 아! 내가 그것을 얼마나 생생하게 상상할 수 있는지 자네가 안다면."

"그만 해, 나도 상상할 수 있어." 나는 그에게 말했다.

"무지무지하게 아플 거야. 그들이 얼굴을 일그러뜨리게 하려고 일부러 눈과 입을 겨냥하는 걸 아나" 하고 그는 심술궂게 덧붙였다. "난 벌써 아픔이 느껴지는 것 같네. 한 시간 전부터 머리와 목에 통증을 느끼는데, 진짜 통증이 아니니 더 고약하지. 내일 아침에나 느낄 통증인데 말이야. 그러나 그 다음엔 어떻게 될까?"

나는 그가 무슨 말을 하려는지 잘 알았다. 하지만 그런 기색을 보이고 싶지 않았다. 통증이라면 나 또한 온몸에 무수한 작은 칼자국처럼 가지고 있었다. 나는 거기에 익숙해질 수 없었다. 그러나 나 또한 톰과 마찬가지로 그것을 별로 중요하게 여기지 않았다.

"그 다음엔," 나는 무뚝뚝하게 말했다. "죽고 말겠지."

그는 혼자서 중얼거리기 시작했다. 그는 줄곧 벨기에 녀석을 쏘아보았다. 벨기에 녀석은 그의 말을 듣는 것 같지 않았다. 나는 그 녀석이 뭘 하러 왔는지 잘 알고 있었다. 그는 우리가 생각하는 것에는 관심이 없었다. 그는 우리 몸을, 살아 있는 채 죽어가는 몸을 보러 왔던 것이다.

"마치 악몽 같아"라고 톰이 말했다. "뭔가를 생각해보려고 하면 이젠 됐다, 이젠 알겠다! 하는 느낌이 들다가도, 다음 순간에는 그만 빠져나가고 사라져버린단 말이야. 그 다음엔 아무것도 없을 거라고 생각해보지만, 그것이 뭘 의미하는지는 전혀 모르겠거든. 거의 알

것 같다가도…… 뭔지 모르게 되고, 다시 통증이나 총탄, 포성을 생각하게 된다네. 맹세컨대 난 유물론자야. 난 미치지 않았어. 하지만 뭔가 알지 못할 게 있어. 물론 내 시체는 보이지. 그건 어려운 일이 아니야. 그러나 시체를 보는 것은 바로 *나*고, *내* 눈으로 본단 말이야. 그런데 내가 더 이상 아무것도 보지 못하고, 더 이상 아무것도 듣지 못하는데, 여전히 세상은 다른 사람들을 위해 계속될 것이라고 생각해야 하니. 우린 그런 생각에는 맞지 않은 사람인가 봐. 파블로, 이건 정말일세. 무엇인가를 기다리며 밤을 꼬박 새워본 적이 있었다네. 그러나 이번은 달라. 등 뒤에서 기습해오는 일이라, 파블로, 우린 거기에 어떻게도 대처할 수 없어."

"입 닥쳐. 고해 신부라도 불러 올까?"라고 내가 말했다.

그는 대답하지 않았다. 나는 그가 예언자인 척하며 억양 없는 목소리로 나를 파블로라고 부르는 경향이 있다는 것을 이미 알고 있었다. 나는 그것을 별로 좋아하지 않았다. 하지만 아일랜드 사람들은 모두 그런 모양이었다. 나는 그에게서 오줌 냄새가 나는 것을 어렴풋이 느꼈다. 실상 나는 톰에 대해 별로 호의를 갖고 있지 않았고, 우리가 같이 죽는다는 것을 구실로 왜 내가 그에게 좀더 호의를 가져야 하는지를 알지 못했다. 다른 사람하고라면 사정이 달랐을 것이다. 가령 라몬 그리스라면. 하지만 톰과 후안 사이에서 나는 혼자라고 느꼈다. 하기야 이편이 더 나을지도 몰랐다. 라몬과 함께 있었다면 아마도 마음이 약해졌을 것이다. 그러나 지금 이 순간 나는 무척이나 강하고, 또 이렇게 강한 채로 남고 싶었다.

톰은 여전히 뭔가 중얼거렸다. 확실히 그는 생각하지 않으려고 말을 하고 있는 것이다. 그에게서 전립선염에 걸린 늙은이처럼 코를 찌르는 듯한 오줌 냄새가 났다. 물론 나도 그와 같은 생각이었다. 그가 말한 것은 모두 나도 말할 수 있었으리라. 죽는다는 것은 *자연스러운* 일이 아니다. 죽음을 앞에 두고 보니 어떤 것도 더 이상 자연스럽게 보이지 않았다. 저 석탄 더미도, 벤치도, 페드로의 흉측한 낯짝도. 단지 톰과 같은 것을 생각한다는 게 불쾌했을 뿐이다. 그리고 밤새도록 거의 동시에 틀려도——5분이나 틀릴까—— 우린 같은 것을 생각하고, 땀을 흘리며, 몸을 떨리라는 것을 나는 잘 알고 있었다. 곁눈질로 그를 쳐다보았다. 처음으로 그가 낯설게 보였다. 그의 얼굴에는 죽음이 깃들어 있었다. 나는 자존심이 상했다. 24시간 동안 나는 톰의 곁에 있으면서, 그가 말하는 것을 듣고 또 그에게 말하면서, 우리 둘 사이에는 아무런 공통점도 없다고 생각해왔다. 그런데 지금 우리는, 단지 함께 죽어간다는 이유만으로도 쌍둥이처럼 닮아 있는 것이다. 톰은 날 보지 않은 채 내 손을 잡았다.

"파블로, 저어…… 사람이 그냥 없어진다는 게 진짜 사실일까?"

나는 손을 빼면서 말했다.

"네 발 밑이나 봐라, 이 더러운 녀석아."

발 사이에는 물이 고여 있었고, 그의 바지에서는 물방울이 뚝뚝 떨어지고 있었다.

"이게 뭐지?" 그는 당황해서 말했다.

"바지에 오줌을 싼 거지." 내가 말했다.

"그럴 리가 없어." 그는 몹시 화를 내며 말했다. "난 오줌을 싸지 않았어, 아무 냄새도 안 나는걸."

벨기에 녀석이 다가왔다. 그는 짐짓 염려하는 척하면서 물었다.

"아프신가요?"

톰은 대답하지 않았다. 벨기에 녀석은 아무 말 없이 물웅덩이만 바라보았다.

"난 이게 뭔지 모르겠소." 톰은 거칠게 말했다. "하지만 무서운 것은 아니오. 맹세하지만 난 무섭지 않소."

벨기에 녀석은 대답하지 않았다. 톰은 일어나서, 구석으로 오줌을 누러 갔다. 그는 바지 앞단추를 잠그면서 돌아와 다시 앉고는 아무 말도 하지 않았다. 의사는 무엇인가를 메모했다.

우리 셋은 모두 의사를 바라보았다. 살아 있는 사람이었기 때문이다. 그는 산 사람의 몸짓과 산 사람의 걱정거리를 가지고 있었다. 그리고 산 사람이라면 당연히 몸을 떨어야 하는 것처럼 이 지하실에서 떨고 있었다. 그는 영양 상태가 좋고 몸이 말을 잘 들었다. 우리는 더 이상 우리의 몸을 느끼지 못했다. 어쨌든 그들과 같은 방식으로는. 나는 다리 사이로 내 바지를 만져보고 싶었지만, 감히 그럴 용기가 나지 않았다. 다리를 구부리고, 자기 근육을 마음대로 조절할 수 있으며, 내일을 생각할 수 있는 벨기에 녀석을 쳐다보았다. 우리는 피가 없는 세 명의 망령처럼 거기 있었다. 우리는 그를 바라보면서 흡혈귀처럼 그의 생명을 빨고 있었다.

마침내 그가 꼬마 후안에게로 다가갔다. 어떤 직업적인 동기에서 후안의 목덜미를 만지려는 것일까? 아니면 자비심의 충동에서 그런 것일까? 만약 자비심에서 그랬다면 그것은 하룻밤 내내 단 한 번 있는 일이었다. 그는 꼬마 후안의 머리와 목을 쓰다듬었다. 꼬마는 그에게서 눈을 떼지 않은 채 그가 하는 대로 내버려두었다. 그러다 갑자기 꼬마는 그의 손을 잡고 야릇한 표정으로 그 손을 바라보았다. 그는 벨기에 녀석의 손을 두 손으로 잡고 있었는데, 벌겋고 기름진

벽 25

손을 잡고 있는 잿빛의 두 손은 결코 보기 좋은 꼴은 아니었다. 나는 무슨 일이 일어날지 짐작이 갔다. 톰도 역시 알고 있는 듯했다. 하지만 벨기에 녀석은 아무것도 이해하지 못하고 인자하게 웃고만 있었다. 잠시 후, 꼬마는 그 벌겋고 기름진 손을 입에 갖다 대고는 물어뜯으려 했다. 벨기에 녀석은 매섭게 뿌리치고는 비틀거리면서 벽까지 물러갔다. 잠시 동안 그는 겁에 질린 채 우리를 바라보았다. 갑자기 우리가 자신과 같은 족속이 아니라는 걸 깨달았던 모양이다. 나는 웃음을 터뜨렸다. 그러자 간수 한 녀석이 벌떡 일어났다. 또 한 녀석은 자고 있었는데, 커다랗게 뜬 두 눈이 희멀겠다.

  나는 피곤하면서도 매우 흥분되어 있었다. 나는 새벽에 닥쳐올 일, 죽음에 대해 더 이상 생각하고 싶지 않았다. 그것은 아무 의미도 없는 일이었다. 단지 말이나 허공만을 만났을 뿐이다. 하지만 다른 것을 생각하려고 하면, 그 즉시 나를 향해 겨누고 있는 총대들이 보였다. 나는 스무 번이나 연달아 내가 처형되는 장면을 직접 느끼는 듯했다. 한번은 정말 처형당한다고 생각했다. 잠깐 잠이 들었던 모양이다. 그들은 나를 벽 쪽으로 끌고 갔고, 나는 발버둥을 치며 용서해 달라고 빌고 있었다. 소스라치게 놀라 잠이 깬 나는 벨기에 녀석을 바라보았다. 자면서 소리나 지르지 않았는지 걱정되었다. 하지만 그는 수염을 쓰다듬고 있었을 뿐, 아무것도 눈치 채지 못했던 모양이다. 내가 원하기만 하면 잠시 동안은 잠을 잘 수도 있을 것 같았다. 48시간 전부터 잠을 못 자 거의 탈진한 상태였다. 하지만 나는 두 시간의 삶을 잃고 싶지 않았다. 그들은 새벽에 나를 깨우러 올 것이고, 그러면 나는 졸린 모습으로 얼이 빠진 채 그들을 따라가서는 후유! 하고 소리도 못 질러볼 것이 아닌가. 그러고 싶지는 않았다. 난 짐승처럼 죽기 싫었다. 알고 싶었다. 게다가 악몽이라도 꿀까 봐 겁이 났다. 나는 일어서서 이리저리 왔다 갔다 했다. 생각을 바꿔보려고 내 지나간 삶을 생각하기 시작했다. 수많은 추억들이 뒤죽박죽으로 떠올랐다. 좋은 추억도 있었고 나쁜 추억도 있었다. 아니, 적어도 전에는 내가 그렇게 불렀었다. 얼굴들과 사건들이 있었다. 축제 기간 동안 발렌시아⁴에서 쇠뿔에 받힌 어린 투우사의 얼굴, 내 아저씨의 얼굴, 라몬 그리스의 얼굴이 떠올랐다. 사건들도 기억이 났다. 어떻게 해서 내가 1926년에 석 달 동안 실직했었으며, 어떻게 해서 굶어죽을 뻔하다 살아났는지. 그라나다의 벤치에서 밤을 새우던 일도 기억났다. 그때 나는 3일 동안 아무것도 먹지 못해 거의 미쳐 날뛰었다. 죽고 싶지 않았기 때문이다. 이런 일들을 생각하니 웃음이 나왔다. 나는 얼마나 열심히 행복과 여자와 자유를 쫓아다녔던가. 뭣 때문에? 나는 스페인을 해방시키고 싶었고, 피 이 마르갈⁵을 존경했다. 무정부주의 운동에 가담했으며 공공 집회에서 연설도 했다. 나는 마치 불멸의 존재라도 되는 듯이 모든 것을 진지하게 받아들였다.

그 순간 나는 모든 삶을 내 앞에 붙들고 있는 듯한 느낌이었다. 그러자 '이건 새빨간 거짓말이다'라는 생각이 들었다. 내 삶은 이미 끝났으므로 아무 가치도 없다. 어떻게 여자들과 산보하며 노닥거릴 수 있었는지 모르겠다. 내가 이렇게 죽을 줄 알았더라면 새끼손가락 하나 까딱하지 않았을 것이다. 내 삶은 이제 자루처럼 닫히고 밀봉된 채 내 앞에 놓여 있다. 하지만 그 안에 있는 것은 모두 미완성품이다.

---

4 스페인 지중해 연안의 항구.
5 피 이 마르갈 Pi y Margall(1824~1901): 스페인 바르셀로나 태생으로 진보적인 혁명주의자이자 아나키스트 성향의 정치인으로 1873년에 공화국의 장관을 역임했다.

벽 27

한순간 나는 내 삶을 평가해보려고 했다. 아름다운 삶이었다고 말하고 싶었다. 하지만 우리는 삶에 대해 평가할 수 없다. 그것은 초안에 불과하니까. 나는 영원을 위한 어음을 끊으면서 시간을 보냈지만, 아무것도 이해하지 못한 것이다. 이제 나는 아무 미련도 없다. 하기야 만자닐라의 맛이라든지, 여름날 카디스 근처의 작은 포구(浦口)에서의 해수욕이라든지, 미련을 가질 만한 것은 많았다. 하지만 죽음은 이 모든 환상에서 깨어나게 했다.

벨기에 녀석이 갑자기 엉뚱한 생각을 해냈다.

"여러분," 그는 우리에게 말했다. "나는 여러분을 사랑하는 분들에게 하고 싶은 말이나 남기고 싶은 물건이 있으면 책임지고 전해드리겠습니다. 군 당국의 승낙만 있다면 말입니다."

톰이 투덜거렸다.

"난 아무도 없소."

나는 아무 말도 하지 않았다. 톰은 잠시 기다리더니 의아하다는 듯 나를 쳐다보았다.

"콘차에게 전할 말이 없나?"

"없어."

나는 친근한 사이인 척하는 그의 이런 태도가 싫었다. 내 잘못이었다. 나는 어젯밤에 콘차에 대해 얘기했다. 참았어야 했는데. 나는 1년 전부터 그녀와 함께 살았다. 어젯밤만 해도 그녀를 단 5분만이라도 볼 수 있다면 도끼로 팔이라도 잘랐을 것이다. 바로 그런 이유로 그녀에 대해 얘기했고, 그것은 나로서도 어쩔 수 없는 일이었다. 그러나 지금은 보고 싶은 생각도 없거니와 할 말도 없었다. 껴안고 싶은 마음조차 없었다. 잿빛으로 변하여 땀을 흘리는 내 몸이 끔찍했다. 그녀의 몸에 대해서도 그러지 말라는 법이 없었다. 내가 죽었다는 소식을 들으면 그녀는 울 것이다. 몇 달 동안 그녀는 살맛을 잃겠지. 하지만 어쨌든 죽어야 할 사람은 나다. 그녀의 애정 어린, 아름다운 눈이 생각났다. 그녀가 나를 바라볼 때면, 무엇인가가 그녀에게서 내게로 스며드는 것이 있었다. 그러나 이젠 끝이 났다고 생각했다. 그녀가 *지금* 나를 본다 해도 그녀의 시선은 단지 그녀의 눈에 머문 채, 나에게까지 오지 않을 것이다. 나는 혼자였다.

톰도 혼자였지만 나와 같은 방식은 아니었다. 그는 의자에 걸터앉아 미소를 머금은 채 의자를 바라보더니, 놀란 표정을 지었다. 그는 손을 뻗어 조심스럽게 나무를 만졌다. 마치 무엇인가가 부서질까 봐 두렵다는 듯이. 그러고는 손을 재빨리 떼더니 몸을 부르르 떨었다. 만약 내가 톰이라면 의자에 손을 대는 따위의 장난은 하지 않았을 것이다. 그것 또한 아일랜드인의 코미디였다. 하지만 내게도 물건들이 이상한 모양을 취하는 것이 느껴졌다. 그것들은 평상시보다 더 희미했고 더 눈에 띄지 않았다. 내가 죽어간다는 것을 느끼기 위해서는 벤치나 등잔, 석탄 더미를 보는 것만으로도 충분했다. 물론 죽음에 대해 명확하게 생각할 수는 없지만 나는 도처에서, 사물들 위에서, 사물이 뒤로 물러나 거리감을 두고 은근히 서 있는 모습에서—마치 죽어가는 사람의 머리맡에서 나지막하게 말하는 사람들처럼—죽음을 보았다. 톰이 벤치에서 이제 막 만져본 것은 바로 그 *자신*의 죽음이었다.

지금의 내 상태에서는 만약에 누군가가 와서 조용히 집에 돌아갈 수 있으며, 내 목숨이 무사하게 되었다고 말한다 하더라도, 나는 아무것도 느끼지 못했을 것이다. 영원히 살 수 있다는 환상을 잃은 이상 몇 시간 기다리나 몇 년을 기다리나 다 마찬가지다. 이제는 아무 것에도 애착이 없다. 어떤 의미에서는 평온하기조차 하다. 하나 그 것은 끔찍한 평온이었다. 내 몸 때문이었다. 나는 내 몸을 그 눈으로 보았고 그 귀로 들었다. 하지만 그것은 더 이상 내가 아니었다. 내 몸은 혼자서 땀을 흘리고 혼자서 떨고 있었다. 이제 나는 이 몸을 더 이상 알아보지 못했다. 나는 그 몸이 어떻게 될지를 알아보기 위해, 마치 다른 사람의 몸인 양, 그 몸을 만져보고 바라보아야만 했다. 때때로 나는 여전히 그 몸을 느끼곤 했다. 곤두박질치는 비행기에 탑승한 것처럼 미끄러지고 굴러 떨어지는 듯한 느낌이 들었다. 또는 심장이 뛰는 것도 느꼈다. 그러나 그런 것은 나를 안심시키지 못했다. 내 몸에서 오는 것은 모두 기분 나쁜, 수상쩍은 꼴을 하고 있었다. 대부분의 경우 몸은 잠자코 조용하게 있었다. 그래서 그것은 나에게 일종의 압력, 나에 반항하는 불결한 존재로만 느껴졌다. 커다란 벌레에 비끄러매어 있는 듯한 느낌이었다. 한순간 바지를 만져보니 젖어 있었다. 땀에 젖었는지 오줌에 젖었는지도 알 수 없었다. 하지만 미리 조심하려고 석탄 더미 쪽으로 오줌을 누러 갔다.

벨기에 녀석은 시계를 꺼내보고 말했다.

"3시 30분이군."

더러운 자식! 일부러 그렇게 말한 것이 틀림없었다. 톰은 펄쩍 뛰었다. 우리는 아직까지 시간이 흐르고 있다는 사실을 깨닫지 못하고 있었다. 밤은 무정형의 어두운 덩어리로 우리를 에워싸고 있어 나는 밤이 언제 시작되었는지조차도 기억할 수 없었다.

꼬마 후안이 소리 지르기 시작했다. 그는 손을 비비 꼬며 애원했다.

"난 죽고 싶지 않아요. 죽고 싶지 않아요."

그는 팔을 허공에 쳐들고 온 지하실을 뛰어다니더니 짚방석 위에 쓰러져 흐느껴 울었다. 톰은 침울한 눈으로 그를 쳐다보았으나, 위로하고 싶은 생각조차 없었다. 사실 그럴 필요도 없었다. 꼬마는 우리보다 더 요란스럽게 굴었지만, 우리보다 상처는 덜 받았다. 그는 병이 낫느라고 열이 난 환자 같았다. 오히려 열이 없을 때가 훨씬 더 위험한 것이다.

그는 울고 있었다. 자신이 가엾어진 것이라고 생각했다. 그러나 죽음을 생각하고 있는 것은 아니었다. 단 1초만이라도, 1초만이라도 나 역시 울고 싶었다. 내 자신을 가엾게 생각하며 울고 싶었다. 하지만 그와는 반대의 일이 일어났다. 나는 꼬마를 힐끗 쳐다보았다. 훌쩍거리고 있는 꼬마의 여윈 어깨를 보자 내 자신이 비인간적이라고 느껴졌다. 다른 사람은 물론 내 자신에 대해서조차도 연민의 감정이 생기지 않았다. "의연하게 죽고 싶다"라고 나는 혼잣말로 중얼거렸다.

톰이 일어서더니, 둥근 창구멍 바로 밑으로 가 날이 새는 것을 엿보고 있었다. 나는 의연하게 죽기만을 고집했고, 또 그것만을 생각했다. 하지만 의사가 시간을 알려준 순간부터는, 그 결심 아래로 시간이 질주하는 것이, 한 방울 한 방울 흘러가는 것이 느껴졌다.

내가 톰의 목소리를 들었을 때 날은 아직 어두웠다.

"녀석들 소리가 들리나?"

"응."

사람들이 마당에서 걷고 있었다.

"도대체 뭘 하러 왔을까? 캄캄한 데서 총을 쏠 수야 없을 텐데."

잠시 후, 우리는 아무 소리도 듣지 못했다. 나는 톰에게 말했다.

"날이 새는군."

벽 31

페드로는 하품을 하면서 일어나 등불을 끄러 갔다. 그는 동료에게 말했다.

"지독히 추운데."

지하실은 완연히 잿빛이었다. 멀리서 총성이 들렸다.

"시작이군." 나는 톰에게 말했다. "뒷마당에서 총을 쏘는가 본데."

톰은 의사에게 담배를 한 대 청했다. 그러나 나는 그러고 싶지 않았다. 나는 담배도 술도 원치 않았다. 그때부터 그들은 계속 총을 쏘아댔다.

"알겠나?" 하고 톰이 말했다.

그는 무슨 말인가 더 하려다가 입을 다물고 문 쪽을 바라보았다. 문이 열리더니 중위 한 명이 병사 네 명을 데리고 들어왔다. 톰은 담배를 떨어뜨렸다.

"슈타인복?"

톰은 대답하지 않았다. 페드로가 그를 가리켰다.

"후안 미르발?"

"짚방석 위에 있는 녀석입니다."

"일어서" 하고 중위가 말했다.

후안은 움직이지 않았다. 두 명의 병사가 겨드랑이 사이로 그를 잡아 일으켰다. 하지만 그들이 손을 놓자마자 후안은 또 쓰러졌다.

병사들은 머뭇거렸다.

"상태가 안 좋은 사람이 처음은 아니잖은가" 하고 중위가 말했다. "너희들 둘은 그를 데려가기만 하면 돼. 저기 가서 처리하도록 하지."

그는 톰 쪽으로 몸을 돌렸다.

"자, 나와."

톰은 두 명의 병사 사이에 끼여 나갔다. 그리고 다른 두 명의 병사가 그 뒤를 따라 꼬마의 겨드랑이와 종아리를 쳐들고 데리고 나갔다. 그는 기절하지 않았다. 눈을 크게 뜬 채 눈물이 뺨으로 줄줄 흘러내리고 있었다. 내가 나가려고 하자 중위가 저지했다.

"네가 이비에탄가?"

"네."

"여기서 기다려. 곧 부르러 올 테니."

그들은 나갔다. 벨기에 녀석과 두 명의 간수도 나갔다. 나만 혼자 남았다. 무슨 일인지 알 수 없었지만 그들이 곧 끝내주기를 바랐다. 거의 규칙적인 간격으로 사격 소리가 들렸다. 총소리가 날 때마다 나는 몸서리쳤다. 소리를 지르며 내 머리라도 쥐어뜯고 싶었다. 하지만 이를 악물고 두 손을 호주머니에 쑤셔넣었다. 의연하게 남고 싶었기 때문이다.

한 시간 후, 나를 부르러 왔다. 그리고 시가 냄새가 나는, 더위로 숨이 막힐 듯한 2층의 작은 방으로 데리고 갔다. 거기에는 두 명의 장교가 안락의자에 앉아 서류를 무릎에 놓은 채 담배를 피우고 있었다.

"네가 이비에탄가?"

"네."

"라몬 그리스는 어디 있지?"

"모릅니다."

나를 심문하던 녀석은 키가 작고 뚱뚱했다. 코안경 뒤의 두 눈이 냉혹하게 빛났다. 그는 내게 말했다.

"가까이 와."

나는 다가섰다. 그는 일어서서 내 팔을 잡고는 땅에라도 처박을

벽 33

듯 나를 노려보았다. 동시에 그는 온 힘을 다해 내 팔뚝을 꼬집었다. 아프게 하기 위해서라기보다는, 나를 위압하려는 연극이었다. 또한 내 얼굴 한복판에 썩은 입김을 내뿜는 것도 필요하다고 생각한 모양이었다. 우리는 잠시 그렇게 서 있었다. 나는 오히려 우습기만 했다. 죽어가는 사람을 겁주기 위해서는 그 정도로 어림도 없다. 그런 짓거리는 먹혀들지 않는다. 그는 나를 왈칵 떼밀고는 다시 앉았다. 그가 말했다.

"그 녀석의 목숨과 네 목숨을 교환하자는 거야. 녀석이 어디 있는지만 말해주면 널 살려주지."

채찍과 장화로 요란하게 장식한 이 두 녀석도 역시 얼마 후에는 죽을 인간이었다. 나보다 조금 늦게 죽을지는 몰라도 그리 늦게는 아니었다. 그런데 그들은 서류 속에서 이름을 찾는 데 정신이 팔려 있거나, 다른 사람들을 죽이거나 투옥시키기 위해 쫓아다녔다. 그들은 스페인의 미래나 여타의 주제에 관해 의견을 가지고 있었다. 그들의 하잘것없는 행동이 내게는 불쾌하고 우스꽝스러워 보였다. 나는 더 이상 그들의 입장과 바꿔 생각해볼 수가 없었다. 내게는 그들이 미친 것만 같았다.

키가 작고 뚱뚱한 녀석이 채찍으로 장화를 치면서 계속 나를 노려보고 있었다. 그의 모든 행동은 민첩하고 사나운 맹수 같은 티를 내려고 계산된 것이었다.

"자, 알았나?"

"그리스가 어디 있는지 모릅니다." 나는 대답했다. "마드리드에 있는 줄로만 알고 있습니다."

또 한 명의 장교가 나른하게 자신의 창백한 손을 들었다. 이 나른함 역시 계산된 것이었다. 나는 그들의 이 모든 술책을 보면서 이런 짓을 즐기는 사람들이 있다는 사실에 놀랐다.

"15분 동안 생각할 시간을 주지." 그가 천천히 말했다. "이 녀석을 세탁실로 끌고 갔다가 15분 후에 다시 데리고 와. 그래도 말을 듣지 않으면 그땐 그 자리에서 처형이야."

그들은 자신들이 무슨 짓을 하고 있는지를 잘 알고 있었다. 나는 기다림 속에서 밤을 보냈고, 그런 후 톰과 후안이 총살당하는 동안 나를 지하실에서 한 시간이나 더 기다리게 했고, 그리고 지금은 나를 세탁실에 가두어놓았다. 어젯밤부터 그런 술책을 준비했음에 틀림없었다. 끝내는 신경이 쇠약해질 것이라고 생각하고 그러면 나를 굴복시킬 수 있다고 기대했던 것이다.

그러나 그건 오산이었다. 세탁실에서 나는 힘이 다 빠진 채 받침대에 앉아 다시 생각하기 시작했다. 그러나 그들의 제안에 대해서 생각한 것은 아니다. 물론 나는 그리스가 어디 있는지 알고 있었다. 그는 시내에서 4킬로미터 떨어진 곳에 있는 사촌 집에 숨어 있었다. 그들이 날 고문하지만 않는다면(그럴 생각은 없는 모양이었다), 그가 숨은 곳을 알려주지 않으리라는 것을 나 역시 알고 있었다. 이 모든 것은 완전히 정리되고 결정된 만큼 내게는 아무 흥미도 없었다. 다만 나는 내가 왜 이렇게 처신하는지 그 이유를 알고 싶었다. 나는 그리스를 넘겨주기보다는 차라리 죽음을 택했다. 왜? 나는 더 이상 라몬 그리스를 좋아하지 않았다. 그에 대한 우정은 콘차에 대한 사랑과 함께, 삶에 대한 욕망과 함께 새벽이 되기 조금 전에 사라져버렸다. 물론 여전히 그를 존경하고 있기는 했다. 강인한 사람이었기 때문이다. 하지만 그런 이유 때문에 내가 그 대신 죽으려는 것은 아니었다. 그의 삶이 내 삶보다 더 가치가 있어서도 아니었다. 어느 누구의 삶도 가치 있는 것은 없었다. 한 녀석을 벽에 붙여 세우고 죽을 때까지 총을 쏘려고 했다. 그것이 나이건 그리스건 또 딴 녀석이건 간에 다 마찬가지였다. 그가 스페인을 위해 나보다 더 쓸모 있는 인간이라는 건 잘 알고 있었다. 하지만 내게는 스페인이건 무정부주의건 아무 상관없는 일이었다. 이제는 어떤 것도 중요하지 않았다. 그러나 나는 여기 있고, 그리스를 넘겨줌으로써 내 목숨을 구할 수 있었다. 그런데도 나는 그것을 거부했다. 이런 사실이 내게는 오히려 우스꽝스럽게 보였다. 그것은 고집에 지나지 않았다. 나는 생각했다.

'고집을 부려야만 하나!' 그러자 야릇한 즐거움이 나를 사로잡았다.

그들은 나를 데리러 왔고, 두 명의 장교 곁으로 다시 끌고 갔다. 쥐 한 마리가 발밑에서 튀어나왔다. 그것이 내게는 재미있었다. 한 팔랑헤 당원 쪽으로 몸을 돌리며 말했다.

"쥐를 보았소?"

그는 대답하지 않았다. 그는 침울한 얼굴이었고, 진지한 척했다. 나는 웃고 싶었다. 하지만 웃음을 터뜨리면, 멈출 수가 없을까 봐 참았다. 팔랑헤 당원은 수염을 기르고 있었다. 나는 다시 말했다.

"수염이나 깎아라, 이 바보 같은 녀석아."

살아 있을 때, 털로 얼굴이 덮이도록 내버려둔다는 게 우스꽝스럽게 생각되었다. 그는 그냥 해본다는 식으로 나를 발로 찼다. 나는 입을 다물었다.

"그래, 좀 생각해봤나?" 뚱뚱한 장교가 말했다.

나는 아주 희귀종의 곤충을 보듯이 호기심에 찬 시선으로 그들을 바라보았다. 그리고 말했다.

"그가 어디 있는지 알죠. 묘지에 숨어 있죠. 무덤 속이거나 아니면 무덤 파는 인부의 오두막집에 숨어 있을 겁니다."

그건 그들을 놀려주기 위해서였다. 나는 그들이 일어서서 혁대를 동여매며 재빨리 명령을 내리는 꼴을 보고 싶었던 것이다.

그들은 벌떡 일어났다.

"자, 가자. 몰레스, 로페스 중위에게 가서 15명만 보내달라고 해. 그리고 넌," 뚱뚱한 녀석이 내게 말했다. "네가 사실을 말했다면 약속을 지키지. 하지만 허튼수작을 부렸다면 단단히 각오해야 할 거야."

그들은 웅성거리며 나갔다. 나는 팔랑헤 당원의 감시를 받으며 조용히 기다렸다. 그들이 짓게 될 낯짝을 생각하니 이따금 웃음이 나왔다. 나는 멍하니 짓궂은 아이가 된 것처럼 느껴졌다. 그들이 묘석을 들어내고 무덤의 문을 하나씩 열어보는 모습을 상상해보았다. 마치 내가 딴 사람이나 된 것처럼 그 상황을 그려보는 것이었다. 영웅 행세를 하려고 고집하는 그 포로, 수염을 기른 심각한 그 팔랑헤 당원들, 그리고 무덤 사이를 뛰어다니는 제복 차림의 병사들, 그것은 웃음을 참을 수 없는 희극이었다.

약 30분 후 키가 작고 뚱뚱한 녀석이 혼자 돌아왔다. 나를 처형하라는 명령을 내리려고 왔구나, 하고 생각했다. 딴 녀석들은 아직 묘지에 남아 있었던 모양이다.

장교가 나를 보았다. 전혀 당황하는 빛이 아니었다.

"이놈을 다른 녀석들과 함께 큰 마당으로 끌고 가. 작전이 끝나면 정규 법정에서 처결하게 될 테니." 그가 말했다.

나는 그의 말을 잘못 알아들었다고 생각했다. 나는 그에게 물었다.

"그러면 전……, 총살되지 않는 겁니까?……"

"어쨌든 지금은 아냐. 그 다음은 나와 상관없는 일이고."

나는 여전히 무슨 말인지 알아들을 수가 없었다. 그에게 말했다.

"왜 그러죠?"

그는 아무 대답 없이 어깨를 으쓱했다. 병사들이 나를 끌고 갔다. 큰 마당에는 약 100명쯤의 포로들과 부녀자들, 어린애들, 그리고 몇 명의 노인들이 있었다. 나는 중앙에 있는 잔디밭 주위를 돌기 시작했다. 얼이 빠졌다. 정오가 되자 우리를 식당에서 식사하게 했다. 두서너 명이 내게 말을 걸었다. 아는 사람들이었겠지만 대답하지 않았다. 나는 내가 어디 있는지조차도 몰랐다.

저녁때쯤, 10명가량의 새로운 포로들이 마당으로 끌려왔다. 빵가게 주인인 가르시아가 눈에 띄었다. 그가 말했다.

"운 좋군! 살아 있는 자네를 다시 보리라곤 생각도 못 했는데."

"사형 선고를 받았는데, 그들이 생각을 바꾼 모양이야. 나도 왠지 모르겠어."

"난 2시에 체포됐어." 가르시아가 말했다.

"왜?"

가르시아는 정치히고는 관계가 없었다.

"나도 몰라, 놈들은 자기들처럼 생각하지 않는 사람들은 모두 체포하니까."

그는 목소리를 낮추었다.

"그들이 그리스를 붙잡았네."

나는 몸을 떨기 시작했다.

"언제?"

"오늘 아침에. 바보 같은 짓을 했어. 사촌과 말다툼을 하고는 화요일에 그 집을 나왔다네. 숨겨줄 사람이야 얼마든지 있었지만, 어느 누구의 신세도 지길 싫어했다네. '이비에타 집이라면 숨어도 좋겠지만 잡혀갔으니 묘지에나 가 숨겠네'라고 말하면서 말이야."

"묘지에?"

"그래, 바보 같은 짓이었지. 물론 그들은 오늘 아침에 거길 뒤졌지. 있을 법한 일이지. 그는 무덤 파는 인부의 오두막에서 발견됐지. 그는 그들에게 총을 쐈지만, 그들은 그를 죽여버렸다네."

"묘지에서!"

모든 것이 빙빙 돌기 시작했다. 나는 땅바닥에 주저앉았다. 얼마나 웃어댔는지 눈물이 다 났다.

방

1

다르베다 부인은 손가락으로 라아트루쿰 과자⁶를 집어들었다. 그녀는 조심스럽게 과자를 입술로 가져가더니, 과자 위에 바른 설탕가루가 자신의 숨결에 날릴까 봐 숨을 죽였다. '꼭 장미꽃 같아'라고 생각했다. 갑자기 그녀는 그 유리알같이 투명한 살덩어리를 깨물었다. 그러자 썩은 향기가 입 안을 가득 채웠다. '병이 들면 이렇게 감각이 예민해진다는 게 참 신기하기도 하지.' 그녀는 이슬람교 사원과 지나치게 비굴한 동방인들을 생각하기 시작했다(그녀는 신혼여행 때 알제에 갔었다). 그녀의 파리한 입술에 미소가 떠올랐다. 라아트루쿰 과자 역시 아첨하는 듯했다.

여러 번 그녀는 손바닥으로 책의 페이지 위를 닦아야만 했다. 조심하려고 했지만 페이지 위에는 늘 하얀 설탕가루가 얇게 덮였기 때문이다. 그녀의 손은 반들반들한 종이 위로 아주 작은 설탕 알갱이들을 미끄러뜨리며, 굴리며, 바스락거리게 했다. '아르카숑⁷'의 해변

---

6 향료를 넣은 터키 과자.
7 아르카숑 Arcachon:* 대서양 연안에 있는 유명한 해수욕장으로 사르트르의 유년 시절과 연관된 곳이다. 사르트르는 이곳에서 여러 번 바캉스를 보냈으며, 1912~1913년에는 초등학교를 다닌 적도 있다.

에서 책을 읽을 때가 생각나는구나……' 그녀는 1907년의 여름을 해변에서 보냈다. 그때 그녀는 초록색 리본이 달린 커다란 밀짚모자를 쓰고, 지프⁸나 콜레트 이베르⁹의 소설을 손에 들고, 방파제 아주 가까운 곳에 앉아 있곤 했다. 바람이 불 때마다 모래가 회오리바람처럼 그녀의 무릎 위로 빗발치듯 날아오면 그녀는 이따금 책 모서리를 잡고 뒤흔들었다. 그것은 같은 감각이었다. 단지 모래 알맹이는 매우 건조했던 반면, 이 설탕가루 알갱이는 손가락 끝에 약간 들러붙는 것이 다를 뿐이었다. 검은 바다 위로 연회색 하늘의 허리띠가 펼쳐져 있던 모습이 떠올랐다. '에브는 아직 태어나기 전이었어.' 그녀는 추억으로 몸이 무거워졌고, 마치 자신이 백단나무로 만든 보석상자처럼 소중하게 느껴졌다. 그러자 그때 자신이 읽고 있던 소설의 제목이 갑자기 떠올랐다. 『귀여운 부인』¹⁰이란 책이었는데, 그것은 그렇게 지루하지는 않았다. 그러나 이름을 알 수 없는 병이 그녀를 방 안에 갇히게 한 이후부터 다르베다 부인은 회고록이나 역사책들을 더 좋아했다. 그녀는 고통이나 진지한 독서, 또는 추억이나 가장 섬세한 감각에 대한 끊임없는 관심이 그녀를 온실 안의 아름다운 과일처럼 무르익게 해줄 것이라고 기대했다.

　남편이 곧 문을 두드릴 것이라고 생각하니 약간 신경이 날카로워졌다. 주중의 다른 날에는 남편은 저녁에만 와서 조용히 그녀의 이

---

8 지프 Gyp(1850~1932) : 마르텔 드 장빌 Martelle de Janville 백작부인의 필명으로 보수적인 성향의 글을 쓴 것으로 알려져 있다. 사르트르는 『말』에서 자신의 할머니가 이 작가의 작품을 읽었다고 회고한다.
9 콜레트 이베르 Colette Yver(1874년 태생) 앙투아네트 위자르 Antoinette Huzard의 필명으로 여성 독자를 위한 소설을 여러 권 썼으며 당시에는 상당한 인기를 누렸다고 한다.
10 『귀여운 부인 Petite Madame』: 보케르 Vaucaire가 1909년에 쓴 『귀여운 부인 La Petite Madame』이나, 폴 아케르 Paul Acker가 1906년에 쓴 소설로 추정된다.

마에 키스를 하고 그녀 맞은편에 있는 안락의자에 앉아 『르 탕』[11] 신문을 읽곤 했다. 그러나 목요일은 다르베다 씨가 노는 날이었다. 그는 보통 3시에서 4시까지 한 시간을 딸네 집에서 보냈다. 외출하기 전에 그는 우선 아내 방에 들렀다. 그러면 내외는 사위에 대해 날카로운 비판을 하곤 했다. 아주 세세한 것까지도 다 예측할 수 있는 이런 목요일의 대화에 대해 다르베다 부인은 지칠 대로 지쳤다. 그 고요한 방은 다르베다 씨의 존재로 가득 채워졌다. 그는 앉지도 않고 이리저리 왔다 갔다 하며 방을 빙빙 돌았다. 그가 흥분할 때마다, 다르베다 부인은 유리알이 깨지는 듯한 상처를 받았다. 이번 목요일은 보통 때보다 더 끔찍했다. 조금 있으면 에브가 고백한 것을 남편에게 되풀이해야 하고, 그러면 그 커다랗고 무지막지한 몸이 분노로 날뛰는 것을 봐야 한다고 생각하니, 다르베다 부인은 진땀이 흘렀다. 그녀는 찻잔 접시에서 라아트루쿰 한 개를 집어들고, 잠시 망설이며 쳐다보다가 서글픈 듯이 도로 내려놓았다. 라아트루쿰 과자를 먹는 모습을 남편에게 보이기가 싫었기 때문이다.

  그녀는 노크 소리를 듣자 소스라치게 놀랐다.

  "들어오세요" 하고 그녀는 가냘픈 소리로 말했다.

  다르베다 씨가 발끝으로 걸어 들어왔다.

  "에브를 보러 가겠소." 목요일마다 하는 똑같은 소리를 했다. 다르베다 부인은 그에게 미소를 지었다.

  "내 대신 에브에게 키스해줘요."

  다르베다 씨는 대답도 하지 않고, 걱정스럽다는 듯 이맛살을 찌푸

---

11 1940년까지 발간된 보수적 성향의 신문으로 신중하고 진지하다는 평을 받았다.

렀다. 매주 목요일마다 같은 시간이 되면 뭔가 은밀한 노여움이 식후의 무거움과 뒤섞이는 것이었다.

"에브의 집에서 오는 길에 프랑쇼를 보러 가겠소. 그가 진지하게 잘 말해서 에브를 설득해주면 좋으련만."

그는 자주 프랑쇼 박사를 방문했다. 하지만 헛수고였다. 다르베다 부인은 눈썹을 치켜올렸다. 예전에 건강이 좋았을 때는 기꺼이 어깨를 으쓱했지만, 병에 걸려 몸이 무거워진 후로는 몸을 움직이면 지칠까 봐 얼굴 표정으로 대신했다. 예라는 말은 눈짓으로 했고, 아니라는 말은 입가로 했다. 그녀는 어깨 대신 눈썹을 치켜올렸다.

"힘으로라도 그를 에브에게서 떼어놓아야 해요."

"불가능하다고 이미 말했잖소. 게다가 법은 아주 잘못 만들어졌다오. 요전에 프랑쇼도 말하더군. 가족들이 결정을 내리지 못하고 병자를 집에 두려고 해서 아주 난처한 일이 많다는 거요. 의사들도 속수무책이라더군. 그저 의견이나 말해줄 수 있을 뿐이라나. 그러니까 사위가 공공연한 스캔들을 일으키든가, 아니면 에브가 스스로 그를 감금해달라고 요청하는 수밖에."

"그런데 그건 금방 이루어질 일이 아니죠"라고 다르베다 부인이 말했다.

"그렇소."

그는 거울 쪽으로 몸을 돌리고는 수염 사이로 손가락을 넣어 만지기 시작했다. 다르베다 부인은 남편의 힘 있고 붉은 목덜미를 별 애정 없이 바라보았다.

"에브가 그런 생활을 계속한다면" 하고 다르베다 씨가 말했다. "남편보다 더 심하게 미쳐버리고 말 거요. 지금의 생활은 지독히 건강에 해롭소. 당신이나 보러 외출할 뿐, 한 발자국도 남편 곁에서 떨어지지 않고, 또 아무도 찾아오는 사람도 없으니 말이오. 방 안 공기는 문자 그대로 호흡 불가능이오. 피에르가 싫어한다고 창문도 절대로 열지 않소. 모든 것을 병자와 상의해야 한다는 듯이 말이오. 무슨 향인지 아주 고약한 것을 향로에 피우고 있었는데, 꼭 성당에 있는 기분이었소. 그래, 가끔 생각해보는데 그 애 눈까지 좀 이상해진 것 같다는 생각이 들 때가 있소."

"난 못 봤는데요." 다르베다 부인이 말했다. "아무렇지도 않던데요. 물론 좀 서글퍼 보이긴 했지만."

"죽은 사람같이 창백한 얼굴이오. 제대로 잠이나 자는지, 먹기나 하는지? 하지만 그런 것까지 물어볼 수는 없고. 내 생각으로 피에르 같은 망나니 옆에서는 밤새도록 눈도 붙여보지 못할 거요." 그는 어깨를 으쓱했다. "더 기가 막힌 것은 부모인 우리가 그 애를 보호할 권리가 없다는 사실이오. 피에르가 프랑쇼의 병원에 있다면 간호를 더 잘 받을 게 아니오. 게다가 거기엔 아주 넓은 정원도 있잖소. 그리고," 그는 미소를 지으며 덧붙였다. "그는 자기와 같은 부류의 사람들과는 잘 어울릴 거요. 그런 녀석들은 어린애들 같아서 저희들끼리 놓아두어야 하는데, 그들은 일종의 비밀결사단 같은 걸 만든다오. 처음부터 거기에 넣었어야 했는데, 물론 사위를 위해서 하는 말이오. 그러는 게 본인에게도 이로웠을 거요."

그는 잠시 후에 다시 말을 계속했다.

"난 그 애가 피에르와 단둘이 있는 게 싫소, 특히 밤에는. 무슨 일이라도 일어난다고 생각해보구려. 피에르는 아주 엉큼한 데가 있는 것처럼 보인단 말이오."

"그렇게까지 걱정할 필요가 있을까요?" 다르베다 부인이 말했다. "그전부터 쭉 그렇게 보여왔으니까요. 세상 사람들을 조롱하는 듯한 인상을 주어왔죠. 가엾은 사람." 그녀는 한숨을 쉬면서 말을 이었다. "너무 자존심을 내세우더니 결국 그렇게 되고 말았군요. 그 사람은 우리들 모두보다 자신이 훨씬 똑똑한 줄 알고 있으니 말예요. 토론을 끝내고 싶을 때는 '지당하신 말씀입니다'라고 말하는 그만의 화법이 있죠. 지금 자기가 어떤 꼴을 하고 있는지 모르는 게 천만다행이에요."

다르베다 부인은 항상 옆으로 비스듬히 기울이고 남을 조소하는 듯한 그 긴 얼굴을 생각하니 기분이 나빠졌다. 에브가 결혼한 후 처음 얼마 동안은 사위와 좀더 가까워지려는 생각밖에 없었다. 그러나 그는 그녀의 모든 노력을 수포로 돌아가게 만들었다. 그는 거의 말이 없었고, 언제나 건성으로 서둘러 모든 것에 동의했다.

다르베다 씨는 자기 생각을 계속 전개해나갔다.

"프랑쇼가 자신의 병원 시설을 방문하게 해주었소" 하고 그는 말했다. "아주 훌륭하오. 환자들은 저마다 가죽 안락의자와 침대용 긴 의자가 있는 독방에 있소. 테니스 코트도 있고, 곧 수영장도 만든다고 하오."

그는 창문 앞에 우뚝 서서 구부정한 다리로 몸을 약간 흔들면서 유리창 너머로 밖을 내다보고 있었다. 갑자기 그는 어깨를 늘어뜨리고 주머니에 손을 넣은 채 발뒤꿈치로 유연하게 빙그르르 돌았다. 다르베다 부인은 이제 자신이 땀을 흘릴 차례라고 생각했다. 항상 마찬가지였다. 이제 그는 우리에 갇힌 곰처럼 왔다 갔다 할 것이고, 한 걸음 한 걸음 걸을 때마다 구두가 삐걱거릴 것이다.

"여보, 제발 앉으세요. 당신이 절 피곤하게 해요." 그녀는 망설이더니 덧붙였다. "중요한 이야기가 있어요."

다르베다 씨는 안락의자에 앉아 손을 무릎에 놓았다. 가벼운 전율이 다르베다 부인의 척추를 흘러내려갔다. 그녀가 말해야만 하는 순간이 온 것이다.

"당신 알죠." 그녀는 헛기침을 하면서 말했다. "제가 화요일에 에브를 만난 거 말예요."

"알지."

"여러 가지에 대해 얘기했지요. 그 앤 아주 상냥했어요. 그 애가 그렇게 탁 터놓고 이야기하는 건 아주 오랜만이었어요. 그래서 좀 물어봤지요. 피에르에 관해 말하게 했죠. 그래서 알았는데" 하고 그녀는 다시 거북스러워하며 말을 덧붙였다. "그 앤 피에르에게 많이 집착하고 있어요."

"나도 그건 잘 알아." 다르베다 씨가 말했다.

그는 다르베다 부인을 약간 짜증나게 했다. 그에게는 항상 모든 것을 자세하게 정확히 설명해주어야만 했다. 다르베다 부인은 말을 반쯤만 해도 언제나 모든 것을 알아듣는 섬세하고도 예민한 사람들과 교제하며 살기를 희망했다.

"하지만 내가 말하고 싶은 것은" 하고 그녀는 계속 말을 이었다. "우리가 생각하는 것과는 *다른 방식으로* 그 애가 피에르에게 집착하고 있다는 거죠."

다르베다 씨는 노기 띤, 불안한 눈을 굴렸다. 어떤 암시나 새로운 소식의 의미를 잘 파악하지 못할 때면 늘 그랬다.

"무슨 뜻이오?"

"샤를, 절 피곤하게 하지 말아요. 어머니로서 차마 말하기 힘든 게 있다는 걸 아셔야 해요."

"당신이 지금 무슨 말을 하는지 한 마디도 알아듣지 못하겠는걸." 다르베다 씨는 화가 나서 말했다. "설마 그 이야기는 아니겠지……?"

"아뇨, 바로 그 이야기예요."

"그 애들이 아직도……, 지금도?"

"예! 예, 예!" 그녀는 신경질적으로 냉정하게 짧게 세 마디를 했다. 다르베다 씨는 팔을 벌리고 아무 말 없이 고개를 숙였다.

"샤를" 하고 부인이 걱정되어 말했다. "당신에게 이런 말은 하지 말았어야 했는데. 하지만 나 혼자만 간직할 수는 없었어요."

"우리 애가!" 하고 그는 느린 목소리로 말했다. "그 미친놈과! 우리 애를 알아보지도 못하고, 아가트라고 부르기까지 하는데. 그 애는 자기 의무에 대한 가치도 다 잊어버린 모양이군."

그는 다시 고개를 들고 준엄하게 부인을 바라보았다.

"그 애 말을 확실히 잘 이해한 거요?"

"의심할 여지가 없어요, 나도 당신 같았죠." 그녀는 힘을 주어 말했다. "그 애 말을 믿을 수 없었어요. 게다가 난 그 애를 이해할 수 없어요. 그 못난 놈이 그 애 몸에 손을 댄다는 생각만 해도……" 하고 그녀는 한숨지었다. "그걸로 그 애를 꽉 잡았나 봐요."

"기가 막히군!" 다르베다 씨가 말했다. "그가 구혼하러 왔을 때 내가 당신에게 한 말 생각나오? 그때 나는 '에브가 저 녀석한테 너무 반한 모양인데'라고 말하지 않았소. 당신은 내 말을 믿으려 하지 않았지만."

별안간 그는 책상을 쳤고, 그의 얼굴은 벌겋게 상기되었다.

"그건 변태요! 에브를 껴안고 아가트라 부르면서 키스한단 말이지. 그러고는 날아다니는 동상(銅像)인지 또 뭔지 온갖 허튼소리를 지껄이면서. 그리고 그 애는 그렇게 하도록 내버려두고! 한데 도대체 그 애들 사이엔 무슨 일이 있소? 그 애가 진심으로 남편을 동정해서, 매일 아침 일찍부터 보러 갈 수 있는 요양원에나 입원시킨다면 또 모르지만. 하지만 그 짓을 하리라고는 한 번도 생각해본 적이 없소……. 난 그 애를 과부로 생각했다오. 이것 봐요, 자네트" 하고 그는 근엄한 목소리로 말했다. "당신에게 솔직히 말하겠는데, 정 성욕이 난다면 그 애가 정부라도 만드는 편이 더 낫소."

"샤를, 그만 해요." 다르베다 부인이 소리쳤다.

다르베다 씨는 힘없는 표정으로 방 안에 들어올 때 조그만 탁자에 놓아둔 모자와 지팡이를 집어들었다.

"당신 말을 듣고 나니 이젠 별로 희망이 없군. 아무튼 그 애한테 말하기는 하겠소. 그게 내 의무니까" 하고 그는 결론을 내렸다.

다르베다 부인은 남편을 빨리 나가게 하려고 서둘렀다.

"저 있잖아요." 그녀는 남편을 격려하기 위해서 말했다. "어쨌든 에브에게는 다른 것보다는……, 고집이 세기 때문일 거예요. 그 애는 남편이 불치병에 걸린 줄 알면서도 고집을 부리는 거죠. 실패하고 싶지 않아서요."

다르베다 씨는 꿈꾸듯 수염을 매만졌다.

"고집이라고? 그래, 그런 것도 같군. 당신 말이 맞는다면, 그 애는 결국 지치고 말 거요. 그 녀석은 매일매일 쉬운 사람도 아니고, 또 녀석하고는 대화도 없잖소. 내가 녀석에게 인사를 하면 녀석은 힘없는 손을 내밀 뿐 말이 없거든. 저희들끼리만 있으면 녀석은 다시 자신의 고정관념으로 돌아가는 모양이오. 녀석이 목 졸린 사람처럼 소리 지를 때도 있다고 에브가 그러더군. 환각을 보기 때문이라나. 그리고 동상들은 어떻고. 동상들이 붕붕거려서 무섭다는 거요. 동상들이 자기 주위를 날아다니며 허연 눈동자를 드러낸다나."

그는 장갑을 끼고 다시 말했다.

"당신에게 말할 필요도 없겠지만 그 애는 결국 지치고 말 거요. 하지만 그 전에 그 애가 미쳐버리지나 않을지? 가끔 외출도 하고 사람들도 만나면 좋으련만. 그러면 괜찮은 남자를 만날 수도 있을 텐데 말이오. 가령 생플롱 회사에 엔지니어로 근무하는 슈뢰데르 같은 장래가 유망한 자라면 좋으련만. 가끔 이 집 저 집에서 그를 다시 만나게 될 것이고, 그러면 차차 새 출발하려는 생각에 익숙해지게 될 텐데."

다르베다 부인은 대화가 다시 길어질까 봐 두려워 대답하지 않았다. 남편이 그녀에게로 몸을 기울였다.

"자, 떠나야겠소." 그가 말했다.

"잘 가요, 아빠." 부인은 이마를 내밀면서 말했다. "그 애에게 키스해줘요. 그리고 내 대신 그 애가 가엾다고 말해줘요."

남편이 나가자 다르베다 부인은 기진맥진하여 안락의자 깊숙이 앉아 눈을 감았다. '대단한 활기야'라고 그녀는 못마땅하게 생각했다. 약간 기운이 나자, 창백한 손을 슬그머니 내밀어 눈을 감은 채로 더듬으며 받침 접시에서 라아트루쿰 과자 한 개를 집어들었다.

에브는 바크 가(街)[12]에 있는 오래된 건물 6층에서 남편과 함께 살고 있었다. 다르베다 씨는 112개의 계단을 재빨리 올라갔다. 초인종을 누를 때도 숨이 차지 않았다. 도르무아 양이 한 말을 만족스럽게 회상했다. "샤를 씨, 당신 나이에 비해 참 대단해요." 목요일마다, 특히 재빨리 이 계단을 올라간 뒤처럼 자기가 힘이 있고 건강하다는 걸 느껴본 적이 없었다.

문을 열어준 것은 에브였다. '그래, 하녀가 없지. 하녀들이 이 집에 머무를 수가 없지. 내가 그 여자들의 입장이라도 마찬가지일 거야.' 그는 에브에게 키스했다. "잘 있었니, 불쌍한 것."

에브는 좀 냉정하게 인사했다.

"너, 안색이 좀 창백하구나" 하고 딸의 뺨을 만지며 다르베다 씨가 말했다. "운동 부족이야."

침묵이 흘렀다.

"엄마는 괜찮아요?" 하고 에브가 물었다.

"그저 그래. 화요일에 네 어머니를 만났다지? 늘 그렇지 뭐. 어제 루이즈 아주머니가 보러 와서 좋았던가 보더라. 네 어머닌 사람들이 찾아오는 건 좋아하지만 오래 머무르는 건 싫어하지. 루이즈 아주머닌 집 저당 문제 때문에 애들과 함께 파리에 오셨지. 내가 전에 말했던 것 같은데. 웃기는 얘기지. 내게 자문을 구하려고 사무실로 왔었어. 난 한 가지 길밖에 다른 방도가 없다고 했지. 집을 파는 길밖에 없다고 말이야. 게다가 살 사람도 있다더라. 브르토넬이라구, 너 그 사람 생각나니? 지금은 사업에서 은퇴했지만."

그는 갑자기 말을 멈췄다. 에브가 그의 말을 거의 듣고 있지 않

---

12 바크 가Rue du Bac: 파리 생제르맹데프레 근처에 있는 거리 이름으로 19세기에는 명문 귀족들이 살았던 동네이다. 다음에 나오는 신흥 부자들의 동네인 16구와는 대조를 이룬다.

방 53

기 때문이다. 이제 이 애는 어떤 것에도 흥미가 없구나 하고 그는 서글프게 생각했다. '책도 그렇지. 예전에는 책을 빼앗아야만 할 정도였는데, 지금은 읽을 생각조차 하지 않으니.'

"피에르는 어때?"

"괜찮아요. 보고 싶으세요?"

"물론이지." 다르베다 씨는 쾌활하게 말했다. "잠깐 동안 만나야지."

그는 이 불행한 녀석에 대한 연민으로 가득 차 있었다. 하지만 그를 보기만 하면 혐오감이 치밀어오르는 것을 어쩔 수가 없었다. '난 병약한 사람은 딱 질색이야.' 물론 그건 피에르의 잘못이 아니었다. 그는 너무도 끔찍한 유전의 짐을 지고 있었다. 다르베다 씨는 한숨을 지었다. '아무리 조심해봐야 소용없는 짓이야. 그런 병은 항상 나중에나 알게 되니까.' 그렇다. 피에르에게는 책임이 없었다. 그렇지만 어쨌든 그는 항상 자기 내부에 그 결함을 지녀왔다. 이 결함이 그의 성격의 바탕을 이룬 것이다. 그것은 인간을 그 자체로서 판단하고자 할 때는 늘 제외할 수 있는 암이나 결핵과는 달랐다. 그가 에브에게 사랑을 구할 때, 그렇게도 에브의 마음에 들었던 그 신경질적인 우아함이나 섬세함은 광기(狂氣)의 꽃이었던 것이다. '에브와 결혼했을 때, 그는 이미 미쳐 있었어. 단지 보이지 않았을 뿐이지. 어디서부터 그 책임이 시작되는지, 아니 오히려 어디서 끝나는지 모르겠어'라고 다르베다 씨는 생각했다. '어쨌든 그는 지나치게 자신을 분석했고, 언제나 자기만을 생각했지. 하지만 그건 병의 원인일까? 아니면 결과일까?' 그는 딸을 따라 어두운 긴 복도를 지나갔다.

"이 아파트는 너희에게 너무 크다. 이사하면 어떠냐?" 하고 그는 말했다.

"항상 그 말씀이시군요. 하지만 피에르가 자기 방을 떠나고 싶어 하지 않는다고 벌써 말씀드렸잖아요." 에브가 말했다.

에브는 정말 이상한 애였다. 제 남편의 상태를 제대로 알고 있기라도 한지 좀 생각해봐야 할 일이었다. 미쳐서 가두어야 할 판인데, 저 애는 마치 피에르의 정신이 멀쩡하기라도 한 것처럼 그의 결정과 의견을 존중하고 있으니.

"다 널 위해서 하는 말이다" 하고 다르베다 씨는 좀 짜증 섞인 어조로 말했다. "내가 여자라면, 이렇게 어둠침침한 오래된 방에 있으면 무서울 게다. 네게는 아주 빛이 잘 들어오는 밝은 아파트가 필요할 것 같다. 최근에 오퇴유[13] 쪽에 지은, 환기가 잘 되는 방 세 개짜리 아파트 같은 것 말이다. 세 드는 사람이 없어서 집세도 내렸다니까, 좋은 기회가 아니냐."

에브는 조용히 문손잡이를 돌렸다. 다르베다 씨는 짙은 향냄새 때문에 목이 다 멜 지경이었다. 커튼은 내려져 있었다. 그는 어둠 속에서 안락의자 등받이 위로 나온 야윈 목덜미를 바라보았다. 피에르는 등을 돌린 채 먹고 있었다.

"잘 있었나? 피에르." 다르베다 씨는 목소리를 높이면서 말했다. "그래 오늘은 어떤가?"

다르베다 씨는 가까이 다가갔다. 환자는 조그만 탁자 앞에 앉아 엉큼한 얼굴을 하고 있었다.

"우리도 계란 반숙을 먹었지." 다르베다 씨는 한층 더 높은 목소리로 말했다. "맛이 좋지!"

---

13 오퇴유 Auteuil: 파리 16구에 속하는 부자 동네.

"전, 귀머거리가 아닙니다." 피에르가 부드러운 목소리로 말했다.

화가 난 다르베다 씨는 증인이나 찾으려는 듯이 에브에게 눈길을 돌렸다. 그러나 에브는 냉랭한 시선으로 침묵을 지켰다. 다르베다 씨는 에브의 마음을 상하게 했다는 것을 알았다. "할 수 없지, 저 애한테는 딱한 일이지만." 그 불쌍한 녀석에게 도대체 어떤 어조로 말해야 할지 그는 통 알 수가 없었다. 그 녀석은 네 살 먹은 아이보다도 더 철이 없었다. 그런데도 에브는 그를 인간으로 대해주길 바랐다. 다르베다 씨는 이런 모든 우스꽝스러운 짓들이 끝날 순간만을 초조하게 기다릴 수밖에 없었다. 병자들은 항상 그를 성가시게 했다. 특히 미친 사람들은. 그들이 틀렸기 때문이다. 이를테면, 이 가 없은 피에르만 하더라도 매사에 틀렸다. 헛소리를 하지 않고는 한마디도 할 수 없었다. 그렇지만 피에르에게 조금이라도 겸손해지기를 바란다거나 자신의 과오를 일시적이나마 시인하기를 바란다는 것은 무모한 일이었다.

에브는 계란 껍질과 반숙용 용기를 치우고 피에르 앞에 포크와 나이프, 접시를 놓았다.

"이번엔 뭘 먹지?" 다르베다 씨는 쾌활하게 말했다.

"비프스테이크요."

피에르는 포크를 쥐었다. 길고 창백한 손가락 끝으로 포크를 잡고 있었다.[14] 그는 포크를 면밀히 조사하고는 가볍게 웃었다.

"이번엔 이게 아닌데" 하고 그는 포크를 내려놓으면서 중얼거렸다. "난 미리 알았지."

---

14 포크에 대한 체험은 『구토』의 로캉탱에게서도 나타난다.

에브는 다가가서 열정적인 관심을 가지고 포크를 바라보았다.

"아가트, 다른 걸 줘"라고 피에르가 말했다.

에브는 그의 말대로 했고, 피에르는 먹기 시작했다. 에브는 그 수상쩍은 포크를 들고는 눈을 떼지 않고 바라보면서 두 손에 꽉 쥐었다. 그녀는 엄청난 노력을 하는 것 같았다. '이 두 사람의 행동이나 관계가 너무도 수상쩍군!' 하고 다르베다 씨는 생각했다.

그는 심기가 불편했다.

"조심해." 피에르가 말했다. "포크 끝이 뾰족하니 위를 잡아."

에브는 한숨을 지으며 식기 운반대 위에 포크를 내려놓았다. 다르베다 씨는 화가 나기 시작했다. 그는 이 불행한 녀석의 허황된 생각을 다 받아주는 게 옳은 일이 아니라고 생각했다. 피에르의 시각에서 보더라도, 그건 위험한 일이었다. 프랑쇼는 전에 이렇게 말한 적이 있었다. "결코 환자의 망상에 빠져들어가서는 안 된다네." 녀석에게 다른 포크를 주기보다는, 그를 부드럽게 설득하여, 첫 번째 포크가 다른 포크와 조금도 다르지 않다는 걸 이해시키는 편이 더 나았으리라. 그는 식기 운반대 쪽으로 가서 보라는 듯이 포크를 집어들고 그 뾰족한 끝에 가볍게 손가락을 갖다 댔다. 그러고는 피에르 쪽으로 돌아섰다. 하지만 피에르는 평온한 기색으로 고기를 자르고 있었다. 그는 장인에게 온화하고도 무표정한 시선을 보냈다.

"잠깐 너와 얘기하고 싶은데." 다르베다 씨는 에브에게 말했다.

에브는 양순하게 아버지를 따라 거실로 갔다. 소파에 앉으면서, 다르베다 씨는 자기가 아직도 손에 포크를 들고 있다는 것을 알아차렸다. 그는 화가 나서 그걸 벽에 붙은 탁자에다 던졌다.

"여기가 더 낫군" 하고 그는 말했다.

"전 결코 여기 오지 않아요."

"담배 피워도 되니?"

"그럼요, 아버지." 에브는 재빨리 대답했다. "시가를 드릴까요?"

다르베다 씨는 스스로 담배를 종이에 말아 피우는 걸 더 좋아했다. 그가 시작하려는 대화를 생각하니 그리 싫은 기분은 아니었다. 피에르와 이야기할 때는 자신의 이성이 오히려 거북스럽게 느껴졌다. 마치 거인이 어린애와 놀 때 자신의 힘이 거추장스럽다고 느껴지는 것처럼. 명석함, 분명함, 정확함 같은 그의 모든 장점들이 오히려 그에게 등을 돌리고 마는 것이었다. '솔직히 말하자면 자네트와 이야기할 때도 좀 그렇지.' 물론 다르베다 부인은 미치지는 않았지만, 병이 그녀를…… 약간 둔하게 만들었다. 반대로 에브는 아버지를 닮아 곧고 논리적인 성격을 가졌다. 딸과 토론하는 것은 즐거운 일이었다. '그래서 난 이 애가 망가지는 걸 원치 않아.' 다르베다 씨는 시선을 들었다. 그는 딸의 지적이고도 섬세한 모습을 다시 보고 싶었다. 그러나 그는 실망했다. 예전에는 그렇게도 이성적이고 투명했던 얼굴에 지금은 무엇인가 흐리고 불투명한 것이 어려 있었다. 에브는 여전히 아름다웠다. 다르베다 씨는 딸이 공들여 화장했다는 깃을 일아차렸다. 아주 요란할 정도로. 눈두덩은 파랗게 칠했고, 기다란 속눈썹에는 마스카라를 발랐다. 이 완벽하고도 지나친 화장이 아버지에게 고통스런 느낌을 주었다.

"분을 칠해서 그런지 얼굴이 파랗게 보이는구나" 하고 그는 말했다. "네가 병날까 봐 두렵다. 그렇게 눈에 띄는 것을 싫어했던 네가 지금은 이렇게 화장을 진하게 하다니."

에브는 대답하지 않았다. 다르베다 씨는 잠시 동안 그 무겁게 늘어진 검은 머리카락 덩어리 아래로 눈부시게 아름다운, 그러나 지친 얼굴을 당혹스럽게 쳐다보았다. 비극에 나오는 여배우와 흡사하다는 생각이 들었다. '이 애가 정확히 누굴 닮았는지 알겠군. 오랑주 노천극장에서 프랑스어로 페드르[15] 역을 연기했던 그 루마니아 배우를 닮았군.'[16] 그는 에브에 대해 그런 불유쾌한 지적을 한 것에 후회했다. '말이 헛나왔군! 사소한 일로 이 애의 감정을 상하게 해서는 안 되는데.'

"미안하다"라고 그는 웃으면서 말했다. "너도 알다시피 나는 늙은 자연주의자가 아니냐. 요새 여자들이 얼굴에 붙이고 다니는 그 모든 화장품들이 싫어서 그렇단다. 하지만 내가 틀린 거겠지. 시대에 맞춰 살아야 하니까."

에브는 상냥하게 웃었다. 다르베다 씨는 담배에 불을 붙이고 몇 번 내뿜었다.

"애야, 내가 하려고 했던 말은 예전처럼 둘이서 이야기나 하자는 거였다. 자, 앉아라. 그리고 내 말 좀 들어라. 늙은 아빠를 믿어야지."

"서 있는 게 더 좋아요. 제게 무슨 말을 하시려구요?"

"네게 한 가지만 간단히 묻겠다." 다르베다 씨는 약간 냉정하게 말했다. "이 모든 것이 결국 너를 어디로 끌고 가는 거냐?"

"이 모든 것이라뇨?" 에브는 놀라 되풀이했다.

"그래, 네가 만든 이 모든 생활 말이다. 좀 들어봐라." 그는 말을 이었다. "내가 널 이해하지 못한다고 생각해선 안 된다(갑자기 그의 머리에 어떤 계시가 떠올랐다). 하지만 네가 하려는 건 인간의 힘 밖

---

[15] 페드르 Phèdre: 17세기 프랑스 고전 극작가인 라신 Racine의 「페드르」에 나오는 여주인공 이름.
[16] 이 배우는 아마도 1920년 프랑스 남부 오랑주 극장에서 페드르 역을 연기한 마리 방튀라 Marie Ventura와 연관이 있는 것처럼 보인다.

의 일이다. 넌 단지 상상 속에서만 살고 싶은 거지, 그렇지? 넌 그가 아프다는 걸 인정하고 싶지 않은 거지? 넌 지금의 피에르를 보고 싶지 않은 거지? 그렇지? 넌 예전의 피에르만을 보고 있는 거다. 얘야, 그건 지키기 불가능한 약속이다." 다르베다 씨는 계속 말을 이었다. "자, 너한테 이야기를 하나 해주마. 아마 넌 그 이야기를 모를 거다. 우리가 사블돌론에 있었을 때, 넌 세 살이었지. 네 어머닌 어떤 매혹적인 젊은 여자를 알게 되었는데, 그 여자에겐 아주 잘생긴 사내아이가 하나 있었단다. 넌 그 애와 해변에서 놀았지. 너희들은 아주 작았지만, 넌 그 애의 약혼녀였단다. 얼마 후, 파리에서 네 어머니는 그 젊은 부인을 다시 보고 싶어했는데, 그 부인이 끔찍이 불행한 일을 당했다는 걸 알게 되었단다. 그 귀여운 꼬마가 자동차 앞쪽 측면에 치여 목이 잘렸다는 거야. 사람들이 네 어머니에게 말했지. '가서 만나보세요. 하지만 아들의 죽음에 대해서는 절대로 얘기하지 마세요. 그녀는 아들이 죽었다는 걸 믿으려 *하지 않아요*'라고. 네 어머니가 가봤더니 그 부인은 반쯤 머리가 돌았더라는 거야. 부인은 마치 자기 아들이 여전히 살아 있는 것처럼 살고 있었다는구나. 아들에게 말도 하고, 식탁에는 아들의 식기도 놓고 하면서 말이다. 그처럼 흥분된 상태에서 살았기 때문에 여섯 달 후에는 부인을 강제로 요양원에 집어넣어야 했었다는구나. 부인은 거기서 3년이나 있어야 했단다. 하지만 애야" 하고 다르베다 씨는 고개를 흔들며 말했다. "그런 일은 불가능하단다. 그 부인도 용감하게 사실을 있는 그대로 받아들였다면 더 나았을 것이다. 한번 독하게 아프면, 다음엔 시간이 해결해줄 게 아니냐. 사태를 직시하는 것 외에는 다른 방법이 없단다, 내 말을 믿어 다오."

"아버진 잘못 생각하시고 있어요." 에브는 힘들게 말했다. "제가 잘 알아요. 피에르는……."

말은 더 이상 계속되지 않았다. 그녀는 똑바로 서서 손을 안락의자 등받이 위에 올려놓았다. 그녀의 턱 밑은 까칠하고 더러웠다.

"그러면……, 그래서?" 다르베다 씨가 놀라 물었다.

"뭘요?"

"네가……?"

"전 그를 있는 그대로 사랑해요." 에브는 귀찮은 듯 재빨리 말했다.

"그렇지 않아." 다르베다 씨는 힘 있게 말했다. "그렇지 않아. 넌 그를 사랑하지 않아. 넌 그를 사랑할 수 없어. 그런 감정은 건강하고 정상적인 사람에게서나 느끼는 법이란다. 피에르에 대한 것은 동정심이겠지. 그건 확실해. 그리고 또 아마도 넌 피에르와 더불어 보낸 지난 3년 동안의 행복했던 추억도 간직하고 있을 거고. 하지만 그를 사랑한다고 말하진 마라. 난 믿지 않을 테니."

에브는 무심한 표정으로 말없이 양탄자를 바라보았다.

"어디 좀 대답해봐라." 다르베다 씨는 차갑게 말했다. "이런 대화가 네게 괴로운 만큼 내게는 괴롭지 않을 거라고는 생각하진 마라."

"아버지가 절 믿지 않는 이상."

"그럼, 네가 그를 사랑한다면," 그는 노여움이 북받쳐 소리쳤다. "네겐 큰 불행이다. 내게도, 너의 가련한 엄마에게도. 이건 말하지 않으려 했지만, 피에르는 3년 내에 완전히 정신착란에 빠질 거다. 그는 짐승처럼 될 거다."

그는 딸을 준엄한 시선으로 쳐다보았다. 기어코 고집을 부려 이런 괴로운 이야기까지 하게 만든 딸이 원망스러웠다.

에브는 꼼짝하지 않았다. 그녀는 눈도 들지 않았다.

"전 알고 있어요."

"누가 말했지?" 다르베다 씨가 놀라 물었다.

"프랑쇼가요. 여섯 달 전에 알았죠."

"네겐 알리지 말라고 부탁했었는데." 다르베다 씨는 씁쓸하게 말했다. "어쩌면 알고 있는 편이 더 나을지도 모르지. 하지만 이런 조건에서는 그를 집에 두는 건 용납될 수 없다는 걸 알아야만 한다. 아무리 네가 싸워보려고 해도 그건 실패할 수밖에 없다. 그의 병은 남의 사정을 봐주지 않는다. 뭔가 할 수 있다면, 잘 돌봐줘서 나을 병이라면, 아무 말도 하지 않겠다. 하지만 생각 좀 해봐라. 넌 예쁘고, 똑똑하고, 쾌활했는데, 이젠 아무 소득도 없이 그저 네 자신만 망치고 있다. 물론 네 행동은 훌륭했지. 하지만 이젠 끝났다. 넌 네 의무를 다했어. 아니 그 이상의 일을 했다. 더 고집한다면 그건 비도덕적인 일이다. 애야, 사람이란 자기 자신에 대한 의무도 있는 법이란다. 게다가 우리 생각은 안중에도 없는 모양이지. 피에르를 프랑쇼의 병원으로 보내야만 한다." 그는 말을 한 마디 한 마디 끊어가면서 했다. "불행밖에 가져다주지 않는 이 아파트를 버리고 집에 돌아오거라. 만일 네가 남을 위해 쓸모 있는 사람이 되길 원하고 또 남의 고통을 덜어주고 싶다면, 네 어머니가 있지 않니? 네 어머니는 간호사들이 돌봐주고 있지만, 좀더 보살핌을 받는 게 필요할 거다. 그러면 *그녀는* 네가 자길 위해 한 일을 높이 평가하고 고마워할 거다."

오랜 침묵이 흘렀다. 다르베다 씨는 피에르가 옆방에서 노래하는 걸 들었다. 아니 그것은 노래라고도 할 수 없었다. 오히려 일종의 날카롭고 빠른 낭송하는 소리였다. 다르베다 씨는 딸을 향해 시선을 들었다.

"그래, 싫으냐?"

"피에르는 저와 함께 있을 거예요." 그녀는 부드럽게 말했다. "서로 뜻이 잘 맞으니까요."

"하루 종일 바보짓을 하는 한에서 말이지."

에브는 미소를 지으며 아버지에게 묘한 시선을, 약간 조소하는 듯하면서도 즐거운 시선을 던졌다. '사실이었군.' 화가 난 다르베다 씨가 생각했다. "그 짓만 하겠지. 함께 자기만 하는 모양이지."

"넌 완전히 미쳤구나." 그는 일어나면서 말했다.

에브는 서글프게 미소 지으며 자신에게 말하는 것처럼 중얼거렸다. "아직 완전히는 아녜요."

"아직 완전히는 아니라구? 난 이 한마디밖에는 할 말이 없구나, 네가 무서워진다는."

그는 서둘러서 딸에게 키스하고는 밖으로 나왔다. 계단을 내려오면서 생각했다. '그 녀석의 의견을 물어볼 필요도 없이 힘센 장정 두 명을 보내 저 쓰레기 같은 놈을 강제로 끌어내다 샤워기 아래로 처박아야 할 거야.'

고요하고 활짝 갠 아름다운 가을날이었다. 태양이 지나가는 사람들의 얼굴을 금빛으로 물들였다. 다르베다 씨는 그 모든 얼굴들의 단순함에 놀랐다. 햇볕에 탄 구릿빛 얼굴도 있었고, 매끄러운 얼굴도 있었다. 하지만 그 얼굴들은 모두 그에게 친숙한 행복과 근심거리를 반사했다.

'내가 에브에게 무엇을 비난하고 있는지 난 정확히 알고 있어'라고 생제르맹 가(街)로 들어서면서 생각했다. '난 그 애가 인간 세계 밖에서 살려는 걸 비난하는 거지. 피에르는 이미 인간이 아냐. 그녀가 피에르에게 하는 모든 정성, 모든 사랑은 저기 있는 사람들로부터 빼앗은 거라고도 할 수 있지. 우리는 인간을 거부할 권리가 없어. 어떤 방해가 있어도 우리는 여럿이 어울려 살아야 해.'

그는 지나가는 사람들을 호감을 가지고 뚫어지게 쳐다보았다. 그는 그들의 진중하고 맑은 눈을 좋아했다. 햇빛이 비치는 거리에서 사람들 사이에 끼어 있으니 마치 대가족 한가운데라도 있는 것처럼 안전하게 느껴졌다.

모자를 쓰지 않은 한 여인이 길가의 노점상 앞에서 걸음을 멈췄다. 그녀는 어린 딸의 손을 잡고 있었다.

"이게 뭐야?" 어린아이가 라디오를 가리키며 물었다.

"만지면 안 돼. 기계란다. 소리가 나온단다." 엄마가 말했다.

모녀는 잠시 말없이 황홀한 표정으로 서 있었다. 가슴이 뭉클해진 다르베다 씨는 어린아이에게 몸을 기울이며 미소 지었다.

2

'이제 갔군.' 현관문이 쾅 하고 메마른 소리를 내며 닫혔다. 에브는 혼자 거실에 있었다. '아버지가 죽어버렸으면 좋겠어.'

그녀는 안락의자의 등받이를 꽉 쥐었다. 아버지의 두 눈이 막 떠올랐기 때문이다. 다르베다 씨는 전문가라도 되는 듯이 피에르에게 몸을 기울이며 "맛이 좋지……"라고 말했다. 마치 병자에겐 그런 투로 말해야 한다는 것처럼. 아버지는 피에르를 바라보았고, 피에르의 얼굴은 그의 민첩한 큰 눈 속에 새겨져 있었다. '아버지가 피에르를 쳐다볼 때, 그리고 본다고 생각될 때, 난 아버지가 미워죽겠어.'

에브의 손은 안락의자를 따라 미끄러져 내려갔다. 그녀는 창 쪽으로 몸을 돌렸다. 눈이 부셨다. 방은 햇빛으로 가득했다. 햇빛은 도처에 있었다. 양탄자 위에서는 창백한 동그라미를 그렸고, 공중에서는 눈부신 먼지가 되었다. 에브는 이 무례하고 부지런한 햇빛을 대하는 습관을 잃었다. 그 빛은 어디나 마구 파고들어 구석구석을 쓸며, 마치 부지런한 주부처럼 가구를 문지르며 번쩍거리게 했다. 그래도 그녀는 창문까지 다가가서 창에 내려져 있는 모슬린 커튼을 치켜올렸다. 그때 다르베다 씨가 아파트를 나서고 있었다. 갑자기 그녀는 그의 넓은 어깨를 보았다. 그는 머리를 들고 눈을 깜박이며 하늘을 쳐다보더니, 젊은이처럼 성큼성큼 멀어져갔다. '지나치게 애를 써'라고 에브는 생각했다. '곧 옆구리가 아플 거야.' 이제는 더 이상 아버지가 밉지 않았다. 아버지의 머리 속에는 든 것이 거의 없었다. 젊어 보이겠다는 하찮은 걱정 외에는. 하지만 그가 생제르맹 가의 모퉁이를 돌아 사라지는 것을 보자 다시 화가 치밀어올랐다. '피에르를 생각하겠지.' 그들의 생활의 일부분이 그들의 닫힌 방을 빠져나가 햇빛이 비치는 거리로, 사람들 사이로 굴러다니는 것이었다. '사람들은 왜 우릴 잊지 못하는 걸까?'

바크 가는 거의 텅 비었다. 나이 든 여자가 종종걸음으로 길을 건넜다. 젊은 여자 세 명이 웃으며 지나갔다. 다음엔 건장하고 근엄한 표정의 남자들이 서류 가방을 들고 이야기를 주고받고 있었다. '정상적인 사람들이구나' 하고 에브는 생각했다. 에브는 자신의 마음 속에 그처럼 강한 증오심이 있다는 사실에 놀랐다. 한 뚱뚱한 아름다운 여자가 날씬한 신사 앞으로 달려갔다. 그는 그녀를 품에 안더니 입술에 키스했다. 에브는 쓴웃음을 지으며 커튼을 쳤다.

피에르는 더 이상 노래를 부르지 않았다. 하지만 4층에 사는 젊은 여자가 피아노를 치기 시작했다. 쇼팽의 에튀드였다. 에브는 한결 마음이 평온해지는 것을 느꼈다. 그녀는 피에르의 방 쪽으로 걸음을 옮겼다. 그러나 이내 멈춰 서서 약간 괴로운 듯 벽에다 몸을 기댔다. 피에르의 방을 떠날 때마다 그곳으로 다시 돌아가야 한다고 생각하면 까닭 모를 공포에 사로잡히는 것이었다. 그러나 다른 곳에서는 살 수 없다는 걸 그녀는 잘 알고 있었다. 그녀는 그 방을 좋아했다. 그녀는 냉정한 호기심을 가지고 잠시 시간을 벌려는 듯이 그림자도 향기도 없는 거실을 빙 둘러보았다. 거기서 그녀는 용기가 되살아나기를 기다렸다. '치과 병원의 대기실 같군.' 분홍색 실크로 만든 안락의자, 긴 의자, 등받이 없는 의자들, 그 모든 것은 수수하고 은근하며 온정에 넘치는 듯했다. 인간의 좋은 친구들이라고나 할까. 에브는 창문에서 내다본 신사들과 똑같이 근엄하고 밝은 색의 복장을 한 신사들이 대화를 계속하면서 이 방으로 들어오는 것을 상상했다. 그들은 여기가 어떤 장소인지 알아볼 시간적 여유도 갖지 않고, 방 한가운데까지 확신에 찬 걸음걸이로 들어온다. 그중 한 사람은 선박이 지나간 자리처럼 손을 뒤로 질질 끌며, 방석과 물건들, 탁자 위를 스치고 간다. 그리고 그런 접촉에도 놀라지 않는다. 그 침착한 사람들은 지나는 길에 가구가 놓여 있으면 그것을 피하려고 돌아가기보다는 조용히 가구를 옮겨놓는다. 그들은 여전히 그들의 대화에 몰두한 채 잠시도 뒤를 돌아다보는 일이 없이, 마침내 자리에 가서 앉는다. '정상적인 사람들을 위한 방' 하고 에브는 생각했다. 그녀는 닫힌 문의 손잡이를 응시했다. 고뇌가 목을 조르는 듯했다. '가야지. 이렇게 오랫동안 그일 혼자 내버려둔 적은 없었어.' 저 문을 열어야 한다. 그러고는 눈이 어둠에 익숙해지도록 문지방에 서 있어야 한다. 그래도 그 방은 온 힘을 다해 그녀를 밀어낼 것이다. 그러나 에브는 그 저항을 물리치고 방 한가운데까지 들어가야만 한다. 그녀는 갑자기 피에르를 보고 싶은 격한 충동에 사로잡혔다. 그녀는 그와 함께 다르베다 씨를 비웃고 싶었다. 하지만 피에르는 에브를 필요로 하지 않았다. 에브는 그가 어떤 식으로 자기를 맞이해줄지 예측할 수 없었다. 에브는 자기가 설 곳이 더 이상 아무 데도 없다고 약간 오만하게 생각했다. '정상적인 사람들은 아직도 내가 자기들 편이라고 믿지만, 난 그들 사이에서는 한 시간도 있을 수 없어. 난 저쪽, 이 벽의 저편에 살고 싶다. 하지만 저쪽에서는 날 필요로 하지 않아.'

그녀 주위에서 어떤 커다란 변화가 일어났다. 빛은 노쇠하여 희끗희끗해졌다. 전날 갈아주지 않은 꽃병의 물처럼 빛은 둔해졌다. 이런 노쇠한 빛 속에서, 물건들 위에서, 에브는 오랫동안 잊고 있었던 우수를 되찾았다. 저물어가는 어느 가을날 오후의 우수. 그녀는 주위를 머뭇거리며 거의 수줍은 듯 바라보았다. 이 모든 것이 아득해 보였다. 이 방에는 낮도 밤도 계절도 우수도 없었다. 그녀는 어렴풋이 아주 먼 가을, 어린 시절의 가을을 회상했다. 그러자 갑자기 그녀의 몸이 굳어지는 것 같았다. 추억이 두려웠다.

피에르의 목소리가 들렸다.

"아가트! 어디 있어?"

"곧 가요"라고 그녀는 외쳤다.

그녀는 문을 열고 방 안으로 들어갔다.

짙은 향냄새가 콧구멍과 입을 가득 채웠다. 그녀는 눈을 크게 뜨고 손을 앞으로 내밀었다. 이 향기, 이 어둠이 그녀에겐 오래전부터 하나의 원소, 물, 공기, 불같이 그렇게 단순하고도 친숙한, 쓰리고도 포근한 단일 원소인 것처럼 느껴졌다. 그녀는 안개 속에 떠 있는 듯한 창백한 얼룩을 향해 조심스럽게 나아갔다. 그건 피에르의 얼굴이었다. 피에르의 옷은(병에 걸린 후로는 검은 옷을 입고 있었다) 어둠 속에 녹아버린 듯했다. 피에르는 고개를 뒤로 젖히고 눈을 감고 있었다. 그는 아름다웠다. 에브는 그의 길고도 둥그런 속눈썹을 보고는 피에르 가까이 낮은 의자에 앉았다. '아픈 모양이구나' 하고 그녀는 생각했다. 그녀의 눈은 조금씩 어둠에 익숙해졌다. 책상이 제일 먼저 눈에 띄었다. 그 다음엔 침대, 피에르의 소지품, 가위, 풀통, 책, 식물 표본 등이 안락의자 옆 양탄자에 널려 있었다.

"아가트?"

피에르는 눈을 떴다. 그는 미소를 지으며 그녀를 바라보았다.

"아까 그 포크 말이야?" 하고 그는 말했다. "그 작자를 놀라게 하려고 한 거야. 거기에는 *거의* 아무것도 없었어."

에브의 근심은 사라졌다. 그녀는 가볍게 웃었다.

"아주 성공적이었어요" 하고 그녀는 말했다. "당신은 아버지를 완전히 공포에 빠지게 했어요."

피에르는 미소 지었다.

"당신 봤지? 그는 포크를 한참 만지작거리더군. 그러고는 손에 덥석 쥐었지. 문제는 그들이 물건 쥐는 법을 모른다는 거야. 그들은 물건을 움켜쥐거든" 하고 그는 말했다.

"그건 사실이에요." 에브가 말했다.

피에르는 오른손 집게손가락으로 왼쪽 손바닥을 가볍게 쳤다.

"그들은 이것으로 쥐지. 손가락을 가까이 갖다 대고, 물건을 건드리기만 하면 때려눕히려고 손바닥으로 꼭 눌러버리지."

그는 입술 끝으로 빠르게 말했다. 당황한 모습이었다.

"그들이 뭘 바라는지 알 수가 없어" 하고 마침내 그가 말했다. "그 작자는 벌써 왔었잖아. 그들은 왜 내게 그 작자를 보냈을까? 내가 뭘 하는지 알고 싶으면 읽기만 하면 될 텐데. 집 밖으로 움직일 필요도 없을 텐데 말야. 그놈들이 잘못했어. 권력이야 가졌을지 모르지만 잘못한 거야. 난 결코 잘못하지 않아. 그게 내 장점이지. 호프카, 호프카" 하고 그는 말했다. 그는 긴 손을 이마 앞에서 흔들었다. "망할 년. 호프카 파프카 쉬프카. 더 해볼까?"

"종인가요?" 에브가 물었다.

"그래. 가버렸어" 하고 그는 엄숙하게 말을 이었다. "그 작자는 형편없는 녀석이야. 당신은 그를 알지. 거실로 같이 갔으니."

그녀는 대답하지 않았다.

"도대체 그는 뭘 바라는 거야?" 하고 피에르가 물었다. "당신에게 말했을 텐데."

그녀는 잠시 망설이더니 거칠게 말했다.

"당신을 감금시켰으면 하더군요."

피에르는 부드럽게 사실을 말해주면 경계했다. 의혹을 없애고 마비시키기 위해서는 그 사실을 거칠게 단번에 털어놓아야만 했다. 아직도 에브는 그를 속이기보다는 난폭하게 다루는 편을 더 좋아했다.

그녀가 거짓말을 하고 그가 그걸 믿는 기색이면, 그녀는 아주 미미하게나마 우월감을 느끼지 않을 수 없었고, 그러면 자신이 무척 싫어지는 것이었다.

"날 가두라구!" 피에르는 빈정거리며 같은 말을 반복했다. "헛소리하는군. 도대체 벽이란 것이 날 어떻게 할 수 있다는 거야? 아마 벽이 날 막을 수 있다고 생각하는 모양이지. 가끔 난, 세상에는 두 종류의 무리가 있는 게 아닌가 하는 생각이 들어. 참된 무리는 검둥이들이고. 그리고 또 다른 하나는 남의 일에 함부로 끼어들어 바보짓만 되풀이하는 참견쟁이들의 무리고."

그는 안락의자의 팔걸이 위로 손을 한 번 탁 튕기고는 재미있다는 듯이 그 손을 바라보았다.

"벽, 그건 뚫리는 거야. 그래, 당신은 뭐라고 대답했어?" 그는 에브 쪽으로 몸을 돌리며 호기심에 찬 시선으로 물었다.

"당신을 가둘 수 없다고 했죠."

그는 어깨를 으쓱했다.

"그렇게 말할 필요는 없었는데. 일부러 그래본 것이 아니라면 당신 역시 잘못했어. 그들이 스스로 제 속을 드러내 보이게끔 내버려 둬야지."

피에르는 입을 다물었다. 에브는 서글프게 고개를 떨어뜨렸다. 그는 얼마나 경멸적인 어조로 "그놈들은 물건을 움켜쥐거든!"이라고 말했던가. 그리고 그건 얼마나 옳은 말이었던가. '나 역시 물건을 움켜쥐는 게 아닐까? 아무리 주의해봤자 소용없는 일이 아닐까? 결국 내가 하는 행동은 대부분 피에르를 성가시게 할 뿐이다. 다만 그가 말하지 않을 뿐이지.' 갑자기 에브는 그녀가 열네 살 때, 활기차고 경쾌하던 다르베다 부인이 "넌 네 손을 어떻게 해야 할지 모르는 것 같구나"라고 말하는 것을 들었을 때처럼 자신이 비참하게 느껴졌다. 그녀는 감히 움직일 수 없었다. 바로 그때, 그녀는 자세를 바꾸어보고 싶다는 간절한 욕망을 느꼈다. 의자 아래서 양탄자를 스칠 듯 말 듯 하며 살며시 다리를 모았다. 그녀는 탁자 위의 스탠드와—— 피에르가 받침대를 검게 칠한—— 장기판을 바라보았다. 피에르는 장기판 위에 검은 졸(卒)만을 남겨놓았다. 이따금 그는 일어서서 탁자까지 가서는 그 졸을 하나씩 손으로 집어 이야기도 하고 로봇이라고 부르기도 했다. 그러면 그것들은 피에르의 손가락 사이에서 은근한 생명력을 가지고 활기를 띠는 것 같았다. 피에르가 다시 그것을 내려놓으면 이번에는 에브가 가서 만지작거렸다(그녀는 자신이 약간 우스꽝스럽게 느껴졌다). 그것들은 다시 죽은 나뭇조각이 되어버렸으나, 그 위에는 막연하고도 포착할 수 없는 그 무엇, 하나의 감각 같은 것이 남아 있었다. '이건 *그의* 물건들이야'라고 그녀는 생각했다. '이 방 안에는 내 물건이라곤 하나도 없어.' 예전엔 그녀도 몇 개의 가구를 가졌었다. 거울과 할머니가 물려준 무늬가 새겨진 작은 화장대가 그것이다. 피에르는 장난삼아 *당신의* 화장대라고 부르곤 했다. 피에르는 그것들을 길들였다. 사물들은 단지 피에르에게만 그것의 진짜 얼굴을 보여주는 것이었다. 에브는 몇 시간 동안이나 그것들을 바라볼 수 있었다. 그러나 그것들은 지칠 줄 모르게 짓궂은 고집을 부려 그녀를 실망시키고, 그것의 외관밖에는 보여주지 않았다. 마치 프랑쇼 의사와 다르베다 씨에게 하는 것처럼. '하지만,' 그녀는 고통스럽게 생각했다. '아버지처럼 똑같이 사물을 보는 건 아니야. 아버지처럼 똑같이 사물을 본다는 건 불가능해.'

그녀는 무릎을 약간 움직였다. 다리가 저렸다. 그녀의 몸은 뻣뻣하고 긴장되었다. 아팠다. 그녀는 자신의 몸이 지나치게 활기차고 조심성이 없는 것처럼 느껴졌다. '보이지 않은 채 여기 있을 수 있다면 좋으련만. 그에게 보이지 않은 채 그를 볼 수만 있다면. 그는 나를 필요로 하지 않아. 난 이 방에서 여분의 존재야.' 그녀는 고개를 조금 돌리고는 피에르 위쪽 벽을 바라보았다. 벽에는 협박문이 씌어 있었다. 에브는 그걸 알았지만 읽을 수는 없었다. 그녀는 자주 벽지의 커다란 붉은 장미꽃들이 그녀의 눈 아래에서 춤추기 시작할 때까지 바라보곤 했다. 장미는 어둠 속에서 타오르는 듯했다. 협박문은 대개의 경우 천장 가까이 침대 왼쪽 위에 적혀 있었지만, 이따금 장소를 바꾸기도 했다. '일어서야지. 이젠 오랫동안 앉아 있을 수도 없어.' 벽 위에는 양파 조각과 흡사한 하얀 원반도 있었다. 그것은 제자리에서 빙빙 돌았고, 에브의 손도 떨리기 시작했다. '어떤 때는 내가 미치는 것만 같아.' 그녀는 쓸쓸하게 생각했다. '난 미칠 수 없어. 단지 신경이 날카로워졌을 뿐이지.'

갑자기 그녀의 손 위에서 피에르의 손을 느꼈다.

"이가트." 피에르가 다정하게 말했다.

그는 에브에게 미소 지었지만 뭔가 불쾌하다는 듯이 손가락 끝으로 그녀의 손을 잡았다. 마치 집게발에 물리지 않으려고 게를 등으로 잡는 것처럼.

"아가트, 난 당신을 전적으로 믿고 싶어." 그가 말했다.

에브는 눈을 감았다. 그녀는 가슴이 뒤집혔다. '아무 말도 해서는 안 돼. 그렇지 않으면 그는 날 경계하고, 더 이상 아무 말도 하지 않을 거야.'

피에르는 손을 놓았다.

"난 당신을 사랑해, 아가트. 하지만 당신을 이해할 수 없어. 왜 항상 방에만 있지?"

에브는 대답하지 않았다.

"그 이유를 말해줘."

"제가 당신을 사랑한다는 걸 당신도 잘 알잖아요." 에브는 무뚝뚝하게 말했다.

"난 당신 말을 믿지 않아. 왜 날 사랑하지? 내가 무서울 텐데. 난 귀신에게 홀린 사람인데."

그는 미소 지었다. 그러나 이내 심각해졌다.

"당신과 나 사이에는 벽이 있지. 당신을 보고, 당신과 말도 하지만, 당신은 저편에 있어. 무엇이 우리 사랑을 가로막을까? 예전엔 더 쉬웠던 것 같은데. 함부르크[17]에서는."

"그래요." 에브는 서글프게 대답했다. 항상 함부르크 타령이다.

한 번도 그는 그들의 진짜 과거에 대해서는 말한 적이 없다. 에브도 그도 함부르크에는 가본 적이 없었다.

"우리는 운하를 따라 산보했지. 거룻배가 한 척 있었지, 기억나? 그 거룻배는 검은색이었어. 갑판에는 개 한 마리가 있었고."

그는 점점 허풍을 떨었다. 거짓 표정이었다.

"난 당신 손을 잡았었지. 그때 당신은 피부 색깔이 달랐어. 난 당신이 말하는 건 모두 믿었고. 조용히 해" 하고 그가 소리쳤다.

---

[17] 함부르크는 이 글을 쓸 당시 사르트르의 소설적 상상력의 특권적인 장소인 것처럼 보인다. 『구토』에서는 로캉탱의 추억 속의 공간으로, 『알토나의 유폐자들』에서는 행동의 주된 배경으로 나타난다.

그는 잠시 귀를 기울였다.

"그것들이 오는데." 그는 음울한 목소리로 말했다.

에브는 펄쩍 뛰었다.

"그것들이 오다뇨? 다시는 오지 않을 줄 알았는데요."

사흘 전부터 피에르는 전보다 마음이 평온했다. 동상들이 나타나지 않았기 때문이다. 피에르는 동상들을 무척이나 무서워했다. 비록 그 사실을 인정하지는 않았지만. 에브는 무서워하지 않았다. 그러나 그것들이 붕붕거리며 방 안을 날아다니기 시작하면, 에브는 피에르가 무서워졌다.

"지위트르[18]를 줘." 피에르가 말했다.

에브는 일어서서 지위트르를 집었다. 그것은 피에르가 자기 손으로 풀칠해서 붙여놓은 마분지 조각이었는데, 동상을 피하는 데 사용되었다. 지위트르는 거미줄과 흡사했다. 피에르는 마분지 조각 하나 위에는 '함정에 대한 힘'이라고 썼고, 다른 하나에는 '흑인'이라고 썼다. 세번째 것에는 주름진 눈으로 웃고 있는 얼굴을 그렸는데, 그것은 볼테르[19]였다. 피에르는 지위트르의 발을 잡고는 어두운 표정으로 응시했다.

"이젠 이것도 소용없어" 하고 그가 말했다.

"왜요?"

"그들이 뒤집어버렸어."

---

18 지위트르ziuthre: 사르트르는 앙리 미쇼Henri Michaux나 보리스 비앙Boris Vian과는 달리 거의 신조어를 사용하지 않았다. 따라서 피에르라는 한 정신병자에게 이 말의 기원을 부여한 것은 의미가 있다. 이 말과 유사한 말로는 알프레드 자리Alfred Jarry가 「위비왕」에서 '빌어먹을merde!'과 거의 같은 뜻으로 사용한 '쥐트르zutre'가 있다.
19 볼테르Voltaire: 18세기 프랑스의 대표적인 계몽주의 철학자이자 작가.

"다른 것을 만들죠?"

그는 오랫동안 그녀를 바라보았다.

"당신은 그러길 바라는군." 그는 입 안에서 어물어물거렸다.

에브는 피에르에 대해 화가 났다. '그것들이 나타날 때마다 그는 미리 알아. 어떻게 한 것일까? 한 번도 틀려본 적이 없으니.'

지위트르는 피에르의 손가락 끝에 처량하게 매달려 있었다. '피에르는 저걸 사용하지 않으려고 항상 좋은 구실을 찾아내지. 지난 일요일에 동상들이 나타났을 때만 해도 지위트르를 잃어버렸다고 주장했지만, 난 풀통 뒤에서 봤어. 그이가 못 봤을 리가 없어. 동상들을 끌어들이는 게 바로 *그이가* 아닌가 생각돼.' 피에르가 정말 진심에서 하는 말인지 아닌지는 결코 알 수 없었다. 어떤 때는 피에르가 자기도 모르게 그 수많은 해로운 생각들과 환각에 사로잡히는 것이 아닌가 생각되었지만, 또 어떤 때는 피에르가 일부러 꾸며낸 것 같기도 했다. '그이는 괴로워하고 있다. 하지만 동상들과 검둥이를 어느 정도로 믿고 있는 걸까? 어쨌든 그가 동상을 보지 못한다는 건 나도 잘 안다. 단지 소리를 들을 뿐. 그것들이 지나갈 때면 고개를 돌려버리거든. 그러면서도 보았다고 하면서 그 모습을 그려 보이지.' 그녀는 프랑쇼 박사의 붉은 얼굴을 떠올렸다. "하지만 부인, 모든 정신병자들은 거짓말쟁이입니다. 그들이 실제로 느끼는 것과 그들이 느꼈다고 주장하는 것을 구별하려 한다면 그건 시간 낭비입니다." 그녀는 펄쩍 뛰었다. '이 일에 프랑쇼가 무슨 상관이 있단 말인가? 난 그 사람처럼 생각하지 않을 거야.'

피에르는 일어서서 지위트르를 휴지통에 처넣었다. "나도 당신처럼 생각하고 싶어요." 그녀는 중얼거렸다. 그는 가능한 한 자리를 적게 차지하려고 팔꿈치를 허리에 꼭 붙이고는 발끝으로 종종걸음을 걸었다. 그러고는 다시 돌아와 의자에 앉아 무표정하게 에브를 바라보았다.

"검은 벽지를 발라야겠어. 이 방에는 아직 검은색이 충분하지 않아" 하고 그는 말했다.

그는 안락의자에 푹 파묻혔다. 에브는 항상 물러서고 움츠러들 준비가 되어 있는 이 인색한 몸뚱이를 서글프게 바라보았다. 팔, 다리, 머리는 마음대로 움츠릴 수 있는 기관처럼 보였다. 괘종시계가 6시를 알렸다. 피아노 소리가 그쳤다. 에브는 한숨지었다. 동상들이 당장 나타날 것 같지는 않았다. 기다려야만 했다.

"불을 켤까요?"

그녀는 어둠 속에서 기다리고 싶지 않았다.

"좋을 대로." 피에르가 말했다.

에브는 책상에 있는 조그만 스탠드를 켰다. 붉은 안개가 방 안에 자욱했다. 피에르 역시 기다리고 있었다.

그는 말하지 않았지만 입술이 움직였다. 그것은 붉은 안개 속에서 두 개의 어두운 얼룩을 만들었다. 에브는 피에르의 입술을 좋아했다. 예전에 그 입술은 감동적이면서도 육감적이었지만, 이제 그 육감적인 것은 사라져버렸다. 입술은 바르르 떨면서 벌어졌다간 다시 모여져서 꼭 다물어지더니 또다시 벌어지곤 했다. 벽처럼 굳은 이 얼굴에는 단지 입술만이 살아 있었다. 그것은 겁 많은 두 마리 짐승과도 같았다. 피에르는 몇 시간 동안 말 한마디 입 밖에 내지 않고 이렇게 혼자서 중얼거릴 수 있었다. 에브는 자주 이 집요하고도 미세한 움직임에 매혹되곤 했다. '난 그의 입술을 사랑해.' 그는 이제 그녀와 절대 키스하지 않았다. 접촉하는 것을 무척 싫어했기 때문이다. 밤이면, 단단하고 거친 남자들의 손이 그를 건드리며 몸 전체를 꼬집거나, 아니면 손톱 긴 여자의 손이 그에게 더러운 애무를 했다. 그는 자주 옷을 입은 채로 잠자리에 들곤 했는데, 손들이 옷 속으로 미끄러져 들어와, 셔츠를 잡아당기곤 했다. 한번은 웃음소리가 들리더니 부푼 입술이 그의 입술에 와 닿았다. 그날 밤부터 피에르는 에브에게 키스를 하지 않았다.

"아가트, 내 입을 보지 마!" 하고 피에르가 말했다.

에브는 눈길을 내렸다.

"입술에서 무엇인가를 읽을 수 있다는 걸 난 모르지 않지." 그는 거만하게 말을 이었다.

그의 손은 안락의자 팔걸이에서 떨고 있었다. 집게손가락이 뻗쳐 나가더니 엄지손가락을 세 번 쳤다. 그러자 다른 손가락들이 부르르 떨렸다. 그건 푸닥거리였다. '시작되려나 보다' 하고 그녀는 생각했다. 그녀는 피에르를 안아주고 싶었다.

피에르는 소리를 높여 아주 사교적인 어조로 말하기 시작했다.

"상파울리가 기억나?"

대답해서는 안 돼. 아마 함정일 거야.

"거기서 당신을 알게 됐지." 그는 만족스러운 듯이 말했다. "덴마크 선원에게서 당신을 빼앗았지. 하마터면 그 녀석과 싸울 뻔했지만, 내가 한잔 냈더니 당신을 데려가게 했지. 그 모든 건 물론 연극에 지나지 않았지만."

'거짓말하고 있어. 그는 자신이 하는 말을 한 마디도 믿지 않아. 내 이름이 아가트가 아니라는 것도 잘 알고 있어. 난 저이가 거짓말할 때는 증오해.' 하지만 물끄러미 쳐다보는 그의 눈을 보자 노여움이 가라앉았다. '저이는 거짓말을 하지 않아. 이젠 막바지에 다다른 거야. 그것들이 다가오는 걸 느끼고 있어. 그래서 듣지 않으려고 말하는 거야' 하고 그녀는 생각했다. 피에르는 두 손으로 의자의 팔걸이를 움켜쥐고 있었다. 얼굴은 창백했으나 미소를 짓고 있었다.

"이런 만남이란 흔히 이상한 법이지. 하지만 난 우연을 믿지 않아. 누가 당신을 보냈는지 물어보지 않겠어. 당신이 대답하지 않으리라는 걸 잘 아니까. 어쨌든 당신은 내 평판에 오점을 남길 만큼 아주 능란했어."

그는 날카롭고 급한 어조로 간신히 말했다. 어떤 말은 제대로 발음되지 않아 물렁물렁하고 무정형의 물질인 채로 그냥 입에서 나오는 것이었다.

"당신은 축제가 한창일 때 검은 자동차를 타는 놀이터로 날 데려갔지. 하지만 자동차 뒤에는 내가 등을 돌리자마자 반짝거리는, 벌겋게 충혈된 눈들의 무리가 있었지. 당신은 내 팔에 매달려 있으면서 그들에게 신호를 보냈다고 생각해. 물론 보지는 못했지만. 웅장한 대관식 광경에 너무 몰두해 있어서 말이야."

그는 눈을 크게 뜨고 앞을 똑바로 바라보았다. 계속 말을 하면서 옹색한 몸짓으로 재빨리 손을 이마에 갖다 댔다. 그는 말을 멈추려 하지 않았다.

"그건 공화국의 대관식이었어." 그는 날카로운 목소리로 말했다. "그 행사를 위해 식민지에서 보내온 온갖 종류의 동물들 때문에 그런 종류의 행사치곤 아주 인상적인 광경이었지. 당신은 원숭이들 사이에서 길을 잃을까 봐 겁냈지. 난 원숭이들 사이에서라고 말했어." 그는 거만한 태도로 주위를 둘러보면서 같은 말을 되풀이했다. "난 검둥이들 사이에서라고 말할 수도 있어! 탁자 밑으로 슬그머니 들어가 사람들 눈에 띄지 않을 거라고 생각하는 난쟁이들도 내 **시선**엔 그 자리에서 발각되어 꼼짝 못 하니까. 내 지령은 조용히 하라는 거다"라고 그는 소리를 질렀다. "조용히 해. 모두 자기 자리로 가서 동상의 침입을 경계하라. 명령이다. 트랄랄라." 그는 고함을 지르며 입에 나팔 모양을 한 손을 갖다 댔다. "트랄랄라, 트랄랄랄라."

그는 입을 다물었다. 에브는 동상들이 지금 막 방에 들어왔다는 걸 알았다. 피에르의 몸이 아주 뻣뻣해지고, 창백해지고, 무시하는 듯한 모습을 취했다. 에브 역시 몸이 굳어졌다. 두 사람은 침묵 속에서 기다렸다. 누군가가 복도에서 걷고 있었다. 가정부 마리가 방금 온 모양이었다. '가스 요금을 내게 돈을 줘야겠군'이라고 그녀는 생각했다. 그러자 동상이 날기 시작했다. 그것들은 에브와 피에르 사이를 지나갔다.

피에르는 "앙!" 하고 소리를 지르고는 다리를 끌어당겨서 의자에 웅크렸다. 그는 머리를 돌렸다. 이따금씩 히죽히죽 웃었지만, 이마에는 땀방울이 맺혀 있었다. 에브는 창백한 뺨과 떨면서 삐죽거리는 그의 일그러진 입을 더 이상 쳐다볼 수가 없어서 눈을 감았다. 금빛의 선들이 눈꺼풀의 붉은 바탕을 배경으로 춤추기 시작했다. 그녀는 자신이 늙고 무거워진 듯한 느낌이었다. 그녀로부터 얼마 멀지 않은 곳에서 피에르는 요란하게 숨을 쉬고 있었다. '그것들이 날면서, 붕붕거리면서, 그이 쪽으로 기울고 있다…….' 그녀는 어깨와 오른쪽 옆구리에 가벼운 간지러움 같은, 뭔가 불편한 것을 느꼈다. 본능적으로 그녀의 몸은 마치 불쾌한 접촉을 피하려는 듯, 마치 어떤 무겁고 서투른 물건을 통과시키려는 듯 왼쪽으로 기울어졌다. 갑자기 마루가 삐걱거렸다. 그녀는 눈을 뜨고 손으로 허공을 저으면서 오른쪽을 바라보고 싶어 미칠 지경이었다.

그녀는 아무것도 하지 않았다. 계속 눈을 감고 있었다. 그러자 쓰라린 기쁨이 그녀를 떨게 했다. '나 역시 무서워하고 있어' 하고 그녀는 생각했다. 그녀의 모든 삶이 오른쪽으로 피신한 것 같았다. 그녀는 눈을 감은 채 피에르 쪽으로 몸을 기울였다. 조금만 노력하면, 그녀도 난생처음으로 비극적인 세계 속으로 들어갈 수 있을 것이다. '난 동상들이 무서워'라고 그녀는 생각했다. 그것은 격렬하고도 맹목적인 긍정, 하나의 주문(呪文)이었다. 그녀는 있는 힘을 다해 동상들의 현존(現存)을 믿고 싶었다. 그녀의 오른쪽을 마비시켰던 그 고뇌로 그녀는 하나의 새로운 감각, 촉각을 만들려고 노력했다. 팔과 옆구리, 어깨에서 에브는 동상이 지나가는 걸 느꼈다.

동상들은 낮고 부드럽게 날아다녔다. 그것들은 붕붕거렸다. 에브는 그것들이 심술궂게 생겼으며, 그 속눈썹은 그들의 눈 근처에 있는 돌에서 나온 것이라는 걸 알았다. 하지만 그 모습을 잘 그려볼 수는 없었다. 또한 그것들이 아직 완전히 살아 있는 것은 아니지만, 살갗에는 딱지와 미적지근한 비늘 껍질이 그 커다란 몸뚱이 위에 나타났다는 것도 알았다. 손가락 끝에는 돌이 벗겨지고, 손바닥은 근질근질했다. 에브는 이런 모든 걸 볼 수는 없었다. 다만 인간의 모습을 하면서도, 돌처럼 단단하고도 완고한, 거대한 여인들이 엄숙하고도 괴상한 모습으로, 그녀를 스쳐간다는 느낌뿐이었다. '그것들이 피에르에게 몸을 기울이는데.' 에브는 너무도 격렬한 노력을 해서 손이 다 떨리기 시작했다. '그것들이 내 쪽으로 몸을 기울이는구나…….' 갑자기 끔찍스러운 비명이 그녀를 얼어붙게 했다. '그것들이 피에르를 건드렸구나.' 그녀는 눈을 떴다. 피에르는 얼굴을 손으로 감싸고 헐떡이고 있었다. 에브는 피로로 쓰러질 지경이었다. '장난이야' 하고 그녀는 후회스럽게 생각했다. '장난에 불과해. 난 한 순간도 그걸 진지하게 믿어본 적이 없어. 하지만 그동안 피에르는 정말로 괴로워한 거다.'

피에르는 축 늘어져 거칠게 숨을 쉬고 있었다. 그러나 그의 동공은 이상하게 확대되어 있었다. 그는 땀을 흘리고 있었다.

"당신, 그것들 봤어?" 그가 물었다.

"전 볼 수가 없었어요."

"당신에겐 그편이 더 나아, 당신을 무섭게 할 테니까. 나야 습관이 됐지만." 그는 말했다.

에브의 손은 여전히 떨렸다. 피가 머리로 치밀어오르는 듯했다. 피에르는 주머니에서 담배 한 대를 꺼내 입에 물었다. 하지만 불을 붙이지는 않았다.

"보는 것뿐이라면 괜찮지만, 그것들이 나를 만지는 건 싫어. 부스럼이라도 생길까 봐 겁이 나" 하고 그는 말했다.

그는 잠시 생각하더니 물었다.

"그것들의 소리를 들었어?"

"네, 꼭 비행기 엔진 소리 같던데요." 에브가 대답했다. (피에르는 지난 일요일에도 바로 그렇게 말했었다.)

피에르는 관대한 척 미소를 지었다.

"당신, 과장하는군." 그가 말했다. 하지만 그는 여전히 창백했다. 그는 에브의 손을 바라보았다. "당신 손이 떨리는군. 그것이 당신을 놀라게 했군, 아가트. 하지만 그렇게 걱정할 필요 없어. 내일 안으로는 다시 오지 않을 테니까."

에브는 말할 수가 없었다. 이가 덜덜 떨려 피에르가 알아차릴까 봐 겁이 났다. 피에르는 그녀를 오랫동안 쳐다보았다.

"당신 굉장히 아름답군" 하고 고개를 흔들며 말했다. "유감스런 일이야, 정말 유감스런 일이야."

그는 재빨리 손을 뻗어 에브의 귀를 가볍게 만졌다.

"내 아름다운 악마! 당신이 너무 아름다워 날 좀 방해하는구려. 내 정신을 산만하게 하는구려. 만약 요약하는 것이 문제가 아니라면……."

그는 말을 멈추고 깜짝 놀란 듯이 에브를 바라보았다.

"이런 말을 하는 게 아닌데……, 그냥 나오고 말았어!……. 그냥 나온 거야." 그는 막연한 표정으로 미소를 지으면서 말했다. "난 다른 말을 하려고 했는데……, 그런데 그만 그 말이…… 대신 나왔군. 당신에게 하던 말을 잊어버렸어."

그는 잠시 생각하더니 머리를 흔들었다.

"난 자야겠어." 그러고는 어린애 같은 목소리로 덧붙여 말했다. "이봐, 아가트, 난 피곤해. 이젠 통 생각이 나질 않아."

담배를 던지고는 불안한 듯 양탄자를 바라보았다. 에브는 그의 머리맡에 베개를 밀어넣었다.

"당신도 자." 그는 눈을 감으면서 말했다. "그것들은 다시 오지 않을 거야."

요약. 피에르는 잠들었다. 순진한 미소를 반쯤 머금고, 머리는 약간 기울어져 있었다. 마치 뺨을 어깨에 문지르고 싶어하는 것 같았다. 에브는 졸리지 않았다. 그녀는 생각했다. 요약. 피에르는 갑자기 멍청한 표정을 짓더니, 길고 희끄무레한 말이 입 밖으로 흘러나왔다. 피에르는 마치 그 말을 눈으로는 보지만 무엇인지 알아볼 수 없다는 듯이, 놀란 표정으로 자기 앞을 바라보았다. 그의 입은 벌어져 있었고, 물렁물렁했다. 그의 내부에서 무언가 부서진 것 같았다. '저이는 혼자 중얼거렸다. 이런 일은 처음이다. 게다가 그도 그 사실을 알아차렸던 모양이다. 이제 통 생각이 나지 않는다고 말하는 걸 보니.' 피에르는 육감적인 짧은 신음 소리를 냈다. 그의 손이 가볍게 움직였다. 에브는 그를 매정하게 쳐다보았다. '어떤 모습으로 깨어날까?' 바로 이 생각이 그녀를 괴롭혔다. 피에르가 잠들면 그녀는 그것에 대해 생각해야만 했다. 아무리 하지 않으려고 해도 소용이 없었다. 피에르가 흐리멍덩한 눈으로 잠에서 깨어나 중얼거리기 시작할까 봐 두려웠다. '난 바보야' 하고 그녀는 생각했다. '그런 일은 1년 후에나 일어날 거라고 프랑쇼가 말했는데.' 그러나 고뇌가 그녀로부터 떠나지 않았다. 1년. 겨울, 봄, 여름, 또 다른 가을. 어느 날인가 이런 모습들은 흐릿해질 테고, 그는 턱을 축 늘어뜨리고 눈물 어린 눈을 반쯤 뜰 것이다. 에브는 피에르의 손에 몸을 기울이고 입술을 갖다 댔다. '그 전에 내가 당신을 죽일 거예요.'

에로스트라트*

* 전설에 따르면, 에로스트라트Érostrate 또는 헤로스트라투스Herostratus는 고대 에페소스인으로 자신의 이름을 불멸의 것으로 만들기 위해 B.C. 356년경 세계 7대 불가사의 중의 하나로 알려진 에페소스의 디아나 아르테미스 신전(건축가 미상의 신전으로 B.C. 620년에 세워진 것으로 추정된다)을 불태웠다고 한다. 이 이야기에 나오는 회사원 폴 일베르 역시 반(反)인본주의적인 파괴적인 행위로 자신의 이름을 남기고 싶어하는 일종의 '검은 영웅'이다.

인간이란, 위에서 내려다보아야 한다. 나는 불을 끄고 창가에 몸을 기댔다. 그들은 위로부터 자신이 관찰될 수 있다고는 전혀 생각하지 않았다. 그들은 앞모습이나 때로는 뒷모습을 정성스레 치장한다. 하지만 그 모든 효과는 1미터 70센티미터짜리의 구경꾼을 위해 계산된 것이다. 도대체 누가 7층[20]에서 내려다보이는 중절모자의 모양에 대해 곰곰이 생각해봤겠는가? 그들은 짙은 색과 화려한 천으로 그들의 어깨와 머리를 보호하는 것을 게을리 한다. **인간**의 커다란 적인 굽어보는 전망과 맞서 싸울 줄도 모른다. 나는 몸을 구부리고 웃기 시작했다. 그들이 그렇게도 자랑하던 저 유명한 '직립 자세'는 어디로 간 것일까? 그들은 보도에 몸을 부서져라 눌러대었고, 반쯤 기는 듯한 긴 두 다리는 그들의 어깨 밑으로 나와 있었다.

　7층 발코니, 바로 그곳에서 나는 평생을 보내야 했을 것이다. 정신적인 우월성을 물질적 상징으로 지탱해야 한다. 그렇지 않으면 정신적인 우월성은 무너지고 만다. 그런데 인간에 대한 나의 우월성은

---

20 원문에는 6층이지만 우리 식으로는 7층에 해당된다. 사르트르는 유년 시절에 6층에서 살았으며, 일찍부터 파리의 7층 건물에 사는 사람에 대해 글을 쓰려고 했다고 한다.

정확히 무엇일까? 위치의 우월성, 바로 그뿐이다. 나는 내 내부에 있는 인간적인 것 위에 자리잡고, 그것을 바라본다. 바로 그런 이유로 나는 노트르담 대성당의 탑과 에펠 탑의 옥상, 사크레쾨르 성당, 들랑브르 가(街)[21]에 있는 나의 7층 집을 좋아했다. 그것들은 모두 훌륭한 상징이다.

그러나 때로는 거리로 내려가야만 했다. 이를테면 사무실에 가기 위해. 나는 질식할 것만 같았다. 사람들과 함께 동일 평면에 있을 때에는, 그들을 개미로 간주하기란 매우 어렵다. *그들이 나를 건드리기 때문이다.* 한번은 거리에서 죽은 사람을 본 적이 있다. 그 사람은 땅에 코를 박고 엎어져 있었다. 사람들이 그를 뒤집어 뉘었다. 그는 피를 흘리고 있었다. 나는 그의 크게 뜬 눈과 수상쩍은 표정, 그리고 그 모든 피를 다 보았다. 나는 중얼거렸다. "아무것도 아냐. 이건 채 마르지 않은 페인트칠만큼이나 감동적이지 않아. 사람들이 코에다 붉은 칠을 했을 뿐이야." 그러나 나는 다리와 목덜미에서 뭔가 더러운 들쩍지근한 것을 느꼈고, 그래서 기절하고 말았다. 그들은 나를 약국으로 데려가서, 손바닥으로 어깨를 치며 알코올을 마시게 했다. 그들을 죽였어야 했는데.

나는 그들이 내 적이라는 것을 잘 알고 있었다. 하지만 그들은 그 사실을 몰랐다. 그들은 서로 사랑하고, 서로 도왔다. 그리고 내게 대해서도 할 수만 있다면 여기저기서 도왔을 것이다. 내가 자기들과 같은 동족이라고 생각했기 때문이다. 그러나 만약 그 사실을 조금이

---

[21] 파리 몽파르나스 근처의 거리 이름으로, 사르트르는 몽파르나스 가에서 1962년부터 사망할 때까지 살았다. 이 텍스트에 나오는 대부분의 사건도 모두 이 구역에서 일어나는 것으로, 다음에 나오는 『내밀』도 마찬가지이다.

라도 알았던들 그들은 나를 때려눕혔을 것이다. 하기야 나중에 그들은 그렇게 했다. 그들이 나를 붙잡고 내가 누구인지를 알았을 때, 그들은 나를 경찰서로 데리고 가서 두 시간 동안이나 나를 구타하고 혼냈다. 그들은 내 뺨을 때렸고, 주먹질을 했고, 팔을 비틀었고, 바지를 벗겼고, 마지막으로는 내 코안경을 땅바닥에 내동댕이쳤다. 내가 네 발로 기면서 코안경을 찾는 동안 그들은 웃으면서 내 엉덩이를 걷어찼다. 결국 그들이 나를 때려눕히고 말리라는 것을 나는 오래전부터 예측하고 있었다. 난 힘도 세지 않았고, 자신을 방어할 줄도 몰랐으니까. 전부터 날 노리는 사람들이 있었다. 키 큰 녀석들이다. 그들은 장난삼아, 혹은 내가 어떻게 하는지 보려고 거리에서 날 떠밀었다. 난 아무 말도 하지 않았다. 아무것도 이해하지 못하는 척했다. 하지만 그들은 날 자기들 손아귀에 넣었다. 나는 그들이 무서웠다. 그것은 일종의 예감이었다. 그러나 내가 그들을 증오하는 데는 더 심각한 이유가 있다는 것을 당신은 잘 알 것이다.

  이런 관점에서 볼 때, 내가 권총을 산 날부터는 모든 것이 다 잘되었다. 폭발할 수 있고, 요란한 소리를 낼 수 있는 기구 중의 하나를 줄곧 몸에 지니고 다니면, 사람은 누구나 자신이 강하다고 느끼는 법이다. 나는 일요일마다 권총을 꺼내 바지 주머니에 넣고 산책하러 나갔다. 대개는 큰길가로 나갔다. 나는 총이 마치 꽃게처럼 바지를 잡아당기는 것을, 넓적다리에 차디찬 감촉이 와 닿는 것을 느꼈다. 그러나 그것은 차츰차츰 내 몸으로 따뜻해졌다. 나는 꼿꼿한 자세로 걸었다. 마치 자지가 서서 한 발 내디딜 때마다 걷기가 불편한 사람 같았다. 나는 주머니 속으로 손을 집어넣고 그 물건을 만졌다. 때로는 공중변소에 들어가서—그 안에서조차도 옆에 사람이 있게 마련이니까 주의를 해야만 했다— 나는 권총을 꺼내 손으로 무게를 재고, 검은 바둑판무늬의 손잡이와, 반쯤 감은 눈과 흡사한 검은 방아쇠를 바라보았다. 밖에서 벌린 다리와 바지 밑자락을 본 사람들은 내가 오줌을 누는 줄 알았을 것이다. 그러나 나는 공중변소에서는 결코 소변을 보지 않는다.

어느 날 밤, 사람들을 향해 총을 쏘고 싶다는 생각이 들었다. 토요일 밤이었다. 나는 레아를 찾으러 외출했다. 레아는 몽파르나스 가 호텔 앞에서 손님을 끌려고 서성거리는 금발의 여자다. 나는 한 번도 여자들과 육체적인 관계를 맺은 적이 없다. 도둑맞은 느낌이 들기 때문이다. 물론 당신이 여자들 위에 올라타는 것은 사실이지만, 여자들은 자신들의 커다란 털투성이 입으로 당신의 아랫도리를 삼켜버린다. 그리고 또 내가 들은 바에 따르면, 이 거래에서 이득을 보는 사람은— 그것도 아주 월등하게— 바로 여자들이라고 한다. 나는 그 누구에게도 아무것도 요구하지 않는다. 그러나 또 아무것도 주고 싶지도 않다. 그렇지 않으면 내게 혐오감을 느끼면서도 나를 받아들이는, 냉정하고도 독실한 여자가 필요할지 모른다. 매달 첫번째 토요일이면, 나는 레아와 함께 뒤켠 호텔의 한 방으로 올라갔다. 그녀는 옷을 벗었고, 나는 그녀에게 손 하나 대지 않고 바라보기만 했다. 어떤 때는 바지 안에서 저절로 사정해버리기도 하고, 또 어떤 때는 집으로 돌아와 일을 끝낼 때도 있었다. 그날 밤, 레아는 그곳에 없었다. 나는 잠시 기다렸으나 그녀는 오지 않았다. 나는 그녀가 감기에 걸렸을 거라고 생각했다. 1월 초였고 날씨는 매우 추웠다. 나는 실망했다. 상상력이 풍부한 나는 미리부터 그날 밤에 맛볼 쾌락을 생생하게 그리고 있었기 때문이다. 물론 오데사 거리에는 내가 자주 눈여겨보아왔던, 좀 성숙하긴 했지만 단단하고 통통한 갈색머리 여자가 있었다. 나는 성숙한 여자를 싫어하지는 않는다. 그 여자들은 옷을 벗으면 다른 여자들보다 더 벌거숭이로 보이기 때문이다. 그러나 그녀는 내 취향을 몰랐고 그녀에게 대뜸 그것을 내보이기가 부끄러웠다. 게다가 난 새로운 사람을 만나는 걸 경계한다. 그런 종류의 여자들은 문 뒤에다 불량배를 숨겨놓고, 일을 치르고 나면 녀석이 갑자기 나타나 당신의 돈을 갈취할 수 있다. 주먹으로 얻어맞지나 않으면 천만다행이다. 그렇지만 그날 밤 어디서 그런 용기가 났는지는 모르지만, 난 집에 돌아가 권총을 가지고 나와 모험을 해보기로 결심했다.

15분 후, 내가 그녀에게 접근했을 때, 무기는 주머니 속에 있었다. 난 아무것도 두렵지 않았다. 가까이서 그녀를 보니, 그녀는 오히려 초라해 보였다. 그녀는 내 집 맞은편에 사는 특무 상사의 부인과도 흡사했다. 오래전부터 그녀의 벌거벗은 모습을 보고 싶었기 때문에 나는 아주 만족했다. 남편이 외출하면 그녀는 창문을 열어놓은 채 옷을 벗었는데, 나는 여러 번 커튼 뒤에 숨어서 그 모습을 훔쳐보려 했다. 하지만 그녀는 항상 방구석에서 화장을 했기 때문에 잘 보이지 않았다.

스텔라 호텔에는 빈 방이 5층에 하나밖에 없었다. 우리는 계단을 올라갔다. 그녀는 몸이 아주 무거워서 층계를 올라갈 때마다 숨을 쉬기 위해 걸음을 멈췄다. 내 몸은 가뿐했다. 배는 나왔지만 좀 마른 편이다. 숨이 차려면 5층 정도로는 어림도 없다. 5층으로 올라가는 층계참에서 그녀는 걸음을 멈추고 오른손을 가슴에 대며 숨을 크게 내쉬었다. 왼손에는 방 열쇠를 쥐고 있었다.

"높군요." 그녀는 애써 미소를 지으며 나에게 말했다. 나는 묵묵히 그녀에게서 열쇠를 빼앗아 문을 열었다. 나는 주머니 속으로 왼손을 넣어 권총을 잡고, 총 끝을 내 앞쪽으로 향하게 했다. 전기 스위치를 돌린 후에야 총을 놓았다. 방은 텅 비어 있었다. 세면대 위에는 성교를 위한 작은 정사각형의 녹색 비누가 놓여 있었다. 나는 웃었다. 나에게는 비데나 정사각형의 작은 비누가 필요 없었다. 여자는 여전히 내 뒤에서 숨을 헐떡이고 있었고, 그것이 나를 흥분시켰다. 나는 몸을 돌렸다. 그녀는 내게 입술을 내밀었다. 나는 그녀를 떠밀었다.

"옷을 벗어" 하고 나는 말했다.

거기에는 장식 융단으로 만들어진 안락의자가 있었다. 나는 편안하게 앉았다. 이런 경우에 담배를 못 피우는 게 유감이었다. 여자는 드레스를 벗고 나서 경계하는 시선을 던졌다.

"이름이 뭐지?" 나는 몸을 뒤로 젖히며 물었다.

"르네예요."

"자, 르네, 빨리 해. 난 기다리고 있어."

"당신은 옷을 안 벗나요?"

"자, 어서. 나는 상관하지 말고"라고 그녀에게 말했다.

그녀는 발밑으로 속바지를 내려뜨렸고, 그것을 주워 브래지어와 함께 드레스 위에 조심스레 놓았다.

"당신은 좀 별난 사람이군요. 게으름뱅이군요. 모든 걸 다 나한테 해달란 말이죠?" 그녀가 물었다.

그러면서 그녀는 내게로 한 발 다가와 내 의자의 팔걸이에 손을 기대며 그 무거운 몸으로 내 다리 사이에 무릎을 꿇으려고 애썼다. 나는 그녀를 거칠게 일으켜 세웠다.

"그게 아냐, 그게 아니야" 하고 내가 말했다.

그녀는 놀라서 나를 쳐다봤다.

"그럼 내가 어떻게 하길 바라나요?"

"아무것도 아니야. 걷기나 해, 왔다 갔다 해봐. 그 이상은 바라지 않을 테니."

그녀는 어색한 표정으로 이리저리 걷기 시작했다. 알몸으로 걷는 것 이상으로 여자들을 어색하게 하는 것은 없다. 여자들은 뒤꿈치를 땅에 납작하게 대본 일이 없다. 창녀는 등을 구부리고 팔을 늘어뜨렸다. 나는 몹시 행복했다. 안락의자에 편안하게 앉아서, 목까지 오는 옷을 입고 있었으니까. 장갑도 끼고 있었다. 그 성숙한 여인은 내 명령대로 완전히 알몸이 되어 내 주위를 왔다 갔다 했다.

그녀는 내 쪽으로 고개를 돌리고, 마치 체면을 세우려는 듯 애교를 떨며 웃었다.

"나 근사해요? 당신은 날 가지고 눈요기를 하나요?"

"그런 건 알 필요 없어."

"이봐요, 언제까지 이렇게 날 걷게 할 작정이죠?" 그녀가 갑자기 화를 내며 물었다.

"앉아."

그녀는 침대 위에 앉았다. 우리는 말없이 서로를 바라보았다. 그녀의 몸에는 소름이 돋아 있었다. 벽 저편에서 자명종의 똑딱 소리가 들렸다. 갑자기 내가 말했다.

"다리를 벌려."

그녀는 잠시 주저하다가 내 말을 따랐다. 나는 그녀의 다리 사이를 바라보면서 냄새를 들이마셨다. 그러고 나서 크게 웃었다. 눈물이 다 나올 정도였다. 나는 그녀에게 단지 이렇게만 말했다.

"이해하겠어?"

그리고 또 웃기 시작했다.

그녀는 아연실색한 표정으로 나를 쳐다보더니 얼굴을 심하게 붉히며 다리를 오므렸다.

"더러운 자식 같으니." 그녀는 입 안에서 어물어물 말했다.

하지만 나는 더 크게 웃었다. 그러자 그녀는 벌떡 일어나서 의자에 놓인 브래지어를 집어들었다.

"이봐, 끝난 게 아냐." 나는 말했다. "곧 50프랑 줄게. 하지만 돈값은 하고 가야지."

그녀는 속바지를 신경질적으로 집어들었다.

"지긋지긋해요. 아시겠어요, 난 당신이 도대체 무얼 원하는지 모르겠어요. 날 놀리려고 데려왔다면……."

그때 나는 권총을 꺼내서 그녀에게 보여주었다. 그녀는 정색을 하며 날 바라보더니 아무 말 없이 속바지를 떨어뜨렸다.

"걸어." 나는 말했다. "왔다 갔다 해봐."

그녀는 다시 5분 동안 걸었다. 그런 다음 나는 그녀에게 내 물건을 주고 만지게 했다. 팬티가 축축해진 것을 느꼈을 때 나는 일어나서 50프랑짜리 지폐 한 장을 내밀었다. 그녀는 그걸 움켜쥐었다.

"안녕." 나는 덧붙여 말했다. "값에 비해서는 별로 피곤하게 하지 않았을걸."

나는 방을 나왔다. 한 손엔 브래지어를 들고, 또 한 손엔 50프랑짜리 지폐를 든 벌거벗은 여자를 방 한가운데 남겨둔 채. 나는 돈이 아깝다고 생각하지 않았다. 그녀를 놀라게 했으니까. 창녀란 족속은 쉽게 놀라지 않는 법이다. 나는 계단을 내려오면서 생각했다. '내가 원하는 게 바로 이거다. 모두들 놀라게 하는 것.' 나는 어린애처럼 즐거웠다. 나는 집에 돌아오자 호텔에서 가져온 녹색 비누로 더운 물에 오랫동안 문질러댔다. 비누는 내 손가락 사이에서 껍질처럼 얇아져 한참 빨아먹은 박하사탕 같았다.

그러나 밤중에 나는 소스라치게 놀라 깨어났다. 그녀에게 총을 보여주었을 때, 그녀의 눈과 얼굴, 한 걸음 걸을 때마다 출렁거리던 기름진 배가 보였다.

내가 얼마나 바보였던가 하고 나는 중얼거렸다. 나는 쓰디쓴 후회를 했다. 내가 거기 있는 동안, 총을 쏘아서, 거품 떠내는 주걱처럼 그 배때기에 구멍을 내야 했을 텐데. 그날 밤 그리고 다음 사흘 밤을 나는 배꼽 주위를 원 모양으로 둘러싼 여섯 개의 작고 붉은 구멍들을 꿈에서 보았다.

그 후부터는 권총 없이는 결코 밖에 나가지 않았다. 나는 사람들의 등을 보면서, 그들의 걸음걸이에 따라 만약에 내가 총을 쏜다면 어떤 식으로 쓰러질지를 상상해보았다. 일요일마다, 클래식 음악 연주회가 끝날 무렵 샤틀레 극장 앞에 가서 서 있곤 했다. 6시경에 벨이 울리는 소리가 났다. 여자 안내원들이 고리를 가지고 유리문을 잡아매러 나왔다. 자, 시작이다. 군중들이 서서히 나왔다. 아직도 아름다운 감정에 사로잡혀 꿈꾸는 시선을 하고 둥둥 뜨는 듯한 발걸음으로 나왔다. 놀란 얼굴로 주위를 두리번거리는 사람들도 많았다. 거리가 온통 창백하게 보였던 모양이다. 그러자 그들은 아주 신비스런 미소를 지었다. 그들은 한 세계에서 다른 세계로 가고 있었다. 내가, 내가 그들을 기다리고 있었던 곳은 바로 그 다른 세계에서이다.

나는 슬그머니 오른손을 주머니에 넣고 총자루를 힘껏 쥐었다. 이내, 그들을 향하여 총을 쏘고 있는 자신의 모습이 *보였다*. 나는 그들을 쏘아 파이프처럼 내동댕이쳤다. 그들은 쓰러지며 겹겹이 포개졌다. 살아남은 사람들은 공포에 질려, 유리문을 부수면서 극장 안으로 몰려 들어갔다……. 그것은 극도로 신경을 흥분시키는 놀이였다. 드디어는 내 손이 떨렸고, 나는 기운을 차리려고, 드레에르 카페에 코냑 한잔을 마시러 가야만 했다.

여자들은 죽이지 않을 것이다. 허리를 쏘든지, 아니면 장딴지를 쏘아서 펄쩍펄쩍 뛰게 하기만 하면 된다.

나는 아직 아무것도 결정하지 않았다. 그러나 이미 결정이 내려진 듯 모든 것을 하려고 했다. 우선 부수적인 세부사항부터 정리하기 시작했다. 나는 당페르로슈로 시장에 있는 사격장에 가서 연습했다. 마분지 과녁에 쏜 성적은 과히 좋지 않았으나, 사람은 큼직한 표적이므로 괜찮을 것이다. 특히 총구를 들이대고 쏠 때는. 그런 다음 나를 선전하는 데 전념했다. 나는 동료들이 사무실에 모두 모이는 날을 택했다. 어느 월요일 아침, 나는 그들과 악수하는 것이 무척 싫었지만 원칙적으로 친절하게 대했다. 그들은 인사를 하기 위해 장갑을 벗었다. 바지를 벗는 것처럼 장갑을 벗는 모습이 음란해 보였다. 손에서 장갑을 빼려고 손가락을 따라 천천히 장갑을 미끄러뜨리면, 살찌고 쭈글쭈글한 손바닥이 벌거벗은 채 드러났다. 그러나 나는 항상 장갑을 끼고 있었다.

월요일 아침에는 별로 중요한 일이 없다. 그날도 영업부의 타이피스트가 영수증을 가져왔다. 르메르시에가 그녀에게 점잖게 농담했다. 그녀가 나가자 그들은 무감각해진 전문가처럼 그녀의 매력에 대해 자세히 분석했다. 그런 다음 린드버그[22]에 대해 말했다. 그들은 린드버그를 아주 좋아했다. 나는 그들에게 말했다.

"나는 검은 영웅들을 좋아하지."

"검둥이들을?" 마세가 물었다.

"아니, **검은 마술**[23]이라고 할 때와 같은 검은 것 말이야. 린드버그는 하얀 영웅이야. 내겐 흥미가 없어."

"대서양을 횡단하는 것이 그리 쉬운 일인 줄 아나?" 북생이 날카롭게 말했다.

나는 그들에게 검은 영웅에 대한 내 견해를 설명했다.

"아나키스트로군." 르메르시에가 한마디로 요약했다.

"아냐. 아나키스트도 자기 나름대로 인간을 사랑한다네." 나는 부드럽게 말했다.

"그럼 머리가 돈 사람이겠군."

그러나 유식한 마세가 바로 그때 끼어들었다.

"나는 자네가 말하는 타입을 알지"라고 그가 말했다. "그는 에로스트라트라고 불리는 사람인데 유명해지고 싶은 생각에 세계 7대 불가사의 중의 하나인 에페소스 신전을 불태우는 것이 가장 좋다고 생각한 사람이지."

"그 신전을 세운 건축가 이름은 뭔가?"

"생각이 안 나는걸" 하고 그는 솔직히 말했다. "아마 아무도 모를걸."

"그래? 그런데 자네는 에로스트라트의 이름은 기억하고 있군. 그

---

22 찰스 린드버그 Charles A. Lindbergh: 1927년 최초로 대서양 횡단 비행에 성공한 미국의 비행사.
23 검은 마술이란 누군가를 해치기 위해 악령을 끌어들이는 의식을 말한다.

렇다면 과히 손해 보는 계산은 하지 않았군."

대화는 거기서 끝났다. 그러나 나는 아주 마음이 편했다. 때가 되면 그들은 이 대화를 기억해낼 것이다. 나는 그때까지도 에로스트라트에 대해 전혀 들어본 적이 없었는데, 그 이야기를 듣자 힘이 솟았다. 그 작자가 죽은 지도 이미 2천 년이 훨씬 지났건만, 그의 행동은 검은 다이아몬드처럼 아직도 빛나고 있었다. 나는 내 운명이 짧고 비극적일 것이라고 생각하기 시작했다. 그 생각이 처음에는 무서웠지만, 이내 익숙해졌다. 어떤 점에서 그것은 무척이나 고통스러운 일이지만, 또 어떤 점에서는 흘러가는 순간에 상당한 힘과 아름다움을 부여하는 것이었다. 거리로 내려왔을 때, 나는 내 몸 속에서 어떤 묘한 힘을 느꼈다. 나는 폭발하고 요란한 소리를 내는 이 물건, 권총을 몸에 지니고 있었다. 그러나 내가 자신감을 얻은 것은 권총 때문이 아니라, 나 자신에서였다. 나는 권총, 폭죽, 폭탄과 같은 종류의 존재였다. 그리고 언젠가, 내 어두운 인생의 종착역에 이르게 되면, 나 역시 폭발해서 마그네슘의 섬광처럼 격렬하고 짧은 불꽃으로 세계를 빛내리라. 이 시기에 나는 며칠 밤이나 똑같은 꿈을 꾸었다. 나는 아나키스트였고, 러시아 황제가 지나는 길에 흉기를 가지고 서 있었다. 예정된 시간이 되자 행렬은 지나갔고, 폭탄이 터졌다. 우리는—나와 황제, 그리고 금줄의 요란한 장식을 한 세 명의 장교는— 군중 앞에서 공중으로 튕겨나갔다.

나는 이제 몇 주일 동안이나 사무실에 나타나지 않았다. 나는 미래의 희생자들 한가운데서 거리를 쏘다니거나, 혹은 내 방에 틀어박혀 계획을 세웠다. 10월 초 직장에서 해고되었다. 그러자 나는 다음과 같은 편지를 썼고 또 102통의 사본을 만들면서 시간을 보냈다.

선생님,

당신은 유명하신 분이며, 당신의 작품은 3만 부나 인쇄되었습니다. 그 이유를 말하고자 합니다. 그것은 당신이 인간을 사랑하기 때문입니다. 당신의 피에는 휴머니즘이 흐르고 있습니다. 운이 좋은 것이죠. 다른 사람과 함께 있으면 당신의 얼굴은 활짝 핍니다. 당신과 같은 종류의 사람을 만나면, 비록 모르는 사람이라 할지라도 그에게 호감을 가집니다. 당신은 그의 몸, 몸이 연결된 모양, 또 마음대로 벌렸다 오므렸다 하는 그의 다리, 특히 그의 손에 관심이 있습니다. 양손에 다섯 개의 손가락을 가지고 있고, 또 엄지손가락이 나머지 다른 손가락들에 맞서 있다는 것이 당신을 기쁘게 합니다. 옆에 앉은 사람이 탁자에 놓인 찻잔을 들면 더없이 즐거워집니다. 찻잔을 쥐는 모양이 인간적이며, 당신 작품에서 그렇게도 자주 묘사했던, 원숭이보다 덜 유연하며, 덜 빠르긴 하지만, 훨씬 더 지적이라는 겁니다. 또한 당신은 인간의 살덩어리를 사랑하며, 걷는 연습을 하고 있는 회복 중인 중환자의 모습을 사랑하며, 한 발짝 떼어놓을 때마다 다시 그 걸음을 발견하는 듯한 태도를 사랑하며, 그리고 맹수들도 견디지 못하는 그 유명한 시선을 사랑합니다. 그러므로 당신에겐, 인간에 대해 인간에게 말을 하기 위해 적절한 표현을 찾는다는 것은 아주 쉬운 일이었죠. 점잖지만 격정적인 표현 말입니다. 사람들은 탐욕스럽게 당신 책에 달려들어, 편안한 안락의자에 앉아 그 책을 읽고, 당신이 그들에 대해 갖고 있는 그 커다란, 은밀하고도 불행한 사랑에 대해 생각합니다. 그것은 그들을 여러 면에서 위로해줍니다. 이를테면 얼굴이 못생겼거나, 비겁하다거나, 부인이 바람을 피우거나, 정월 초하루에 월급이 오르지 않거나 하는 일들에 대해서 말입니다. 그들은 당신의 신작 소설에 대해 기꺼이 훌륭한 행동이라고 말합니다.

당신을 사랑하지 않는 사람이 과연 어떤 사람인지 알고 싶어하실 것이라고 생각됩니다. 그게 바로 납니다. 나는 인간을 전혀 사랑하지 않기 때문에 잠시 후에 그중 여섯 명을 죽이려고 합니다. 아마도 당신은 자문하겠죠. 왜 *단지* 여섯 명뿐이냐고? 그건 내 권총에 탄환이 여섯 개밖에 없기 때문입니다. 극악무도하죠? 게다가 아주 졸렬한 행위죠? 하지만 다시 한 번 말씀드립니다만, 난 인간을 사랑할 수 *없습니다*. 당신이 어떻게 생각하실지 잘 알고 있습니다. 그러나 당신이 인간에게서 매력을 느끼는 것, 바로 그것이 나를 구역질나게 합니다. 나 역시 당신처럼 적당히 눈을 뜨고, 왼손으로 경제 잡지를 뒤척이면서 절도 있게 음식을 씹는 인간을 본 적이 있습니다. 그것을 보느니, 차라리 바다표범이 식사하는 모습을 보는 게 더 낫다고 생각한다면 잘못일까요? 인간은 아무리 하찮은 짓을 하더라도, 금방 얼굴에 나타나게 마련입니다. 입을 다문 채 음식을 씹을 때 입가가 올라갔다 내려갔다 하는 꼴이 마치 마음의 평정에서, 놀라 울상이 된 상태로 쉴새없이 옮겨가는 것 같습니다. 당신은 그걸 좋아하시죠. 그리고 그걸 정신의 부지런함이라고 부르시죠. 그러나 난 그걸 보면 구역질이 납니다. 왜 그런지는 모르겠습니다. 난 그렇게 태어났으니까요.

우리들 사이에 취향의 차이밖에 없었다면, 난 당신을 이렇게 괴롭히지 않았을 것입니다. 하지만 모든 것이 마치, 당신은 인정이 있고 나는 전혀 인정이 없다는 식으로 행해지고 있습니다. 내가 미국식 바다가재 요리를 좋아하든 말든, 그건 내 자유입니다. 그러나 내가 인간을 사랑하지 않는 이상, 나는 비참한 존재이며, 이 태양 아래 어느 곳에도 설 땅이 없습니다. 그들이 삶의 의미를 독차지했기 때문입니다. 당신은 내가 말하고자 하는 것을 이해하시리라 생각합니다. 나는 35년 전부터 다음과 같은 글이 적혀 있는 닫힌 문에 부딪혀왔습니다. "휴머니스트가 아닌 자는 들어오지 말 것."[24] 내가 시도한 것은 모두 포기해야 했습니다. 시도해본들, 그것은 부조리해서 실패로 끝나거나, 아니면 머지않아 인간에게 득이 된다든가, 둘 중의 하나였기 때문입니다. 내가 일부러 인간에 대해 품은 생각은 아닙니다만, 나는 그 생각을 나로부터 떨쳐버릴 수도, 말로 표현할 수도 없습니다. 그 생각은 마치 유기체의 가벼운 움직임처럼 내 마음 속에 머물러 있습니다. 내가 사용하는 도구조차도, 나는 그것이 그들 것이라고 느꼈습니다. 이를테면 말조차도. 나는 *내 자신의* 말을 갖고 싶었습니다. 그러나 내가 사용하는 말들은 수많은 의식들을 배회하던 것들로, 다른 사람들에게서 취한 습관 덕분에 내 머리 속에서 저절로 정돈됩니다. 당신에게 편지를 쓰면서도 내가 그 말들을 사용한다는 사실에 구역질이 납니다. 하지만 이번이 마지막입니다. 물론 인간을 사랑해야 하겠죠. 그러나 그렇지 못한 사람에 대해서도 아무 짓이나 할 수 있게 허락해주어야 합니다. 하지만 난 아무 짓이나 하고 싶지는 않습니다. 나는 잠시 후에 권총을 들고 거리로 내려가서, 그들에게 *대항하여* 무언가를 할 수 있는지를 보려고 합니다. 안녕히 계십시오, 선생님. 어쩌면 내가 만나게 될 사람이 당신일지도 모르겠군요. 만약 당신의 머리를 터지게 한다면, 내가 얼마나 기뻐할지 당신은 상상도 하지 못할 겁니다. 만약 만나지 못한다면—이게 더 가능한 일이겠죠—내일 신문을 읽어보십

---

24 플라톤은 자신의 『공화국』 서두에 "기하학자가 아닌 자는 들어오지 말 것"이라고 기재하려고 했다고 한다.

시오. 거기서 당신은 폴 일베르라는 녀석이 격노하여 에드가키네 대로에서 행인 다섯 명을 쓰러뜨렸다는 기사를 보게 될 것입니다. 당신은 누구보다도 대(大)일간신문의 논조가 어떤 것인지를 잘 아실 겁니다. 그렇다면 당신은 내가 '격노하지' 않았다는 것을 이해하실 겁니다. 오히려 그 반대로 나는 아주 평온합니다. 안녕히 계십시오.

폴 일베르

나는 102통의 편지를 각각 봉투에 넣고, 그 위에 102명의 프랑스 작가들의 주소를 썼다. 그리고 여섯 개의 우표 묶음과 함께 책상 서랍에 넣었다.

그 후 2주 동안 나는 거의 외출하지 않았다. 나는 서서히 범행에 전념하기 시작했다. 때때로 거울을 쳐다보며 얼굴에 일어난 변화를 보고 기뻐했다. 눈은 더 커졌고 얼굴 전체를 삼키다시피 했다. 그것은 코안경 아래서 검고 부드러웠으며, 나는 유성처럼 눈을 굴려보았다. 예술가이자 살인자의 아름다운 눈을. 그러나 학살이 끝나면 내가 더 많이 변해 있기를 기대했다. 나는 여주인을 살해하고 약탈한, 아름다운 두 하녀의 사진을 본 적이 있었다.[25] 그녀들의 범행 *전과 후*의 사진을 비교해보았다. 범행 *전* 그녀들의 모습은 얼룩진 칼라 위에서 얌전한 꽃처럼 흔들거리고 있었다. 그녀들은 건강했고 호감이 가는 정직함을 풍겼다. 두 여자의 머리칼은 똑같이 슬며시 아이론으로 지져 물결치고 있었다. 그 웨이브 진 머리, 칼라, 사진관에

---

26 사르트르는 여기서 저 유명한 파팽 자매의 범죄에 대해 말하고 있다. 장 주네의 「하녀들」과 니코 파파타키스의 「심연」을 낳게 한 이 사건은 1933년 2월 2일에 일어나 9월 30일 사형 언도로 끝이 난 비극적인 사건이다.

간 듯한 모습, 이 모든 것보다도 더 확신을 주는 것은 바로 자매로서의 닮은 모습이었다. 그것은 혈연과 가족이라는 자연적인 뿌리를 전면에 내세우는 사려 깊은 닮음이었다. 범행 후에 그 여자들의 얼굴은 불같이 타오르고 있었다. 그 목은 장차 잘려질 목처럼 노출되어 있었으며, 여기저기에 주름살이, 공포와 증오의 끔찍스런 주름살이 나 있었고, 마치 발톱을 가진 짐승이 그녀들의 얼굴을 한 바퀴 빙 돌아다닌 듯 살에 주름과 구멍이 파여 있었다. 그리고 눈, 언제나 검고 끝이 없는 듯한 그 커다란 눈―― 내 눈과도 흡사한―― 이 있었다. 하지만 두 여자는 더 이상 닮지 않았다. 그 여자들은 공동의 범죄에 대해 각자 나름대로의 추억을 간직하고 있는 것이었다. 나는 중얼거렸다. "거의 우연으로 인해 저질러진 범죄 하나로 이렇게 고아 같은 얼굴들도 변모되는데, 내가 전적으로 꾸미고 조직한 범죄로부터 내가 바라지 못할 게 도대체 뭐가 있단 말인가?" 그것은 나를 사로잡아 너무도 인간적인……, 내 추함을 뒤엎을 것이다. 범죄란, 그것을 저지른 사람의 인생을 둘로 갈라놓는 법이다. 물론 다시 뒤로 돌아가고 싶을 때도 있을 것이다. 그러나 이 번쩍이는 광물질은 저기 당신 뒤에 버티고 있어 길을 가로막는다. 내가 저지른 범죄를 음미하고, 그것의 짓누르는 무게를 느끼기 위해서 한 시간만 있으면 된다. 이 한 시간을 내 것으로 만들기 위해, 나는 모든 것을 준비하리라. 나는 오데사 가의 위쪽에서 범죄를 저지르기로 결정했다. 그들이 놀라 어쩔 줄 모르는 틈을 타서 도망칠 것이다. 시체는 그들이 치우게 내버려두자. 나는 에드가키네 대로를 가로질러 들랑브르 가로 재빨리 꺾어질 것이다. 거기서 내가 살고 있는 아파트 입구까지 도착하는 데는 30초면 충분하다. 그때 나를 쫓는 추격자들은 여전히 에드가키네

에로스트라트 103

대로변에 있을 것이고, 내 종적을 놓칠 것이다. 내 종적을 다시 찾는 데는 틀림없이 한 시간 이상이 걸릴 것이다. 나는 그들을 집에서 기다릴 것이며, 문 두드리는 소리가 나면, 나는 다시 권총을 장전하여 내 입 안에 쏠 것이다.

나는 전보다 더 풍족하게 살았다. 바뱅 가의 식당 주인과 교섭해서 아침저녁으로 맛있는 음식을 배달시켰다. 배달원이 초인종을 누른다. 나는 문을 열지 않는다. 몇 분 후에 문을 조금 연다. 그러면 바닥에는 김이 무럭무럭 나는 접시가 놓인 길쭉한 바구니가 보였다.

10월 27일 저녁 6시, 내게는 17프랑 50상팀만이 남았다. 나는 권총과 편지 꾸러미를 들고 거리로 내려갔다. 현관문이 닫히지 않도록 조심했다. 일을 저지르고 난 후에 보다 빨리 들어오기 위해서였다. 나는 별로 기분이 좋지 않았다. 손이 차고, 피가 머리로 솟구쳐오르고, 눈이 간지러웠다. 나는 상점과, 에콜 호텔과, 내가 연필을 사는 문방구점을 바라보았다. 그것들을 더 이상 알아볼 수가 없었다. 나는 중얼거렸다. "이 길이 무슨 길이지?" 몽파르나스 가는 사람들로 가득 차 있었다. 그들은 나를 떠밀고, 뒤로 밀어젖히고, 팔꿈치와 어깨로 나를 툭툭 쳤다. 나는 이리저리 흔들리도록 내버려두었다. 그들 사이로 밀고 들어가기에는 역부족이었다. 나는 갑자기 이 군중 한가운데서 끔찍이도 고독하고 초라한 자신을 보았다. 그들은 원하기만 하면, 얼마든지 날 괴롭힐 수 있지 않은가! 나는 주머니 속에 있는 무기가 겁이 났다. 무기가 그 안에 있다는 걸 그들이 곧 눈치챌 것만 같았다. 그들은 냉혹한 눈으로 나를 쳐다보며 말할 것이다. "아니……아니…….". 그들은 분개하면서도 즐거운 듯, 자신들의 인간의 발로 나를 걷어찰 것이다. 린치! 그들은 자신들의 머리 위로 날 집어던질 것이고, 나는 꼭두각시처럼 그들의 팔로 떨어질 것이다. 내 계획의 실행을 다음날로 미루는 게 더 현명하다고 판단했다. 나는 *라쿠폴*²⁶ 카페에 가서 16프랑 80상팀으로 식사를 했다. 나머지 70상팀은 개천에 던졌다.

나는 사흘을 먹지도 자지도 않고 방에 틀어박혔다. 유리창의 덧문은 닫아버렸다. 나는 감히 창가로도 가지 않았고, 불도 켜지 않았다. 월요일, 누군가가 요란하게 초인종을 눌렀다. 나는 숨을 죽이고 기다렸다. 잠시 후에 다시 초인종 소리가 났다. 나는 발끝으로 걸어가 열쇠 구멍에 눈을 붙였다. 검은 천 조각과 단추 하나밖에 보이지 않았다. 녀석은 다시 한 번 초인종을 누르더니 내려갔다. 나는 그 녀석이 누구였는지 모른다. 그날 밤, 신선한 환각이 보였다. 종려나무, 흐르는 물, 둥근 지붕 위로 보랏빛 하늘. 부엌의 수도에서 한 시간마다 물을 마셨기 때문에, 갈증은 나지 않았다. 그러나 배가 고팠다. 그리고 또 갈색 머리의 창녀를 보았다. 마을에서 20리 떨어진 **검은 코스**²⁷에 내가 건축하게 한 성(城) 안에서였다. 그녀는 벌거벗은 채 나와 단둘이 있었다. 나는 권총으로 그녀를 위협하여 무릎 꿇게 하고 네 발로 기어다니게 했다. 이어서 그녀를 기둥에 매어놓고 내가 하려고 하는 짓을 길게 설명한 다음 총을 난사했다. 이런 상념들이 날 매우 혼란시켰기 때문에 생각하는 것을 그만두어야 했다. 그러자 머리가 텅 빈 것 같았고, 난 어둠 속에서 꼼짝하지 않았다. 가구들이

---

26 파리 몽파르나스 가에 있는 카페로, 사르트르가 자주 드나들던 곳이다. 사르트르 덕분에 유명해져 미국 관광객들이 즐겨 찾는다.
27 사르트르는 시몬 드 보부아르와 1935년 코스 Causses에서 산책을 했다(코스는 마시프 상트랄의 석회질 고원을 가리킨다).

삐걱거리기 시작했다. 새벽 5시였다. 내 방을 떠날 수만 있다면 뭐든지 했을 것이다. 그러나 나는 거리를 걷고 있는 사람들 때문에 내려갈 수 없었다.

날이 밝았다. 허기를 느끼지는 않았지만 땀이 나기 시작했다. 셔츠가 축축해졌다. 밖에는 햇빛이 비치고 있었다. 그때 나는 생각했다. '밀폐된 방 안, 어둠 속에서 그는 몸을 웅크리고 있다. 사흘 전부터 그는 먹지도 자지도 않았다. 초인종이 울려도 문을 열지 않았다. 곧 그는 거리로 내려와 죽일 것이다.' 나는 겁이 났다. 저녁 6시에 다시 허기를 느꼈다. 몹시 화가 났다. 잠시 가구에 몸을 부딪히고, 방, 부엌, 화장실에 전등을 켰다. 나는 큰 소리로 노래 부르기 시작했다. 손을 씻고 밖으로 나왔다. 우체통에 편지를 모두 넣는 데 족히 2분이나 걸렸다. 10통씩 포개서 쑤셔넣었다. 봉투 몇 개는 꾸겨넣어야만 했다. 그리고 나서 오데사 가까지 몽파르나스 가를 따라 걸어갔다. 나는 셔츠 가게 거울 앞에서 멈춰 섰다. 거울에 비친 내 얼굴을 보고는 '바로 오늘 밤이다'라고 생각했다.

나는 오데사 가의 위쪽, 가스등에서 얼마 멀지 않은 곳에서 자리 잡고 기다렸다. 두 여자가 지나갔다. 그 여자들은 팔짱을 끼고 있었다. 금발의 여자가 말했다.

"그들은 창문에 온통 양탄자를 쳐놓았고, 그 지방 귀족들이 엑스트라로 나왔어."

"얼굴에 분칠을 했어?" 다른 여자가 물었다.

"일당 5루이짜리 일을 하는 데 분칠을 할 필요야 없지."

"5루이라고!" 갈색 머리 여자가 감탄하면서 말했다. 그녀는 내 옆을 가까이 지나가면서 덧붙였다. "더구나 자기 조상들의 옷을 입는 게 아주 재미있었을 거야."

여자들이 멀어져갔다. 나는 추웠지만 땀을 꽤 흘렸다. 잠시 후 세 명의 남자가 오는 걸 보았다. 그들을 지나가게 내버려두었다. 내겐 여섯 사람이 필요하니까. 왼쪽에 있는 녀석이 나를 바라보더니 혀를 찼다. 나는 눈을 돌렸다.

7시 5분에, 두 무리의 사람들이 연달아 에드가키네 거리로부터 쏟아져나왔다. 한 무리는 두 아이와 남자·여자였고, 그들 뒤로는 세 명의 늙은 여자들이 따라오고 있었다. 나는 앞으로 한 발짝 나갔다. 여자는 화가 난 듯 사내아이의 팔을 흔들었다. 남자는 느릿느릿한 목소리로 말했다.

"이 녀석이 왜 이렇게 귀찮게 굴지."

난 가슴이 너무 심하게 뛰어 팔이 다 아플 지경이었다. 앞으로 나아가 그들 앞에 움직이지 않고 서 있었다. 내 손가락은 주머니 속 방아쇠 주위에서 축축이 젖어 있었다.

"미안합니다." 나를 밀어젖히면서 남자가 말했다.

아파트 문을 닫고 온 것이 생각났다. 그 사실이 날 난처하게 만들었다. 문을 열려면 귀중한 시간을 허비해야만 한다. 사람들이 멀어져갔다. 나는 돌아서서 기계적으로 그들을 뒤따라갔다. 이미 그들을 쏘고 싶은 생각은 없어졌다. 그들은 대로의 군중 속으로 사라졌다. 나는 벽에 몸을 기댔다. 8시를 치는 소리를 들었다. 또 9시를 치는 소리도. 나는 같은 말을 되뇌었다. "왜 이미 죽어 있는 이 모든 사람들을 죽여야만 할까?" 나는 웃고 싶었다. 개 한 마리가 와서 내 발 냄새를 맡았다.

뚱뚱한 남자가 나를 지나쳐가자, 나는 소스라치게 놀라 그 뒤를 따라갔다. 나는 중절모자와 외투 깃 사이로 드러난 그의 붉은 목덜미의 주름을 보았다. 그는 몸을 약간 좌우로 흔들며 숨을 크게 내쉬었다. 아주 건장한 사람 같았다. 나는 총을 꺼냈다. 그것은 번쩍거렸고 차가웠다. 총은 날 구역질나게 했다. 그것으로 내가 뭘 하려고 했는지조차 잘 생각나지 않았다. 때로는 권총을, 때로는 그 사나이의 목덜미를 번갈아 쳐다보았다. 목덜미의 주름은 쓰디쓴 미소를 짓고 있는 입처럼 나를 향해 웃었다. 나는 총을 하수구에 던져버릴까 생각했다.

갑자기 그 녀석이 몸을 돌리더니 화가 난 모습으로 나를 쳐다보았다. 나는 뒤로 한 발짝 물러섰다.

"당신에게……, 뭘 좀 물어보려고……."

그는 내 말을 듣는 것 같지 않았다. 그는 내 손을 보고 있었다. 나는 가까스로 말을 맺었다.

"게테 가가 어디 있는지 말씀해주실 수 있습니까?"

그의 얼굴은 넓적했고, 입술은 떨렸다. 그는 아무 말도 하지 않고 손을 내밀었다. 나는 다시 뒤로 물러서며 그에게 말했다.

"제가 원하는 것은……."

그 순간 나는 내가 고함을 지르려는 것을 알았다. 정말 그러고 싶지 않았는데 그만 그의 배에다 세 방을 쏘고 말았다. 그는 무릎을 꿇으면서 바보처럼 넘어졌고, 그의 머리는 왼쪽 어깨 위로 굴러 떨어졌다.

"더러운 자식, 빌어먹을 자식 같으니!" 나는 그에게 말했다.

나는 도망쳤다. 나는 기침하는 소리를 들었다. 뒤에서 고함지르는 소리와 달려오는 소리도 들었다. 누군가가 물었다. "무슨 일이지?

싸웠나?" 그러자 곧 "살인이다! 살인!" 하고 외치는 소리가 들렸다. 나는 그 고함 소리가 나와 관련된 것이라고 생각하지 않았다. 그 소리는 내가 어렸을 때 들은 소방차 사이렌처럼 불길하게 들렸을 뿐이다. 불길하고도 약간 우스꽝스러운. 나는 있는 힘을 다해 달렸다.

다만 용서받을 수 없는 실수를 저지르고야 말았다. 에드가키네 대로 쪽에서 오데사 가를 올라가는 대신, 몽파르나스 가 쪽으로 내려간 것이다. 그 사실을 알았을 때는 이미 늦었다. 나는 벌써 군중들 한가운데 있었다. 놀란 얼굴들이 나를 돌아다보았다(깃털이 달린 녹색 모자를 쓴, 화장을 짙게 한 여자의 얼굴이 떠오른다). 그리고 등 뒤에서 오데사 가의 얼간이들이 "살인이다"라고 외치는 소리가 들렸다. 손 하나가 내 어깨 위에 놓였고, 그러자 난 정신을 잃었다. 나는 이 군중에 짓밟혀 죽고 싶지는 않았다. 나는 총을 두 방 더 쏘았다. 사람들이 울부짖기 시작했고 흩어졌다. 나는 뛰어서 한 카페 안으로 들어갔다. 내가 지나가자 손님들은 일어섰지만 나를 붙잡으려고 하지는 않았다. 나는 카페를 똑바로 가로질러 화장실에 가 숨었다. 아직 총알이 한 방 더 남아 있었다.

한순간이 흘렀다. 나는 헐떡거리며 숨을 가쁘게 쉬었다. 마치 사람들이 일부러 침묵을 지키고 있는 것처럼, 괴이한 침묵이 흘렀다. 나는 무기를 눈높이까지 치켜들고, 검고 둥글고 작은 구멍을 바라보았다. 총알은 그리로 나오리라. 탄약이 내 얼굴을 태워버리리라. 나는 팔을 늘어뜨리고 기다렸다. 잠시 후에 그들이 살금살금 다가왔다. 마루를 스치는 발소리로 보아, 한 무리는 족히 되었을 것이다. 그들은 잠시 수군거리더니 조용해졌다. 나는 여전히 헐떡거렸고, 칸막이 저편에서 그들이 그 소리를 들었을 거라고 생각했다. 누군가 살며시 다가와서 손잡이를 흔들었다. 그는 내 총알을 피하기 위해 옆쪽 벽에 붙어 있었을 것이다. 그래도 난 쏘고 싶었다. 하지만 마지막 한 방은 나를 위한 것이었다.

"도대체 그들은 뭘 기다리는 것일까?" 나는 중얼거렸다. "그들이 문으로 달려들어 곧 부숴버린다면 나는 자살할 시간도 없을 것이다. 그들은 날 생포할 것이다." 그러나 그들은 서두르지 않았고, 내게 죽어갈 시간을 남겨두었다. 더러운 자식들, 그들은 내가 무서웠던 모양이다.

잠시 후에 한 목소리가 들렸다.

"자, 문을 열지. 해치지는 않을 테니."

침묵이 흘렀고, 똑같은 목소리가 다시 말했다.

"도망갈 수 없다는 걸 잘 알지?"

나는 대답하지 않았다. 여전히 헐떡거렸다. 총을 쏠 수 있는 용기를 얻으려고 중얼거렸다. "그들이 날 붙잡는다면, 날 때리고 내 이를 부러뜨리고, 어쩌면 눈알을 도려낼지도 몰라." 나는 그 뚱뚱한 녀석이 죽었는지 알고 싶었다. 어쩌면 단순히 상처만 입혔는지도……. 그리고 다른 두 발의 총알은 아무도 다치게 하지 않았는지도 모른다. 그들은 뭔가를 준비하고 있었다. 마루 위에서 무거운 물건을 끌어당기는 중이 아니었을까. 나는 서둘러 입 안으로 총 끝을 갖다 대고 아주 세게 물었다. 그러나 총을 쏠 수도 방아쇠에 손가락을 댈 수도 없었다. 모든 것이 다시 침묵 속으로 빠져들어갔다.

그때 나는 총을 내던지고, 그들에게 문을 열어주었다.

내밀

1

륄뤼는 벌거벗은 채로 잠을 잤다. 시트에 살이 닿는 게 좋았고, 또 세탁비도 비쌌기 때문이다. 처음에 앙리는 투덜거렸다. 벌거벗고 침대에 들어가는 여자가 어디 있담, 그런 일은 하지 않는 거야. 그건 상스러워. 그래도 마침내 그는 아내의 버릇을 따르고야 말았는데, 그건 되는대로 내버려두는 앙리의 성격 때문이었다. 그는 사람들이 있으면 말뚝처럼 굳어져버리는 위인이면서도(그는 스위스 사람, 특히 제네바 사람들을 찬양했는데 그들의 목석같은 모습이 그의 눈에는 의젓하게 보였던 것이다), 사소한 일에는 소홀히 했다. 예를 들면 몸도 깨끗이 씻지 않았고, 팬티도 자주 갈아입지 않았다. 륄뤼가 팬티를 빨래 바구니에 넣을 때면, 넓적다리 사이에 쓸려서 밑이 노래진 팬티를 보지 않을 수 없었다. 하기야 륄뤼 자신도 더러운 것을 과히 싫어하지는 않았다. 그럴수록 그것은 좀더 은밀해 보이고 다정한 느낌을 주었기 때문이다. 예컨대 팔꿈치에 난 구멍 같은 것이 그랬다. 그녀는 아무 냄새도 나지 않는 비개성적인 몸뚱이를 가진 영국 사람을 싫어했다. 그러나 남편의 게으름은 딱 질색이었다. 그건 스스로를 지나치게 아끼려는 수작이었기 때문이다. 아침에 일어나면 언제나 꿈에 젖은 듯한 얼굴을 하고, 자신에 대해서는 끔찍이도 상냥하게 굴었다. 햇빛이며, 차가운 물이며, 칫솔 등이 지나치게 거칠어 부당해 보인다는 것이었다.

릴뤼는 등을 대고 누워서, 왼쪽 엄지발가락을 시트의 구멍 사이에 넣었다. 찢어져서 생긴 구멍이 아니라, 솔기가 풀려서 생긴 구멍이었다. 그것이 그녀를 짜증나게 했다. 내일은 꿰매야지. 그러면서도 그녀는 실이 끊어지는 것을 느껴보려고 실을 약간 잡아당겼다. 앙리는 아직 잠들지 않았지만 더 이상 그녀를 귀찮게 굴지는 않았다. 눈만 감으면 가느다랗고 질긴 끄나풀에 묶인 느낌이 들어 새끼손가락 하나 움직일 수 없다고 그는 자주 말했다. 마치 거미줄에 걸린 커다란 파리처럼. 릴뤼는 이 커다란 포로가 된 몸이 자기 몸에 와 닿는 것을 느끼는 게 좋았다. 만약에 그가 이렇게 마비된 채로 있다면, 내가 그를 간호해주고 어린애처럼 씻겨줄 텐데. 이따금 그를 엎어놓고 볼기도 때려줄 텐데. 그리고 그의 어머니가 보러 오면, 무슨 구실을 붙여서라도 시트를 벗겨 그의 벌거벗은 모습을 보여줄 텐데. 그러면 15년 동안이나 아들의 이런 모습을 보지 못한 어머니는 깜짝 놀라 나자빠지겠지. 릴뤼는 남편의 허리 위로 가볍게 손을 뻗어 사타구니를 살짝 꼬집었다. 앙리는 끙끙거렸지만 별다른 움직임을 보이지 않았다. 그는 성(性)불구자였다. 릴뤼는 미소 지었다. 불구란 말은 항상 그녀를 웃게 만들었다. 그녀가 아직도 앙리를 사랑하던 무렵, 그가 이렇게 마비된 채로 그녀 옆에서 쉬고 있을 때면, 어려서 『걸리버 여행기』를 읽을 때 그림에서 본 것과 같은 난쟁이들이 앙리를 꽁꽁 끈으로 묶는 걸 상상하며 즐거워했다. 그녀는 자주 앙리를 걸리버라고 불렀다. 앙리도 그렇게 부르는 걸 좋아했다. 그건 영국 이름이고,

또 그렇게 부르는 륄뤼가 학식이 있어 보였기 때문이다. 하지만 기왕이면 륄뤼가 영국식 악센트로 발음해주었으면 했다. 그들이 얼마나 날 귀찮게 했는지! 배운 사람을 원한다면 잔 브데르하고 결혼할 일이지. 뿔피리처럼 축 늘어진 젖가슴을 가졌지만 5개 국어나 하니까. 일요일마다 소[28]에 갈 때면, 난 앙리의 가족들 사이에서 너무 지겨워 되는대로 아무 책이나 집어들고 읽었지. 그러면 반드시 누군가가 와서 내가 읽는 것을 들여다보곤 했어. 그의 막내 여동생이 "이해가 가요, 뤼시……?" 하고 묻기도 했어. 문제는 앙리가 날 품위 있는 여자라고 생각하지 않는다는 데 있어. 스위스 사람들은 품위가 있다고 생각하는 모양이지만. 그의 큰누나가 스위스 사람과 결혼했는데 아이를 다섯이나 낳았고, 게다가 그들이 산(山) 이야기로 그를 위압하기 때문이지. 난 애를 가질 수 없어. 그건 선천적인 거야. 하지만 함께 외출할 때면, 앙리는 자주 공중변소에 드나드는데, 그게 품위 있는 행동이라고는 결코 생각되지 않아. 난 별수없이 그를 기다리며 쇼윈도나 들여다보고 있어야 하니 도대체 무슨 꼴이람. 그러면 앙리는 바지를 치켜올리면서 늙은이처럼 다리를 구부정하게 하면서 나오지.

륄뤼는 시트 틈에서 엄지발가락을 빼고는 두 발을 약간 움직였다. 이 물렁물렁하고 포위당한 살덩어리 곁에서 민첩하게 움직이는 자기 몸을 느끼는 게 즐거웠기 때문이다. 꾸르륵거리는 소리가 들렸다. 배에서 나는 소리다. 기분이 나쁘다. 앙리의 배에서 나는 소리인지, 아니면 내 배에서 나는 소린지 통 알 수가 없다. 그녀는 눈을 감았

---

[28] 소Sceaux: 파리 남쪽에 있는 교외.

다. 물렁물렁한 창자의 엉킨 덩어리 사이를 흐르는 액체, 그건 세상 사람 누구에게나 있는 거야. 리레트에게도, 나에게도(난 그걸 생각하고 싶지 않아. 그런 생각을 하면 배가 아파). 그는 날 사랑하지만 내 창자를 사랑하는 건 아냐. 만약 내 맹장을 유리병에 담아서 보여준다면, 그는 알아보지 못할 거야. 그는 노상 날 만지작거리지만 그 병을 손에 쥐어준다면, 마음속으로 아무것도 느끼지 못할걸. '이게 릴뤼의 것이지'라고 생각도 하지 않을 거야. 누군가를 사랑한다면 그 사람의 모든 것을 사랑해야 하는데도 말이야. 식도나 간이나 내장까지도. 아마 습관이 안 되어 있어서 그럴지도 몰라. 만약 손이나 팔처럼 그런 것들을 늘 볼 수만 있다면, 사랑하게 될지도 몰라. 그러니까 불가사리는 우리보다 더 사랑하는 거야. 해가 뜨면 해변에 길게 누워 공기를 쐬려고 창자를 내놓거든. 그러면 누구나 창자를 볼 수 있지. 그런데 우리는 어디로 창자를 내놓지? 배꼽으로? 그녀는 눈을 감았다. 그러자 파란 원판이 어제 장터에서처럼 빙빙 돌기 시작했다. 나는 고무 화살로 원판을 쏘았지. 한 번 쏠 때마다 글자에 하나씩 불이 켜져서, 도시 이름을 만들더군. 앙리가 늘 하는 버릇대로 뒤에서 내 몸에 착 달라붙는 바람에 디종[29]이라는 단어를 만드는 데 실패했지 뭐야. 난 누가 뒤에서 만지는 게 딱 질색이야. 등이 없으면 차라리 좋겠어. 내가 보지도 못하는데 수작을 부리는 게 난 싫어. 그들은 실컷 재미를 보고 있는데, 난 그들의 손조차 볼 수 없거든. 단지 손이 내려가고 올라가는 걸 느낄 뿐, 그 손이 어디로 갈 것인지 통 알 수가 없어. 그들은 당신을 뚫어져라 보고 있지만, 당신은 그들

---

[29] 디종Dijon: 중부에 있는 도시 이름.

을 볼 수 없으니까 말이야. 그런데 앙리는 그렇게 하길 좋아하거든. 물론 그런 점까지 생각해서 하는 건 아니겠지만, 늘 내 뒤쪽에 있으려고 해. 앙리는 일부러 내 엉덩이를 만지는 게 확실해. 내가 엉덩이를 가진 걸 부끄러워한다는 것을 알고 말이야. 내가 부끄러워하면 더욱 흥분되는 모양이지. 하지만 난 앙리 생각은 하고 싶지 않아(그녀는 겁이 났다). 난 리레트를 생각하고 싶어. 그녀는 매일 밤 같은 시각에, 앙리가 뭐라고 중얼거리며 끙끙거리기 시작하는 바로 그 순간이 되면 리레트를 생각했다. 그러나 그녀가 나타나려고 하면 뭔가 저항하는 게 있었다. 순간 검은 곱슬머리가 보였다. 드디어 나타나는 모양이군. 그러나 무엇이 나타날지는 결코 알 수 없었기 때문에 그녀는 몸을 떨었다. 그게 얼굴이라면 그래도 좋아. 그 정도로는 괜찮아. 그러나 더러운 추억이 표면으로 떠오를 때는 며칠 밤을 뜬눈으로 새우기도 했다. 한 남자의 모든 것, 특히 *그것을* 안다는 건 무서운 일이다. 앙리의 경우 그것은 달라. 난 그를 머리부터 발끝까지 상상할 수 있어. 그는 물렁물렁하고 불그스름한 배를 제외하고는 온통 회색의 살을 갖고 있어서 날 슬프게 해. 균형이 잘 잡힌 남자가 앉을 때는 배에 주름이 세 개 잡힌다고 앙리는 말하지만,[30] 그의 배에는 주름이 여섯 개나 잡히지. 단지 그는 하나씩 건너뛰어 세고는 다른 주름은 보려고 하지도 않아. 리레트를 생각하니 좀 짜증이 났다. 리레트는 내게 "뤼뤼, 넌 남성의 아름다운 몸이 어떤 것인지 잘 몰라"라고 했어. 그건 바보 같은 말이야. 물론 난 알고 있어. 리레트는 근육이 발달한 돌처럼 단단한 육체를 두고 하는 말인데, 난 그런

---

30 고대 그리스인들의 남성미에 대한 기준을 두고 하는 말임.

건 싫어. 파테르송은 그런 몸을 가지고 있었지. 그가 나를 껴안을 때면 내 몸은 마치 애벌레처럼 물렁물렁해지는 것 같았어. 내가 앙리와 결혼한 것은 그의 몸이 물렁물렁하고, 신부(神父)와 닮았기 때문이야. 수단을 입은 신부들을 보면 여자들처럼 부드러워 보여. 신부들은 아마도 스타킹을 신는다지? 열다섯 살 때, 난 그 옷을 살며시 들춰서 남자의 무릎과 남자용 팬츠를 보고 싶었어. 신부들의 다리 사이에도 뭔가가 달려 있다고 생각하니 참 우스웠어. 한 손으로는 그 긴 옷을 잡고 다른 손으로는 다리를 따라 그곳까지 더듬어 올라가고 싶었어. 내가 여자를 끔찍이 좋아해서가 아니라, 긴 옷 속에 있는 남자의 그것은 좀더 부드럽고 커다란 꽃처럼 보일 것 같아서 말이야. 사실이지 그건 결코 손에 잡을 수 없거든. 가만히 있으면 좋으련만, 짐승처럼 꿈틀거리고 딱딱해지니 말이야. 그것이 딱딱해지고 곤두서면 난폭해서 날 무섭게 해. 사랑이란 더러운 거야. 내가 앙리를 사랑한 것도 그것이 딱딱해지거나 고개를 쳐드는 법이 없기 때문이지. 난 웃었고, 가끔 거기에다 키스도 하곤 했지. 마치 어린애의 그것처럼 난 조금도 무섭지 않았어. 밤마다 내가 그의 작고 부드러운 그것을 손가락 사이로 민지직거리면, 앙리는 얼굴을 붉히며 한숨을 지으면서 돌아눕곤 했지. 하지만 그것은 움직이지 않았고 내 손에서 얌전하게 있거든. 나도 그걸 꽉 쥐지 않아. 그런 모양으로 오랫동안 있으면 앙리는 잠이 들거든. 그러면 나는 똑바로 누워 신부나 순수한 것들 또는 여자를 생각하곤 했어. 그러고는 먼저 내 배를 만져보았지. 정말 팽팽하고 아름다운 배야. 그러다가 손을 슬슬 아래로 내리뻗었지. 그건 곧 쾌락이었어. 나에게 쾌락을 줄 수 있는 건 나밖에 없어.

곱슬머리, 검둥이 머리. 목에 공처럼 메이는 고뇌. 하지만 그녀는 눈을 꼭 감았다. 마침내 리레트의 귀가 나타났다. 사탕과자 같은 진홍빛의 금빛 나는 작은 귀가. 그러나 그걸 보아도 뢸뤼는 여느 때처럼 즐거움을 느낄 수가 없었다. 동시에 리레트의 목소리가 들려왔기 때문이다. 뢸뤼가 싫어하는 날카롭고도 분명한 목소리가. "뢸뤼, 당신은 피에르와 함께 떠나야만 *해요.* 그것이 가장 현명한 길이에요." 난 리레트에게 많은 애정을 갖고 있지만 그녀가 잘난 척하거나, 자기가 한 말에 스스로 도취하는 걸 보면 좀 짜증이 난단 말이야. 어제 라쿠폴 카페에서도 리레트는 약간 사나운 눈초리로 몸을 기울이면서 타이르는 듯한 태도로 말했지. "당신은 이대로 앙리 곁에 있을 수 없어요. 더 이상 그를 사랑하지 않잖아요. 그건 죄악이에요." 그녀는 기회만 생기면 앙리에 대해 나쁘게 말하지만, 점잖은 짓은 아냐. 앙리는 그녀에게 늘 잘해줬는데 말이야. 더 이상 내가 앙리를 사랑하지 않는다. 글쎄, 그럴지도 모르지. 하지만 리레트가 그 말을 할 처지는 못 되지. 그녀는 모든 것을 단순하고 쉽게 생각하거든. 사랑한다든가 혹은 이젠 사랑하지 않는다든가 하는 식으로 말이야. 하지만 난 그렇게 단순하지 않아. 우선 이런 생활에 습관이 배어 있는데다가 또 앙리를 좋아하니까. 앙리는 내 남편인걸. 난 그녀를 때려주고 싶어. 그녀의 살찐 모습을 보면 언제나 좀 아프게 해주고 싶었어. "그건 죄악이에요" 하고 말하면서 리레트는 팔을 들었지. 그러자 그녀의 겨드랑이가 보였어. 난 그녀가 벌거벗은 팔로 다닐 때가 더 좋아. 겨드랑이가 살짝 보이는 것이 마치 입이 벌려진 것 같아서 말이야. 뢸뤼는 머리카락처럼 곱슬곱슬한 털 밑으로 약간 주름진 보라색의 살을 보았다. 피에르는 리레트를 '통통한 미네르바'라고 불렀다. 리레트는 그렇게 불리는 것을 조금도 좋아하지 않았다. 뢸뤼는 막냇

동생 로베르를 생각하며 웃었다. 어느 날 그녀가 속옷만을 입고 있었을 때, "어째서 누나는 팔 밑에 머리카락이 있어?"라고 로베르가 묻자, 그녀는 "병이야"라고 대답한 적이 있었다.[31] 동생은 항상 엉뚱한 생각을 했기 때문에 그녀는 동생 앞에서 옷 입는 걸 좋아했다. 도대체 어디서 그런 생각이 나오는지. 그리고 동생은 륄뤼의 옷이란 옷은 모두 만져보고, 정성껏 옷을 개어놓곤 했다. 손이 아주 빨라 장차 유명한 디자이너가 될지도 모른다고 생각했다. 그건 매력적인 직업이야. 난 그를 위해 옷감 도안이나 해줘야지. 사내아이가 디자이너가 되길 꿈꾸다니 참 신기한 일이야. 내가 남자였다면 탐험가나 배우가 되고 싶지 디자이너는 아닐 거야. 하지만 로베르는 항상 몽상가였고, 별로 말도 하지 않고, 자기 생각을 따르니까. 난 수녀가 되어 부잣집으로 기부금을 받으러 다니고 싶었는데. 눈이 살처럼 부드럽게, 아주 부드럽게 느껴지는 걸 보니 잠이 오려는 모양이지. 창백하고 아름다운 내 얼굴에 수녀들이 쓰는 모자를 쓰면 얼마나 우아해 보일까. 나는 어두운 응접실을 많이 보게 될 거야. 하지만 하녀가 곧 불을 켜겠지. 그러면 조상들의 초상화며 탁자 위에 놓인 브론즈 소삭품들을 보게 되겠지. 그리고 외투걸이도. 부인이 작은 수첩과 50프랑짜리 지폐 한 장을 가지고 나와 "여기 있어요, 수녀님."— "감사합니다. 하느님의 은총이 있으시기를. 다음에 또 뵙겠습니다." 하지만 나는 진짜 수녀는 될 수 없을 거야. 버스 안에서 이따금 남자

---

31 작가의 자전적인 추억이다. 사르트르는 어린 시절 어머니와 함께 같은 방을 썼는데, 어느 날인가 속옷 차림의 어머니 겨드랑이에 난 털을 보고 깜짝 놀라 물어보았더니 "그건 병이야"라고 어머니가 대답했다는 것이다. 사르트르는 훗날 이 일화를 한 인터뷰에서 밝히고 있다.

에게 윙크를 했을 테니. 그 남자는 처음엔 어리둥절해하겠지만, 나한테 이 얘기 저 얘기를 걸면서 따라왔을 거야. 그러면 나는 경찰에게 일러 유치장에 집어넣게 했겠지. 그리고 모금한 돈은 내가 보관했을 거야. 그걸로 뭘 샀을까? **해독제?** 다 부질없는 생각이야. 눈이 아물거리는 게 기분이 좋은데. 마치 눈을 물에 담근 것 같아. 온몸이 편안해지는 느낌이야. 에메랄드와 청금석으로 장식된 녹색의 아름다운 왕관. 왕관이 빙빙 돌다가, 끔찍한 소대가리로 변했다. 그러나 륄뤼는 무서워하지 않았다. "스쿠르주,[32] 캉탈의 새들, 주목할 것!" 하고 그녀는 말했다. 붉고 긴 강이 황폐한 들판을 가로지르며 흘러가고 있었다. 륄뤼는 고기를 다지는 기계와 머리에 바르는 포마드를 생각했다.

"그건 죄악이야!" 그녀는 깜짝 놀라 눈을 부릅뜨고 어둠 속에 일어나 앉았다. 그들은 날 고문하고 있어. 그런데도 그 사실을 알아차리지 못할까? 리레트가 선의로 그런다는 건 나도 잘 알아. 하지만 남들에게는 그렇게 분별 있게 행동하면서, 내가 생각해봐야 한다는 건 왜 이해하지 못하지. 그는 이글거리는 눈으로 내게 "당신은 와야 해! 내 집으로 와야 해. 당신을 아주 내 것으로 만들고 싶어"라고 말했지. 그가 최면술을 거는 사람처럼 날 노려볼 때 난 그의 눈이 무서워. 그리고 내 팔을 너무 꽉 죄지 뭐야. 그 눈을 보면 난 항상 그의 가슴팍에 난 털이 생각나. 당신은 와야 해, 난 당신을 아주 내 것으로 만들고 싶어. 어떻게 그런 말을 할 수 있지? 난 개가 아니야.

의자에 앉았을 때 난 그에게 웃어 보였지. 난 그를 위해 파우더를

---

32 별다른 뜻이 없는 말로 지어낸 말임.

다른 색으로 바꿔 발랐고, 또 그이가 좋아하기 때문에 눈 화장도 했어. 그러나 그는 아무것도 보지 않았어. 내 얼굴은 보지도 않고 그저 내 젖가슴만 보는 거야. 그를 골려주기 위해 내 젖가슴이 그냥 말라 버렸으면 좋겠어. 하지만 내 가슴은 별로 큰 편이 아냐. 아주 작은 걸. 당신은 니스의 내 별장으로 와야 해. 별장은 대리석 층계가 있는 하얀 집으로 바다를 향해 있어, 라고 그는 말했지. 우리는 하루 종일 벌거벗고 살 거야. 벌거벗은 채로 층계를 올라간다는 건 좀 이상하겠지만. 그이가 날 쳐다보지 못하도록 꼭 내 앞에서 걷게 해야지. 그렇지 않으면, 난 단 한 발짝도 옮기지 못할 거야. 그가 장님이 되길 진심으로 바라면서 꼼짝도 하지 않을 거야. 하기야 그가 장님이 된들 지금과 별 차이는 없겠지. 그가 옆에 있으면 난 항상 벌거벗고 있다는 느낌이 드는걸. 그가 내 팔을 잡고 무서운 얼굴로 "당신은 날 열렬히 사랑하지!"라고 말하자, 난 무서워서 그만 "그래요" 하고 대답하고 말았지. 난 당신을 행복하게 해주고 싶어. 우린 자동차로 드라이브도 하고, 배도 타고, 이탈리아에도 갈 거야. 당신이 원하는 건 뭐든지 해줄 거야. 그러나 그의 별장에는 가구가 거의 없어. 우린 마룻바닥에 매트리스를 깔고 자야 한 거야. 그는 내가 자기 품 안에서 자기를 바라겠지. 그러면 그의 냄새를 맡게 될 거야. 그의 가슴은 갈색이고 넓적하기 때문에 내가 좋아할지도 모르지만, 가슴에 털이 너무 많아. 남자들 몸에 털이 없다면 얼마나 좋을까. 그의 털은 검고 이끼처럼 부드러워. 하지만 내가 그걸 쓰다듬을 때마다, 난 너무 끔찍해서 가능한 한 멀리 떨어져 있으려고 하지. 하지만 그이는 날 꽉 껴안아. 그이는 내가 자기 품 안에서 잠이 들기를 바라고, 날 꽉 껴안을 거고, 난 그의 냄새를 맡게 되겠지. 밤이 되면 우리는 바닷소리를 듣겠지. 그가 그 짓을 하고 싶으면 한밤중에라도 날 깨울 위인이야. 난 결코 편안히 잘 수 없을 거야. 월경이 있을 때를 제외하고는 말이야. 그때는 그래도 날 가만히 놔두겠지. 그런데 월경 중인 여자하고도 그 짓을 하는 남자들이 있다는 모양이야. 그 짓을 하고 나면 배에 피가 묻겠지. 자기 피가 아닌 남의 피가. 그리고 시트에도, 여기저기 피가 묻어 있을 거야. 그건 역겨워. 왜 우리는 육체를 가져야만 할까?

릴뤼가 눈을 떴다. 커튼은 거리에서 들어오는 빛을 받아 붉게 물들어 있었다. 거울에도 붉은 그림자가 어려 있었다. 릴뤼는 이 붉은 빛을 좋아했다. 유리창에는 안락의자의 그림자가 반사했다. 앙리는 그 의자의 팔걸이에 바지를 걸어놓았는데, 바지 멜빵은 공중에 축 늘어져 있었다. 그에게 멜빵 고리를 사주어야겠다. 아! 싫어. 난 떠나고 싶지 않아. 하루 종일 그는 내게 키스할 것이고, 난 그의 것이 되겠지. 난 그에게 쾌락을 줄 것이고, 그는 날 바라보며 이렇게 생각할 거야. "이건 내 노리개야. 난 이 여자의 여기저기를 만져보았지. 내가 하고 싶을 땐 언제라도 다시 할 수 있어." 포르루아얄[33]에서. 릴뤼는 시트 속에서 발길질을 했다. 포르루아얄에서 있었던 일이 생각날 때마다 릴뤼는 피에르를 증오했다. 그녀는 철책 뒤에 있었다. 그녀는 피에르가 차에 남아 지도를 보는 줄로 생각했는데, 갑자기 그가 보였다. 살금살금 뒤로 와서 그녀를 보고 있었던 것이다. 릴뤼는 앙리를 발로 찼다. 곧 이 사람은 잠에서 깨어나겠지. 하지만 앙리는 으응 하는 소리만 내고, 깨어나지 않았다. 난 소녀처럼 순수하고

---

33 파리 루브르 박물관 근처 국립극장이 있는 곳이다.

잘생긴 젊은 남자를 알고 싶어. 우리는 서로의 몸에 손을 대지 않은 채 그냥 손에 손을 잡고 바닷가를 산책할 거야. 밤이면 두 개의 같은 침대에 나란히 누워 새벽까지 이야기하며 오누이처럼 지낼 거야. 그렇지 않으면 리레트와 함께 살고 싶어. 여자들끼리 사는 것도 참 재미있을 거야. 리레트의 어깨는 통통하고 반들반들하지. 리레트가 프레넬을 사랑했을 때 난 참 불행했었어. 프레넬이 그녀를 애무하고 그녀의 어깨와 허리를 천천히 쓰다듬으면, 그녀가 한숨을 짓고…… 이런 생각은 날 혼란에 빠뜨리게 하지. 그녀가 벌거벗은 채로 남자 밑에 누워 있을 때 남자의 손이 그녀의 살을 어루만지는 걸 느끼면 어떤 표정을 지을까. 난 이 세상에서 아무리 소중한 것을 준다 해도 리레트의 몸은 건드리지 않을 거야. 비록 그녀가 원하고, 내게 "만져줘"라고 말한다 할지라도, 난 어떻게 해야 할지 모를 거야. 하지만 만약 내 모습이 눈에 띄지 않는다면, 그녀가 그 짓을 하는 동안 옆에서 그녀의 얼굴을 지켜보고는 싶어(설마 그때도 미네르바와 같은 얼굴은 하진 않겠지). 벌린 무릎을, 그 장밋빛 무릎을 가볍게 손으로 살짝 만져 그녀가 신음하는 소리를 들을 수만 있다면. 릴뤼는 메마른 목소리로 짧게 웃었다. 사람들은 이따금씩 이런 생각을 하게 마련이야. 한번은 피에르가 리레트를 강간하는 장면을 상상해보았지. 난 피에르를 도와 리레트의 팔을 붙잡았지. 어제. 그녀의 뺨은 빨갛더군. 우리는 그녀의 긴 의자 위에 붙어 앉았지. 그녀는 다리를 모으고 있었어. 하지만 우리는 아무 말도 하지 않았고, 앞으로도 아무 말도 하지 않을 거야. 앙리는 코를 골기 시작했다. 릴뤼는 휘파람을 불었다. 난 여기 있다. 잠잘 수가 없다. 난 이렇게 잠이 오지 않아 죽겠는데, 이 바보 같은 사람은 코를 골고 있다니. 그가 나를 품에 안고 애원하면서 "당신은 내 전부야, 륄뤼. 난 당신을 사랑해, 떠나지 마!"라고 말한다면, 그를 위해 날 희생하고 여기 그대로 남아 있을 텐데. 그래, 그를 기쁘게 해주기 위해 평생 그와 함께 있을 텐데.

2

리레트는 르돔 카페의 테라스에 앉아서 포르토 한 잔을 청했다. 그녀는 피곤했고, 륄뤼에 대해 화가 나 있었다.

'……이 집 포르토에선 병마개 냄새가 나. 륄뤼는 항상 커피를 마시니까 상관없지만, 그래도 아페리티프 시간에 커피를 마실 수야 없지. 여기 오는 사람들은 모두 돈이 없으니 하루 종일 커피나 밀크 커피를 마시지. 어지간히 흥분될 거야. 난 그럴 수야 없지. 내가 그렇게 커피를 마신다면 손님들 면전에서 상점을 모두 때려부수고 싶을 테니까. 여기 있는 사람들은 예의 바르게 처신할 필요가 없는 사람들이니까. 륄뤼는 어째서 항상 날 몽파르나스에서 만나자고 하는지 통 알 수가 없어. 카페드라페[34]나 팜팜에서 만나도 그녀의 집과 가깝고 또 내 직장에서도 한결 가까울 텐데. 늘 똑같은 낯짝들을 봐야 하니 얼마나 한심스러운지 몰라. 조금이라도 틈만 나면 이리로 오라지 뭐야. 테라스라면 그래도 괜찮아. 안으로 들어가면 더러운 속옷 냄새가 난단 말이야. 난 낙오자들은 딱 질색이야. 테라스에서조차도 난 깨끗한 사람이라 좀 동떨어진 느낌이 들거든. 지나가는 행인들이

---

[34] 몽파르나스의 라쿠폴이나 르돔 카페에 비해 오페라 극장에 있는 카페드라페는 훨씬 더 사치스러운 실내장식으로 유명하다.

면도조차도 하지 않는 남자들과 수상쩍은 꼴을 한 여자들 사이에 내가 있는 걸 보면 놀랄 거야. "저 여자는 도대체 저기서 뭘 하는 걸까?" 하고 속으로 물어보겠지. 여름이면 돈 많은 미국 여자들이 가끔 여길 들른다는 것은 잘 알고 있지만, 그것도 지금의 정부가 이 꼴이라 모두 영국에만 머문다고 하지. 그래서 명품 사업도 잘 안 되는 모양이야. 나도 지난해보다 같은 기간의 절반도 못 팔았으니까. 그런데 다른 사람들은 어떻게 하고 있을까. 뒤베크 부인도 말했지만 가장 우수한 점원인 내가 이 모양이니. 꼬마 욘넬이 가여워 죽겠어. 그 애는 정말 팔 줄 모르거든. 이번 달에도 월급 이외에는 한 푼도 더 벌지 못했을 거야. 하루 종일 서 있다 보면, 좀 쾌적한 장소에서 쉬고 싶어지거든. 약간 사치스럽고, 좀 예술적으로 꾸며진 곳에서 아주 노련한 웨이터들의 대접을 받으며 눈을 감고 몸을 내맡기고 싶거든. 은은한 음악도 필요하지. 가끔 앙바사되르 댄스홀에 가더라도 그리 많은 돈은 들지 않을 거야. 그 카페의 웨이터들은 너무 건방져. 시시한 사람들만 상대하니 그렇지. 그러나 내 시중을 드는 그 키 작은 갈색 머리만은 예외야. 륄뤼는 그런 녀석들에게 둘러싸이는 게 좋은가 봐. 좀 근사한 곳에 가는 게 두려운 모양이지. 요컨대 자신이 없나 봐. 점잖은 사람들을 만나면 으레 겁을 내거든. 그래서 루이를 좋아하지 않았지. 그런데 여기서는 마음이 편하겠지. 깃도 달지 않고, 초라한 차림에 파이프를 물고. 그런데 여자를 보는 그 눈초리란. 감추려고도 하지 않아. 여자를 살 돈이 없는 게 뻔해. 이 동네에서 우글거리는 게 그런 여자들인데. 구역질이 날 정도야. 마치 여자를 잡아먹을 듯한 눈초리군. 당신을 원한다고 상냥하게 말할 줄도, 당신 마음에 들게 일을 진행시킬 줄도 모르는 녀석들이야.'

웨이터가 다가왔다.

"포도주에 물을 타지 말까요?"

"그래요, 고마워요."

웨이터는 상냥한 태도로 다시 말했다.

"참 좋은 날씹니다!"

"그리 이른 건 아니죠" 하고 리레트가 말했다.

"정말입니다. 겨울이 결코 끝나지 않을 것만 같았죠."

웨이터는 물러갔고, 리레트는 그에게서 눈을 떼지 않았다. '이 웨이터는 마음에 들어' 하고 그녀는 생각했다. '그는 자신의 처지를 알고 버릇없게 굴지는 않아. 하지만 늘 내게 한마디씩 하지. 특별한 관심의 표시지.'

등이 구부정하고 여윈 청년이 줄곧 그녀를 바라보고 있었다. 리레트는 어깨를 으쓱하고 등을 돌렸다. '여자에게 윙크를 하려면 깨끗한 셔츠라도 입어야 하지 아닐까. 그가 내게 말을 걸면, 그렇게 대답해줘야지. 륄뤼는 왜 떠나지 않으려는 걸까? 앙리에게 고통을 주기 싫어서. 그건 너무 허울 좋은 생각이야. 그래도 여자가 성불구자를 위해 자기 생을 망칠 권리는 없어.' 리레트는 성불구자를 싫어했다. 그건 체질적인 것이었다. '륄뤼는 떠나야만 해'라고 그녀는 결정했다. '그녀의 행복이 좌우되는 일인데. 인간은 행복과 승부할 권리가 없다고 말해줘야지. 륄뤼, 넌 네 행복과 승부할 권리가 없어. 아냐, 난 아무 말도 하지 않을 거야. 다 끝난 일이야. 이미 수백 번이나 말했는데 뭐. 싫다는 사람을 억지로 행복하게 해줄 수는 없어.' 리레트는 너무 피곤해서 머리가 텅 빈 것만 같았다. 그녀는 포르토를 바라보았다. 녹은 캐러멜처럼 유리잔 속에서 끈적거리는 그 술을. 그러자 그녀의 마음 속에서 '행복, 행복' 하는 소리가 되풀이되었다. 그것은 감동적이고도 엄숙한 아름다운 말이었다. 만약 『파리 수아르』지 현상 퀴즈에서 그녀의 의견을 물었다면, 행복이야말로 프랑스 말 중에서 가장 아름다운 말이라고 대답했을 것이다. '누가 그걸 생각해봤을까? 그들은 모두 정력이나 용기라고 했겠지. 그건 응답자의 대부분이 남자여서 그렇지. 여자뿐이야. 그런 대답을 찾아낼 수 있는 건 여자밖에 없어. 두 개의 상(賞)이 있어야 해. 하나는 남자들 상으로 그들에게서 가장 아름다운 말은 **명예**(Honneur, 오뇌르)일 거야. 다른 하나는 여자들 상으로, 내가 탔을 거야. **행복**(Bonheur, 보뇌르)이란 대답으로. **오뇌르와 보뇌르**, 운(韻)이 참 잘 맞는군. 재미 있어. 난 릴뤼에게 이렇게 말해줘야지. "릴뤼, 넌 네 행복을 망칠 권리가 없어. 네 행복, 릴뤼, 네 행복 말이야." 개인적으로, 피에르는 정말 괜찮은 사람이라고 생각해. 우선 그는 진짜 남자고, 게다가 똑똑하거든. 똑똑하다는 게 뭐 나쁜가. 더구나 돈도 있으니까. 그는 릴뤼를 위해 세심한 주의를 기울일 거야. 그는 일상생활의 자질구레한 어려움을 처리할 줄 아는 사람이지. 그건 여자에겐 참 기분 좋은 일이야. 난 명령할 줄 아는 사람이 좋아. 지나치게 섬세한 것인지는 몰라도. 하지만 그는 웨이터나 지배인에게 말할 줄 알거든. 모두들 그의 말에 복종하지. 이게 내가 '힘이 있다고' 말하는 거지. 아마 앙리에게 가장 부족한 것이 바로 그 점일 거야. 게다가 건강도 고려해야지. 릴뤼는 제 아버지를 봐서라도 조심해야 할걸. 날씬하고 창백한 것도 멋있겠지만, 식욕도 없고 잠을 자고 싶은 생각도 없고, 기껏해야 밤에 네 시간밖에 안 자면서 하루 종일 파리 시내를 옷감 도안을 판다고 뛰어다니니, 그건 무분별한 짓이야. 릴뤼는 올바른 식생활을 해야 할 거야. 한 번에 조금씩 먹는 것도 좋지만, 그렇다면 시간을 정해놓고 자주 먹어야지. 10년을 요양원에 가 있어야 한다고 말한다면 이미 때가 늦었지.'

그녀는 난처한 얼굴로 몽파르나스 네거리에 있는 시계를 쳐다보았다. 바늘은 11시 20분을 가리키고 있었다. '난 륄뤼를 이해할 수 없어. 이상한 성격이야. 남자를 좋아하는지, 아니면 남자에게 싫증이 났는지 도대체 알 수 없단 말이야. 하지만 피에르와 함께라면 그녀는 만족할 텐데. 어쨌든 지난해의 그 작자 라뷔——난 르뷔라고 불렀지만——와 지내던 것과는 좀 다르겠지.' 이 추억은 그녀를 즐겁게 해주었다. 하지만 여윈 청년이 여전히 자기를 바라보았기 때문에 리레트는 웃음을 참았다. 고개를 돌리자 그의 시선과 마주쳤다. 라뷔의 얼굴은 온통 여드름투성이였다. 륄뤼는 장난삼아 손톱으로 살을 누르면서 그걸 짜주었다. '역겨운 일이야. 하지만 그의 잘못은 아니지. 륄뤼는 미남이 어떻다는 걸 잘 모르나 봐. 난 멋 부리는 남자가 좋아. 우선 와이셔츠나 구두, 화려한 색깔의 넥타이, 남자들의 의상이 얼마나 아름다운지 몰라. 좀 거칠지는 모르지만 부드럽고도 힘이 있지. 부드러운 힘이라고나 할까. 마치 영국산 담배와 화장수 냄새처럼 말이야. 그리고 잘 면도한 피부는——여자의 피부와는 달라——코르도바[35]의 가죽과도 같아. 그들의 힘센 팔로 힘차게 당신을 껴안으면, 당신은 그 가슴에 머리를 파묻고 단정한 남자의 강렬하고도 부드러운 냄새를 맡게 될 거야. 그들은 당신에게 달콤한 말을 속삭이겠지. 멋있는 차림, 소가죽으로 만든 단단하고 아름다운 구두. 그들은

---

35 스페인의 도시 이름.

당신에게 이렇게 속삭일 거야. "내 사랑, 내 귀여운 사랑," 그러면 당신은 정신을 잃고 말겠지.' 리레트는 지난해에 자기 곁을 떠난 루이를 생각했다. 그러자 그녀의 가슴은 찢어질 듯했다. '자신을 사랑하는 남자. 여러 가지 조그만 자기만의 방식을 가진 남자, 가문이 새겨진 커다란 반지, 금으로 만든 담배 케이스, 작은 괴벽들……. 다만 그런 남자들이 이따금 심술궂은 짓을 할 때면 여자보다 더 심하거든. 가장 좋은 건 40대 남자인지 몰라. 관자놀이에 희끗희끗한 머리를 뒤로 빗어넘기고, 아직도 몸치장을 게을리 하지 않는데다 마른 체구에 어깨가 넓은 운동미가 넘쳐흐르는 남자, 하지만 인생을 알고 고생을 해봐서 착한 남자. 륄뤼는 아직 어린애야. 나 같은 친구를 가져서 천만다행이지 뭐. 피에르조차도 싫증내기 시작했으니. 그걸 이용하는 여자도 있었을 거야. 하지만 난 항상 피에르에게 조금만 더 참아보라고 말하고, 그가 나에게 조금이라도 정답게 굴면, 모르는 척하면서 륄뤼에 대해 말하지. 난 항상 륄뤼를 위해 좋은 말만 하는데 륄뤼는 그런 행운을 받을 만한 자격도 없어. 아무것도 알아차리지 못하거든. 루이가 떠난 후에 내가 혼자 사는 것처럼, 저도 좀 혼자 살아보라지. 그럼 하루 종일 일하고 나서 저녁에 혼자 방으로 들어가는 게 어떤 거라는 걸 알게 될 테니. 방은 텅 비어 있고, 누군가의 어깨에 머리를 기대고 쉬고 싶어 못 견디는 심정을 말이야. 다음 날 아침에 또 일어나 직장에 가고, 명랑하고 매력적인 모습으로 보이고, 모든 사람에게 용기를 주고, 그런 힘이 도대체 어디서 나오는지 모르겠어. 실은 그런 생활을 계속하느니 차라리 죽는 편이 더 낫다고 생각하면서 말이야.'

벽시계가 11시 30분을 울렸다. 리레트는 행복, 파랑새, 행복의 새,

사랑에 항거하는 새에 대해 생각해보았다. 그녀는 펄쩍 뛰었다. '륄뤼는 30분이나 늦는군. 늘 있는 일이지. 그녀는 결코 자기 남편을 떠나지 않을 거야. 그럴 만한 의지도 없어. 사실 앙리 곁에 있는 건 무엇보다도 체면 때문이야. 그녀는 남편을 두고 바람을 피우지만, 사람들이 그녀를 '마담'이라고 부르는 한은 그건 아무 문제도 안 된다고 생각하는 거지. 그녀는 앙리에 대해 아주 나쁘게 말하면서도, 자기가 말한 것을 누가 다음날 아침 다시 말하기라도 하면 큰일나지. 얼굴이 벌겋게 되어 몹시 화를 내거든. 난 할 수 있는 건 다했어. 해야 할 말도 했고. 륄뤼에겐 안된 일이지만, 이젠 어쩔 수 없어.'

택시 한 대가 르돔 카페 앞에 멈추더니 륄뤼가 내렸다. 그녀는 커다란 트렁크를 들고 있었는데 조금 엄숙한 표정이었다.

"앙리와 헤어졌어요." 그녀가 멀리서 소리쳤다.

그녀는 가방 무게 때문에 몸을 구부리고 다가왔다.

"뭐라구요? 륄뤼." 리레트가 놀라 물었다. "설마 정말은 아니겠죠?"

"정말이에요." 륄뤼가 말했다. "끝났어요. 그이를 혼자 내버려두고 왔어요."

리레트는 아직도 믿을 수 없었다. "그도 알고 있나요? 그에게 말했나요?"

륄뤼의 눈이 사나워졌다.

"그렇다니까요!" 그녀가 말했다.

"그래요, 륄뤼!"

리레트는 어떻게 생각해야 할지 몰랐지만, 어쨌든 륄뤼가 격려해주기를 바란다고 생각했다.

"잘했어요. 대단한 용기예요." 그녀가 말했다.

리레트는 "그것 봐요, 조금도 어렵지 않잖아요"라고 덧붙여 말하고 싶었지만 참았다. 륄뤼는 자신을 칭찬하도록 내버려두었다. 그녀의 뺨은 붉게 물들었고, 눈은 이글이글 타올랐다. 륄뤼는 의자에 앉았다. 트렁크는 자기 옆에 놓았다. 그녀는 가죽 띠가 달린 회색 모직 코트와 밝은 노란색의 터틀 스웨터를 입고 있었다. 모자는 쓰지 않았다. 리레트는 륄뤼가 모자를 쓰지 않고 돌아다니는 것을 싫어했다. 리레트는 이내 자신이 비난과 즐거움이 뒤섞인 야릇한 감정 속으로 빠져들어가는 걸 느꼈다. 륄뤼를 만나면 항상 이런 감정을 느끼는 것이었다. '륄뤼에게서 내가 좋아하는 것은 활기야'라고 리레트는 결정했다.

"순식간에 마음에 있던 말을 다 해버렸어요. 앙리는 매우 어리벙벙해하더군요." 륄뤼가 말했다.

"나도 아직 어리둥절한데요." 리레트가 말했다. "그런데 도대체 어쩐 일이에요, 륄뤼? 사자 고기를 먹었어요. 어디서 그런 용기가 났죠? 어제 저녁만 해도 당신이 앙리를 떠나지 않으리라는 걸 내 목이라도 걸고 장담할 수 있었는데."

"제 동생 때문이에요. 저하고라면 잘난 체해도 괜찮지만, 제 가족을 건드리는 건 참을 수 없었어요."

"도대체 무슨 일이 있었는데요?"

"웨이터는 어디 있어요?" 하고 륄뤼는 의자에서 몸을 흔들며 물었다. "르돔 카페의 웨이터들은 부르려고 하면 항상 없어요. 우리 테이블의 웨이터는 그 작은 갈색머리예요?"

"그래요." 리레트가 말했다. "내가 그를 손아귀에 넣은 거 알아요?"

"그래요? 그렇다면 화장실 담당 청소원을 조심해야 해요. 그는 늘 그 여자와 같이 있어요. 그녀 마음에 들려고 애를 쓰는데 아마도 화장실에 드나드는 여자들을 보기 위한 구실인 것 같아요. 여자들이 화장실에서 나오면 뚫어지게 쳐다봐서 얼굴을 붉히게 만들죠. 참, 잠깐만 기다려줘요. 피에르에게 전화하고 와야겠어요. 그는 화를 낼 거예요. 웨이터가 오거든 밀크 커피 하나 시켜주세요. 곧 끝나요. 돌아와서 다 이야기해드릴게요."

그녀는 일어서서 몇 걸음 가더니 다시 리레트에게로 돌아왔다.

"난 아주 행복해요, 리레트."

"륄뤼." 리레트는 손을 잡았다.

륄뤼는 손을 빼고, 테라스를 가볍게 걸어갔다. 리레트는 그녀가 멀어져가는 걸 바라보았다. '난 그녀가 결코 그런 일을 하지 못할 줄 알았는데. 너무나 즐거워 보이는군' 하고 그녀는 생각했다. 그녀는 좀 어이가 없었다. '남편을 내팽개치는 데 성공하다니. 내 말을 들었더라면 오래전에 그렇게 됐을 텐데. 어쨌든 내 덕이야. 사실 난 그녀에게 많은 영향력이 있거든.'

륄뤼는 잠시 후 돌아왔다.

"피에르도 무척 놀라더군요" 하고 그녀가 말했다. "그이는 자세한 이야기를 듣고 싶어했지만, 나중에 이야기해준다고 했어요. 점심을 같이 먹기로 했으니까요. 아마 내일 저녁엔 함께 떠날 수 있을 거라고 말하더군요."

"륄뤼, 나도 얼마나 행복한지 몰라요" 하고 리레트가 말했다. "빨리 얘기해줘요. 어젯밤에 결정한 거예요?"

"난 아무것도 결정하지 않았어요." 릴뤼는 겸손하게 말했다. "저절로 결정된 거죠." 그녀는 신경질적으로 테이블을 쳤다. "웨이터, 웨이터! 이 집의 웨이터는 정말 지겨워요. 밀크 커피를 주세요."

리레트는 어이가 없었다. 자기가 릴뤼라면 이처럼 중요한 상황에서 밀크 커피나 마시며 시간을 낭비하지는 않을 거다. 릴뤼는 매력적인 여자지만, 얼마나 경박한지 놀라울 정도다. 그녀는 새와도 같다.

릴뤼는 웃음을 터뜨렸다. "당신이 앙리의 모습을 보았더라면!"

"당신 어머니가 뭐라고 하실지 모르겠는데요" 하고 리레트가 진지하게 말했다.

"제 어머니요? 어머니는 무척 기뻐하실걸요." 릴뤼는 확신에 찬 태도로 말했다. "앙리는 제 어머니에게 불친절했어요. 어머니도 이젠 지긋지긋해해요. 그는 날 잘못 길렀다고 늘 어머니를 비난했으니까요. 내가 이렇다는 둥 저렇다는 둥, 혹은 가게 뒷방에서 교육을 받은 게 드러난다는 둥. 내가 오늘 그 일을 한 건 조금은 어머니 때문이에요."

"그런데 무슨 일이 있었죠?"

"글쎄, 그가 로베르의 뺨을 때리지 않겠어요."

"그렇다면 로베르가 집에 왔었어요?"

"네, 오늘 아침 지나는 길에. 엄마는 로베르가 공페즈 회사에 견습공으로 들어가길 원했어요. 전에 제가 말한 적이 있죠? 우리가 아침식사를 하는 동안 로베르가 들렀는데, 글쎄 앙리가 그의 뺨을 때리지 않겠어요."

"하지만, 왜요?" 하고 리레트는 약간 안달이 나 물었다. 릴뤼의 이야기하는 방식이 무척이나 싫었다.

"그들은 말다툼을 했어요." 륄뤼는 애매하게 대답했다. "그런데 동생이 가만히 있지 않았거든요. 대들었죠. 앙리 얼굴에다 대고 '이 늙은 영감탱이'라고 말했죠. 앙리가 로베르에게 후레자식이라고 말했기 때문이죠. 앙리는 그 말밖에 할 줄 모르죠. 그래서 난 자지러지게 웃었죠. 그러자 앙리가 일어서서 로베르의 뺨을 후려치더군요. 난 앙리를 죽이고 싶었어요."

"그래서 떠난 거예요?"

"떠나다뇨?" 륄뤼는 놀라 말했다. "어디로요"

"당신이 떠난 게 바로 그땐 줄 알았죠. 이봐요, 륄뤼, 좀 조리 있게 얘기해봐요. 그렇지 않으면 난 하나도 이해할 수 없어요." 리레트는 의심스러운 태도로 덧붙였다. "정말 앙리와 헤어진 거죠. 정말이죠?"

"그렇다니까요. 벌써 한 시간이나 설명하고 있잖아요."

"좋아요. 그러자 앙리가 로베르의 따귀를 때렸단 말이죠. 그래서요?"

"그래서," 하고 륄뤼가 말했다. "난 앙리를 발코니에 가두었어요. 얼마나 우스웠는지! 그때까지도 잠옷 차림이었는데, 차마 유리창을 부수지는 못하더군요. 얼마나 구두쇤지 말도 못 할 정도니까요. 내가 그이였다면 내 손이 피투성이가 되더라도 다 부숴버렸을 텐데. 그러고 나서 텍시에 부부가 나타났죠. 그때 앙리는 창문 너머로 제게 웃어 보이더군요. 마치 장난이라도 치고 있는 것처럼 말이에요."

웨이터가 지나갔다. 륄뤼는 그의 팔을 붙잡았다.

"자, 드디어 나타나셨군. 귀찮겠지만 밀크 커피 한 잔만 가져다주시죠."

내밀 135

리레트는 약간 거북스러웠다. 그래서 웨이터에게 미안하다는 미소를 지어 보였지만 웨이터는 여전히 시무룩해서 화가 났다는 듯이 일부러 허리를 깊이 구부렸다. 리레트는 륄뤼가 약간 원망스러웠다. 륄뤼는 아랫사람에게 말하는 방식을 잘 모른다. 어떤 때는 너무 허물없이 대하는가 하면, 또 어떤 때는 너무 까다롭게 굴거나 퉁명스럽게 대한다.

륄뤼는 웃기 시작했다.

"잠옷 바람으로 발코니에 서 있던 앙리의 모습이 생각나서 웃는 거예요. 그는 추워서 벌벌 떨고 있었거든요. 그를 가두기 위해 내가 어떻게 했는지 아세요? 그이는 스튜디오 안 구석에 있었는데, 로베르는 울고 있었고, 앙리는 뭐라고 설교를 하고 있었죠. 그래서 난 창문을 열고 '앙리, 저것 좀 봐요. 꽃 파는 여자가 택시에 치였어요'라고 말했죠. 그랬더니 앙리가 내 곁으로 오더군요. 그는 꽃 파는 여자가 스위스 여자라고 아주 좋아하거든요. 게다가 앙리는 그 여자가 자기한테 반한 줄로 알고 있죠. '어디야, 어디?' 하고 말하는 사이에, 난 살그머니 물러나 스튜디오로 돌아와 창문을 잠가버렸죠. 그러고는 유리창 너머로 '내 동생에게 짐승같이 굴면 어떻게 되는지 맛 좀 봐요' 하고 소리쳤죠. 한 시간 이상이나 발코니에 내버려두었더니 눈을 부릅뜨고 우릴 쳐다보는데, 화가 나서 새파랗게 질려 있었어요. 나는 혓바닥을 내밀고, 로베르에게 사탕도 주고 했죠. 그런 후에 난 스튜디오에서 옷을 가지고 와선 로베르 앞에서 옷을 입었죠. 앙리가 싫어하는 걸 알고 일부러 그런 거죠. 그러니까 로베르는 어른처럼 내 팔이랑 목에 키스하지 않겠어요. 정말 매력적인 애예요. 우린 마치 앙리가 그 자리에 없는 것처럼 행동했죠. 그 때문에 목욕하는 것도 잊어버렸지만."

"창문 뒤에는 여전히 앙리가 서 있고? 너무 희극적이군요" 하고 리레트는 크게 웃으면서 말했다.

뤼뤼는 웃음을 멈췄다.

"감기에 걸리지나 않았는지 모르겠어요" 하고 그녀는 진지한 표정으로 말했다. "사람들은 화가 나면 생각하지 않는 법이니까요." 그녀는 다시 명랑하게 말했다. "앙리는 우리에게 주먹을 내밀며 계속 뭐라고 지껄이더군요. 하지만 난 그의 말을 절반도 알아들을 수 없었어요. 그러다가 로베르가 떠나고, 그때 텍시에 부부가 초인종을 눌렀어요. 난 그들에게 들어오라고 했죠. 그들을 보자 앙리는 만면에 희색을 띠고 발코니에서 허리를 숙여 인사하더군요. 난 그들에게 이렇게 말했죠. '우리 남편 좀 보세요. 마치 어항 속의 금붕어 같지 않아요?' 텍시에 부부는 유리창 너머로 그이에게 인사하더군요. 약간 어리둥절해했지만, 워낙 자제할 줄 아는 분들이니까요."

"여기서도 보이는데요" 하고 리레트는 웃으며 말했다. "하하! 당신 남편은 발코니에, 텍시에 부부는 스튜디오 안에……" 그녀는 여러 번 '당신 남편은 발코니에, 텍시에 부부는 스튜디오 안에……' 하고 되풀이했다. 그녀는 뤼뤼에게 그 장면을 묘사하기 위해 더 우스꽝스럽고 더 생생한 말을 찾고 싶었다. 그녀는 뤼뤼가 희극적인 감각이 없다고 생각했다. 하지만 그런 말은 그녀에게도 떠오르지 않았다.

"내가 창문을 열어주자 앙리가 들어왔죠." 뤼뤼가 말했다. "텍시에 부부 앞에서 저에게 키스를 하고는, 장난꾸러기라고 부르더군요." "이 귀여운 장난꾸러기가 날 골려주려고 했지요" 하고 말하더군요. 전 그냥 웃고만 있었어요. 텍시에 부부도 점잖게 웃기만 하고. 모두들 웃었죠. 하지만 그들이 떠나자 그는 제 뺨을 때리더군요. 그래서 난 머리 솔을 그의 입가로 내던졌죠. 그랬더니 그만 그의 입술이 터져버렸죠."

"불쌍한 륄뤼" 하고 리레트는 다정하게 말했다.

하지만 륄뤼는 몸짓으로 모든 동정을 거부했다. 그녀는 전투적인 모습으로 갈색 머리칼을 흔들며 꼿꼿이 앉아 있었다. 그녀의 눈에서 빛이 번득였다.

"그런 다음 서로가 본심을 털어놓았죠. 전 수건으로 그의 입술을 닦아주고 나서 말했죠. 지긋지긋하다고, 그리고 이젠 사랑도 하지 않으니 떠나겠다고요. 그이는 울음을 터뜨리더니 자살하겠다고 하더군요. 어디 그런 수작에 제가 넘어가나요? 기억나요, 리레트. 작년에 라인란트³⁶ 문제로 한참 시끄러웠을 때, 그이는 매일같이 이렇게 말했죠. '곧 전쟁이 일어날 거야. 륄뤼, 난 입대할 테고 곧 전사할 거야. 그러면 당신은 날 그리워하겠지. 날 못살게 군 걸 후회하게 될 걸'이라고. 그때 난 이렇게 대답했죠. '그만 해요, 당신은 성불구자니까 곧 제대할걸요'라고. 어쨌든 난 그이를 진정시켰죠. 날 스튜디오에 가두고 열쇠로 채운다고 하기에 한 달 안에는 떠나지 않겠다고 약속했죠. 그런 다음 그이는 사무실로 갔는데, 눈은 벌겋고 입술에는 반창고를 붙여 흉측한 꼴이었죠. 난 집 안을 치우고, 불에 콩을 올려놓고는 짐을 꾸렸어요. 부엌 식탁 위에 쪽지를 남겨놓았죠."

"뭐라고 썼는데요?"

"이렇게요." 륄뤼는 자랑스럽게 대답했다. "콩은 가스 불 위에 있

---

36 1936년 히틀러의 군대가 독일 라인 강 유역의 비무장지대 라인란트를 점령했다. 이 역사적 사건에 대한 언급은 이 작품의 배경을 1937년경으로 위치시킨다.

어요. 그걸 드세요. 가스는 끄세요. 햄은 냉장고 안에 있어요. 난 지긋지긋해서 떠나요. 안녕."

그녀들은 웃었다. 지나가던 사람들이 돌아다보았다. 리레트는 자신들이 멋진 구경거리가 되었을 거라고 생각하면서, 비엘이나 카페 드라페의 테라스에 자리잡지 못한 걸 후회했다. 웃음을 그치자, 그녀들은 입을 다물었다. 리레트는 자신들이 더 이상 할 말이 없다는 걸 알아차리고는 좀 실망했다.

"전 가야 해요." 륄뤼는 일어서면서 말했다. "피에르를 12시에 만나기로 했거든요. 트렁크를 어떡하죠?"

"내게 맡겨요." 리레트가 말했다. "이따가 내가 화장실 담당 여자에게 맡길 테니까요. 언제 다시 만날까요?"

"2시에 집으로 갈게요. 같이 쇼핑할 게 많아요. 제 물건을 반도 못 가지고 왔으니까요. 피에르가 돈을 주어야 할 텐데."

륄뤼가 떠나자, 리레트는 웨이터를 불렀다. 그녀는 두 사람 몫만큼 마음이 슬프고 무겁게 느껴졌다. 웨이터가 달려왔다. 자기가 부를 땐 항상 빨리 온다는 걸 그녀는 이미 알고 있었다.

"5프랑입니다." 그는 말했다. 그러고는 약간 퉁명스럽게 덧붙였다. "두 분은 아주 즐거우신 모양이더군요. 웃음소리가 아래까지 들리던걸요."

륄뤼가 그의 기분을 상하게 했구나, 하고 리레트는 원망스럽게 생각했다. 그녀는 얼굴을 붉히며 말했다.

"오늘 아침 내 친구가 좀 신경이 날카로워서……."

"매력적이던데요." 웨이터는 진심으로 말했다. "감사합니다."

그는 6프랑을 호주머니에 넣고 가버렸다. 리레트는 약간 놀랐지만

12시를 치는 소리를 듣자, 곧 앙리가 집에 돌아와서 륄뤼의 쪽지를 보겠구나, 라고 생각했다. 그녀에겐 평온함으로 가득한 순간이었다.

"이것을 모두 *내일 저녁 전까지 방담 가에 있는 테아트르 호텔*[37]로 보내줘요." 륄뤼는 귀부인 티를 내며 계산대 여자에게 말하고는, 리레트 쪽으로 돌아섰다.

"됐어요, 리레트. 이제 가요."

"성함이 어떻게 되시죠?" 하고 계산하는 여자가 물었다.

"뤼시엔 크리스팽 부인."

륄뤼는 외투를 팔에 걸치고 달리기 시작했다. 사마리텐 백화점의 중앙 계단을 뛰어서 내려갔다. 리레트도 그 뒤를 따랐다. 발밑을 보지 않아서 몇 번인가 넘어질 뻔했다. 그녀는 자기 앞에서 춤추고 있는 그 푸르고 노란 날씬한 윤곽에 정신이 팔렸다. '정말이지 륄뤼는 육감적인 몸을 가졌어.' 리레트는 륄뤼를 뒤에서나 옆에서 볼 때마다, 그 육감적인 자태에 놀랐지만 왜 그런지는 설명할 수 없었다. 그건 막연한 인상이었다. '그녀는 유연하고 날씬하지만, 어딘지 음란한 데가 있어. 난 그 생각에서 벗어날 수가 없어. 몸을 드러내려고 꼭 끼는 옷만 입어서 그런 모양이야. 엉덩이가 부끄럽다고 떠들면서도 늘 착 달라붙는 스커트만 입거든. 그녀의 엉덩이는 작지만—그래, 내 것보다 작지—훨씬 더 드러나 보인단 말이야. 날씬한 허리 아래서 그 둥그런 엉덩이가 스커트를 꽉 채우거든. 마치 엉덩이에다 대고 옷을 맞춘 것 같아. 게다가 그건 춤까지 추거든.'

---

37 파리 방담 가에 있는 글로브 호텔을 가리킨다.

륄뤼가 돌아섰다. 그녀들은 서로 미소 지었다. 리레트는 비난과 질투가 섞인 심정으로 륄뤼의 그 거침없는 몸을 생각했다. 위로 치솟은 작은 젖가슴, 윤기 있는 노란 피부——마치 손으로 만지면 고무공을 만졌다고 확신했을 것이다——긴 넓적다리, 좀 천하게 보이는 긴 몸, 길쭉한 팔다리. '흑인 여자의 몸'이라고 리레트는 생각했다. '룸바를 추는 흑인 여자 같아.' 회전문 가까이 있는 거울이 리레트의 풍만한 육체를 비쳐 보였다. '내가 더 건강미가 있어.' 리레트는 륄뤼의 팔을 잡으며 생각했다. '옷을 입었을 땐 그녀가 나보다 더 멋있어 보이지만, 벌거벗으면 분명히 내가 더 나을 거야.'

그녀들은 잠시 말이 없다가, 륄뤼가 먼저 입을 열었다.

"피에르는 아주 근사했어요. 당신도 근사했고. 리레트, 난 두 사람 모두에게 감사하게 생각하고 있어요."

그녀는 그 말을 어색하게 했지만, 리레트는 거기에 대해 신경 쓰지 않았다. 륄뤼는 고맙다는 말을 잘 할 줄 몰랐다. 그녀는 지나치게 수줍음을 탔다.

"난처한 일이 생겼네요." 륄뤼가 불현듯 말했다. "브래지어를 하나 사야만 해요."

"여기서요?" 리레트가 말했다. 그들은 마침 속옷 판매점 앞을 지나가고 있었다.

"아니에요. 저걸 보니까 생각났어요. 난 브래지어는 언제나 피셰르 상점에서 사거든요."

"몽파르나스 가에서요?" 리레트가 외쳤다. "조심해야 해요, 륄뤼" 하고 리레트는 심각한 어조로 다시 말했다. "몽파르나스 가는 자주 드나들지 않는 게 좋아요. 특히 이 시간엔. 자칫하면 앙리를 만날지도 모르니까요. 그렇게 되면 난처한 일이잖아요."

"앙리를 만난다구요?" 릴뤼는 어깨를 으쓱하며 말했다. "그럴 리가 없어요. 왜요?"

리레트는 화가 나서 뺨과 관자놀이가 빨개졌다.

"당신은 항상 마찬가지군요, 릴뤼. 뭔가 마음에 안 들면 그냥 무턱대고 아니라고 하는군요. 피셰르 상점에 가고 싶으니까, 앙리가 몽파르나스 가를 지나가지 않는다고 우겨대는군요. 그가 날마다 6시면 그곳을 지나간다는 걸 잘 알면서도. 그가 늘 다니는 길이잖아요. 그렇게 말한 건 바로 당신이에요. 렌 가를 올라가 라스파유 가 모퉁이에서 AE선[38] 버스를 기다린다는 걸 말예요."

"하지만 지금은 5시밖에 안 됐어요" 하고 릴뤼가 말했다. "게다가 아마 그는 사무실에 가지 않았을 거예요. 제가 적어놓은 쪽지를 읽고는 나자빠졌을 테니까요."

"하지만, 릴뤼." 갑자기 리레트가 말했다. "다른 곳에도 피셰르 상점이 있는 걸 잘 알잖아요. 오페라 극장에서 그리 멀지 않은 카트르 세탕부르 가에 있는 것 말이에요."

"그렇긴 해요." 릴뤼가 시무룩하게 대답했다. "하지만 일부러 거기까지 가야 하잖아요?"

"아! 릴뤼, 이것 좀 봐요, 일부러 거기까지 가야 한다구요! 하지만 그건 바로 코앞이잖아요. 몽파르나스 네거리보다 훨씬 더 가깝잖아요."

"그곳에서 파는 건 맘에 안 들어요."

---

[38] 파리 버스 노선.

리레트는 모든 피셰르 상점에서 똑같은 물건을 판다는 걸 생각하니 륄뤼의 말이 우스워졌다. 하지만 륄뤼는 이해할 수 없는 고집을 부리는 여자다. 지금 륄뤼가 제일 만나고 싶지 않은 사람은 두말할 필요 없이 앙리일 텐데. 그런데도 마치 륄뤼는 일부러 그에게 걸려들려고 하는 것 같았다.

"그렇다면," 리레트는 관대하게 말했다. "몽파르나스 가로 가죠. 앙리는 키가 크니까 그가 우릴 보기 전에 우리가 먼저 보게 될 테니까요."

"그래서 어떤데요?" 하고 륄뤼가 말했다. "만나면 만나는 거죠, 뭐. 설마 우릴 잡아먹겠어요."

륄뤼는 몽파르나스 가까지 걸어서 가자고 우겼다. 바람을 쐬고 싶다는 것이었다. 그녀들은 센 가와 오데옹 가를 지나 보지라르 가로 갔다. 리레트는 피에르를 칭찬하면서 이번에도 그가 얼마나 훌륭하게 처신했는지를 말했다.

"난 파리가 좋아요." 륄뤼가 말했다. "파리가 무척 그리울 거예요!"

"그만 해요, 륄뤼. 운 좋게 니스에 가면서, 파리를 아쉬워하는 말을 하다니요."

륄뤼는 대답도 하지 않고 슬픈 표정으로 무엇인가를 찾는 듯 좌우를 둘러보기 시작했다.

피셰르 상점에서 나오자 6시를 치는 소리가 들렸다. 리레트는 륄뤼의 팔꿈치를 잡고 되도록 빨리 가려 했다. 하지만 륄뤼는 보만 꽃가게 앞에서 걸음을 멈추었다.

"이 철쭉 좀 봐요, 리레트. 내게 아름다운 거실이라도 있으면, 이

꽃을 여기저기 놓고 싶어요."

"난 화분에 심은 꽃은 싫어요." 리레트가 말했다.

그녀는 몹시 화가 났다. 렌 가 쪽으로 고개를 돌리자 과연 앙리의 커다란 바보 같은 모습이 이내 나타나는 것이었다. 모자는 쓰지 않고, 스포티한 밤색 트위드 재킷을 입고 있었다. 리레트는 밤색을 무척 싫어했다.

"그가 저기 오는데요, 륄뤼, 그가 온다니까요." 그녀가 황급히 말했다.

"어디요?" 륄뤼가 말했다. "어디 있는데요?"

그녀는 리레트만큼이나 당황해했다.

"우리 뒤, 저편 보도에요. 자, 빨리 뛰어요. 그리고 뒤돌아보면 안 돼요."

그렇지만 륄뤼는 돌아다보았다.

"그가 보이는데요" 하고 그녀는 말했다.

리레트가 그녀를 끌고 가려 했지만 륄뤼는 뻣뻣하게 서서, 앙리를 뚫어지게 바라보고 있었다. 마침내 그녀가 입을 열었다.

"그이가 우리를 본 것 같아요."

륄뤼는 겁이 났던 모양이다. 리레트에게 끌린 채 온순하게 따라왔다.

"이젠 절대로 돌아보지 말아요" 하고 리레트는 약간 헐떡이며 말했다. "다음 길에서 오른쪽으로 꺾어요. 들랑브르 가로요."

그녀들은 지나가는 행인들을 떠밀면서 아주 빨리 걸었다. 이따금 륄뤼는 리레트에게 끌려갔고, 또 어떤 때는 자기가 리레트를 끌기도 했다. 그러나 그녀들이 미처 들랑브르 가 모퉁이에 다다르기도 전에, 리레트는 륄뤼의 뒤로 커다란 갈색 그림자가 나타나는 것을 보았다. 리레트는 그가 앙리라는 걸 알고, 분노로 떨기 시작했다. 륄뤼는 눈을 밑으로 내리깔고는 내내 엉큼하고 고집스런 표정을 짓고 있었다. '륄뤼는 자기가 신중하지 못하다는 걸 후회하지만, 이젠 너무 늦었어……. 할 수 없지, 뭐.'

그녀들은 빨리 걸었다. 앙리는 말 한마디 없이 쫓아오고 있었다. 들랑브르 가를 지나서, 옵세르바투아르 쪽으로 계속 걸어갔다. 리레트는 앙리의 구두가 삐걱거리는 소리를 들었다. 또한 그녀들의 발걸음에 박자라도 맞추려는 듯, 가볍게 헐떡거리는 소리가 규칙적으로 들렸다. 그건 앙리의 숨소리였다(앙리는 항상 거칠게 숨을 쉬지만 이렇게까지 심하진 않았다. 그녀들을 따라오려고 뛰어왔거나 아니면 흥분했기 때문일 것이다).

'마치 그가 없는 것처럼 행동해야지' 하고 리레트는 생각했다. '앙리가 있는 걸 모르는 척해야지.' 하지만 그녀는 곁눈질로 앙리를 살펴보지 않을 수 없었다. 그는 새파랗게 질려 있었고 눈을 밑으로 내리깔고 있어서 마치 눈이 감긴 것 같았다. '몽유병자 같아.' 리레트는 무서워졌다. 앙리의 입술은 떨렸고, 아랫입술에는 조그만 분홍색 반창고가 반쯤 떨어진 채 붙어 있었는데 그것 역시 떨렸다. 그리고 숨소리, 여전히 고르고도 거친 숨소리, 그런데 이제 그것은 콧소리로 들렸다. 리레트의 마음은 편치 않았다. 앙리가 두려운 것은 아니었지만, 질병이라든가, 정열이라든가 하는 것은 항상 그녀를 두렵게 했다. 잠시 후, 앙리는 쳐다보지도 않고, 살며시 손을 내밀어 륄뤼의 팔을 잡았다. 륄뤼는 울 것처럼 입을 일그러뜨리고는 몸을 부르르 떨면서 몸을 뺐다.

"후유!" 하고 앙리가 숨을 쉬었다.

리레트는 그 자리에 멈추고 싶어 미칠 지경이었다. 옆구리가 쿡쿡 쑤시고 귀에서는 붕붕거리는 소리가 났다. 하지만 릴뤼는 거의 뛰다시피 걸어갔다. 그녀 또한 몽유병자 같았다. 만약 리레트가 릴뤼의 팔을 놓고 걸음을 멈춘다면, 그들은 둘 다 나란히, 말없이 죽은 사람처럼 창백해져 눈을 감고 계속 떨 것만 같았다.

앙리가 말하기 시작했다. 마치 목이 쉰 듯한 이상한 목소리였다.

"나와 함께 돌아가."

릴뤼는 대답하지 않았다. 앙리는 여전히 억양 없는 쉰 목소리로 말을 이었다.

"당신은 내 아내야. 나와 함께 돌아가."

"보다시피, 그녀가 돌아가지 않겠다고 하잖아요" 하고 리레트가 이를 악물고 대답했다. "제발 그녀를 가만히 놔두세요."

그는 그녀의 말은 들은 척도 안 하고 되풀이했다.

"난 당신의 남편이야. 난 당신이 나와 함께 돌아가길 원해."

"제발, 그녀를 가만히 놔두세요." 리레트가 날카로운 목소리로 말했다. "그녀를 그렇게 괴롭혀봤자 아무 소용없어요. 우리를 가만히 내버려둬요."

그는 놀란 표정을 지으면서 리레트 쪽으로 몸을 돌렸다.

"내 아내요." 그는 말했다. "그녀는 내 아내요. 난 그녀가 나와 같이 돌아가길 바라오."

그는 릴뤼의 팔을 잡았다. 그러나 이번엔 릴뤼가 뿌리치지 않았다.

"가세요"라고 리레트가 말했다.

"난 가지 않을 거요. 어디든지 쫓아갈 거요. 그녀는 집으로 돌아와야 해요."

그는 간신히 말했다. 그러다가 갑자기 얼굴을 찌푸리더니 이를 드러내면서 있는 힘을 다해 소리 질렀다.

"당신은 내 거야!"

사람들이 뒤를 돌아보고는 웃었다. 앙리는 륄뤼의 팔을 흔들고, 입술을 내밀면서 짐승처럼 으르렁거렸다. 다행히도 빈 택시가 지나갔다. 리레트가 손짓을 하자 택시는 그 자리에 섰다. 앙리도 역시 섰다. 륄뤼는 계속 앞으로 걸어가려 했으나, 두 사람이 양쪽에서 그녀의 팔을 한쪽씩 붙잡았다.

"폭력으론 그녀를 결코 데려가지 못해요." 리레트는 차도 쪽으로 륄뤼를 끌어당기면서 말했다.

"놔요. 내 아내를 놔두시오"라고 앙리는 그 반대쪽으로 륄뤼를 잡아당기면서 말했다.

륄뤼는 속옷 주머니처럼 흐물흐물해졌다.

"탈 겁니까? 안 탈 겁니까?" 운전수가 참다못해 소리쳤다.

리레트는 륄뤼의 팔을 놓았다. 그러고는 앙리의 손을 주먹으로 마구 때렸다. 하지만 그는 때리는 걸 느끼지도 못하는 모양이었다. 이윽고 그는 손을 놓더니 멍청하게 리레트를 바라보기 시작했다. 리레트도 역시 그를 바라보았다. 리레트는 쉽게 생각을 가다듬을 수가 없었다. 심한 구역질이 그녀를 사로잡았다. 그들은 얼마 동안 그렇게 바라보면서 서 있었다. 두 사람 모두 숨이 가빴다. 이윽고 리레트는 다시 정신을 차려 륄뤼의 허리를 잡고는 택시로 끌고 갔다.

"어디로 가십니까?" 하고 운전사가 물었다.

앙리가 쫓아와서 같이 택시에 타려고 했다. 그러나 리레트는 그를 힘껏 떠밀고는 재빨리 문을 닫았다.

"자! 갑시다, 가요." 리레트가 운전수에게 말했다. "갈 곳은 좀 있다 말해드릴게요."

택시가 출발했다. 리레트는 택시 안에 깊숙이 몸을 파묻었다. '이게 무슨 상스러운 꼴이람' 하고 그녀는 생각했다. 릴뤼가 정말 미웠다.

"어디로 갈까요, 릴뤼?" 하고 그녀는 다정하게 물었다.

릴뤼는 대답하지 않았다. 리레트는 그녀를 팔로 감싸고는 달래듯이 말했다.

"대답해요. 피에르의 집으로 데려다 줄까요?" 릴뤼가 약간 움직이자 리레트는 승낙하는 것으로 생각하고, 몸을 앞으로 기울였다.

"메신 가 11번지요."

리레트가 뒤를 돌아다보니 릴뤼가 이상한 얼굴로 그녀를 바라보고 있었다. "무슨 일이죠……." 리레트가 말했다.

"난 당신이 싫어요" 하고 그녀가 울부짖었다. "난 피에르도, 앙리도 싫어요. 모두들 날 어떻게 하려는 거죠? 당신들은 날 고문하고 있어요."

그녀는 갑자기 말을 그쳤다. 얼굴이 온통 일그러졌다.

"울어요" 하고 리레트는 침착하고 위엄 있는 태도로 말했다. "울어요. 그러면 기분이 좀 나아질 테니까요."

릴뤼는 허리를 굽히고 엉엉 울기 시작했다. 리레트는 그녀를 품에 꼭 안아주었다. 가끔 릴뤼의 머리도 쓰다듬어주었지만, 내심으로는 냉담하고 경멸하는 기분이었다. 차가 멈췄을 때, 릴뤼는 진정되어 있었다. 그녀는 눈을 씻고 분을 발랐다.

"미안해요." 그녀는 상냥하게 말했다. "전 흥분했어요. 앙리가 그런 꼴을 하고 있는 것을 차마 볼 수가 없었어요. 그이가 내 마음을 무척이나 아프게 했어요."

"그는 꼭 오랑우탄 같던데요." 리레트는 기분을 돌려 명랑하게 말했다.

릴뤼가 웃었다.

"언제 다시 만날까요?" 리레트가 물었다.

"오늘은 안 되겠어요. 피에르가 자기 어머니 때문에 날 집에 재울 수 없다고 말했거든요. 난 테아트르 호텔에 있을 거예요. 별일 없으면, 내일 아침 일찍 9시쯤 오세요. 그 후에는 엄마를 보러 가야 하니까요."

그녀는 창백했다. 리레트는 릴뤼의 얼굴이 이렇게 쉽게 흐트러질 수 있을까 생각하니 슬퍼졌다.

"오늘 저녁엔 너무 걱정하지 말아요." 리레트가 말했다.

"전 무척 피곤해요." 릴뤼가 말했다. "피에르가 일찍 돌려보내면 좋겠는데. 하지만 그는 이런 일을 결코 이해하지 못해요."

리레트는 그대로 택시에 탄 채 집으로 돌아갔다. 영화를 보러 갈까 생각도 해보았지만 더 이상 마음이 내키지 않았다. 리레트는 의자 위에 모자를 던지고 창문 쪽으로 한 걸음 옮겼다. 그러나 그늘진 구석에서 눅눅해진 하얀 침대가 그녀를 유혹했다. 거기다 몸을 던지고 그녀의 불타는 뺨에 베개의 애무를 느껴본다면. '난 강한 여자야. 릴뤼를 위해 모든 걸 다했어. 그런데 난 혼자고, 아무도 날 위해주는 사람은 없구나.' 그녀는 자신이 불쌍해서 흐느낌이 목구멍까지 치밀어올라오는 걸 느꼈다. '그들이 니스로 떠나면 다시는 보지 못하겠지. 두 사람을 행복하게 해준 건 바로 난데, 그들은 날 생각하지도 않겠지. 그리고 난 여기 남아서 하루에 여덟 시간씩 일해야 한다니. 뷔르마 상점에서 가짜 진주나 팔면서 말이야.' 첫번째 눈물이 몇 방울 뺨 위로 흘러내리자, 리레트는 조용히 침대에 쓰러졌다. '니스에서……' 그녀는 애처롭게 울면서 되풀이했다. '니스에서…… 태양이 있는 곳에서…… 리비에라 해변에서…….'

3

"후유!"
 캄캄한 밤. 누군가가 방 안을 걷고 있는 것만 같았다. 슬리퍼를 신은 남자가. 조심스럽게 한 발을 내딛고, 또 한 발을 내디디며 걷고 있었다. 마룻바닥이 가볍게 삐걱거리는 소리가 났다. 그가 걸음을 멈췄다. 잠깐 침묵이 흘렀다. 그러다 어느 틈엔가 방 저쪽으로 자리를 옮겨, 마치 편집증 환자처럼 아무 목적도 없는 걸음을 다시 시작하는 것이었다. 륄뤼는 추웠다. 담요가 너무 얇았다. 그녀는 크게 "후유" 하고 소리를 냈다. 이번에는 그녀의 목소리기 무섭게 했다.
 후유! 지금 그이는 틀림없이 하늘과 별을 보고 있겠지. 밖에서 담배를 피우고 있겠지. 그이는 파리 하늘의 보랏빛이 마음에 든다고 말했어. 종종걸음으로 집에 돌아가겠지, 종종걸음으로. 그 짓을 하고 나면, 시적인 감정이 들고, 젖을 짜고 난 암소처럼 몸이 가벼워지는 느낌이 든다고 말했지. 그러고는 더 이상 그것을 생각하지 않지. 그런데 난 더럽혀지고. 그가 이 순간 순결하다 해도 전혀 놀라운 일이 아니야. 더러운 것을 이 캄캄한 곳에 쏟아놓았으니까. 수건에도 잔뜩 묻어 있고, 침대 한가운데 시트도 축축이 젖어 있어. 난 다리를 뺄 수도 없어. 젖은 데가 피부에 닿을까 봐. 얼마나 지저분한데. 그런데 그의 몸은 말라 있거든. 그이가 밖으로 나가 내 창문 아래서 휘파람 부는 소리가 들리더군. 그이는 저 아래 멋진 양복과 스프링 코트 차림으로 건조하고 산뜻한 모습으로 서 있었지. 정말 그이는 옷을 입을 줄 알았지. 여자들은 그이와 함께 외출하는 걸 자랑스럽게 여기지. 그이는 내 집 창문 아래 있었어. 그리고 난 벌거벗은 채 어둠 속에 있었고. 난 추웠어. 난 여전히 몸이 축축하게 젖어 있다고 느꼈기 때문에 손으로 배를 문질렀지. "아주 잠깐 방이 어떤지 보려고 올라왔어" 하고 그이가 말했지. 그러고는 두 시간이나 있었지 뭐야. 침대는 삐걱거렸고. 이 빌어먹을 작은 쇠침대가. 도대체 어떻게 이런 호텔을 찾아냈을까? 그이가 예전에 여기서 두 주일을 보낸 적이 있으며, 나도 잘 지낼 거라고 말했지. 참 괴상한 방들이야. 두 개의 방을 보았는데, 난 이처럼 작은 방들은 본 적이 없어. 게다가 방에는 쿠션 의자며, 긴 소파며, 작은 탁자며, 가구들로 가득 차 있거든. 여기저기서 사랑을 한 냄새가 풍기는군. 그가 정말 여기서 두 주일을 보냈는지는 모르지만, 분명히 혼자 지내지는 않았을 거야. 나를 이 안에 처박아놓는 걸 보면 필경 날 우습게 보는 거야. 우리가 계단을 올라가자 호텔 종업원이 무척이나 재미있어하더군. 알제리 녀석이지. 난 그런 녀석들이 싫어. 그들이 무서워. 그는 내 다리를 훔쳐보더니, 사무실로 돌아갔어. 아마도 그 녀석은 이렇게 중얼거렸겠지. "그래, 그 짓을 할 모양이군"이라고. 그러고는 더러운 것을 상상하겠지. 거기서는 여자들에게 아주 끔찍한 일을 한다는 거야. 일단 여자가 그들 손아귀에 들어가기만 하면 평생 절름발이가 되는 여자도 있다지. 피에르가 날 귀찮게 하는 동안, 난 내가 하는 짓을 상상하고 있을 그 알제리 녀석을 생각했어. 그 녀석은 실제보다도 더 더러운 것을 상상했을 거야. 방에 누군가가 있나 봐!

릴뤼는 숨을 죽였다. 그러자 금방 삐걱거리는 소리가 멈췄다. 허벅지 사이가 아프다. 가렵고 쓰라리다. 난 울고 싶다. 이제부턴 매일 밤 이럴 거야. 내일 밤을 제외하곤. 우린 기차 안에 있을 테니까. 릴뤼는 입술을 깨물고, 몸을 떨었다. 자신이 신음 소리를 낸 것이 생각났기 때문이다. 그건 사실이 아냐. 난 신음 소리를 내지 않았어. 단지 숨을 좀 크게 쉬었을 따름이지. 그의 몸이 어찌나 무거운지 그이가 내 위에 있으면 언제나 숨이 막히거든. 그이는 내게 "신음하는군, 즐기는군"이라고 말했지만, 난 누가 그런 짓을 하면서 말을 하는 건 딱 질색이야. 자신을 잊어버렸으면 해. 그런데 그이는 더러운 말들을 끊임없이 지껄이거든. 우선 난 신음하지 않았어. 난 쾌감을 느낄 수 없으니까. 그건 사실이야. 내가 스스로에게 쾌감을 주지 않는 한 느낄 수 없다고 의사가 전에 말했어. 그런데 그이는 그걸 믿으려 하지 않아. 그들은 결코 믿으려 하지 않았어. 그들은 모두 말하기를 "시작을 잘못해서 그래. 내가 쾌감을 느끼게 해주지"라고 말하면서 말이야. 난 그들이 떠들게 내버려두었어. 그것이 무엇인지 잘 알고 있으니까. 의학적인 것이지. 그런데 그것이 그들의 비위를 거스른 모양이야.

누군가가 계단을 올라오고 있었다. 누군가가 돌아오는 모양이다. 아아, 그이가 돌아오는 거라면. 그 생각이 나면 충분히 그럴 수 있는 사람이다. 그이는 아니야. 발소리가 둔탁해. 그렇다면, 릴뤼의 가슴이 심하게 고동쳤다. 알제리 녀석이 아닐까. 그 녀석은 내가 혼자 있다는 걸 알고 있어. 내 방문을 두드릴지도 몰라. 난 참을 수 없어. 아냐, 아래층이야. 어떤 녀석이 자기 방으로 돌아가는 모양이야. 열쇠 구멍에 열쇠를 넣고 있군. 시간이 좀 걸릴걸. 취해 있으니까. 이 호텔에는 도대체 어떤 사람들이 머무르고 있을까? 뻔한 사람들이겠지! 오늘 오후에도 계단에서 붉은 머리의 여자를 만났는데, 아편쟁이 같은 눈을 하고 있었어. 난 신음하지 않았어. 물론 그이가 여러 가지 장난을 쳐서 좀 정신이 나가기는 했지만. 그이는 그 짓을 할 줄 알아. 난 그런 짓을 할 줄 아는 사람이 싫어. 차라리 숫총각과 자는 게 나아. 필요한 곳에 곧장 가는 손, 살며시 문지르며 조금, 지나치지 않게 살짝 누르는 손. 그들은 당신을 악기로 생각하고, 그 악기를 잘 연주할 줄 안다고 자랑하지. 누군가가 나를 혼란시키는 게 싫어. 목이 마르고, 무서워지거든. 입에서도 냄새가 나고. 또 그들이 나를 지배한다고 생각하기 때문에 모욕감이 들거든. 피에르가 다음에 또 그 거만한 얼굴로 "기술이 좋지"라고 말하면 따귀라도 갈겨줘야지. 아아, 인생이란 바로 그런 거야. 옷을 입는 것도, 목욕하는 것도, 아름답게 치장하는 것도 모두 그 때문이고, 소설이란 소설은 모두 다 그 얘기뿐이고, 사람들은 내내 그 생각만 한다고 말하지. 그런데 실제로는 한 남자와 방으로 가서 당신을 반쯤 질식하게 하고 마침내는 당신 배를 축축하게 만들고 끝난다. 바로 그것이다. 아 자고 싶어. 아! 잠시라도 잠들 수 있다면! 내일은 밤새도록 여행을 할 텐데. 아주 피곤할 거야. 모처럼 니스를 산책하게 될 텐데, 그래도 좀 상쾌한 기분으로 걷고 싶어. 니스는 아주 아름다운 곳이라는데. 이탈리아식의 좁은 길들과 햇볕에 말리는 색깔 있는 옷들. 난 화구를 설치해놓고 그림을 그려야지. 그러면 어린 여자 아이들이 와서 그림 그리는 걸 보겠지. 아, 불결해! (몸을 좀 펴고 누웠더니, 허리에 시트의 축축한 부분이 닿았던 것이다.) 그이가 날 데려가는 것도 바로 이 짓을 하기 위해서야. 아무도, 아무도 나를 사랑하지 않아. 그이는 내 곁에서 걸었고, 난 거의 기절할 것만 같았어. 그이가 한마디 다정한 말을 해주길 기다리고 있었지. "사랑해"라고 말할 수도 있었을 텐데. 물론 그렇다고 내가 그의 집으로 다시 돌아가지야 않았겠지만. 하지만 나도 뭔가 다정한 말을 해주었을 테고 우린 좋은 친구로 헤어질 수도 있었을 텐데. 난 기다렸어. 계속 기다렸어. 그이가 내 팔을 잡기에, 난 그대로 두었지. 리레트는 몹시 화를 냈어. 그가 오랑우탄 같다는 건 사실이 아니야. 하지만 리레트가 그 비슷한 생각을 하고 있다는 걸 난 알았어. 그녀가 더러운 눈으로 그이의 얼굴을 곁눈질하고 있더군. 리레트가 그렇게 나쁜 여자인 줄은 정말 몰랐어. 그런데도, 그이가 내 팔을 잡았을 때, 난 저항하지 않았어. 그러나 그이가 원한 건 *내가* 아니었어. 나와 결혼했고, 내 남편이기 때문에 *자기 아내를* 원한 거지. 그는 늘 나를 멸시했어. 자기가 나보다 더 똑똑하다고 말했지만, 사태가 이렇게 된 건 모두 그의 잘못이야. 그가 날 업신여기지민 않았던들, 난 여전히 그와 함께 있었을 텐데. 틀림없이 이 순간에도 그이는 날 그리워하지 않을 거야. 그이는 울지도 않고 그저 으르렁거리기만 하겠지. 그렇게 할 거야. 그이는 혼자 침대를 다 차지하고, 긴 다리를 쭉 뻗을 수 있어 몹시 만족해하고 있을 거야. 난 죽고 싶어. 난 그이가 날 나쁘게 생각할까 봐 겁이 나. 리레트가 우리 사이에 있어서 그이에게 아무 설명도 할 수 없었어. 리레트는 노상 떠들어댔어. 마치 히스테리 환자 같았어. 지금쯤은 만족해서 자신의 용기에 대해 스스로 칭찬하고 있을걸. 양처럼 순한 앙리에게 그 무슨 나쁜 짓이야. 난 갈 거야. 그들이 아무리 말려도 나를 개처럼 앙리와 헤어지게 할 수는 없어. 그녀는 침대에서 뛰어내려 스위치를 돌렸다. 양말과 슬립만 있으면 돼. 그녀는 너무도 급해서 머리도 빗지 않았다. 사람들은 발목까지 내려오는 커다란 회색 외투를 입은 내가 알몸이라는 걸 모르겠지. 현관문을 열려면 그 알제리 녀석을—그녀는 가슴이 두근거려서 멈춰 섰다— 깨워야만 하는데. 그녀는 살금살금 내려갔다. 하지만 층계는 디딜 때마다 삐걱거렸다. 그녀는 사무실 유리창을 두드렸다.

"무슨 일입니까?" 알제리 녀석이 물었다.

그의 눈은 충혈되었고, 머리는 헝클어져 있었다. 그렇게 무서운 모습은 아니었다.

"문 좀 열어줘요." 륄뤼는 퉁명스럽게 말했다.

15분 후 륄뤼는 앙리 집의 벨을 눌렀다.

"누구요?" 하고 앙리가 문 너머로 물었다.

"저예요."

앙리는 아무 대답도 하지 않았다. 그이는 내가 왔는데도 들어오게 하질 않으려나 보다. 그러나 난 그이가 문을 열 때까지 두드릴 거야. 이웃 사람들 때문에라도 문을 열겠지. 잠시 후 문이 빠끔 열렸고, 코에 종기가 난 앙리가 창백한 모습으로 나타났다. 그는 잠옷 바람이었다. '잠자지 않았었군.' 륄뤼는 애정이 넘치는 마음으로 생각했다.

"난 이런 식으로 헤어지고 싶지 않았어요. 당신을 한 번 더 만나고 싶었어요."

앙리는 여전히 말이 없었다. 륄뤼는 그를 조금 밀치다시피 하면서 안으로 들어갔다. 도대체 그이는 왜 이렇게 부자연스러울까? 늘 무엇을 하다 들킨 사람 같단 말이야. 팔을 흔들면서, 눈을 동그랗게 뜨고 날 쳐다보고 있어. 몸 둘 바를 모르는 모양이야. 말하지 말아요. 말하지 말아요. 당신이 너무 얼떨떨해서 말할 수 없다는 걸 난 잘 알고 있어요. 앙리는 침을 삼키려고 애를 썼다. 결국 륄뤼가 문을 닫지 않으면 안 되었다.

"난 좋은 친구로 헤어지기를 원해요" 하고 그녀가 말했다.

그는 말을 하려는 듯이 입을 열더니, 재빨리 돌아서서 달아났다. 뭘 하려는 거지? 그녀는 그를 쫓아갈 엄두가 나지 않았다. 우는 걸까? 갑자기 기침 소리가 들렸다. 화장실에 있구나. 앙리가 돌아보자, 그의 목에 매달려 입술에 키스했다. 앙리에게선 토한 냄새가 났다. 륄뤼는 울음을 터뜨렸다.

"추운데" 하고 앙리가 말했다.

"자요." 그녀는 울면서 말했다. "내일 아침까지는 있을 수 있어요."

그들은 잠자리에 들었다. 륄뤼는 그녀의 방과 깨끗하고 아름다운 침대, 창으로 들어오는 붉은빛을 다시 보자 심한 흐느낌으로 몸을 들먹였다. 그녀는 앙리가 자기를 껴안을 것이리고 생각했다. 그러나 그는 그렇게 하지 않았다. 그는 마치 말뚝을 눕혀둔 것처럼 몸을 쭉 펴고 드러누웠다. 앙리는 스위스 사람과 말할 때처럼 몸이 뻣뻣해져 있었다. 륄뤼는 두 손으로 앙리의 머리를 쓰다듬으며, 앙리를 뚫어지게 바라보았다. '당신은 순결해요, 당신은 순결해요.' 앙리는 울기 시작했다.

"난 정말 불행해. 이렇게 불행한 적은 없었어" 하고 그가 말했다.

"저도 마찬가지예요" 하고 륄뤼가 말했다.

그들은 오랫동안 울었다. 얼마 후 그녀는 불을 끄고 그의 어깨에 머리를 기댔다. 언제까지나 이렇게 있었으면, 두 명의 고아처럼 슬프고 순결하게. 그러나 그건 불가능하다. 삶에서 그런 일은 일어나지 않는 법이다. 삶은 륄뤼를 덮쳐 앙리의 품으로부터 그녀를 빼앗아가는 거대한 파도였다. 당신의 손, 당신의 큰 손. 그이는 손이 큰 게 자랑이지. 오래된 가문의 후손은 늘 큰 손과 큰 발을 갖는 법이라고 말했지. 그는 더 이상 내 허리를 두 손으로 껴안지 않겠지——그이는 날 간지럽게 했어. 그래도 난 그이가 허리를 껴안으면 두 손가락 끝이 맞닿았기 때문에 자랑스러웠지. 그가 성불구라는 건 사실이 아냐. 그이는 순결해, 순결해——약간 게으르긴 하지만. 륄뤼는 눈물을 흘리며 미소 지었다. 그러고는 앙리의 턱 밑에 키스했다.

"부모님께 뭐라고 말하지?" 하고 앙리가 말했다. "어머니가 이 얘길 들으면 돌아가실 거야."

크리스팽 부인은 죽지 않을 것이다. 오히려 기뻐할걸. 그 다섯 식구는 식사 시간에 모여 비난하는 태도로 나에 대해 말할걸. 마치 모든 걸 다 알고 있지만, 열여섯 살 난 여자 아이 앞에서 어떤 것들을 말하기에는 너무 어려 말할 수 없다는 것처럼 말이야. 앙리의 어머니는 모든 걸 다 알고 속으로 비웃을 거야. 그녀는 늘 모든 것을 다 알고 날 싫어했어. 이 진창 같은 것! 게다가 표면적으로는 내게 나쁘게 되어 있어.

"식구들한테 당장 말하진 말아요. 건강 때문에 니스에 가 있다고 해요." 그녀는 애원했다.

"내 말을 믿지 않을걸."

그녀는 앙리의 얼굴 전체에 입을 맞췄다.

내밀 157

"앙리, 당신은 내게 그렇게 다정하지 못했어요."

"그건 사실이야. 난 다정하지 못했어." 앙리가 말했다.

"하지만 당신도 마찬가지야" 하고 그는 잠시 생각하더니 말했다. "당신도 그렇게 다정하지는 못했어."

"하긴 그랬어요. 후유! 우리는 왜 이렇게 불행할까요." 릴뤼가 말했다.

그녀는 너무 심하게 울어서 숨이 막힐 것 같았다. 곧 날이 밝을 테고 그러면 그녀는 떠나야 한다. 사람은 결코 자기가 원하는 것을 하지 못하는 법이다. 그냥 휩쓸려갈 뿐이다.

"이런 식으로 떠나서는 안 되는데" 하고 앙리가 말했다. 릴뤼는 한숨을 내쉬었다.

"당신을 무척 사랑했어요, 앙리."

"이젠 더 이상 사랑하지 않는단 말이오?"

"전과 같지는 않아요."

"누구와 떠나지?"

"당신이 모르는 사람들과요."

"어떻게 내가 모르는 사람들을 알지? 어디서 그들을 만났지?" 앙리가 화를 내며 말했다.

"신경 쓰지 말아요, 여보, 나의 걸리버. 지금까지도 남편 노릇을 하려는 건 아니겠지요?"

"남자와 같이 가는군!" 앙리가 울면서 말했다.

"들어봐요, 앙리. 아니라고 맹세할게요. 엄마의 얼굴에 대고 맹세할 수 있어요. 지금은 남자들이 역겨워졌어요. 난 한 부부와 함께 떠나요. 리레트의 친구들인데 나이 든 사람들이에요. 난 혼자 살고 싶어요. 그들이 일자리를 마련해줄 거예요. 오, 앙리, 내가 얼마나 혼자 살고 싶어하는지, 이런 일을 얼마나 역겨워하는지 당신은 모를 거예요."

"뭐라구? 무엇이 당신을 역겹게 하지?" 앙리가 말했다.

"모든 것이요!" 그녀는 앙리에게 키스를 했다. "역겹지 않은 건 당신밖에 없어요."

그녀는 앙리의 파자마 밑으로 손을 넣어 오랫동안 그의 몸을 애무했다. 앙리는 그녀의 차가운 손에 몸이 떨렸으나, 하는 대로 그냥 내버려두었다. 단지 이렇게만 말했다.

"병이 날 것 같은데."

뭔가 그의 마음 속에서 확실히 부서진 것이었다.

7시가 되자 뤼뢰는 일어났다. 울어서 퉁퉁 부은 눈으로 맥없이 말했다.

"거기로 돌아가야만 해요."

"거기가 어딘데?"

"난 방담 가에 있는 테아트르 호텔에 있어요. 더러운 호텔이죠."

"나와 함께 있어."

"안 돼요, 앙리, 부탁이에요. 고집 부리지 마세요. 불가능하다고 말했잖아요."

"파도에 휩쓸려가는 거예요. 그게 삶이죠. 판단할 수도, 이해할 수도 없어요. 그냥 몸을 내맡길 수밖에. 내일이면 난 니스에 있을 거예요." 그녀는 따뜻한 물로 눈을 씻으려고 욕실로 들어갔다. 그녀는 덜덜 떨면서 외투를 입었다. '마치 일종의 운명 같아. 오늘 밤 기차에서 좀 잘 수 있어야 할 텐데. 그렇지 않으면, 난 니스에 도착하자마자 기진맥진하게 될 거야. 일등석 표를 구입해놓았어야 하는데. 일등석을 타고 여행하는 건 처음이야. 모든 게 언제나 이런 식이지. 몇 년 전부터 일등석 표를 타고 긴 여행을 하고 싶었지만, 막상 이런 기회가 되니 여러 가지 일들이 꼬여 기쁘지 않게 만드니.' 이 마지막 순간들이 왠지 견딜 수 없을 것 같아서 그녀는 서둘러 떠나려고 했다.

"그 갈루아 건(件)은 어떻게 하려고 해요?" 그녀가 물었다.

갈루아는 이전에 앙리에게 포스터를 주문했었다. 앙리는 주문대로 만들어놓았는데, 갈루아는 이제 와서 필요 없다고 하는 것이었다.

"모르겠어" 하고 앙리가 말했다.

그는 이불 속에 웅크리고 앉아 있어서 머리와 귀 끝밖에는 보이지 않았다. 그는 느리고 맥 빠진 목소리로 말했다.

"1주일 동안 잠이나 잤으면."

"잘 있어요, 여보."

"잘 가요."

그녀는 앙리에게 몸을 구부리고, 이불을 약간 젖히고는 이마에 키스했다. 그녀는 한참 동안이나 아파트 문을 닫을 결심을 하지 못한 채, 층계 복도에서 망설였다. 얼마 후 그녀는 시선을 딴 곳으로 돌리며, 손잡이를 난폭하게 잡아당겼다. 둔탁한 소리가 들리자 그녀는 기절할 것만 같았다. 아버지의 관 위에 처음으로 한 삽의 흙을 부어 넣었을 때와도 같은 느낌이었다.

'앙리는 다정하지 않았어. 일어나서 문까지 배웅이라도 할 수 있었을 텐데. 그이가 문을 닫았더라면, 이렇게까지 슬프지는 않았을 텐데.'

4

"뤼뤼가 그런 일을 하다니!" 하고 리레트는 먼 데를 바라보면서 말했다. "그런 일을 하다니!"

저녁때였다. 6시경에 피에르가 전화를 했고, 그래서 그녀는 피에르를 만나러 르돔 카페에 온 것이었다.

"그런데 당신은," 하고 피에르가 말했다. "오늘 아침 9시경에 뤼뤼와 만나기로 하지 않았습니까?"

"만났죠."

"이상한 점이 없었습니까?"

"아뇨." 리레트가 말했다. "난 아무것도 눈치 채지 못했어요. 그녀는 좀 피곤해하더군요. 당신이 돌아간 뒤에, 잠을 잘 자지 못했다구요. 니스를 방문한다는 생각에 흥분했고, 또 알제리 녀석이 좀 무서워서 그랬다는 거예요. ……참 당신이 일등석 표를 샀다고 생각하는지 어떤지도 물어보던데요. 일등석을 타고 여행하는 것이 자기 인생의 꿈이었다, 라나, 아니에요……" 하고 리레트는 단정적으로 말했다. "뤼뤼의 머리 속에 그런 비슷한 생각은 결코 없었어요. 확신해요. 적어도 나와 같이 있었을 때는. 두 시간이나 같이 있었어요. 그런 일에는 나도 상당히 밝은 편인데, 내가 그 일을 모른다면 놀랄 일이죠. 당신은 뤼뤼가 내게 자신을 감춘다고 말할지 모르지만, 우린 4년이나 사귄 사인 걸요. 나는 뤼뤼를 이런저런 상황에서 다 보아왔기 때문에 뤼뤼를 속속들이 파악하고 있어요."

"그렇다면 텍시에 부부가 그렇게 결정하게 한 겁니다. 이상한 일입니다…….." 그는 잠시 생각을 하더니, 갑자기 다시 말을 이었다. "누가 그들에게 릴뤼의 주소를 주었을까요? 호텔을 택한 건 바로 나고, 릴뤼는 그 호텔에 대해 지금까지 한 번도 들은 적이 없었는데."

그는 무심히 릴뤼의 편지를 만지작거리고 있었다. 리레트는 편지를 읽고 싶었지만, 피에르가 권하지 않아 몹시 애가 탔다.

"언제 그 편지를 받았어요?" 하고 마침내 그녀가 물었다.

"편지요……?" 하고 피에르는 선뜻 편지를 내밀었다.

"읽어보십시오. 1시쯤에 수위에게 맡긴 모양입니다."

그것은 담뱃가게에서 파는 듯한 얇은 보랏빛 종이였다.

사랑하는 당신에게

텍시에 부부가 왔었어요(누가 그들에게 내 주소를 주었는지는 모르겠어요). 난 당신에게 많은 아픔을 주겠죠. 하지만 난 떠나지 않겠어요, 내 사랑 피에르. 앙리가 너무 불행해서 그이 곁에 있겠어요. 그들이 오늘 아침에 앙리를 보러 갔더니, 문을 열려고 하지도 않더랍니다. 텍시에 부인이 말하기를 앙리의 얼굴이 사람 꼴이 아니라고 말하더군요. 그들은 매우 친절했고, 내 생각을 잘 이해했어요. 텍시에 부인은 모든 잘못은 앙리에게 있고, 곰이나 다름없는 사람이지만, 본래 나쁜 사람은 아니라고 말하더군요. 앙리가 얼마나 나를 사랑하는가를 이해하기 위해서는 이런 일이 있어야만 했다고 말하더군요. 누가 그들에게 내 주소를 주었는지는 모르겠어요. 그들도 그건 말하지 않았어요. 오늘 아침 리레트와 함께 호텔을 나올 때, 그들이 우연히 나를 본 게 틀림없어요. 텍시에 부인은 내게 커다란 희생을 요구하는 줄 알지만, 그렇다고 내가 그걸 회피하지 않으리라는 걸 알 정도로 날 잘 알고 있다고 하더군요. 우리의 아름다운 니스 여행이 무척이나 애석하긴 하지만, 내 사랑, 당신은 항상 날 가지고 있으니까 덜 불행할 거라고 생각했어요. 내 몸과 마음은 모두 당신 거예요. 게다가 전처럼 우리는 자주 만날 수 있을 거예요. 하지만 앙리는 내가 없으면 자살할 거예요. 그이에게는 내가 없으면 안 돼요. 이와 같은 책임감을 느끼는 게 하나도 즐겁지 않다는 걸 확신할 수 있어요. 날 그렇게도 무섭게 하는 그 고약한 표정일랑 짓지 말았으면 해요. 당신은 내가 후회하기를 바라지는 않으시겠지요. 네? 난 곧 앙리에게로 돌아가요. 이런 상태로 그일 다시 볼 생각을 하니 좀 아찔하지만, 용기를 내서 조건을 걸 거예요. 우선 당신을 사랑하니까 내게 좀더 자유가 필요하며, 로베르를 가만히 내버려두며, 또 이제부터는 더 이상 엄마에 대해 나쁘게 말하지 말 것 등이죠. 사랑하는 피에르, 난 매우 슬퍼요. 당신이 지금 내 곁에 있었으면 해요. 보고 싶어요. 당신 품에 꼭 안겨 온몸에 애무를 느끼는 듯해요. 내일 5시에 르돔 카페에 있을 거예요. —— 릴뤼.

"가엾은 피에르!"
리레트는 그의 손을 잡았다.
"제가 애석해하는 것은 바로 릴뤼를 위해섭니다." 피에르가 말했다. "그녀는 햇빛과 바람을 쏘여야만 해요. 그러나 릴뤼가 그렇게 결정했으니……. 우리 어머넌 굉장히 화를 냈지요." 그는 말을 이었다. "별장은 어머니 것이므로, 여자를 끌어들여선 안 된다는 겁니다."
"예?" 리레트는 띄엄띄엄 말했다. "아? 그럼, 아주 잘됐군요. 모든 사람이 만족하게 됐으니!"

그녀는 피에르의 손을 놓았다. 왠지 모르게, 씁쓰레한 아쉬움이 그녀를 사로잡는 것 같았다.

어느 지도자의 유년 시절

작은 천사 옷을 입은 난 참 근사해. 포르티에 부인은 엄마에게 "댁의 애는 깨물어주고 싶을 정도로 귀여워요. 작은 천사 옷을 입은 모습이 참 귀여워요"라고 말했다. 부파르디에 씨는 무릎 사이로 뤼시앵을 끌어당기며 팔을 쓰다듬었다. "정말 계집애 같군" 하고 그는 웃으면서 말했다. "네 이름이 뭐지? 자클린, 뤼시엔, 마르고?" 뤼시앵은 얼굴이 빨개지며 대답했다. "뤼시앵이에요." 그는 자기가 계집애가 아니라는 것을 더 이상 확신할 수 없었다. 많은 사람들이 그를 아가씨라고 부르면서 입을 맞추었고, 또 모두들 그의 얇은 천으로 만든 날개와 푸른색의 기다란 옷, 드러난 예쁜 팔과 금발을 귀엽다고 했기 때문이다. 그는 사람들이 갑자기 자기를 더 이상 사내아이가 아니라고 결정을 내릴까 봐 두려웠다. 그가 아무리 항의해봐야 소용없으리라. 아무도 그의 말을 들어주지 않을 테니. 잠잘 때를 제외하곤, 어느 누구도 그가 입은 옷을 벗는 걸 허락해주지 않을 것이다. 아침에 눈을 뜨면 침대 발밑에 그 옷이 있을 것이고, 낮에 오줌이라도 누려면 네네트처럼 그 옷을 치켜올리고 쭈그려 앉아야 할 것이다. 모두가 그에게 귀여운 아가씨라고 말할 것이다. 아마도 벌써 그렇게 되었는지도 모른다. 나는 여자아이인지도 몰라. 그는 마음속으로도 자신이 너무 부드럽게 느껴져서 약간 메스꺼울 정도였다. 그런데다 입술에서는 아주 맑고 부드러운 소리가 흘러나왔고, 사람들한테 꽃을 가져다주는 모습도 상냥스러웠다. 그는 자신의 팔오금에 키스하고 싶었다. 진짜로 그러고 싶은 것은 아니라고 생각했다. 그는 진짜가 아닌 때를 더 좋아했다. 참회 화요일[39]은 한층 더 즐거웠다. 그날은 그에게 어릿광대의 옷을 입혀주었기 때문이다. 그는 리리와 함께 소리를 지르며 뛰어다니고 탁자 아래 숨었다. 엄마가 손 안경으로 그를 가볍게 쳤다. "나는 내 아들이 자랑스러워." 그녀는 당당했고 아름다웠다. 부인들 중에서 제일 뚱뚱하고 키가 제일 컸다. 하얀 식탁보로 덮인 기다란 식탁 앞을 지나갈 때 샴페인을 마시던 아빠가 "아가야!" 하며 땅에서 안아올리면 뤼시앵은 울음을 터뜨릴 것 같았다. "싫어요!"라고 말하고 싶었다. 그는 오렌지 주스를 달라고 떼를 썼다. 차가워서 못 마시게 했기 때문이다. 그러나 하도 여러 번 졸랐기 때문에 아주 작은 컵에 몇 모금을 부어주었다. 그것은 끈적끈적하고 전혀 차지 않았다. 뤼시앵은 자신이 몹시 아팠을 때 마신 아주 끼리기름을 섞은 오렌지 주스를 생각하기 시작했다. 그는 울음을 터뜨렸고, 자동차에서 엄마와 아빠 사이에 앉고 나서야 약간 기분이 풀렸다. 엄마는 뤼시앵 곁에 바싹 다가앉았다. 온통 실크 옷으로 휘감은 엄마는 따사롭고 향기로웠다. 때때로 자동차 안은 분필처럼 하얘졌다. 뤼시앵은 눈을 깜박거렸다. 엄마의 블라우스에 꽂힌 바이올렛이 어둠 속에 드러났고, 뤼시앵은 갑자기 그 향기를 맡았다. 그는

---

39 사순절 전의 사육제 마지막 날.

여전히 울고 있었으나, 나른하고 간지럽고, 오렌지 주스처럼 약간 끈적거리는 느낌이었다. 작은 욕조 안에서 첨벙거리고 싶었다. 엄마가 고무 스펀지로 몸을 씻겨주었으면 했다. 그는 아빠와 엄마의 방에서 자도록 허락을 받았다. 그가 아기였을 때처럼. 그는 웃으며 자신의 작은 침대 스프링을 삐걱거렸다. 그러자 아빠는 "이놈이 꽤 흥분한 모양이군" 하고 말했다. 뤼시앵은 오렌지꽃술을 조금 마셨고, 셔츠 바람의 아빠를 보았다.

다음날 뤼시앵은 분명히 뭔가를 잊었다는 생각이 들었다. 간밤에 꾸었던 꿈이 또렷이 생각났다. 아빠와 엄마는 천사 옷을 입고 있었고, 뤼시앵은 벌거벗은 채 변기에 걸터앉아 북을 쳤다. 아빠와 엄마는 그의 주위를 이리저리 날아다녔다. 그것은 악몽이었다. 하지만 꿈을 꾸기 전에 뭔가 있었고, 그 후에 잠에서 깨어났음이 틀림없었다. 그가 기억해보려고 애쓰자, 부모님 방 안에 저녁마다 켜두는 야등(夜燈)과도 비슷한 조그맣고 푸른 전깃불이 반짝이는 검고 긴 터널이 보였다.[40] 그 어두운 푸른 밤의 심연 속에서 무엇인가가 지나갔던 것이다. 하얀 그 무엇이. 그는 방바닥으로 내려와 엄마 발치에 앉아 북을 잡았다. "얘야, 왜 그런 눈으로 나를 보니?" 하고 엄마가 말했다. 그는 눈을 내리깔고 소리를 지르며 북을 쳤다. "쿵, 쿵, 타라 라쿵." 그러나 엄마가 고개를 돌리자, 생전 처음 엄마를 보는 것처럼 자세히 보기 시작했다. 헝겊으로 만든 장미꽃을 단 푸른 옷, 그는 그 옷을 잘 알고 있었다. 그러나 그것은 더 이상 비슷하지 않았다. 갑자

---

40 이 부분은 프로이트가 말하는 원초적 장면과 직접적으로 연관이 있는 것처럼 보인다. 그러나 부모의 성교 장면을 목격한 것이 평생 외상으로 남은 '늑대인간'과는 달리 뤼시앵의 성격 형성에 이 사건은 별 의미가 없는 것처럼 보인다. 따라서 이 텍스트는 프로이트의 정신분석보다는 사르트르가 개진한 '실존적 정신분석'과 더 많이 관계된다.

기 그는 이젠 됐구나 하고 생각했다. 조금만 더 생각하면, 궁금해하던 것을 찾을 수 있을 것 같았다. 터널에는 희미한 회색빛이 비쳤고, 무엇인가 움직이는 것이 보였다. 뤼시앵은 무서워서 소리를 질렀다. 터널이 사라졌다. "애야, 무슨 일이니?" 하고 엄마가 말했다. 그녀는 뤼시앵 곁에 무릎을 꿇고 앉아 걱정스러운 모습을 하고 있었다. "장난하고 있어요" 하고 뤼시앵이 말했다. 엄마에게서 좋은 냄새가 났으나 뤼시앵은 엄마가 자기를 만질까 봐 겁이 났다. 엄마가 이상하게 보였다. 게다가 아빠까지도. 이젠 결코 그들의 방에서 자지 않겠다고 결심했다.

그 후 며칠 동안 엄마는 아무것도 알아채지 못했다. 뤼시앵은 여느 때처럼 엄마의 치마폭에 매달렸고, 진짜 어린애답게 엄마에게 재잘거렸다. 엄마에게 『빨간 모자의 소녀』[41] 이야기를 해달라고 조르면 엄마는 그를 무릎에 앉혔다. 손가락 하나를 들어 미소를 지으면서 심각하게 늑대와 빨간 모자 소녀의 할머니에 대해 이야기해주었다. 그러면 뤼시앵은 엄마를 바라보며 "그래서요?"라고 묻곤 했다. 때때로 그는 엄마 목덜미에 난 곱슬곱슬한 머리카락을 만지곤 했다. 그러나 이야기는 듣지 않고, 그녀가 정말로 자기 엄마인지 아닌지 생각해보았다. 엄마가 이야기를 끝내면 "엄마, 엄마가 여자 아이였을 때 이야기를 해줘" 하고 말했다. 엄마는 이야기했다. 어쩌면 엄마는 거짓말을 했을 수도 있다. 그녀도 역시 옛날에는 사내아이였는데, 사람들이 요전 날 저녁 뤼시앵에게 한 것처럼 원피스를 입혔는지도 모른다. 그리고 여자 아이처럼 보이기 위해서 계속 그 옷을 입었을

---

[41] 프랑스 작가 샤를 페로의 동화로 빨간 모자의 소녀와 할머니가 늑대에게 잡아먹힌다는 내용의 이야기이다.

지도 모른다. 그는 실크 옷 밑에서 버터처럼 보드라운 엄마의 팔을 살며시 만지작거렸다. 만약 엄마의 옷을 벗기고 아빠의 바지를 입힌다면 어떻게 될까? 아마 곧 검은 수염이 나겠지. 뤼시앵은 힘껏 엄마의 팔을 잡았다. 그는 엄마가 자기의 눈 앞에서 무시무시한 짐승으로—— 아니면 시장 바닥의 아낙네들처럼 수염 난 여자로 변해버릴 것만 같았다. 엄마는 입을 아주 크게 벌려 웃었고, 뤼시앵은 그 장밋빛 혀와 목구멍 안을 보았다. 그것은 더러웠다. 그 안에 침을 뱉고 싶었다. "하하하!" 엄마는 웃으면서 말했다. "애야, 참 세게도 잡는구나! 더 세게 쥐어봐. 엄마를 사랑하는 만큼 세게." 뤼시앵은 은반지를 낀 아름다운 손을 잡고 마구 키스했다. 그러나 다음날, 엄마가 요강에 앉아 있는 뤼시앵의 손을 잡고, "뤼시앵, 힘을 줘, 아가. 힘을 줘, 자" 하고 말했을 때 그는 갑자기 힘주기를 멈추고 약간 헐떡거리며 그녀에게 물었다. "그런데 엄마는 정말 내 엄마야?" 엄마는 "이 바보" 하더니 똥이 바로 나오지 않느냐고 물었다. 그날부터 뤼시앵은 엄마가 연극을 한다고 믿었다. 크면 엄마와 결혼하겠다는 말은 결코 더 이상 하지 않았다. 그러나 무슨 연극인지는 알 수 없었다. 그 터널 꿈을 꾸던 날 밤에 도둑놈들이 와서 자고 있던 아빠와 엄마를 훔쳐가고, 그 대신 이 두 사람을 놓고 갔는지도 몰랐다. 그렇지 않으면 그들이 진짜 아빠와 엄마이긴 하지만, 낮에는 연극을 하고, 밤에는 다른 사람으로 변하는지도 모를 일이었다. 뤼시앵은 크리스마스 날 밤에 잠을 자다 놀라 갑자기 깨어났다가 부모님이 벽난로 속에 장난감을 넣는 것을 보아도 별로 놀라지 않았다. 다음날 그들은 산타클로스 할아버지에 대해 얘기했고, 뤼시앵은 믿는 척했다. 그것이 그들의 역할이며, 장난감은 훔쳐온 것인지도 모른다고 생각했다.

2월에 성홍열에 걸렸을 때도 그는 매우 즐겼다.

병이 낫자 뤼시앵은 고아 놀이를 하는 버릇이 생겼다. 그는 잔디밭 한가운데 마로니에 나무 아래 앉아서, 손에 흙을 움켜잡고 생각했다. '나는 고아야. 이름은 루이고, 6일째 아무것도 먹지 못했어.' 하녀 제르멘이 점심식사 시간이라고 그를 불렀다. 식탁에서도 놀이를 계속했지만 아빠와 엄마는 아무것도 눈치 채지 못했다. 소매치기로 만들려는 도둑놈들에게 붙잡혀왔는지도 몰랐다.[42] 식사가 끝나면 도망쳐 그들을 고발할 것이다. 뤼시앵은 아주 조금만 먹고 마셨다. 『수호천사의 여인숙』[43]이란 책에서 굶주린 사람의 첫 식사는 가벼워야 한다는 것을 읽은 적이 있었다. 모든 사람들이 연극하는 것이 재미있었다. 아빠와 엄마는 귀여운 아들이 밥을 먹지 않는다고 걱정하는 척 연극했고, 아빠는 신문을 읽으며 가끔 뤼시앵의 얼굴 앞에 손가락을 흔들면서 "그래, 착한 애지!" 하고 말하는 연극을 했다. 그리고 뤼시앵도 역시 연극을 했지만, 더 이상 무슨 연극을 하는지 모르게 되었다. 고아 연극을 하는 걸까? 아니면 뤼시앵인 척하는 연극일까? 그는 물병을 바라보았다. 물병의 밑바닥에서 작은 붉은빛이 춤추고 있었다. 그것은 마치 아빠의 커다랗고 번쩍이는 손이, 짧고 검은 털이 난 손가락과 함께 물병 속에 있는 것 같았다. 뤼시앵은 갑자기 물병도 물병으로서의 연극을 한다는 인상을 받았다. 결국 그는 접시에 거의 손을 대지 않았다. 오후가 되자 너무 배가 고파 자두를 12개나 훔쳐 먹어야 했고 하마터면 배탈이 날 뻔했다. 뤼시앵인 척하는 연극에는 이제 싫증이 났다고 생각했다.

---

[42] 사르트르가 열두 살 때 읽은 찰스 디킨스의 『올리버 트위스트』에 대한 추억이다.
[43] 『소피의 불행』을 쓴 프랑스 여류 작가 세귀르 백작 부인(1799~1874)의 작품.

그러나 연극을 하지 않을 수는 없었고, 또 늘 하고 있다는 느낌이 들었다. 뤼시앵은 아주 못생기고 아주 점잖은 부파르디에 씨처럼 되고 싶었다. 부파르디에 씨가 집에 저녁식사를 하러 오면 엄마의 손에 몸을 기울이면서 "부인, 안녕하십니까" 하고 말했다. 뤼시앵은 거실 한가운데 우두커니 서서 존경심을 가지고 그를 쳐다봤다. 그러나 뤼시앵에게 일어나는 일치고 어느 것도 심각한 것은 없었다. 그가 땅바닥에 넘어져 혹이 생겨도, 가끔 울음을 멈추고 "난 정말 아픈 것일까?" 하고 자문해보는 것이었다. 그러면 더욱 슬프게 느껴졌고, 눈물이 더 났다. 엄마 손에 키스하면서 "부인, 안녕하십니까?"라고 말하면, 엄마는 그의 머리를 헝클어뜨리면서 "그건 좋지 않아, 이 귀여운 생쥐야. 어른을 놀리는 게 아냐"라고 말했다. 그는 아주 낙담했다. 그가 자신을 조금 중요하게 생각하는 것은 매월 첫째·셋째 금요일뿐이었다. 그날이면 많은 부인들이 엄마를 보러 왔고, 그중에는 늘 두서너 사람이 상복을 입고 있었다. 뤼시앵은 상복을 입은 부인들을 좋아했는데, 특히 그 여자들의 발이 크면 더 좋아했다. 일반적으로 어른들은 아주 존경스러웠기 때문에 함께 있는 것이 즐거웠다. 그리고 어른들이 침대에서 어린애들이 하는 그런 모든 짓에 몰두하리라고는 결코 생각하고 싶지 않았고, 또 그들은 몸에 옷을, 그렇게도 색깔이 어두운 옷을 많이 걸치고 있어 그 아래 무엇이 있는지 상상할 수가 없었기 때문이다. 그들은 같이 있으면 뭐든지 먹고, 이야기하고, 웃음소리조차 무게가 있었다. 그것은 성당에서 미사를 드릴 때처럼 아름다웠다. 그들은 뤼시앵을 중요한 인물로 대했다. 쿠팽 부인은 뤼시앵을 무릎에 앉히고 장딴지를 토닥거리면서 "애는 내가 본 아이 중에서 제일 귀여워요"라고 선언했다. 그러고는 뤼시앵이 좋아하는 것을 물어보고, 키스를 하고, 장차 무슨 인물이 되고 싶은지 물어보았다. 그러면 뤼시앵은 잔 다르크⁴⁴ 같은 위대한 장군이 되어서 독일로부터 알자스로렌 지방을 다시 빼앗아오겠다고 대답하기도 하고, 혹은 선교사가 되겠다고도 했다. 그런 말을 하는 동안은 자기가 말하는 것을 믿었다. 베스 부인은 콧수염이 조금 난, 키가 크고 건장한 여자였다. 부인은 뤼시앵의 몸을 뒤로 젖히고선, "내 귀여운 인형" 하고 말하면서 간질였다. 그러면 뤼시앵은 신이 나 즐겁게 웃고 간지러워서 몸을 비틀었다. 그는 자기가 작은 인형, 어른들을 위한 작고 귀여운 인형이라고 생각했다. 그리고 베스 부인이 자기 옷을 벗겨 씻겨주고 고무 인형처럼 아주 작은 요람에서 재워주기를 바랐다. 이따금 베스 부인이 "우리 인형이 말하고 있나?"라고 말하면서 갑자기 배를 눌렀다. 그러면, 뤼시앵은 기계 인형 흉내를 내며 목멘 소리로 "꾸욱" 했다. 그들은 둘 다 웃었다.

   토요일마다 집에 점심식사하러 오는 신부님이 뤼시앵에게 엄마를 좋아하느냐고 물었다. 뤼시앵은 아름다운 엄마와 힘세고 다정한 아빠를 좋아했다. 그는 신부님을 똑바로 쳐다보면서 "네" 하고 대답했다. 그 씩씩한 모습이 모든 사람을 웃겼다. 신부님의 얼굴은 꼭 나무딸기처럼 붉고 여기저기 얽어 있었는데, 얽은 곳마다 털이 하나씩 나 있었다. 그는 뤼시앵에게 그건 아주 좋은 일이며, 언제나 엄마를 사랑해야 한다고 말했다. 또 그는 엄마와 하느님 중에서 누굴 더 좋아하느냐고 물었다. 뤼시앵은 즉시 대답을 찾을 수가 없어서 곱슬머리를 흔들며 "바움, 타라라붐" 하고 소리치며 허공에 발길질을 했다.

---

44 잔 다르크 Jeanne d'Arc: 15세기 프랑스 애국자이자 성녀이다. 백년전쟁 중 16세의 나이로 신의 계시를 받아 오를레앙 성을 탈환했다.

어른들은 마치 그가 존재하지 않는다는 듯이 대화를 다시 했다. 그는 작은 등나무 지팡이를 가지고 정원으로 뛰어가 뒷문을 통해 슬그머니 밖으로 나갔다. 물론 뤼시앵은 정원 밖으로 나가서는 안 되었다. 그것은 금지되었다. 평소에는 아주 얌전한 소년이었으나, 그날만큼은 어른 말을 듣고 싶지 않았다. 그는 커다란 쐐기풀 덤불을 미심쩍게 바라보았다. 그곳이 금지된 장소라는 걸 알 수 있었다. 벽은 거무칙칙했고, 쐐기풀은 고약하고 해로운 식물이었으며, 개 한 마리가 쐐기풀 바로 밑에 똥을 싸놓았다. 풀과 개똥, 뜨거운 포도주 냄새가 났다. 뤼시앵은 지팡이로 쐐기풀을 후려치며 "난 엄마가 좋아"라고 소리쳤다. 그는 쐐기풀이 꺾어져 하얀 진을 흘리면서 처량하게 늘어지는 것을 보았다. 하얀 솜털에 덮인 대가 꺾어지면서 가늘게 풀어헤쳐졌다. 그는 "난 엄마가 좋아, 난 엄마가 좋아"라고 외치는 외로운 작은 속삭임을 들었다. 푸르스름한 커다란 파리가 윙윙거리고 있었다. 똥파리였다. 뤼시앵은 겁이 났다. 강렬하고도 썩은, 고요한 금단의 냄새가 그의 콧구멍을 채웠다. "난 엄마가 좋아"라고 되풀이해보았으나, 그 목소리는 낯설게 들렸다. 그는 기겁을 해서 단숨에 거실까지 도망쳐 갔다. 그날부터 뤼시앵은 자기가 엄마를 좋아하지 않는다는 사실을 깨달았다. 죄책감은 들지 않았으나, 한결 상냥하게 굴었다. 못된 녀석이 아닌 바에야 평생 부모님을 좋아하는 척해야 한다고 생각했기 때문이다. 플뢰리에 부인은 뤼시앵이 점점 더 상냥해지는 것을 알아차렸고, 바로 그해 여름, 전쟁이 일어나 아빠가 싸우러 나간 터라, 엄마는 슬픔 속에서도 뤼시앵이 너무도 자상해 행복했다. 오후에 엄마가 너무도 고통스러워 정원 의자에서 휴식을 취하고 있을 때면, 그는 뛰어나가 방석을 찾아다가 엄마의 머리 아래로 밀어넣기도 하고, 혹은 다리에 담요를 덮어주기도 했다. 그러면 엄마는 웃으면서 말렸다. "아가야, 엄만 너무 더워요. 착하기도 하지!" 그는 숨을 헐떡거리면서 힘차게 엄마를 껴안으며 말했다. "내 엄마야, 내 거야!" 하고는 마로니에 나무[45] 밑에 가서 앉았다.

그는 "마로니에!"라고 말하고 기다렸다. 그러나 아무 일도 일어나지 않았다. 엄마는 질식할 것 같은 무거운 침묵의 깊숙한 곳에서 아주 조그만 모습으로 베란다에 누워 있었다. 뜨거운 풀 냄새가 풍겼고, 처녀림에서 탐험가 놀이라도 할 수 있을 듯했다. 그러나 뤼시앵은 이젠 노는 일에 싫증이 났다. 공기는 벽의 붉은 꼭대기 위에서 흔들렸고, 태양은 땅과 뤼시앵의 손에 타는 듯한 얼룩을 만들었다. "마로니에!" 그것은 충격이었다. 뤼시앵이 "예쁜 내 엄마"라고 말하면 엄마는 미소 지었고, 제르멘을 딱총이라고 부르면 그녀는 울면서 엄마에게 하소연했다. 그러나 마로니에라고 부르면 아무 일도 일어나지 않았다. 그는 "더러운 나무"라고 입 안에서 어물거렸다. 그는 자신이 없었다. 하지만 나무가 꼼짝하지 않았기 때문에, 더 큰 소리로 되풀이했다. "이 더러운 나무, 더러운 마로니에! 두고 보자, 어디 두고 보자!" 그는 나무를 발로 걷어찼다. 그러나 나무는 여전히 조용했다. 마치 목재용 나무인 것처럼. 그날 저녁식사 때, 뤼시앵은 엄마가 좋아하는 놀란 표정을 지으면서 "있잖아, 엄마. 나무는 목재로 되어 있어"라고 말했다. 그러나 플뢰리에 부인은 정오에 배달부로부터 편지를 받지 못했다. 그녀는 무뚝뚝하게 대답했다. "바보처럼 굴지 마." 뤼시앵은 부수기 잘하는 아이가 되어버렸다. 그는 장난감이 어

---

[45] 마로니에 나무에 대한 뤼시앵의 태도는 『구토』의 로캉탱과 거의 비슷하다.

떻게 만들어졌는지 보려고 모두 부숴버렸다. 아빠의 낡은 면도날로 안락의자의 팔걸이를 자르고, 거실에 놓인 타나그라 인형[46] 속이 비어 있는지 그 안에 다른 무엇이 있는지를 알아보기 위해 인형을 떨어뜨렸다. 산책을 할 때는 지팡이로 식물과 꽃들을 부러뜨렸다. 그럴 때마다 그는 몹시 실망했고, 모든 것이 바보 같았고, 진짜로 존재하지 않는 것 같았다. 엄마는 나무와 꽃을 가리키면서 "이름이 뭐지?" 하고 그에게 물었다. 그러나 뤼시앵은 머리를 흔들며 "아무것도 아니에요. 그건 이름이 없어요"라고 대답했다. 그 모든 것은 주의를 기울여야 할 가치가 없었다. 메뚜기의 다리를 꺾는 것이 훨씬 더 재미있었다. 그것은 팽이처럼 손가락 사이에서 떠니까. 메뚜기의 배를 누르면 누런 액이 나온다. 하지만 그래도 메뚜기는 소리를 내지 않는다. 뤼시앵은 아플 때 소리를 지르는 짐승 중의 하나를, 이를테면 암탉을 괴롭히고 싶었으나 감히 접근하지 못했다. 플뢰리에 씨는 3월에 돌아왔다. 그는 우두머리니까, 그냥 아무나처럼 참호 속에 있는 것보다는 공장의 우두머리로 있는 편이 더 유익할 것이라고 장군이 말했기 때문이다. 그는 뤼시앵이 아주 변했다는 것을 알고 옛날과 같은 귀여운 어린애의 모습은 사라졌다고 말했다. 뤼시앵은 일종의 수면 상태에 빠졌다. 대답할 때도 기운이 탁 풀린 채 대답했고, 늘 손가락 하나를 코에 집어넣거나, 아니면 손가락에 입김을 뿜어 그 냄새를 맡곤 했다. 사람들은 뤼시앵이 변을 보도록 빌어야만 했다. 이제 그는 혼자서 변소에 갔지만, 문을 조금 열어놓아야 했고, 때때로 엄마나 제르멘이 힘을 북돋워주었다. 그는 몇 시간이고 쭈그

---

46 그리스의 고도(古都) 타나그라에서 발굴된 작은 조각품.

리고 앉아 있었는데, 한번은 너무 지겨워서 잠들어버렸다. 의사는 그가 너무 빨리 자란다고 하면서 강장제를 먹이라고 했다. 엄마는 뤼시앵에게 새로운 놀이를 가르쳐주고 싶었으나, 뤼시앵은 지금까지만 해도 충분히 잘 놀았으며, 결국에는 모든 놀이가 다 가치가 있으며, 그것은 항상 똑같은 것이라고 생각했다. 그는 자주 토라졌다. 그것 역시 놀이였지만 오히려 재미있었다. 엄마를 괴롭혔으며, 자신도 슬프고 원망스러워져, 꼭 다문 입과 흐릿한 눈으로 귀머거리가 된 듯했다. 그러나 마음속은 마치 밤중에 시트 속에 들어가 자신의 냄새를 맡고 있을 때처럼 포근하고 따뜻해지는 듯했다. 이 세상에 혼자 있는 것 같았다. 뤼시앵은 토라진 기분에서 더 이상 벗어날 수가 없었다. 아빠가 놀리는 목소리로 "너 토라졌구나" 하고 말하면, 뤼시앵은 울면서 땅바닥에 뒹굴었다. 엄마가 손님을 접대할 때면 여전히 자주 거실에 나갔다. 그러나 그가 곱슬머리를 자른 후부터는 어른들은 그에게 관심을 덜 가졌고, 관심을 가진다 하더라도 그건 그에게 훈계를 하거나 교훈적인 얘기를 하기 위해서였다. 사촌 리리가 폭격 때문에 자기 엄마 베르트 아주머니와 함께 페롤[47]에 왔을 때, 뤼시앵은 아주 만족했다. 그래서 그에게 놀이를 가르쳐주려고 했다. 그러나 리리는 독일 사람을 미워하는 데 너무 몰두해 있었고, 뤼시앵보다 여섯 달이나 위였지만 아직도 아기 같았다. 얼굴에는 주근깨가 났고, 남의 말을 잘 알아듣지 못했다. 그래도 뤼시앵이 몽유병자라고 고백한 것은 바로 리리에게였다. 어떤 사람들은 밤중에 일어나 말하고 자면서 산보를 한다. 뤼시앵은 그것을 『어린 탐험가』[48] 잡지

---

[47] 연극배우이자 연출가이며 극단 대표인 샤를 뒬랭Charles Dullin(1885~1949)이 파리 근교 페롤아티에 별장을 가지고 있어 사르트르도 자주 그곳에 머물렀다고 한다.

에서 읽은 적이 있었다. 그는 걸어다니고, 말하고, 부모를 정말로 사랑하는 진짜 뤼시앵이 밤 동안에 있을 거라고 생각했다. 그러나 아침이 되면 이 모든 걸 잊고 뤼시앵인 척하기 시작했다. 처음에 뤼시앵은 이런 이야기를 절반밖에는 믿지 않았다. 그러나 어느 날 쐐기풀 근처에 갔다가, 리리가 뤼시앵에게 자신의 고추를 보여주면서 "이것 봐, 크지. 난 큰 애야. 이것이 아주 커지면 난 어른이 될 테고, 그러면 참호 속에서 독일 놈과 싸우러 갈 거야"라고 말했다. 뤼시앵은 리리가 아주 이상하게 생각되어 별안간 웃음을 터뜨렸다. "네 것을 보여줄래"라고 리리가 말했다. 그들은 서로 비교해봤는데 뤼시앵 것이 작았다. 그러나 리리는 속임수를 쓰고 있었다. 크게 보이기 위해서 자기 것을 잡아당겼던 것이다. "내 것이 더 크다"라고 리리가 말했다. "그래, 하지만 난 몽유병자야"라고 뤼시앵이 조용히 말했다. 리리는 몽유병자가 무엇인지 잘 알지 못했으므로 뤼시앵이 설명해주어야 했다. 설명을 마치자, '그래 난 정말 몽유병자야'라는 생각이 들었다. 그는 울고 싶어 미칠 지경이었다. 그들은 같은 침대에서 잤기 때문에, 그날 밤 리리는 잠을 안 자고 있다가 뤼시앵이 밤중에 일어나면 잘 관찰하고, 말한 것을 모두 외어두기로 했다. "잠시 후에 날 깨워줘. 내가 한 것을 모두 기억하는지 어떤지를 알아야 하니까"라고 뤼시앵이 말했다. 그날 밤, 잠이 들지 않았던 뤼시앵은 리리의 요란하게 코고는 소리를 듣고는 리리를 깨워야만 했다. "장지바르!" 하고 리리가 외쳤다. "리리야, 일어나. 내가 일어날 때, 넌 날 지켜봐야 해."—"날 자게 내버려둬." 리리가 잠에 취한 목소리로 말했다.

---

48 이 잡지의 실재 여부에 대해서는 아직 알려지지 않았지만, 아마도 사르트르가 읽은 수많은 어린이 잡지 중에 나오는 기사 제목이 아닌가 추정된다.

뤼시앵은 그를 흔들었고, 셔츠 속으로 손을 넣어 그를 꼬집었다. 리리가 움직이기 시작하더니 잠에서 깨어나 눈을 뜨고는 익살스럽게 웃었다. 뤼시앵은 아빠가 사주기로 약속한 자전거를 생각했다. 귀에 기관차 소리가 들려왔다. 그러다 갑자기 하녀가 들어와서 커튼을 열었다. 아침 8시였다. 뤼시앵은 밤사이에 무슨 짓을 했는지 결코 알수가 없었다. 하느님은 모든 걸 다 보기 때문에 알 수 있을 것이다. 뤼시앵은 기도대에 꿇어앉아 미사가 끝날 때 엄마가 칭찬해주기를 얌전하게 기다렸다. 그러나 하느님은 아주 미워했다. 하느님은 뤼시앵이 자신을 아는 것보다 더 많이 알고 계시기 때문이었다. 하느님은 뤼시앵이 아빠 엄마를 좋아하지 않으며, 얌전한 척하면서도 밤이면 침대에서 고추를 만지작거리는 것을 잘 알고 있다. 다행히도 세상에는 아이들이 너무 많아서, 하느님은 모든 걸 다 기억할 수가 없을 것이다. 뤼시앵이 "피코탱" 하고 말하면서 이마를 치면, 하느님은 곧 그가 보신 것을 잊어버린다. 뤼시앵은 자기가 엄마를 좋아한다는 걸 하느님께 설득시키려고 했다. 그래서 그는 가끔 머릿속에서 '내가 엄마를 얼마나 사랑하는지!' 하고 말했다. 그러나 그의 마음 한구석에는 여전히 찜찜한 게 남아 있었고, 물론 그런 마음을 하느님은 알고 있었다. 이런 경우 이기는 것은 항상 하느님이었다. 그러나 때로는 자기가 말하는 것 속에 완전히 빠져들 수도 있었다. 빠른 말투로 "아! 내가 엄마를 얼마나 사랑하는지!"라고 한마디씩 정확히 발음해보았다. 그러면 엄마의 얼굴이 다시 보였고, 마음이 아주 부드러워졌다. 하느님이 보고 있구나 하고 막연하게 생각하다가도, 어느덧 그 생각마저도 사라지고 부드러운 기분 속에 빠지게 되었다. 귓속에서 '엄마, 엄마, **엄마**' 하는 소리가 춤추었다. 그러나 그것은 물론 잠깐 동안밖에는 지속되지 않았다. 마치 뤼시앵이 두 발 위에 의자를 안정되게 세우려고 할 때처럼. 그러나 바로 그때, "파코타"라고 말하기만 하면 하느님은 속아넘어갔다. 하느님은 착한 것만을 보고, 그것만이 그의 기억 속에 영원히 새겨진다. 그러나 뤼시앵은 이런 놀이에도 싫증이 났다. 너무 많은 노력을 해야 했고, 또 결국에 가서는 하느님이 이겼는지 졌는지 잘 알 수가 없었기 때문이다. 뤼시앵은 더 이상 하느님에 대해 생각하지 않기로 했다. 그가 첫 영성체를 했을 때 신부님은 교리 문답반 아이들 중에서 그가 가장 얌전하고 가장 신앙심이 깊은 아이라고 말했다. 뤼시앵은 이해력이 빨랐고 기억력이 뛰어났으나, 그의 머리는 안개로 가득 차 있었다.

일요일은 날씨가 좋았다. 뤼시앵이 아빠와 함께 파리로 가는 도로 쪽으로 산책하러 나갔을 때 안개는 걷혀 있었다. 그는 아주 예쁜 세일러복을 입고 있었다. 아빠 회사에서 일하는 직공들과 만났는데 그들은 아빠와 뤼시앵에게 인사했다. 아빠가 그들 옆으로 가까이 가면 그들은 "안녕하십니까, 플뢰리에 사장님," "안녕하세요, 도련님" 하고 말했다. 뤼시앵은 직공들이 좋았다. 그들은 어른이지만 다른 어른들과는 달랐다. 우선 그들은 그를 도련님이라고 불렀고, 게다가 모자를 썼으며, 손톱을 짧게 깎은 커다란 손이 늘 터져 있어서 아픈 것처럼 보였기 때문이다. 그들은 믿음직스러웠고 정중했다. 불리고 영감의 콧수염을 잡아당겨서는 안 되었다. 아빠가 야단을 치실 테니까. 그러나 불리고 영감은 아빠에게 말하기 위해 모자를 벗었는데, 아빠와 뤼시앵은 모자를 쓴 채로 있었다. 아빠는 거칠고 웃음 띤 목소리로 커다랗게 말했다. "자, 불리고 영감, 아들을 기다리지. 아들의 휴가가 언제인가?"—"이달 말쯤입니다, 플뢰리에 사장님. 고맙

어느 지도자의 유년 시절 181

습니다, 플뢰리에 사장님." 불리고 영감은 아주 행복한 모양이었다. 그는 부파르디에 씨처럼 뤼시앵을 두꺼비라고 부르면서 볼기짝을 때리는 따위의 짓은 결코 하지 않을 것이다. 뤼시앵은 부파르디에 씨가 싫었다. 아주 못생겼기 때문이다. 그러나 불리고 영감을 보면, 마음이 누그러지고 착해지고 싶었다. 한번은 산책에서 돌아올 때, 아빠가 뤼시앵을 무릎에 앉히고 우두머리가 무엇인지를 설명해주었다. 뤼시앵은 아빠가 공장에서 어떤 말투로 직공들에게 말하는지 알고 싶었다. 아빠가 어떻게 처신해야 하는지를 가르쳐주었다. 아빠의 목소리는 완전히 변해 있었다. "나도 우두머리가 될까요?" 뤼시앵이 물었다. "물론이지 애야, 그래서 널 만들었는데."—"난 누구에게 명령해요?"—"내가 죽으면 네가 공장의 주인이 되어 우리 직공들에게 명령을 하는 거야."—"하지만 그들도 죽을 텐데요?"—"그럼, 너는 그들의 자식들에게 명령하지. 너는 그들을 복종시키는 법과 너를 좋아하게 만드는 법을 배워야만 한단다."—"어떻게 하면 날 좋아하게 될까요, 아빠?" 아빠는 잠시 생각하고 말했다. "우선 그들의 이름을 모두 알아야 한단다." 뤼시앵은 깊이 감동되었다. 그래서 공장 감독 모렐의 아들이 자기 아버지 손가락 두 개가 절단되었다고 집으로 알리러 왔을 때, 뤼시앵은 진지하고 부드럽게 말했고, 그를 똑바로 쳐다보면서 모렐이라고 불렀다. 엄마는 이렇게 착하고 다정한 아이를 가져서 자랑스럽다고 말했다. 그러다 휴전이 되었다. 아빠는 저녁마다 큰 소리로 신문을 읽었고, 모든 사람들은 러시아인들과 독일 정부, 보상에 관한 이야기를 했다. 아빠는 뤼시앵에게 지도를 보여주며 여러 나라들에 대해 가르쳐주었다. 뤼시앵은 일생에서 가장 지루한 한 해를 보냈다. 그는 전쟁 때가 더 좋았다. 지금은 모두가 할 일 없는 사람들처럼 보였고, 코팽 부인[49]의 눈에 번득였던 광채도 사라졌다. 1919년 10월, 플뢰리에 부인은 그를 기숙사에 넣지 않고 생조제프 학교에 다니도록 했다.

제로메 신부님의 사무실은 더웠다. 뤼시앵은 신부님의 안락의자 옆에 뒷짐 지고 서 있었는데 몹시 지루했다. '엄마가 곧 가시지 않을까?' 그러나 플뢰리에 부인은 아직 떠날 생각을 하지 않았다. 초록색 의자 끝에 걸터앉아서 신부님 쪽으로 풍만한 가슴을 내밀고 있었다. 그녀는 화가 난 모습을 보이고 싶지 않을 때처럼 아주 빠르고 음악적인 목소리로 말했다. 신부님은 천천히 말했다. 그의 말은 다른 사람들보다 더 입 안에서 질질 끄는 듯했다. 마치 말을 하기 전에 사탕 막대기라도 빠는 것처럼 말을 빨고 있는 듯이 보였다. 신부님은 뤼시앵이 예의 바르고 공부도 열심히 하지만 매사에 너무 무관심하다고 말했다. 그러자 플뢰리에 부인은 환경이 변하면 좀 달라질까 기대했는데 아주 실망했다고 말했다. 그리고 쉬는 시간만큼은 잘 노느냐고 물었다. "아! 부인, 노는 것도 별로 재미없는 모양입니다. 때때로 소란을 피우기도 하고 난폭하기도 하지만 곧 싫증을 내죠. 제 생각에는 인내력이 부족한 것 같습니다" 하고 신부님은 대답했다. '그들은 내 이야기를 하는구나' 하고 뤼시앵은 생각했다. 두 명의 성인이 마치 전쟁이나, 독일 정부, 푸앵카레[50]에 대해 말하듯이 그들의 대화 주제로 뤼시앵의 이야기를 하는 것이다. 그들은 심각한 표정으로 그에 관해 토론하고 있었다. 하지만 이런 생각도 뤼시앵을 기쁘게 하지는 못했다. 그의 귀는 엄마의 노래하는 듯한 작은 말들과 신

---

49 코팽 Coffin 부인은 앞에 나온 쿠팽 Couffin 부인과 동일 인물인 것처럼 보인다.
50 레몽 푸앵카레 Raymond Poincaré: 프랑스 제3공화국 대통령으로 대독강경책을 썼다.

부님의 빠는 듯한 들러붙은 말들로 가득 채워졌다. 그는 울고 싶었다. 다행히 종이 쳤다. 뤼시앵은 해방되었다. 그러나 지리 시간 중에 내내 신경이 날카로워져서 자캥 신부님에게 화장실에 가게 해달라고 청했다. 움직이고 싶었기 때문이다.

우선 화장실의 신선함과 고독, 좋은 냄새가 그를 진정시켰다. 양심상 쭈그리고 앉기는 했지만 변을 보고 싶은 생각은 별로 없었다. 그는 고개를 들고 문에 가득 씌어진 낙서를 읽기 시작했다. 누군가가 파란 색연필로 '바라토는 빈대다'라고 써놓았다.[51] 뤼시앵은 웃었다. 그것은 정말이다. 바라토는 빈대였고, 키가 아주 작았다. 조금은 더 자라겠지만, 거의 안 자랄 것이다. 그의 아빠도 아주 작았고 거의 난쟁이나 다름없었기 때문이다. 뤼시앵은 바라토가 이 낙서를 읽었을까 하고 생각해보았다. 아닐 거라고 생각했다. 읽었다면 낙서가 지워졌을 텐데. 바라토는 손가락에 침을 발라 낙서가 지워질 때까지 글씨를 문질렀을 것이다. 뤼시앵은 바라토가 4시에 화장실에 와서, 우단 반바지를 내리며 '바라토는 빈대다'라고 적힌 것을 읽을 상상을 하니 약간 즐거워졌다. 아마도 그는 자신이 그렇게 작다고는 절대 생각히지 않을 것이다. 뤼시앵은 다음날 쉬는 시간부터 바라토를 빈대라고 부르기로 결심했다. 그는 일어서서 오른쪽 벽에 똑같은 파란색연필로 쓴 다른 낙서를 읽었다. "뤼시앵 플뢰리에는 키다리 아스파라거스다." 그는 조심스럽게 그걸 지우고 교실로 돌아왔다. '정말 그래, 모두들 나보다 작아.' 뤼시앵은 친구들을 바라보면서 생각했다. 어쩐지 불편했다. '키다리 아스파라거스.' 그는 일 산(産) 작은

---

[51] 사르트르는 『말들』에서 자신이 아르카숑 초등학교 시절 누군가가 선생님에 대해 학교 벽에다가 "바로 영감은 바보다"라고 낙서한 걸 보고 큰 충격을 받았다고 회고하고 있다.

나무 책상에 앉아 있었다. 제르멘은 부엌에 있었다. 엄마는 아직 집에 들어오지 않았다. 그는 하얀 종이에 철자 연습 삼아 '키다리 아스파라거스'라고 써보았다. 그러나 그 말은 너무도 잘 아는 말이었기 때문에 아무 효과가 없었다. 그는 "제르멘, 제르멘!" 하고 불렀다. "또 무슨 일이세요?" 하고 제르멘이 물었다. "제르멘, 종이에다 '뤼시앵 플뢰리에는 키다리 아스파라거스다'라고 써줘."—"도련님 미쳤어요?" 그는 제르멘의 목을 끌어안았다. "제르멘, 제르멘, 내 말 좀 들어줘." 제르멘은 웃으면서 기름 묻은 손을 앞치마에 닦았다. 그녀가 글을 쓰는 동안은 바라보지 않다가, 다 쓴 다음에야 종이를 제 방으로 가져가서 오랫동안 들여다보았다. 제르멘의 필체는 뾰족했다. 뤼시앵은 어떤 무뚝뚝한 목소리가 자신의 귀에다 대고 "키다리 아스파라거스"라고 말하는 것처럼 생각되었다. '나는 키다리다' 하고 그는 생각했다. 그는 부끄러워 죽을 지경이었다. 바라토가 키가 작은 것처럼 나는 키가 크다. 딴 녀석들이 등 뒤에서 그를 놀리고 있다. 마치 누군가가 그에게 마술을 건 것 같았다. 지금까지는 친구들을 위에서 아래로 훑어보는 것이 아주 자연스러웠는데. 그러나 이젠 죽을 때까지 키다리로 남아 있어야 한다는 선고를 갑자기 받은 것 같았다. 그날 저녁 그는 모든 힘을 다하여 원한다면 키를 작게 할 수 있느냐고 아빠에게 물었다. 그러나 아빠는 안 된다고 대답했다. 플뢰리에 집안은 모두 키가 크고 힘이 세었으므로 뤼시앵도 장차 더 자랄 것이라고 했다. 뤼시앵은 절망에 빠졌다. 엄마가 가까이 왔을 때, 그는 일어나 거울에 가서 자신을 바라보았다. '나는 키다리다.' 그러나 아무리 쳐다봐야 소용없는 일이었다. 그것은 잘 보이지 않았다. 키는 크지도 작지도 않은 것 같았다. 그는 셔츠를 조금 걷어올리고 종아리를 바라보았다. 그러자 코스틸이 에브라르에게 "자, 봐. 아스파라거스의 긴 다리를 좀 봐"라고 말할 것을 상상하니 아주 기분이 이상해졌다. 날씨가 추웠다. 뤼시앵은 몸을 떨었다. 누군가가 "아스파라거스가 소름이 끼쳤구나"라고 말하는 것만 같았다. 뤼시앵은 셔츠 자락을 높이 걷어올렸다. 그들 모두의 눈 앞에 그의 배꼽과 음부가 다 드러났다. 그는 침대로 달려가 기어들어갔다. 속옷 속으로 손을 집어넣으면서 코스틸이 그걸 보고 "키다리 아스파라거스가 하는 짓 좀 봐!"라고 말하는 것을 상상했다. 그는 몸을 심하게 뒤척거리면서 숨을 헐떡이며 침대에서 뒹굴었다. '키다리 아스파라거스! 키다리 아스파라거스!' 손가락 아래서 야릇한 가려움증이 일어날 때까지 그는 계속 뒹굴었다.

그 후 며칠 동안 그는 신부님에게 교실 맨 구석에 앉게 해달라고 부탁하고 싶었다. 뒷자리에 앉은 부아세, 빙켈만, 코스틸이 그의 목덜미를 바라볼 수 있기 때문이다. 뤼시앵은 목덜미를 느끼기는 했으나 보지는 못했고, 심지어 잊어버리기까지 했다. 그러나 그가 신부님에게 최선을 다해 대답을 하고, 동 디에그[52]의 긴 독백을 낭독하는 동안, 다른 녀석들은 뒤에서 그의 목덜미를 보고는 '목이 말랐어. 목에 줄이 두 개 있군'이라고 생각하며 비웃을지도 몰랐다. 뤼시앵은 목소리를 굵게 하여 동 디에그의 모욕을 표현하려고 애썼다. 목소리는 그가 원하는 대로 되었다. 그러나 목덜미는 누군가 휴식을 취하는 사람처럼, 여전히 평화롭고 무표정하게 거기 있었다. 바세[53]가 그

---

52 17세기 프랑스 고전주의 극작가 코르네유가 쓴 「르 시드」에 나오는 인물로 동 고르마스 백작과 싸우다 따귀를 맞고 이 모욕에 대한 복수를 아들 로드리그에게 명령한다. 그러나 로드리그는 동 고르마스 백작의 딸 쉬멘과 서로 사랑하는 사이이다.

걸 보았다. 뤼시앵은 감히 자리를 옮길 수도 없었다. 맨 끝의 걸상은 게으름뱅이 학생들의 몫이었기 때문이다. 그러나 목덜미와 어깨가 늘 근질근질해서 끊임없이 긁적거려야 했다. 뤼시앵은 새로운 놀이를 생각해냈다. 아침마다 목욕탕에서 어른처럼 혼자 목욕을 할 때, 그는 누군가, 코스틸, 불리고 영감, 제르멘 같은 사람들이 열쇠 구멍으로 자신을 엿본다고 상상했다. 뤼시앵은 그들이 어느 곳에서나 자신을 볼 수 있도록 사방으로 몸을 돌리며 때로는 엉덩이가 불룩 튀어나와 우스꽝스럽게 보이도록 엉덩이를 문 쪽으로 내밀기도 하고, 네 발로 기어가기도 했다. 부파르디에 씨가 그에게 관장을 시키기 위해 살금살금 다가오는 장면도 연상해봤다. 어느 날 그가 화장실에 있을 때, 삐걱거리는 소리가 들렸다. 제르멘이 복도에 있는 찬장에 윤을 내는 소리였다. 심장의 고동이 멎는 듯했다. 그는 살그머니 문을 열고 발꿈치까지 바지를 내리고, 속옷은 허리에 걸친 채 밖으로 나왔다. 균형을 잃지 않고 나가기 위해 깡충깡충 뛰어야만 했다. 제르멘이 그에게 온화한 눈길을 보냈다. "자루 속에서 뜀뛰기를 하시나 봐요?" 하고 그녀가 물었다. 그는 화가 나서 바지를 치켜올리고는 침대로 달려가 쓰러졌다. 플뢰리에 부인은 서글퍼하면서 자주 남편에게 말하곤 했다. "어릴 때는 그렇게도 상냥하더니, 왜 저렇게 비뚤어졌는지 모르겠어요. 정말 걱정이에요!" 플뢰리에 씨는 뤼시앵에게 무심한 시선을 던지며 "나이 탓이야" 하고 대답했다. 뤼시앵은 자기 몸을 어찌해야 할지 몰랐다. 그가 무얼 하든 간에, 몸은 그의 의견을 물어보지도 않고 동시에 모든 쪽에서 존재하는 것 같았다. 뤼

---

53 부아세를 잘못 적은 것으로 간주된다.

뤼시앵은 자신이 보이지 않는다고 상상하며 즐거워했다. 그리고 복수를 하기 위해 열쇠 구멍으로 들여다보는 습관이 생겼다. 다른 사람들이 남이 보는 줄도 모르고 무슨 짓을 하는지를 알기 위해서. 엄마가 목욕하는 것을 보았다. 엄마는 비데 위에 앉아서 졸고 있는 것 같았다. 그녀는 아무도 보지 않는다고 생각했기 때문에 그녀의 몸과 심지어 얼굴조차도 완전히 잊은 듯했다. 이 버려진 살갗 위에서 스펀지만이 혼자 왔다 갔다 했다. 그녀는 둔하게 움직였고, 마치 도중에서 그만둘 듯한 인상을 주었다. 엄마는 비누 조각을 수건에 문지르더니, 그 손이 두 다리 사이로 사라졌다. 엄마의 얼굴은 평온하면서도 서글퍼 보였다. 무엇인가 딴 일을 생각하는 것이 분명했다. 뤼시앵의 교육 문제라든가, 푸앵카레 씨 일을. 그러나 그동안에도 그녀는 커다란 분홍색 살덩어리였고, 사기로 만든 비데 위에 걸터앉은 육중한 몸이었다. 또 어떤 날에는 뤼시앵은 신발을 벗고 다락방까지 기어올라갔다. 그는 제르멘을 보았다. 그녀는 발목까지 오는 긴 초록색 잠옷을 입고, 둥글고 작은 거울 앞에서 머리를 빗으며 거울에 비친 제 모습을 보고는 부드럽게 웃고 있었다. 뤼시앵은 웃음을 억제할 수 없어 재빨리 내려와야만 했다. 그 후에는 뤼시앵도 거실의 큰 거울 앞에서 웃어보기도 하고 찡그려보기도 했다. 그러다 잠시 후면 엄청난 공포에 사로잡히는 것이었다.

뤼시앵은 완전히 잠들고야 말았다. 그러나 그를 잠자는 숲속의 미남이라 부르는 코팽 부인을 제외하고는 아무도 그 사실을 알아차리지 못했다. 삼킬 수도 뱉을 수도 없는 커다란 덩어리 같은 공기가 항상 그의 입을 반쯤 벌어지게 했다. 그것은 그의 *하품*이었다. 그가 혼자 있을 때, 그 덩어리는 입천장과 혀를 부드럽게 애무하면서 커져만 갔다. 그러면 입이 아주 크게 열리고, 뺨으로 눈물이 줄줄 흘러내렸다. 아주 기분 좋은 순간이었다. 이제는 목욕탕에 있어도 전처럼 즐겁지 않았다. 대신 재채기하는 것이 재미있었다. 그것이 그를 잠에서 깨어나게 했고, 그러면 잠시 즐거운 기분으로 주위로 둘러보고는 또다시 잠이 들었다. 그는 여러 종류의 잠이 있다는 것을 배웠다. 겨울에 벽난로 앞에 앉아서 불 쪽으로 머리를 내밀면 머리가 새빨갛게 달아오르면서 단번에 머리가 텅 비워진다. 그는 그것을 '머리로 자는 것'이라고 불렀다. 일요일 아침에는 반대로 발로 잠이 들었다. 그가 욕조에 들어가 천천히 몸을 가라앉히면, 졸음이 찰랑거리면서 다리와 허리를 따라 올라왔다. 물속에서 허옇게 부풀려 마치 삶은 닭처럼 보이는 몸 위에는 신전 templum, 신전의 templi, 신전에 templo, 지진, 우상 파괴자들과 같은 현학적인 말들로 가득한 작은 금발이 군림했다. 교실에서의 수면은 허옇고 번개 같은 것으로 뚫려 있었다. "당신은 그가 3인에 대항하여 무엇을 하기를 원한단 말인가?"[54] 1등, 뤼시앵 플뢰리에. "제3계급이란 무엇인가?"[55] 아무것도 아님." 1등, 뤼시앵 플뢰리에. 2등, 빙켈만. 펠르로는 대수에서 1등이었다. 펠르로는 고환이 하나밖에 없었다. 다른 한쪽은 내려오지 않았던 것이다. 그걸 보려면 2수를,[56] 만지려면 10수를 내야 했다. 뤼시앵은 10수를 내고 주저하면서 손을 내밀었으나 결국 만지지 못했다. 하지만 그 일이 몹시 후회되어 때로는 거의 한 시간 이상이나

---

54 17세기 프랑스 극작가 코르네유의 「오라스」 제3막 6장에 나오는 구절로 로마와 알바의 두 도시가 마침내 양쪽에서 3인의 전사를 내어 싸우기로 결정한 것을 가리킨다. 수사법과 동사 변화의 예로 많이 인용되는 문장이다.
55 제3계급이란 성직자와 귀족과는 달리 어떤 특권도 가지지 못한 평민 계급을 가리킨다.
56 프랑스 대혁명 때 만들어진 5상팀짜리 동전.

그를 잠들지 못하게 했다. 지리 성적은 역사보다 나빴다. 1등 빙켈만, 2등 플뢰리에. 일요일마다 그는 코스틸, 빙켈만과 함께 자전거를 타고 산책을 했다. 더위에 타오르는 황갈색 벌판을 가로지르며 자전거는 부드러운 먼지 위로 미끄러져 나갔다. 뤼시앵의 다리는 힘이 있고 근육이 발달했으나, 도로의 졸린 듯한 냄새가 머리로 올라왔다. 그는 핸들 위로 몸을 구부렸다. 눈은 분홍색이 되어 반쯤 감겼다. 그는 세 번이나 연속해서 우등상을 탔다. 상품으로는 『파비올라 또는 지하 교회』,[57] 『기독교의 정수』,[58] 그리고 『라비주리 추기경의 생애』[59]를 받았다. 여름방학에서 돌아온 코스틸이 「신병은 고달프다」와 「메츠의 포병」이란 노래를 가르쳐주었다.[60] 뤼시앵은 좀더 뽐내려고 아빠의 의학사전에서 '자궁'이란 항목을 찾아보았다. 그리고 친구들에게 여자의 신체 구조를 설명하고 칠판에 그림까지 그려 보였다. 코스틸은 구역질난다고 말했다. 다음부터 그들은 나팔이란 말만 들어도 웃음을 터뜨렸다. 뤼시앵은 여자의 신체 구조에 대해 자신보다 더 잘 아는 사람이 프랑스 전체 고등학교 1학년, 더 나아가 2학년에서조차도 없으리라고 생각하며 만족해했다.

플뢰리에 집안이 파리에 정착했을 때 파리는 마치 마그네슘을 터

---

57 와이즈먼Wiseman의 교훈적인 소설로 1854년 출간되었으며, 프랑스에는 1855년 번역되었다.
58 19세기 프랑스 작가 샤토브리앙의 작품으로 기독교의 도덕적 · 시적 아름다움에 대한 고찰.
59 프랑스의 추기경으로 소르본 대학교에서 강의를 하고 북아프리카에서 많은 선교 활동을 한 라비주리 추기경 cardinal Lavigerie에 대해서는 많은 평전이 있으나, 여기서 말하는 책은 아마도 펠릭스 클랭인 Félix Klein이 1890년에 기술한 『라비주리 추기경과 그의 아프리카 저술』을 가리키는 것처럼 보인다.
60 이 노래들은 『대학생들의 노래』(말루안 출판사 간)에 나오는 것으로, 사르트르는 자주 이 책에 대해 언급하고 있다.

뜨린 것 같았다. 뤼시앵은 영화관과 자동차, 거리의 소음 때문에 더 이상 잠잘 수가 없었다. 그는 자동차 중에서도 부아쟁과 파카르를, 이스파노쉬자와 롤스로이스를 구별할 줄 알게 되었고, 때로는 차체가 매우 낮은 자동차에 대해서도 얘기하곤 했다. 1년 전부터 그는 긴 바지를 입었다. 바칼로레아[61] 1차 시험에 합격한 상으로 아빠가 그를 영국에 보내주었다. 뤼시앵은 물이 잔뜩 오른 초원들과 하얀 절벽들을 보았다. 존 래티머와 권투를 했고 어퍼컷을 배웠다. 그러나 어느 날 아침 잠든 채로 눈을 떴고, 그것이 다시 시작되었다. 그는 졸면서 파리로 돌아왔다. 콩도르세 고등학교[62]의 초급 수학반에는 37명의 학생이 있었다. 그중 여덟 명은 세상 물정을 다 안다고 하면서, 다른 애들을 풋내기로 취급했다. 이 영악한 자들은 11월 1일까지는 뤼시앵을 깔보았지만, 그러나 '모든 성인의 날'[63] 뤼시앵은 그들 중에서도 가장 영악한 가리와 함께 산책을 하면서 은근히 해부학에 관한 지식을, 그것도 아주 정확한 지식을 보여주었더니 가리는 그만 감탄하고 말았다. 뤼시앵은 부모님이 밤에 외출하는 것을 허락하지 않았기 때문에 영악한 자들의 그룹에는 끼지 않았지만 그들과 대등한 관계를 맺었다.

목요일마다 베르트 아주머니가 리리와 함께 레누아르[64] 가로 식사

---

61 대학입학자격시험으로 1차는 고등학교 2학년 때, 2차는 3학년 말에 본다.
62 프랑스 명문 고등학교 중의 하나로 사르트르는 여기에서 1941년부터 1944년까지 가르쳤다. 「어느 지도자의 유년 시절」을 쓸 무렵 사르트르는 파스퇴르 고등학교 교사였는데, 이 학교는 콩도르세 고등학교나, 뒤에 나오는 소에 있는 라카날 고등학교보다는 덜 유명하다.
63 11월 1일은 모든 성인의 날로 프랑스에서는 공휴일이다.
64 파리 사람들에게 16구 파시 구역에 있는 이 레누아르 거리는 부자 동네의 동의어이다. 1935년 생테티엔에서 돌아온 사르트르의 부모는 여기서 가까운 보세주르 가, 다음에는 파시 가에서 살았다.

하러 왔다. 그녀는 아주 뚱뚱해졌고 서글픈 듯 한숨만 짓고 있었다. 그러나 피부는 여전히 곱고 희어서 뤼시앵은 그녀의 벌거벗은 모습을 보고 싶었다. 그날 밤 침대에서 그는 거기에 대해 생각했다. 어느 겨울날 불로뉴 숲 덤불 속에서 벌거숭이 아주머니가 가슴에 팔짱을 끼고 온몸에 소름이 돋은 채 떨고 있었는데, 근시인 한 행인이 "대체 이게 뭐지?"라고 말하면서 지팡이 끝으로 그녀를 건드리는 걸 상상했다. 뤼시앵은 사촌과 의견이 잘 맞지 않았다. 리리는 조금은 지나치게 우아한 미남 청년이 되어 있었다. 그는 라카날 고등학교에서 철학을 공부했는데 수학은 전혀 몰랐다. 뤼시앵은 리리가 이미 일곱 살이 지났는데도, 여전히 바지에다 똥을 싸고 오리처럼 다리를 벌리고 걸어가면서 순진한 눈으로 엄마를 쳐다보고는 "제가 안 그랬어요. 정말이에요"라고 말하는 것을 상상하지 않을 수 없었다. 그러자 리리의 손을 만지는 것이 어쩐지 싫었다. 그러나 뤼시앵은 아주 친절하게 대했고, 수학 시간에 배운 것도 설명해주었다. 리리는 별로 똑똑하지 않았기 때문에, 짜증나는 것을 여러 번 참아야만 했다. 그러나 뤼시앵은 결코 화를 내지 않았고, 언제나 침착하고 조용한 목소리로 가르쳤다. 플뢰리에 부인은 뤼시앵이 매우 요령이 좋다고 생각했다. 하지만 베르트 아주머니는 통 고맙다는 내색을 하지 않았다. 뤼시앵이 리리에게 공부를 가르쳐주겠다고 제안했을 때도, 그녀는 얼굴을 조금 붉히며 의자에서 몸을 뒤척이더니 "아니야, 뤼시앵, 고맙기는 하지만 리리는 이제 다 큰 애란다. 하고 싶으면 혼자 하겠지. 남에게 의존하는 버릇이 생기면 못쓴단다"라고 말했다. 어느 날 저녁, 플뢰리에 부인은 잡자기 뤼시앵에게 말했다. "네가 리리를 위해 해준 것에 대해 리리가 널 고맙게 생각하는 줄 알았지? 아니란다,

네 생각이 틀렸단다. 리리는 네가 잘난 척한다고 생각한단다. 베르트 아주머니가 그렇게 말하더라." 엄마는 순진한 체하면서 음악적인 목소리로 말했다. 뤼시앵은 엄마가 몹시 화났다는 것을 알아차렸다. 그는 막연히 당황했지만 뭐라고 대답해야 할지를 몰랐다. 다음날 그리고 그 다음날, 그는 공부할 게 너무 많아서 그런 이야기는 모두 잊어버렸다.

　일요일 아침, 그는 갑자기 펜을 놓고 생각했다. '내가 잘난 척했나?' 11시였다. 그는 책상 앞에 앉아서 벽을 장식하고 있는 두꺼운 천으로 된 장밋빛 인물들을 쳐다보았다. 뤼시앵은 왼쪽 뺨에서 4월의 첫번째 햇살의 건조하고 먼지 섞인 열기를 느꼈다. '내가 잘난 척했나?' 대답하기가 어려웠다. 뤼시앵은 우선 리리와의 마지막 대화를 생각하며 자신의 태도를 공정하게 판단해보려고 애썼다. 그는 리리에게 몸을 기울이고 웃으면서 이렇게 말했었다. "알지? 모른다면, 리리, 서슴지 말고 모른다고 해. 다시 한 번 할 테니." 잠시 후 뤼시앵은 복잡한 계산에서 실수를 했고, 그래서 쾌활하게 말했다. "이번엔 내 차례군." 플뢰리에 씨에게서 배운 표현으로 재미있다고 생각했었다. 그것은 대수롭지 않은 것이었다. '내가 그 말을 하면서 잘난 척했나?' 애써 찾다 보니 갑자기 한 조각의 구름 같은, 희고 둥글고 부드러운 그 어떤 것이 나타났다. 그것은 요전 날 그가 생각한 것이었다. "알지?"라고 말했을 때 그의 머리 속에 떠오른 것이었다. 그러나 그것을 묘사할 수는 없었다. 뤼시앵은 그 구름 조각을 '바라보기' 위해 절망적인 노력을 했다. 그러자 갑자기 자신이 거꾸로 그 안에 떨어지는 것 같았다. 그는 수증기 한복판에 있었고, 자신도 수증기가 되었다. 그는 속옷 냄새가 나는 하얗고 축축한 열기에 불과했다. 그는 이 수증기에서 몸을 빼고 뒤로 물러나려고 했으나 수증기가 함께 따라왔다. 그는 생각했다. '이것이 나다. 뤼시앵 플뢰리에다. 나는 내 방 안에 있다. 나는 물리 문제를 풀고 있다. 오늘은 일요일이다.' 그의 생각은 안개 속으로 하얗게 녹아들어갔다. 그는 몸을 흔들며 두꺼운 천에 그려진 인물들을, 두 쌍의 목동 목녀와 사랑의 신을 자세히 바라보았다. 그러고는 갑자기 "나는, 나는 존재한다……"라고 중얼거렸다. 그러자 가벼운 소리가 났고, 그는 긴 잠에서 깨어났다.

별로 유쾌한 일은 아니었다. 목동들이 껑충껑충 뛰며 뒤로 물러나고, 뤼시앵은 오페라글라스의 볼록한 끝으로 그들을 바라보는 것 같았다. 그렇게도 부드럽게 그의 마음 속 깊은 곳에 관능적으로 스며들었던 그 놀라움 대신에, 이번에는 '나는 누구인가?'라고 묻는 아주 명철한 당혹감이 떠올랐다.

'나는 누구인가? 나는 책상을 바라보고, 공책을 바라본다. 내 이름은 뤼시앵 플뢰리에이지만, 그건 단지 이름일 뿐이다. 나는 잘난 척한다. 잘난 척하지 않는다. 잘 모르겠다. 그건 별 의미가 없다.'

'나는 모범생이다. 아니다, 그건 표면적인 것일 뿐이다. 모범생은 공부하길 좋아하는데, 나는 그렇지 못하다. 성적은 좋지만 공부하는 것은 좋아하지 않는다. 그렇다고 해서 공부가 아주 싫은 것도 아니다. 그저 귀찮을 따름이다. 모든 것이 다 귀찮다. 나는 결코 우두머리가 되지 못할 것이다.' 그는 고통스럽게 생각했다. '나는 무엇이 될 것인가?' 몇 분이 흘렀다. 그는 뺨을 긁었고 햇빛에 눈이 부셔 왼쪽 눈을 깜박거렸다. '나는 무엇일까, *나는?*' 겹겹이 말린 안개가 무한히 나타났다. '나는!' 그는 멀리 바라보았다. 말이 머릿속에서 울렸다. 그러자 뭔가를 짐작할 수 있을 것 같았다. 안개 속으로 멀리 양쪽 측면이 사라져가는 피라미드의 어두운 꼭대기 같은 그 무엇. 뤼시앵은 전율했고 손이 떨렸다. '그렇다. 그렇다! 난 확신하고 있었다. *나는 존재하지 않는다.*'

다음 몇 달 동안, 뤼시앵은 다시 잠들려고 애썼으나 성공하지 못했다. 밤마다 매우 규칙적으로 아홉 시간을 잤는데, 남은 시간에는 활기가 찼고 점점 더 어리둥절해갔다. 그의 부모님은 그가 이렇게 건강한 적이 없었다고 말했다. 자신이 우두머리가 될 소질이 없다고 생각할 때마다, 그는 낭만적인 기분이 들어 달빛 아래서 몇 시간이고 걷고 싶었다. 그러나 부모님은 아직도 밤에 외출하는 걸 허락하지 않았다. 그래서 자주 침대에 드러누워 체온을 쟀다. 온도계는 37도 5부, 혹은 37도 6부를 가리켰다. 부모님이 자신의 안색이 좋다고 여긴다고 생각하니 씁쓰레한 기쁨이 느껴졌다. '나는 존재하지 않는다!' 그는 눈을 감고 되는대로 생각했다. 존재란 환상이다. 내가 존재하지 않는다는 사실을 *아니까* 귀를 틀어막고, 아무것도 생각하지 말고, 무(無)로 돌아가자. 그러나 환상은 끈질겼다. 적어도 자신이 비밀을 가졌다는 사실이 다른 사람들에 비해 조금은 짓궂은 우월감을 느끼게 했다. 이를테면 가리도 뤼시앵과 마찬가지로 존재하지 않았다. 그러나 가리가 찬미자들 한가운데서 요란하게 재채기를 하는 것만 보아도 자신의 존재를 쇠처럼 단단한 것으로 믿는다는 것을 곧 알 수 있었다. 플뢰리에 씨도 역시 존재하지 않았다. 리리도 그 누구도 존재하지 않았다. 세상은 배우가 없는 코미디 같았다. 「도덕과 과학」이라는 논문으로 15점[65]을 받은 뤼시앵은 「허무론」을 써볼까 생각

---

65 프랑스에서는 20점이 만점이므로 15점은 우수한 성적이다. 우리의 '수'에 해당한다.

했다. 사람들이 그걸 읽으면, 첫닭이 울 때 흡혈귀가 사라지듯이, 하나씩 사라지리라고 상상했다. 논문을 시작하기 전에 그는 우선 철학 교수인 르 바부앵66 씨의 의견을 듣고자 했다. "선생님, 우리가 존재하지 않는다는 걸 증명할 수 있습니까?"라고 그는 수업이 끝나자 질문했다. 르 바부앵 씨는 안 된다고 했다. "나는 생각한다. 고로 나는 존재한다. 군은 자신의 존재를 의심하고 있으니 고로 존재하는 것이다"라고 그는 말했다. 뤼시앵은 설득되지 않았지만 논문을 쓰는 것을 포기했다. 7월에, 그는 수학 바칼로레아에 그저 그런 성적으로 합격하여 부모님과 함께 페롤로 떠났다. 어리둥절한 상태는 여전히 마찬가지였다. 그것은 마치 재채기를 하고 싶은 것과도 같았다.

  불리고 영감은 죽었고, 플뢰리에 씨 직공들의 생각도 많이 변했다. 이제 그들은 상당한 급료를 받았으므로, 그들의 아내들도 실크 스타킹을 샀다. 부파르디에 부인은 플뢰리에 부인에게 끔찍한 이야기들을 전해주었다. "어제 통닭구이 집에서, 우리 집 하녀가 댁 주인의 성실한 직공의 딸인 앙시옴을 만났대요. 그 애 엄마가 죽었을 때 우리가 그 애를 돌봐준 적이 있어요. 그 애는 보페르튀이라는 조립공과 결혼했는데 글쎄 20프랑짜리 닭을 주문하더래요. 게다가 그 거만한 꼴이란! 그들에게 좋은 것이라곤 아무것도 없는 모양이에요. 우리가 가진 건 뭐든지 갖고 싶어하죠." 이제는 일요일에 뤼시앵이 아빠와 함께 산책할 때면 직공들은 그들을 보아도 모자에 손을 거의 대지 않았다. 심지어는 인사하기가 싫어서 길을 건너가는 사람들도 있었다. 어느 날 뤼시앵은 불리고의 아들을 만났는데, 아는 척도 하지

---

66 여기서는 고유명사로 쓰였지만 보통명사로는 '얼간이'란 뜻이다.

않았다. 뤼시앵은 조금 흥분했다. 자신이 우두머리라는 사실을 증명할 좋은 기회였다. 그는 독수리 같은 눈으로 쥘 불리고를 쏘아보면서, 뒷짐을 지고 그를 향해 앞으로 나아갔다. 그러나 불리고는 무서워하는 것 같지 않았다. 그는 텅 빈 눈으로 뤼시앵을 바라보더니 휘파람을 불면서 그냥 지나갔다. '나를 알아보지 못하는구나' 하고 뤼시앵은 생각했다. 그러나 그는 극도로 실망했고, 다음날부터는 한층 더 세계가 존재하지 않는다고 생각했다.

플뢰리에 부인의 작은 권총은 그녀의 옷장 왼쪽 서랍 안에 놓여 있었다. 남편이 전선으로 떠나기 전, 1914년 9월에 선물로 준 것이었다. 뤼시앵은 권총을 오랫동안 손가락 사이에 들고 만지작거렸다. 총신은 도금되고 총자루에는 나전을 입힌, 정말로 아름다운 보석이었다. 사람들에게 그들이 존재하지 않는다는 사실을 납득시키기 위해서는 철학 논문에만 의지할 수는 없었다. 필요한 것은 행동이었다. 외관을 사라지게 하고 세계의 무(無)를 백일하에 드러내는 진실로 절망적인 행동이 필요했다. 폭발음, 양탄자 위에 쓰러진 피투성이의 젊은 육체, 종이에 끼적댄 몇 마디 말들. "나는 존재하지 않기 때문에 자살한다. 나의 형제들이여, 그대들도 역시 무(無)다!" 사람들은 아침에 신문을 읽다가 "한 젊은이가 감히 저질렀다"라는 기사를 보게 되리라. 그들은 몹시 혼란스러워 자문할 것이다. "그런데 난? 나는 존재하는 걸까?"라고. 역사상 『젊은 베르테르의 슬픔』이 출판되었을 때도 이와 같은 자살 전염병이 있었다는 것을 우리는 잘 알고 있었다. 뤼시앵은 '순교자'란 말이 그리스어로 '증인'을 뜻한다는 것을 생각해냈다. 지도자가 되기에는 너무 감수성이 예민했지만, 순교자가 되기에는 자격이 충분했다. 그 후 뤼시앵은 자주 엄마 방에 들어갔다. 권총을 보고 고민에 사로잡혔다. 총자루를 꽉 잡으면서 금빛의 총신을 깨물어보기까지 했다. 나머지 시간에는 진정한 지도자들이란 모두 자살의 유혹을 체험했다고 생각하니 오히려 즐거웠다. 이를테면 나폴레옹이 그랬다. 뤼시앵은 자신이 절망의 밑바닥에 빠져 있다는 사실을 감추지 않았다. 하지만 강인한 정신으로 그 위기를 극복하려 했다. 그는 『세인트헬레나 섬의 회고록』[67]을 흥미 있게 읽었다. 그러나 결정을 내려야 했다. 뤼시앵은 자신의 망설임의 최종 날짜를 9월 30일로 정했다. 마지막 며칠간은 극도로 고통스러웠다. 물론 이 위기는 유익했지만, 뤼시앵에게 너무 심한 긴장을 요구했기 때문에 그는 언젠가 자신이 유리처럼 부서지지 않을까 두려웠다. 그는 더 이상 권총에 손댈 수가 없었다. 서랍 여는 것만으로 만족하고, 그 속에 있는 엄마의 속옷을 걷어올리고, 장미색 실크의 움푹 팬 곳에 놓여 있는 그 차디차고 단단한 작은 괴물을 오랫동안 바라보았다. 하지만 그가 살기로 결정했을 때, 그는 심한 실망을 느꼈고, 한가롭게 느껴졌다. 다행히도 새 학기가 시작되어 많은 걱정거리가 그를 사로잡았다. 부모님은 그를 생루이 고등학교[68]에 보내 에콜 싱드랄[69] 준비반 수업을 듣게 했다. 그는 배지가 달리고 붉은 테

---

[67] 역사학자 라스 카즈의 작품으로 나폴레옹의 최후 유배지인 세인트헬레나 섬에서 나폴레옹과 나눈 대화를 수록하고 있다.
[68] 파리의 명문 고등학교로는 앞에서 언급한 콩도르세나 라카날 고등학교 외에도, 16구의 자종드사이이, 라탱 가의 루이르그랑, 앙리-IV가 있다. 뤼시앵이 들어간 생루이 고등학교는 생미셸 가에 있는 것으로 극우파가 그들의 추종자들을 모집한 과학계 학교이다. 그리고 이 명문 고등학교들에는 그랑제콜 준비반이 있다.
[69] '그랑제콜grandes écoles' 중의 하나로 이공 계열의 학교이다. 이하 국립공과대학으로 옮기고자 한다. 우리에게 친숙한 고등사범학교, 국립미술학교를 제외하고는 그랑제콜을 대학으로 옮겼다. 뒤에 오는 국립상과대학Hautes études commerciales도 그랑제콜 중의 하나이다.

를 두른 희한한 모자를 쓰고 노래를 불렀다.

　　기계를 움직이게 하는 국립공대생
　　기차를 움직이게 하는 국립공대생……

　국립공대생이라는 새로운 권위가 뤼시앵을 자부심으로 가득 차게 했다. 게다가 그의 반은 다른 반들과는 달랐다. 거기에는 전통과 의식이 있었다. 그것은 하나의 힘이었다. 예를 들어 프랑스어 수업 시간이 끝나기 15분 전 누군가가 "육사생은 무엇인가?" 하고 물으면 모두가 소리를 죽여 "멍청이다!"라고 대답했다. "농대생은 무엇인가?"라고 물으면, "개자식이다!" 하고 좀더 큰 소리로 대답했다. 그러면 거의 장님이 되다시피 한 검은 안경을 쓴 베퇸 선생님이 지친 듯이 "여러분, 제발" 하고 말했다. 잠시 죽은 듯한 침묵이 흐르고 학생들은 공범자의 미소를 지으면서 서로를 쳐다보았다. 그러다가 한 녀석이 "국립공대생은 무엇인가?" 하고 외치면 모두들 한꺼번에 부르짖었다. "거물이다!" 그럴 때마다 뤼시앵은 전기가 통하는 것 같았다. 저녁때면 그는 부모님에게 낮에 일어난 여러 사건들을 자세히 얘기했다. "그러자 반 전체가 웃기 시작했죠." 혹은 "반 전체가 메리네를 따돌리기로 결정했죠." 그 말들은 한 모금의 술처럼 뤼시앵의 입 속을 뜨겁게 했다. 그러나 처음 몇 달 동안은 아주 힘들었다. 뤼시앵은 수학과 물리 시험에서 떨어졌고, 또 개인적으로도 학우들에게 호감이 가지 않았다. 그들은 장학생이었는데 대부분 공부벌레였고 불결했고 행실도 나빴다. "친구로 삼고 싶은 녀석은 하나도 없어요" 하고 그는 아버지에게 말했다. "장학생이란 지적인 엘리트이긴 하지만 신통치 않은 지도자가 되는 법이지. 한 단계를 건너뛰었으니까"라고 플뢰리에 씨는 꿈꾸듯이 말했다. '신통치 않은 지도자'란 말을 듣자 어쩐지 불쾌한 느낌이 들어, 그 후 몇 주일 동안 다시 자살에 대한 생각을 했다. 그러나 지금은 방학 때와 같은 그런 열정은 느낄 수 없었다. 1월에 베를리아크란 신입생이 들어왔는데 반 전체를 놀라게 했다. 그는 최신 유행의 초록색 또는 보라색의, 허리가 꼭 끼는 재킷을 입었는데 깃은 둥글고 작았다. 바지는 재단사의 스케치에서나 볼 수 있는 것 같은 아주 통이 좁은 것으로 어떻게 껴입을 수 있을지 의심스러울 정도였다. 단번에 그는 수학에서 꼴찌로 분류되었다. "그까짓 것 아무 상관없어. 난 문학하는 사람이야. 고행으로 수학을 하는 거니까"라고 그는 선언했다. 한 달 후에 그는 모든 학생들을 매료시켰다. 밀수품 담배를 나눠주었고, 여자를 많이 알고 있다며 그녀들에게서 받은 편지를 보여주었다. 반 학생들은 모두 그가 멋진 녀석이고 그를 귀찮게 해서는 안 된다는 결정을 내렸다. 뤼시앵은 그의 우아함과 처신을 찬미했다. 그러나 베를리아크는 뤼시앵을 공손하게 대했고, '부잣집 아들'이라고 불렀다. "어쨌든 가난뱅이 아들인 것보다야 낫지"라고 어느 날 뤼시앵이 말했다. 베를리아크는 웃으면서 "제법 빈정댈 줄 아는군"이라고 말했다. 다음날 그는 자기가 쓴 시를 하나 읽어주었다. "카루소는 매일 저녁 눈을 산 채로 꿀꺽 삼켰도다. 그 점을 제외하고는 낙타처럼 절제하는 사람이었도다. 어떤 부인이 가족의 눈들로 꽃다발을 만들어 무대에 던졌도다. 모두들 이 모범적인 행위 앞에 경의를 표했도다. 그러나 그녀의 영광은 37분밖에 지속되지 않았다는 것을 잊지 말지어다. 정확히 첫번째 환호성에서 오페라의 샹들리에가 꺼질 때까지(그 후 부인은 수많은 상을 탄 남편을, 두 개의 전쟁 십자 훈장으로 눈구멍의 움푹 팬 붉은 부분을 틀어막고 붙잡아두었다.) 다음과 같은 사실을 명심해라. 통조림한 인육(人肉)을 너무 많이 먹은 자는 모두 괴혈병으로 죽을 것이다."
"좋군" 하고 뤼시앵은 어리둥절해서 말했다. "새로운 기법으로 쓴 거야. 자동 기술(自動記術)[70]이라고 부르는 거지." 그는 무심하게 말했다. 그로부터 얼마 지나지 않아 뤼시앵은 자살하고 싶은 강한 욕망에 사로잡혀 베를리아크에게 자문을 구하기로 결심했다. "난 어떻게 해야 할까?" 뤼시앵은 자신의 상황을 설명한 뒤 물어보았다. 베를리아크는 그의 말을 신중하게 들었다. 그는 손가락을 빨고, 그 손으로 얼굴에 난 여드름에 침을 바르는 습관이 있었다. 그래서 그의 피부는 비 온 후의 길처럼 여기저기서 반짝거렸다. "원하는 대로 하렴. 그건 별로 중요한 일이 아니니까." 그는 좀 생각해보더니 한 마디 한 마디에 힘을 주어가며 덧붙였다. "중요한 건 *아무것도 없어*." 뤼시앵은 약간 실망했다. 그러나 다음 목요일 베를리아크가 자기 엄마 집으로 티타임에 뤼시앵을 초대했을 때, 뤼시앵은 그가 자기 말에 상당히 감동을 받았었다는 것을 알았다. 베를리아크 부인은 매우 다정했다. 그녀는 사마귀가 몇 개 나 있었고, 왼쪽 뺨에는 주근깨가 있었다. "넌 알지. 전쟁의 진짜 희생자들은 바로 우리야" 하고 베를리아크가 뤼시앵에게 말했다. 그건 바로 뤼시앵의 생각이었다. 그들은 둘 다 희생자의 세대에 속한다는 점에 의견이 일치했다. 해가 졌고, 베를리아크는 손을 목덜미에 대고 침대에 드러누웠다. 그들은 영국제 담배를 피웠고, 전축에 레코드를 걸었다. 뤼시앵은 소피 터커[71]와

---

[70] 의식하의 세계를 포착하기 위해 초현실주의자들이 즐겨 쓰던 표현 기법.
[71] 소피 터커 Sophie Tucker: 미국 백인 여가수로 『구토』에 나오는 「Some of these days」

알 존슨[72]의 목소리를 들었다. 그들은 아주 우울해졌고, 뤼시앵은 베를리아크가 제일 친한 친구라고 생각했다. 베를리아크는 그에게 정신분석학에 대해 알고 있느냐고 물었다. 그의 목소리는 진지했고, 그는 뤼시앵을 심각하게 바라보았다. "난 열다섯 살까지 엄마에게 욕망을 느꼈어"라고 비밀을 털어놓았다. 뤼시앵은 기분이 좋지 않았다. 얼굴이 붉어질까 봐 겁이 났다. 베를리아크 부인의 사마귀를 생각하자, 그런 여자에게 욕망을 느꼈다는 걸 이해할 수가 없었다. 그러나 부인이 토스트를 가지고 들어왔을 때, 마음이 약간 혼란되어 부인이 입고 있는 노란 스웨터를 통해 그녀의 가슴을 상상해보았다. 그녀가 나가자, 베를리아크는 분명한 목소리로 말했다. "너도 물론 엄마하고 자고 싶었을 거야." 그는 질문하는 게 아니라 확인하고 있었다. 뤼시앵은 어깨를 으쓱하며 "물론이지" 하고 대답했다. 이튿날 그는 불안했다. 베를리아크가 자신들의 대화를 되풀이하지나 않을까 겁이 났다. 그러나 곧 안심했다. '어쨌든 그놈은 나보다 더 위태롭지' 하고 그는 생각했다. 뤼시앵은 자신들의 내밀한 대화에 깃든 과학적인 성격에 매혹되었다. 다음 목요일 그는 생트주느비에브[73] 도서관에서 꿈에 대한 프로이트의 저술을 읽었다.[74] 그것은 하나의 계시

를 부른 것으로 유명하다.
[72] 알 존슨 Al Johnson: 「Sunny Boy」를 부른 알 졸슨 Al Jolson을 사르트르와 시몬 드 보부아르가 알 존슨으로 착각한 것 같다고 콩타와 리발카는 말한다.
[73] 파리 소르본 대학교 근처의 도서관.
[74] 프로이트가 프랑스에 처음 번역된 것은 1921년으로, 1925년경에는 지식인 사회에서 대유행이었다. 특히 초현실주의자들에게서 정신분석의 영향은 지대했다. 정신분석에 대한 사르트르의 견해는 부정적인 것으로, 그의 자유에 대한 개념과 상충되기 때문이라고 설명된다. 여기서 말하는 책은 엘렌 르그로가 번역하여 1925년에 발간한 『꿈의 해석』을 가리킨다.

였다. "바로 이거다. 바로 이거다!"라고 그는 정처 없이 거리를 걸어 다니면서 같은 말을 되풀이했다. 그는 곧 『정신분석학 입문』과 『일상생활의 정신병리학』이란 책을 샀다.[75] 모든 것이 분명해졌다. 존재하지 않는다는 그 기이한 인상, 자신의 의식 속에 오랫동안 처박혀 있었던 그 공허감, 반수면 상태, 당혹감, 항상 안개의 장막만을 만나게 되는 자신을 알기 위한 그 헛된 노력들……. '그렇다. 난 콤플렉스를 가지고 있다'라고 그는 생각했다. 그는 베를리아크에게 유년 시절에 자신을 몽유병자라고 생각했으며, 사물이 결코 완전히 현실적으로 보이지 않았다는 것을 이야기했다. "난 우월감의 콤플렉스를 갖고 있는 모양이야"라고 뤼시앵은 결론을 내렸다. "나와 꼭 같구나"라고 베를리아크가 말했다. "우린 둘 다 콤플렉스를 가지고 있어!" 그들은 자신들의 꿈과 아주 작은 몸짓까지도 해석하는 습관을 갖게 되었다. 베를리아크는 늘 할 이야기가 많았다. 뤼시앵은 그가 일부러 꾸며낸 것이 아닌가, 혹은 적어도 과장하는 것이 아닌가 하는 의심이 들었다. 그러나 그들은 서로 뜻이 잘 맞았고 가장 미묘한 문제도 객관적으로 다루었다. 그들은 주위 사람들을 속이기 위해 쾌활함이란 가면을 썼으나, 속으로는 무척 괴로워했다는 것을 서로 고백했다. 뤼시앵은 불안에서 해방되었다. 정신분석이 자신에게 적합한 것이라고 생각되었기 때문에 열정적으로 몰두했다. 이제 그는 강인해졌으며, 더 이상 초조해하지도 않았고, 자신의 의식 속에서 성격을 알아볼 수 있는 지표를 찾으려 하지도 않았다. 진정한 뤼시앵은 무의식 속에 깊이 파묻혀 있는 것이다. 마치 부재하는 연인처럼 보지

---

[75] 이 두 권의 책은 얀켈레비치 박사가 번역한 것으로, 전자는 1921년에 후자는 1922년에 파요 출판사에서 발간되었다.

않고 꿈을 꾸어야 한다. 뤼시앵은 온종일 자신의 콤플렉스를 생각하고, 의식의 수증기 밑에서 꿈틀거리는 막연하고도 잔인하며 또 격렬한 세계를 자랑스럽게 상상했다. "너도 이해하겠지만, 난 외면적으로는 잠자고 있었고, 모든 것에 무관심하고 별로 재미없는 사람이었어. 그리고 마음속에서까지도 틀림없이 그런 것 같아서 그만 걸려들 뻔했지. 하지만 난 다른 것이 있다는 걸 잘 알고 있었어" 하고 그는 베를리아크에게 말했다. "언제나 다른 것이 있는 거야" 하고 베를리아크가 대답했다. 그들은 자랑스럽게 웃었다. 뤼시앵은 「안개가 갤 때」라는 제목의 시를 썼다. 베를리아크는 훌륭하다고 하면서도 정형시로 쓴 것을 나무랐다. 그래도 그들은 그 시를 암기하고, 리비도에 관해서 얘기하고 싶을 때는 즐겨 이렇게 말했다.

"안개의 외투 아래 웅크리고 있는 큰 게."[76] 그러다가 눈을 깜박거리면서 단순히 '게'라고만 말했다. 그러나 얼마 후 뤼시앵이 혼자 있을 때, 특히 저녁에는 이 모든 것이 약간 무서워졌다. 뤼시앵은 엄마를 더 이상 정면으로 쳐다볼 수 없었다. 자러 가기 전에 엄마에게 키스할 때면 어떤 엉뚱한 힘이 그의 입맞춤을 빗나가게 하여 뺨 대신 입술에 입 맞추게 하지 않을까 두려웠다. 마치 자신의 내부 속에 화산(火山)을 가지고 있는 듯한 느낌이었다. 뤼시앵은 자기가 발견한 그 화려하고도 불길한 영혼을 거스르지 않으려고 조심스럽게 자신을 다루었다. 이제 그는 영혼의 가치를 완전히 파악했고, 그것의 끔찍한 깨어남을 두려워했다. '난 내 자신을 무서워한다'라고 그는 생각했다. 그는 여섯 달 전부터 할 공부도 많고 싫증도 나고 해서 그 고

---

[76] 이 12음절의 시는 사르트르의 젊은 시절 습작품 중의 하나일 수 있다. 게에 대한 은유는 사르트르의 작품에 자주 나오는 것이다.

독한 행위를 그만두었으나, 또다시 시작하게 되었다. 각자는 자신의 취향을 따라야 한다. 프로이트의 책은 너무나 갑자기 습관을 버렸기 때문에 신경쇠약에 걸린 불행한 젊은이들의 이야기들로 가득 차 있었다. "이러다 우리 미치는 게 아닐까?" 하고 그는 베를리아크에게 물었다. 사실 어떤 목요일에는 자신들이 이상하게 느껴졌다. 어둠이 살며시 베를리아크의 방 안으로 스며들고, 그들은 환각제가 든 담배를 여러 갑 피웠다. 손이 떨렸다. 그때 그들 중의 하나가 아무 말 없이 일어서서, 살금살금 방문까지 걸어가 전기 스위치를 돌렸다. 노란빛이 방 안에 넘쳤고, 그들은 경계하는 듯한 시선으로 서로를 쳐다보았다.

뤼시앵은 얼마 안 가서 베를리아크와의 우정이 오해에 근거한다는 사실을 깨닫게 되었다. 물론 어느 누구도 베를리아크보다 더 오이디푸스 콤플렉스의 비장한 아름다움에 민감한 사람은 없었지만, 뤼시앵은 거기서 무엇보다도 정열의 힘의 표시 같은 것, 훗날 그가 다른 목적으로 전환하기를 바라는 그런 것을 보았다. 반면 베를리아크는 자신의 상태에 만족하여 거기서 빠져나오려 하지 않는 것 같았다. "우리는 끝장난 인간들이야, 실패자야. 우린 결코 아무것도 하지 못할 거야" 하고 베를리아크가 우쭐거리며 말했다. "결코 아무것도"라고 뤼시앵이 맞장구를 쳤다. 그러나 뤼시앵은 격노했다. 부활절 휴가에서 돌아온 베를리아크는 디종의 호텔에서 엄마와 같은 방을 썼다고 말했다. 새벽에 일어나서 아직 자고 있는 엄마의 침대 가까이로 다가가 살며시 이불을 덮어주었다고 했다. "엄마의 잠옷이 위로 치켜져 있었지" 하고 그는 혼자 히죽히죽거리면서 말했다. 이 말을 들은 뤼시앵은 베를리아크를 약간 경멸하지 않을 수 없었고, 자신이 무척 외롭다는 생각이 들었다. 콤플렉스를 갖는 것은 괜찮지만, 시간이 되면 청산할 줄 알아야 한다. 유년 시절의 성욕을 그대로 간직하고 있다면 어떻게 인간은 책임을 지며 명령할 수가 있단 말인가? 뤼시앵은 진심으로 걱정하기 시작했다. 권위자에게 자문을 구하고 싶었지만 누구에게 말을 걸어야 할지 몰랐다. 베를리아크는 정신분석에 매우 능통하고, 그에게 커다란 영향력을 가지고 있는 것처럼 보이는 베르제르[77]란 초현실주의자에 대해 자주 말하곤 했다. 그러나 한 번도 뤼시앵에게 그를 소개시켜주겠다고는 말하지 않았다. 또 뤼시앵은 베를리아크가 여자를 소개시켜줄 것이라고 기대하고 있었기 때문에 아주 실망했다. 아름다운 애인이라도 생기면 자연히 자신의 생각의 흐름에도 어떤 변화가 있으리라 생각했기 때문이다. 그러나 베를리아크는 더 이상 자신의 아름다운 여자 친구들에 대해 말하지 않았다. 때때로 그들은 큰길을 걸으며 여자들 뒤를 쫓아가기도 했으나 감히 얘기를 붙이지는 못했다. "뭘 바라나? 이 친구야. 우린 여자들의 마음에 드는 족속이 아니거든. 여자들은 우리 안에서 뭔가 무서운 것을 냄새 맡거든" 하고 베를리아크가 말했다. 뤼시앵은 대답하지 않았다. 베를리아크는 짜증나기 시작했다. 그는 뤼시앵의 부모에 대해 악취미의 농담을 했다. 그는 그들을 뒤몰레 부부라고 불렀다.[78] 일반적으로 초현실주의자들이 부르주아를 경멸한다는 사실은

---

[77] 이 작품에 나오는 아실 베르제르 Achille Bergère에 대해 사르트르는 실제 인물에서 빌린 것이 아니고 창조한 것이라고 단언한다. 그러나 이드에 따르면 이 이름은 초현실주의 대표자인 앙드레 브르통과 이니셜이 같으며, 실제 인물의 열쇠는 장 콕토에서 온 것 같다고 말해진다. 여하간 베르제르는 초현실주의자에 대한 사르트르의 풍자로서, 초현실주의자들로부터 많은 비판을 받았다.

[78] 뒤몰레Dumollet: 장딴지란 뜻의 이 말은 샹송으로 유명해져 프랑스 프티 부르주아를 희화하는 말이 되었다.

뤼시앵도 잘 알고 있었다. 하지만 베를리아크는 플뢰리에 부인에게서 여러 번 초대를 받았고, 그것도 신뢰와 우정에 넘친 대접을 받았다. 고마워하지는 못할지언정, 단순히 예의로라도 그런 투로는 말하지 말았어야 했을 것이다. 게다가 베를리아크는 돈을 빌리면 결코 갚지 않는 끔찍한 습관을 갖고 있었다. 버스를 타면 잔돈이 있을 때가 한 번도 없었으므로 항상 뤼시앵이 대신 내주어야 했고, 카페에서도 다섯 번에 한 번밖에는 내지 않았다. 어느 날 뤼시앵은 그런 짓은 도무지 이해할 수 없다고, 친구 사이라도 비용은 서로 분담해야 한다고 까놓고 말했다. 그러자 베를리아크는 뤼시앵을 지그시 쳐다보더니 말했다. "그럴 줄 알았어. 넌 항문성욕자야."[79] 그러고는 프로이트식의 똥과 돈에 대한 관계와 그의 검약에 대한 이론을 설명했다. "한 가지 알고 싶은 게 있는데" 하고 그가 말했다. "몇 살 때까지 네 어머니가 씻겨줬니?" 그들은 사이가 틀어질 뻔했다.

 5월 초부터 베를리아크는 수업을 빼먹기 시작했다. 뤼시앵은 수업이 끝나면 바로 프티샹 가에 있는 그를 만나러 갔고, 둘은 크뤼시피 베르무트[80] 주를 마셨다. 어느 화요일 오후 뤼시앵은 베를리아크가 빈 잔을 앞에 놓고 앉아 있는 걸 보았다. "왔구나. 난 서둘러야만 해. 5시에 치과에 예약돼 있어. 기다려. 바로 이 옆이니까. 30분이면 돼" 하고 베를리아크가 말했다. "오케이" 하고 뤼시앵은 의자에 털썩 주저앉으며 대답했다. "프랑수아, 화이트 베르무트 한 잔 줘." 그때 한

---

[79] 프로이트에 따르면 똥을 눌 때 항문 점막이 자극되어 쾌감을 느끼는데 이런 항문기에 고착된 아이는 자라서 파괴적이고 가학적인 행동을 하며, 규칙적이거나, 검약, 고집 등의 성격적인 특징을 갖는다고 설명된다.
[80] 아페리티프의 일종으로 포도주에 향료를 넣고 만든 것이다. 크뤼시피는 상표 이름이다.

남자가 술집 안으로 들어오더니 그들을 보고는 놀란 표정으로 미소 지었다. 베를리아크는 얼굴이 빨개져서 재빨리 일어섰다. '도대체 누구일까?' 하고 뤼시앵은 생각했다. 베를리아크는 낯선 사람과 악수를 하고는 뤼시앵을 보이지 않게 하려고 막아섰다. 베를리아크는 낮고 빠른 목소리로 말했으나, 상대편은 명확한 음성으로 대답했다. "아니지, 아냐. 자넨 항상 어릿광대에 불과하군." 동시에 그는 발끝을 세우며 베를리아크의 머리 너머로 뤼시앵을 살펴보았다. 침착하고 자신 있는 태도였다. 그는 35세 정도 되어 보였다. 창백한 얼굴에 아름다운 은발이었다. '틀림없이 베르제르야. 참 잘생겼군!' 하고 뤼시앵은 가슴을 두근거리며 생각했다.

베를리아크는 조금은 수줍으면서도 권위적인 태도로 은발 남자의 팔꿈치를 끌어당겼다.

"저와 함께 가시지요. 치과에 가는데, 아주 가까운 데 있어요."

"하지만 친구와 함께 있는 것 같은데. 소개시켜줘야지" 하고 그는 뤼시앵에게서 눈을 떼지 않고 대답했다.

뤼시앵은 웃으면서 일어섰다. '꼴좋군!' 하고 생각했다. 뺨이 달아올랐다. 베를리아크의 목은 어깨 속으로 움츠러들었고, 뤼시앵은 순간 그가 거절하리라고 생각했다. "자, 날 소개해줘" 하고 뤼시앵이 쾌활한 목소리로 말했다. 그러나 입을 열자마자 피가 관자놀이로 솟구쳐올랐다. 땅속으로라도 들어가고 싶었다. 베를리아크는 갑자기 태도를 바꾸더니 아무도 보지 않고 어물거렸다.

"제 고등학교 친구인 뤼시앵 플뢰리에입니다, 아실 베르제르 선생님."

"저는 선생님의 작품을 좋아합니다"라고 가냘픈 목소리로 뤼시앵이 말했다. 베르제르는 길고 섬세한 손으로 뤼시앵의 손을 잡으며 앉으라고 했다. 침묵이 흘렀다. 베르제르는 열기 있는 다정한 시선으로 뤼시앵을 감쌌다. 그는 여전히 뤼시앵의 손을 잡은 채 "불안해요?" 하고 부드럽게 물었다.

뤼시앵은 목청을 가다듬고 단호한 시선으로 베르제르를 쳐다보았다. "전 불안해요!"라고 분명하게 대답했다. 마치 입학시험이라도 막 치른 것 같은 느낌이었다. 베를리아크는 잠시 주저하더니 탁자 위로 모자를 던지면서 순식간에 자기 자리로 돌아왔다. 뤼시앵은 베르제르에게 자신의 자살 시도에 대해 얘기하고 싶어 미칠 지경이었다. 이런 사람에게는 아무 준비도 없이 다짜고짜로 말해야만 한다. 그러나 베를리아크 때문에 감히 아무 말도 할 수 없었다. 베를리아크가 미웠다.

"라키 주[81] 있나?" 베르제르가 웨이터에게 물었다.

"없어요. 여긴 없어요." 베를리아크가 얼른 말했다. "여긴 작고 멋있는 집이지만 마실 거라곤 베르무트 주밖에 없어요."

"저기 물병에 들어 있는 노란 건 뭐지?" 베르제르는 허물없는 어조로 부드럽게 물었다.

"그건 화이트 크뤼시피예요." 웨이터가 대답했다.

"그럼 그걸 주지."

베를리아크는 의자에서 몸을 뒤틀었다. 그는 친구를 자랑하고 싶은 욕망과 뤼시앵을 돋보이게 하여 자신이 손해나 보지 않을까 하는 두려움 사이에서 고민하는 것 같았다. 그는 드디어 침울하고도 거만

---

[81] 중동 지방의 술로 아니스의 향기가 나는 독한 술.

한 어조로 말했다.

"뤼시앵은 자살하고 싶어했어요."

"저런! 그거 괜찮군" 하고 베르제르가 말했다.

다시 침묵이 흘렀다. 뤼시앵은 겸손한 태도로 시선을 떨구었지만, 베를리아크가 곧 꺼져버리지 않을까 생각했다. 베르제르는 갑자기 시계를 쳐다보았다.

"치과는?" 하고 그가 물었다.

베를리아크는 마지못해 일어섰다.

"베르제르 씨, 같이 가주세요. 아주 가까워요." 그는 간곡히 부탁했다.

"아냐, 곧 돌아올 테니까, 자네 친구와 함께 있지."

베를리아크는 잠시 머물면서 발을 동동 굴렀다.

"자, 빨리 가. 여기 있을 테니" 하고 베르제르는 명령조로 말했다.

베를리아크가 나가자 베르제르는 일어서서 뤼시앵 곁에 와 편안히 앉았다. 뤼시앵은 자살에 대해 길게 얘기했다. 또 엄마에게 욕망을 느꼈던 일이며, 자기가 가학성 항문성욕자이며, 실상은 아무것도 좋아하지 않으며, 모든 것이 다 코미디에 불과하다고 설명했다. 베르제르는 열심히 그를 바라보면서 아무 말 없이 듣고만 있었다. 뤼시앵은 이렇게 이해해주는 것이 너무도 기뻤다. 말이 끝나자 베르제르는 그의 어깨에 다정하게 손을 얹었다. 뤼시앵은 향수 냄새와 영국제 담배 냄새를 맡았다.

"뤼시앵, 자네와 같은 상태를 내가 뭐라고 하는지 아는가?" 뤼시앵은 희망을 갖고 베르제르를 쳐다보았다. 기대에 어긋나지 않았다.

"혼미라고 부르지." 베르제르가 말했다.

혼미 désarroi,[82] 그 말은 마치 달빛처럼 부드럽고 하얀 것으로 시작하여 마지막 '미oi'란 어미는 뿔피리의 구릿빛처럼 반짝였다.

"혼미……." 뤼시앵은 중얼거렸다.

그가 리리에게 몽유병자라고 말할 때처럼 엄숙하고 불안한 기분에 사로잡혔다. 술집 안은 어두웠으나, 문은 거리를 향해, 봄의 반짝이는 금빛 안개를 향해 활짝 열려 있었다. 베르제르가 풍기는 그 세심하게 고른 향수 아래서 어두운 방의 무거운 냄새, 적포도주와 축축한 나무 냄새를 느꼈다. '혼미, 그것은 나를 어디로 끌고 갈 것인가?' 그것이 특권인지, 아니면 새로운 질병인지 잘 알 수 없었다. 그는 바로 눈앞에서, 반짝이는 금니 하나를 쉴새없이 보였다 가렸다 하는 베르제르의 날렵한 입술을 보았다.

"나는 혼미에 빠진 사람들을 좋아하지. 자네는 기가 막히게 운이 좋군. 어쨌든 자네한테 주어졌으니까. 저 돼지 같은 녀석들이 보이나? 소위 자리잡은 사람들이란 거지. 저들을 들볶기 위해선 붉은 개미한테나 내주어야 할 거야. 그 양심적인 벌레들이 무얼 하는지 자넨 아나?"

"사람을 잡아먹지요" 하고 뤼시앵이 말했다.

"그렇지. 그것들은 사람의 살을 뜯어먹고 뼈만 남기지."

"알겠어요." 뤼시앵이 말했다. "그런데 무엇을 해야 하죠?" 하고 덧붙였다.

"아무것도 할 필요 없어, 정말이야." 베르제르는 우스꽝스럽게도 당황해하며 말했다. "특히 자리잡은 사람이 돼서는 안 돼. 쇠꼬챙이

---

[82] 이 말은 1920년대 말 지식인 사회에서 유행했다.

위라면 몰라도. 자네는 랭보[83]를 읽어봤나?" 그는 웃으면서 말했다.

"아뇨." 뤼시앵이 대답했다.

"『일뤼미나시옹』을 빌려주지. 자, 그런데 우리 다시 만나야지. 목요일에 시간이 있으면 3시경에 우리 집에 들르게. 난 몽파르나스에 살고 있네. 캉파뉴프르미에르[84] 가 9번지야."

다음 목요일, 뤼시앵은 베르제르의 집에 갔다. 그 후 5월엔 거의 매일 들렀다. 그들은 베를리아크에게 고통을 주지 않으면서도 솔직해지기를 원했기 때문에 1주일에 한 번만 만난다고 말하기로 합의했다. 베를리아크는 완전히 젖혀놓은 격이었다. 베를리아크는 빈정거리며 뤼시앵에게 말했다. "그래 한눈에 반한 거니? 베르제르는 불안으로 네게 일격을 가하고, 넌 자살로 일격을 가했겠군. 대단한 놀이야!" 뤼시앵은 항의했다. "자살에 관해 처음 말한 건 바로 너잖아"라고 얼굴을 붉히면서 말했다. "아! 그건 네가 스스로 말하기 부끄러워할까 봐 그랬지." 그들의 만남은 뜸해졌다. 어느 날 뤼시앵은 베르제르에게 말했다. "베를리아크에게서 내 마음을 끌었던 것은 모두 선생님에게서 빌린 것이었어요. 이제야 그걸 알았어요." 베르제르는 웃으면서 말했다. "베를리아크는 원숭이지, 바로 그 점이 나로 하여금 그에게 흥미를 갖게 했지. 그의 외할머니가 유대인이라는 걸 아나? 그 사실이 많은 걸 설명해주지."—"과연 그렇군요" 하고 뤼시앵

---

[83] 아르튀르 랭보 Arthur Rimbaud: 프랑스의 시인으로 열여섯 살에 시를 쓰기 시작하여 열아홉 살에 절필하고 아프리카로 떠난 천재 시인이다. 상징주의의 대표적 시인이자 초현실주의자들의 대부이다.

[84] 이 주소는 랭보가 1872년 살았던 곳과 관계된다. 어떤 점에서 뤼시앵과 베르제르의 모험은 랭보와 베를렌의 모험을 회화화한 것으로 간주될 수도 있다. 이 경우 뤼시앵은 가짜 랭보, 즉 시인-모험가의 부르주아적인 도치라고 할 수 있다.

이 대답했다. 그리고 잠시 후에 다시 말을 이었다. "어쨌든 매력적인 녀석이에요." 베르제르의 아파트는 이상하고도 우스꽝스러운 물건으로 가득 차 있었다. 색칠한 나무로 만든 여자 다리에 붉은 우단 쿠션이 놓인 의자, 조그만 흑인 조각품들, 바늘이 꽂힌 철제 정조대(貞操帶), 작은 스푼을 꽂은 석고로 된 유방이 있었다.[85] 책상 위에는 청동으로 된 거대한 이[虱]와, 미스트라[86]의 납골당(納骨堂)에서 훔쳐 온 수도사의 해골이 문진(文鎭)으로 사용되었다. 벽은 초현실주의자인 베르제르의 죽음을 알리는 부고장으로 도배되었다. 이 모든 것에도 불구하고, 아파트는 지적인 안락함의 인상을 주었고, 뤼시앵은 끽연실 깊숙한 긴 의자에 드러눕기를 좋아했다. 특히 그를 놀라게 한 것은, 베르제르가 선반 위에 쌓아놓은, 남을 놀래주기 위한 수많은 장난감들이었다. 얼어붙게 하는 액체, 재채기용 가루, 문지르는 털, 물에 뜨는 설탕, 악마의 똥, 신부(新婦)의 대님 등. 베르제르는 손가락 사이로 악마의 똥을 잡고, 그것을 응시하면서 말했다. "이 장난감들은 혁명적인 가치를 가지고 있어. 그것은 불안하게 하지. 이 속에는 레닌 전집 이상으로 파괴적인 힘이 있지." 놀라면서도 매혹된 뤼시앵은, 움푹 팬 눈에 고통스러운 듯한 그 아름다운 얼굴과 완전히 모조품인 똥을 우아하게 들고 있는 그 길고 섬세한 손가락을 번갈아 바라보았다. 베르제르는 자주 랭보와 그가 말하는 '모든 감각의 체계적인 교란'에 대해 말했다.[87] "콩코르드 광장을 지나가면서,

---

[85] 이 부분은 1938년 프랑스 국립미술학교 화랑에서 열린 초현실주의 전시회의 영향을 받은 것처럼 보인다.
[86] 그리스의 도시로 비잔틴 시대의 많은 유물을 간직하고 있는 곳이다. 사르트르는 1937년 여름에 이곳을 방문했는데, 미스트라 납골당에서 머리 하나를 훔쳤다고 한다.
[87] 1871년 5월 15일 폴 드므니에게 보낸 저 유명한 「견자의 편지」에 나오는 문구이다.

흑인 여자가 무릎을 꿇고 앉아 오벨리스크[88]를 빠는 모습을 임의로 분명히만 볼 수 있게 된다면, 자네는 허식을 깨뜨리고 드디어 구원을 받았다고 할 수 있지."[89] 그는 뤼시앵에게 『일뤼미나시옹』과 『말도로르의 노래』,[90] 사드 후작[91]의 작품을 빌려주었다. 뤼시앵은 열심히 이해하려고 노력했지만, 모르는 게 많았고, 또 랭보가 남색가였다는 사실에 큰 충격을 받았다. 베르제르에게 그 사실을 말하자 그는 웃기 시작했다. "왜? 이 꼬마 아저씨, 그것이 어째서?" 뤼시앵은 매우 당황했다. 그는 얼굴을 붉히고 잠시 동안 진심으로 베르제르를 증오했다. 그러나 곧 감정을 누르고, 머리를 들며 단순명료하게 말했다. "바보 같은 말을 했어요." 베르제르는 그의 머리를 쓰다듬었다. 감동된 것 같았다. "혼란으로 가득한 이 커다란 눈, 암사슴 같은 이 눈……. 그래, 뤼시앵, 자네는 바보 같은 말을 했네. 랭보의 동성애, 그건 그의 감수성의 천재적인 첫번째 교란이었지. 우리가 그의 시를 읽을 수 있는 것도 그 덕분이라네. 성적 욕망의 특이한 대상이 존재하며, 그 대상이 다리 사이에 구멍이 있기 때문에 여자라고 믿는 것은 자리잡은 녀석들이나 제멋대로 하는 추한 착각이지. 이걸 보게!" 그는 책상에서 12장가량의 누렇게 변색된 사진을 꺼내 뤼시앵의 무릎 위에 던졌다. 뤼시앵은 벌거벗은 창녀들의 끔찍스런 모습을 보았다. 이가 빠진 채 웃으며, 입술처럼 다리를 벌리고, 두 다리 사이에 이끼 낀 혀 같은 것을 내밀고 있었다. "부사다에서 3프랑을

---

88 콩코르드 광장에 있는 탑으로 이집트 유물이다.
89 랭보의 『지옥에서의 한 철』에 나오는 「동사의 연금술」을 풍자한 것이다.
90 프랑스 시인 로트레아몽의 작품으로 초현실주의자들에게 많은 영향을 끼쳤다.
91 18세기 작가로 인간의 자유와 악, 성 본능에 대한 문제를 다루었다.

주고 이 컬렉션을 샀지." 베르제르가 말했다. "만일 자네가 이런 여자들의 엉덩이를 껴안으면, 양가의 자제인 자네가 젊은이 구실을 한다고 모든 사람들이 말하겠지. 왜냐하면 그건 여자들이니까. 알겠나? 내가 해야 할 첫번째 일은 다른 무엇보다도 자네에게 모든 것이 성적 욕망의 대상이 될 수 있다는 걸 납득시키는 일일세. 재봉틀도, 시험관도, 말〔馬〕도, 신발도 말이야. 난," 그는 웃으면서 말했다. "파리하고도 사랑을 했어. 오리와 함께 잔 해병대원도 알고 있지. 서랍 속에 오리 머리를 집어넣고, 힘껏 발을 잡고는 그랬다는 거야!" 베르제르는 무심코 뤼시앵의 귀를 꼬집으며 말을 맺었다. "오리는 죽었고, 대원들이 먹어치웠지." 그 대화에 뤼시앵의 머리는 불덩어리가 되는 것 같았다. 그는 베르제르가 천재라고 생각했다. 하지만 밤중에 땀에 흠뻑 젖어, 무시무시하고 음란한 환영(幻影)에 사로잡혀 잠에서 깨어나곤 했다. 베르제르가 자신에게 좋은 영향을 미치는 걸까 하고 자문해보기도 했다. '혼자구나!' 하고 그는 손을 비틀면서 신음했다. '내게 충고를 해주고, 내가 올바른 길로 들어섰는지 어떤지를 말해줄 사람이 아무도 없구나!' 그가 끝까지 간다면, 모든 감각의 교란을 정말로 실행해본다면, 그만 발을 헛디디고 물속에 빠져버리지나 않을까. 어느 날 베르제르가 오랫동안 앙드레 브르통[92]에 대해 말했다. 뤼시앵은 꿈속에서처럼 소곤거렸다. "그래요, 하지만 그 다음에는요? 난 다시 뒤로 되돌아갈 수 없나요?" 베르제르가 펄쩍 뛰었다. "다시 되돌아간다고? 누가 되돌아간다고 말하던가? 당신이 미쳐버린다면 오히려 잘된 일이지. 그 다음엔, 랭보가 말한 것처럼

---

[92] 앙드레 브르통 André Breton: 초현실주의 운동의 주창자로 현대 문학에 많은 영향을 끼쳤다.

다른 끔찍한 일꾼들, 그들이 오겠지."[93]—"저도 그렇게 생각했어요." 뤼시앵이 씁쓸하게 말했다. 그는, 이 긴 잡담이 베르제르가 원하는 것과는 다른 결과를 가져왔다는 것을 알아차렸다. 뤼시앵은 약간 섬세한 감각을, 어떤 특이한 인상을 느끼자 놀랐다. 그는 몸을 떨기 시작했다. '또 시작되는군' 하고 그는 생각했다. 그리고 가장 진부하고 가장 둔한 감각만을 갖기를 원했다. 그는 저녁에 부모님과 같이 있을 때만 마음이 편했다. 그것은 그의 피난처였다. 그들은 브리앙[94]과 독일 사람들의 사악한 의도, 사촌 잔의 해산, 물가에 대해서 말했다. 뤼시앵은 그들과 상식적인 속된 이야기를 즐겁게 주고받았다. 어느 날 베르제르와 헤어진 후 방에 돌아왔을 때, 그는 기계적으로 방문을 잠그고, 쇠고리를 채웠다. 자신의 행동을 알아차렸을 때, 그는 웃어보려고 애썼지만, 그날 밤은 잠잘 수가 없었다. 자신이 무서워한다는 사실을 깨달았다.

그렇지만 베르제르와 만나는 걸 그만둘 생각은 추호도 없었다. "그는 나를 사로잡는단 말이야"라고 그는 중얼거렸다. 게다가 그는 베르제르가 그들 사이에 만들어놓은 그 미묘하고도 특이한 형태의 우정을 높이 평가했다. 남성적이고 거칠기까지 한 어조를 간직하면서도 베르제르는 뤼시앵에게 애정을 느끼게 하고, 다시 말하면 만져보게 하는 기술이 있었다. 예를 들면 그는 뤼시앵의 옷차림이 흉하다고 비난하면서도, 뤼시앵의 넥타이를 고쳐 매주기도 하고, 캄보디아산(産) 금색 머리빗으로 머리를 빗겨주기도 했다. 그는 뤼시앵으로

---

[93] 앞에서 언급한 「견자의 편지」에 나오는 구절이다.
[94] 아리스티드 브리앙 Aristide Briand: 프랑스의 정치가로 25번이나 장관을 지냈으며, 독일에 대해 화해 정책을 쓸 것을 제안했다. 1926년에 노벨 평화상을 받았다.

하여금 자신의 몸을 발견하게 해주었고, 쓰라리고도 비장한 젊음의 아름다움을 설명해주었다. "자네는 랭보야"라고 그는 말했다. "랭보가 베를렌[95]을 보러 파리에 왔을 때, 랭보는 자네와 같은 커다란 손을 가졌었지. 그는 건장한 젊은 농부 같은 불그스레한 얼굴과 금발 소녀와 같은 가냘픈 몸매를 하고 있었지." 그는 뤼시앵에게 칼라를 풀고 셔츠를 벌리게 했다. 그런 다음 그는 어리둥절해하는 뤼시앵을 거울 앞으로 데리고 가 그의 붉은 뺨과 하얀 목의 아름다운 조화를 찬미하게끔 했다. 그때 그는 뤼시앵의 엉덩이를 살짝 만지면서 서글프게 덧붙였다. "스무 살이 되면 자살해야 해." 이제 뤼시앵은 자주 거울을 들여다보았다. 그리고 서투름으로 가득한 자신의 젊음과 아름다움을 즐기는 것을 배웠다. '나는 랭보야'라고 생각하며 밤마다 부드러운 몸짓으로 옷을 벗었다. 너무도 아름다운 꽃처럼 자신이 짧고 비극적인 생애를 가지게 될 것이라고 믿기 시작했다. 그럴 때마다 그는 아주 오래전에도 그와 비슷한 느낌을 가진 적이 있다는 생각이 들었고, 그러자 어떤 엉뚱한 이미지가 떠올랐다. 천사의 날개가 달린 긴 푸른 옷을 입고 자선 바자에서 꽃을 나눠주고 있는 자신의 어린 모습이 보였다. 그는 자신의 긴 다리를 바라보았다. '정말 내가 부드러운 피부를 가지고 있는 게 사실일까?' 하고 그는 흥겨워하며 생각했다. 한번은 자신의 입술을 아래팔에, 손목에서 팔꿈치까지 매혹적이고도 작은 푸른 정맥을 따라 부빈 적도 있었다.

어느 날, 베르제르의 집으로 들어갔더니 놀랍고도 불쾌한 일이 기다리고 있었다. 베를리아크가 와 있었다. 그는 흙덩어리처럼 보이는

---

[95] 폴 베를렌 Paul Verlaine : 19세기 프랑스의 상징주의 시인으로 랭보와 사랑하는 사이였다.

검은 물체를 여러 조각으로 열심히 쪼개고 있었다. 그 두 젊은이는 10일 동안이나 서로 만나지 않았었다. 그들은 쌀쌀하게 악수했다. "너 이거 알아?" 하고 베를리아크가 말했다. "이건 마리화나야.[96] 우린 이걸 파이프 속 두 층의 순한 담배 사이에 끼워넣을 거야. 그렇게 하면 놀라운 효과를 낸대. 자, 여기 네 것도 있어" 하고 그가 덧붙였다. "고마워. 하지만 난 필요 없어" 하고 뤼시앵이 말했다. 두 사람은 웃기 시작했다. 베를리아크는 심술궂은 눈초리로 쳐다보면서 자꾸 권했다. "넌 바보구나. 이걸 피워봐. 기분이 얼마나 좋은지 상상도 하지 못할 거야."—"싫다는데 왜 이래" 하고 뤼시앵이 말했다. 베를리아크는 더 이상 아무 말도 하지 않고, 우월감에 넘친 미소를 띨 뿐이었다. 뤼시앵은 베르제르도 미소를 짓고 있다는 걸 알았다. 그는 발을 구르며 말했다. "난 싫어. 난 건강을 해치고 싶지 않아. 사람을 멍청하게 만드는 걸 피운다는 건 바보짓이야." 그는 자기도 모르게 그렇게 말하고 말았다. 그러나 자기가 방금 한 말이 어떤 파장을 가져올 것인지를 이해하고 또 베르제르가 그 말에 대해 생각할 것을 상상하니 베를리아크를 죽이고 싶었다. 눈물이 핑 돌았다. "넌 부르주아야"라고 베를리아크가 어깨를 으쓱하며 말했다. "넌 헤엄을 치는 척하지만 물속에 빠질까 봐 지나치게 겁을 내고 있어."—"난 마약을 복용하는 습관을 들이고 싶지 않아." 뤼시앵은 보다 침착한 목소리로 말했다. "그것도 다른 것처럼 일종의 노예가 되는 거야. 난 자유롭고 싶어."—"끼어드는 게 무섭다고 솔직히 말하시지." 베를리아크가 사납게 대답했다. 뤼시앵은 베를리아크의 따귀를 두어 번 갈

---

[96] 사르트르의 마약 체험은 마리화나가 아닌 메스칼린으로, 이 환각제 주사 덕분에 6개월 동안(1934~1935) 신경쇠약과 환각에 시달린 적이 있다.

기려고 했다. 그때 베르제르의 위압적인 목소리가 들려왔다. "샤를, 그만둬. 그가 옳아. 끼어드는 게 두려운 것도 역시 혼미야." 그들은 긴 의자에 드러누워서 담배를 피웠다. 아르메니아산(産) 종이 냄새가 방 안에 퍼졌다. 뤼시앵은 붉은 우단으로 등받이를 한 의자에 앉아서 말없이 그들을 응시했다. 잠시 후에 베를리아크가 머리를 뒤로 젖히고, 축축한 미소를 지으면서 눈을 깜박거렸다. 뤼시앵은 원한을 품고 그를 바라보았다. 모욕감을 느꼈다. 드디어 베를리아크가 일어서서 머뭇거리는 발걸음으로 떠났다. 그는 끝까지 입술 위에 잠자는 듯한 관능적인 이상한 미소를 띠고 있었다. "파이프 하나 주세요." 뤼시앵이 쉰 목소리로 말했다. 베르제르는 웃기 시작했다. "그럴 필요가 없네"라고 그가 말했다. "베를리아크가 그런 말을 했다고 해서 걱정하지 말게. 지금 그가 무얼 하는지 알고 있나?"—"나하고는 상관없는 일이에요"라고 뤼시앵이 말했다. "그래도 알아두게. 그 녀석은 토하고 있어"라고 베르제르가 조용히 말했다. "바로 그것이 마리화나가 그에게 주는 유일한 효과지. 나머지는 연극일 뿐이야. 하지만 그 녀석은 날 놀래주고 싶어하고 또 나도 재미가 있으니까 때때로 피워보게 하는 걸세." 다음날 베를리아크는 학교에 와서 뤼시앵을 위압하려고 했다. "넌 기차를 타긴 하지만, 조심해서 역에서 떠나지 않는 기차만을 고르지"[97] 하고 그가 말했다. 하지만 그는 만만치 않은 사람을 상대로 하고 있었다. "넌 거짓말쟁이야"라고 뤼시앵이 그에게 대답했다. "어제 네가 목욕탕에서 한 짓을 내가 모르는 줄 아는 모양이지. 이 친구야, 넌 토했어!" 베를리아크의 얼굴이 파랗게 질

---

97 기차에 대한 표현은 1930년대에 대유행이었다.

렸다. "베르제르가 말했구나."—"그럼 누구겠어?"—"좋아" 하고 베를리아크가 우물거렸다. "하지만 난 베르제르가 새 친구 때문에 옛 친구를 얕보는 사람인 줄은 정말 몰랐어." 뤼시앵은 약간 불안했다. 그는 베르제르에게 아무 말도 하지 않겠다고 약속했던 것이다. "자, 이젠 그만 해" 하고 뤼시앵이 말했다. "베르제르는 널 얕본 게 아냐. 그는 단지 그것이 별 효과가 없다는 걸 나한테 알려주려고 했을 뿐이지"라고 그는 말했다. 그러나 베를리아크는 등을 돌리고, 악수도 하지 않은 채 가버렸다. 베르제르를 만났을 때, 뤼시앵은 떳떳하지 못했다. "베를리아크에게 뭐라고 말했나?" 하고 베르제르가 무심하게 물었다. 뤼시앵은 고개를 숙이고 아무 말도 하지 않았다. 그는 힘이 쭉 빠졌다. 그러나 갑자기 목덜미에 베르제르의 손이 와 닿는 걸 느꼈다. "괜찮아. 어쨌든 끝을 보긴 해야 하니까. 코미디언들은 결코 날 오래 즐겁게 하지는 못해." 뤼시앵은 약간 용기가 났다. 그는 머리를 쳐들고 웃었다. "하지만 저도 역시 코미디언이에요" 하고 눈을 깜박거리며 뤼시앵이 말했다. "그래, 하지만 넌 귀여우니까" 하고 베르제르는 그를 끌어당기며 대답했다. 뤼시앵은 마음대로 하도록 내버려두었다. 자신이 마치 소녀처럼 부드러워지는 길 느꼈다. 눈에 눈물이 고였다. 베르제르는 그의 뺨에 입을 맞추고 귀를 깨물면서, "내 귀여운 장난꾸러기" 혹은 "내 꼬마 동생"이라고 불렀다. 뤼시앵은 이렇게 관대하고 이해심 있는 형이 있었으면 좋겠다고 생각했다.

플뢰리에 부부는 뤼시앵이 그토록 이야기하는 베르제르 씨를 만나고 싶어서 식사에 초대했다. 모두들 그를 멋있다고 생각했다. 심지어는 제르멘까지. 이런 미남은 한 번도 본 적이 없다고 했다. 플뢰리에 씨는 베르제르의 아저씨인 니장[98] 장군을 알고 있어서 그에 관해 오랫동안 얘기했다. 플뢰리에 부인은 성신강림제 휴가 때 뤼시앵을 베르제르에게 맡길 수 있어 아주 행복해했다. 그들은 자동차로 루앙에 갔다. 뤼시앵은 대성당과 시청을 보고 싶어했지만, 베르제르가 아주 단호하게 거절했다. "그 쓰레기들을?" 하고 그가 거만하게 물었다. 마침내 그들은 코르들리에[99] 가의 사창가에 가서 두 시간을 보냈다. 베르제르는 우스꽝스러웠다. 그는 탁자 밑에서 뤼시앵을 무릎으로 툭툭 치면서, 그곳의 창녀들을 모두 '마드무아젤'이라고 불렀고, 그중의 한 여자와 2층으로 올라갔다가 5분 만에 되돌아왔다. "달아나자" 하고 그가 속삭였다. "그렇지 않으면 시끄러워질 거야." 그들은 재빨리 돈을 내고 밖으로 나왔다. 거리에서 베르제르는 무슨 일이 일어났는지 설명해주었다. 여자가 등을 돌린 틈을 이용해서 침대에 털을 한 줌 던지고는 성불구자라고 말하고 내려왔다는 것이다. 뤼시앵은 위스키를 두 잔 마시고 취했다. 그는 「메츠의 포병」과 「신병은 서글프다」를 불렀다. 그는 베르제르가 그렇게 심오하면서도 어린애 같다는 사실에 감탄했다.

"방을 하나밖에 예약하지 않았네." 호텔에 도착하자 베르제르가 말했다. "그러나 아주 큰 욕실이 있다네." 뤼시앵은 놀라지 않았다. 여행하는 동안 베르제르와 함께 방을 쓰게 될지도 모른다고 막연히 생각해보긴 했지만 그리 오래 생각한 것은 아니었다. 더 이상 물러설 수 없게 된 지금 그 사실이 약간 불쾌하게 생각되었다. 특히 발이

---

98 폴 니장 Paul Nizan: 사르트르의 오랜 친구이자 작가로 젊은 나이에 죽었다. 니장이 『음모』(1938)라는 소설에서 한 사령관의 이름으로 사르트르의 이름을 사용하자, 사르트르 또한 『구토』에서 헌병을 니장이라 부르고 있다.
99 코르들리에 Cordelier: 이 말은 성 프란체스코 수도회의 수도사를 가리키는 것이기도 하다.

깨끗하지 않았기 때문이다. 종업원이 가방을 가져오는 동안 베르제르가 "자네는 더럽기도 하군. 시트를 더럽히겠어"라고 말하는 것을 상상했다. 그러면 그는 "청결에 대해서는 아주 부르주아적인 생각을 가지고 계시는군요"라고 거만하게 대답하리라. 그러나 베르제르는 가방을 들고 목욕탕으로 그를 들이밀면서 "저 안에서 옷을 갈아입게. 난 방에서 벗을 테니"라고 말했다. 뤼시앵은 발을 씻고 아랫도리를 씻었다. 그는 화장실에 가고 싶었지만 감히 그럴 용기가 없어, 세면대에다 오줌을 누었다. 그러고는 잠옷을 입고 엄마가 빌려준 슬리퍼를 신고(그의 것은 완전히 구멍이 나 있었다) 문을 두드렸다. "다 됐어?" 하고 그가 물었다. "그래, 들어와." 베르제르는 하늘색 파자마 위에 검정색 실내복을 입고 있었다. 방에서는 향수 냄새가 진동했다. "침대가 하나밖에 없나요?" 하고 그가 물었다. 베르제르는 대답하지 않았다. 그는 뤼시앵을 아연실색하며 바라보더니 폭소를 터뜨렸다. "자넨 자루 모양의 잠옷을 입고 있군! 나이트캡은 어떻게 했나? 자네가 얼마나 우스꽝스러운 꼴을 하고 있는지 아는가. 거울을 보게"——"2년 전부터 엄마에게 파자마를 사달라고 졸랐어요" 하고 뤼시앵이 당황하며 말했다. 베르제르가 다가오면서 "자, 그걸 벗게" 하고 반박할 여지도 없는 어조로 말했다. "내 것을 하나 주지. 좀 크긴 하지만, 어쨌든 그것보다는 나을 거야." 뤼시앵은 방 한가운데 서서 꼼짝하지 않고 벽지의 붉은색과 녹색의 마름모꼴을 응시했다. 그는 욕실로 돌아가고 싶었지만, 바보로 보일까 봐 두려워 잠옷을 홀랑 벗어 머리 위로 내던졌다. 잠시 침묵이 흘렀다. 베르제르는 웃으며 뤼시앵을 쳐다보았다. 뤼시앵은 자신이 방 한가운데서 엄마의 술 달린 슬리퍼만 신고 있을 뿐 완전히 벌거벗고 있다는 사실을 갑자기 깨달았다. 그는 자신의 손을— 랭보의 커다란 손을— 바라보았다. 그는 손을 배에 갖다 대고 적어도 그것만은 감추고 싶었다. 하지만 다시 정신을 차리고, 용감하게 등 뒤로 손을 가져갔다. 벽 위에, 마름모꼴의 두 줄 사이에는 여기저기 보라색의 작은 사각 무늬가 그려져 있었다. "정말 숫처녀처럼 순진하군. 거울을 봐, 뤼시앵. 자넨 가슴까지 빨개졌어. 하지만 자루 잠옷보다는 이게 훨씬 나아" 하고 그가 말했다. "그래요. 벌거벗으면 똑똑해 보이지 않죠. 빨리 파자마를 주세요"라고 뤼시앵은 간신히 말했다. 베르제르는 그에게 라벤더 향내가 나는 실크 파자마를 던져주었다. 그들은 침대에 들었다. 무거운 침묵이 흘렀다. "기분이 좋지 않아요. 토할 것만 같아요." 뤼시앵이 말했다. 베르제르는 대답하지 않았다. 뤼시앵은 위스키 트림이 올라왔다. '나하고 같이 잘 생각이군'이라고 그는 생각했다. 그러자 마름모꼴 무늬의 벽지가 빙빙 돌기 시작했고 짙은 향수 냄새가 목구멍을 찔렀다. '여행을 승낙하지 말았어야 했는데.' 그는 운이 없었다. 최근에만 해도 벌써 스무 번이나 베르제르가 뭘 바라는지 알 것 같다가도 그때마다 공교롭게 무슨 일이 생겨 생각을 바꿔버리곤 했다. 그런데 이제 뤼시앵은 그 사람의 침대에 있고, 그의 쾌락의 대상이 되려고 기다리는 것이다. "베개를 갖고 욕실로 가서 자겠어요"라고 말하고 싶었으나, 감히 용기가 안 났다. 그는 베르제르의 조롱하는 듯한 시선을 생각했다. 그는 웃기 시작했다. "전 조금 전의 창녀를 생각하고 있어요. 지금쯤은 몸을 긁고 있겠죠" 하고 그가 말했다. 베르제르는 여전히 대답이 없었다. 뤼시앵은 곁눈으로 그를 쳐다보았다. 그는 순진한 표정으로 벌렁 누워서 팔목을 베고 있었다. 그때 격렬한 분노가 뤼시앵을 사로잡았다. 그는 팔꿈치를 짚고 일어서며 말했다. "자, 뭘 기다리고 있어요? 우물쭈물 시간을 낭비하기 위해 나를 여기 끌고 온 건 아니겠죠?"

그 말을 한 것을 후회하기엔 너무 늦었다. 베르제르는 그를 향해 몸을 돌리고는 재미있다는 듯이 그를 뚫어져라 쳐다보았다. "이 천사 같은 얼굴을 한 귀여운 창녀야. 그래, 내가 언제 그런 말을 하라고 했지? 그래 나한테 너의 작은 감각을 교란시켜달란 말이지." 그는 잠시 동안 그를 다시 바라보았다. 그들의 얼굴이 거의 닿을 판이었다. 그는 뤼시앵을 껴안고, 파자마 저고리 밑에서 뤼시앵의 가슴을 어루만졌다. 그것은 별로 기분 나쁘지는 않았다. 약간 간지러웠고, 베르제르가 무서웠을 따름이다. 그는 바보 같은 표정을 지으며 애써 되풀이했다. "부끄럽지도 않아, 이 돼지 같은 녀석. 부끄럽지도 않아, 이 돼지 같은 녀석." 마치 역에서 열차 출발을 알리는 축음기의 레코드처럼. 베르제르의 날쌔고 가벼운 손은 살아 있는 사람 같았다. 손은 뤼시앵의 젖꼭지를 부드럽게 만졌다. 목욕탕에 들어갔을 때에 따뜻한 물이 애무하는 것 같았다. 뤼시앵은 그 손을 잡아 자신으로부터 떼어놓고 비틀어주고 싶었지만, 베르제르는 "이 숫총각 봐라" 하고 놀려댈 것이다. 손은 배를 따라 천천히 미끄러지더니 바지를 맨 끈을 풀려고 꾸물거렸다. 뤼시앵은 그가 하는 대로 내버려두었다. 몸이 마치 젖은 스펀지처럼 무겁고 흐물흐물한 느낌이었다. 그는 지독히 겁이 났다. 베르제르는 이불을 젖히고 뤼시앵의 가슴에 머리를 올려놓았다. 마치 청진을 하는 것 같았다. 뤼시앵은 연달아 심한 트림을 두 번 했다. 이렇게 품위 있는, 은빛 나는 아름다운 머리 위에 토하지나 않을까 겁이 났다. "배를 누르고 있어요" 하고 그가 말했다. 베르제르는 조금 몸을 일으키더니, 뤼시앵의 허리 밑으로 한 손을 넣고, 다른 손은 애무하는 것을 그만두고 이리저리 잡아당기고 있었다. "자네는 아름다운 엉덩이를 가지고 있어" 하고 갑자기 말했다. 뤼시앵은 악몽을 꾸는 것 같았다. "당신 마음에 들어요?" 하고 아양을 떨며 물었다. 베르제르가 갑자기 손을 떼더니, 억울한 표정으로 고개를 들었다. "이 허풍쟁이" 하고 그가 화를 내며 말했다. "랭보 흉내를 내고 싶어? 한 시간 이상이나 애를 썼는데도 흥분하지 않다니." 뤼시앵의 눈에는 애타는 눈물이 핑 돌았다. 그는 있는 힘을 다하여 베르제르를 밀어냈다. "그건 제 잘못이 아녜요"라고 씩씩거리는 소리로 말했다. "당신은 제게 너무 많이 마시게 했어요. 토하고 싶어요."──"그럼, 가봐! 천천히 서둘러" 하고 베르제르가 말했다. 그리고 입 안에서 어물거리며 덧붙였다. "근사한 저녁이야." 뤼시앵은 바지를 치켜올리고 검은 실내복을 걸치고 밖으로 나와 화장실 문을 닫고 들어서자, 외롭고 허전한 나머지 울음을 터뜨리고 말았다. 실내복 주머니에는 손수건이 없어 화장실 휴지로 눈과 코를 닦았다. 목구멍에 손가락 두 개를 넣어보았지만 토할 수 없었다. 그러자 그는 기계적으로 바지를 내리고, 몸을 떨며 변기에 앉았다. '더러운 자식' 하고 그는 생각했다. '더러운 자식!' 그는 지독하게 모욕당했다. 그러나 베르제르에게 애무를 당해서 그런 건지, 아니면 흥분되지 않아서 그런 건지는 알 수가 없었다. 문밖의 복도에서 삐걱거리는 소리가 났다. 뤼시앵은 소리가 날 때마다 소스라쳐 놀랐다. 그러나 방으로 돌아갈 결심은 할 수 없었다. "하지만 난 돌아가야 돼, 그렇지 않으면 날 놀릴 거야. 베를리아크와 함께." 그가 반쯤 일어서자, 곧 베르제르의 얼굴과 그의 바보 같은 모습이 다시 떠올랐다. "부끄럽지도 않아, 이 돼지 같은 녀석!" 하는 소리가 들리는 듯했다. 그는 절망감에 사로잡혀 다시 변기에 주저앉았다. 잠시 후에 심한 설사가 났다. 그러자 마음이 좀 가라앉았다. '그게 밑으로 나온 모양이군. 이게 더 나아' 하고 그는 생각했다. 사실 이젠 토하고 싶지도 않았다. '그가 나를 아프게 할 거야' 하고 갑자기 생각했다. 그러자 기절할 것만 같았다. 뤼시앵은 너무 추워서 이를 덜그럭거리기 시작했다. 자신이 병에 걸릴 것 같다는 생각이 들자 갑자기 일어섰다. 그가 들어오자, 베르제르는 거북한 표정으로 그를 바라보았다. 그는 담배를 피우고 있었다. 파자마가 벌어져 야윈 가슴이 드러나 보였다. 뤼시앵은 천천히 슬리퍼와 실내복을 벗고, 아무 말 없이 이불 속으로 미끄러졌다. "괜찮은가?" 하고 베르제르가 물었다. 뤼시앵은 어깨를 으쓱하며 "추워요!" 하고 말했다. "따뜻하게 해줄까?"— "어디 해보세요" 하고 뤼시앵이 말했다. 그 순간 그는 엄청난 무게로 짓눌리는 것 같았다. 따뜻하고 부드러운 입이 그의 입에 달라붙었다. 마치 날로 먹는 비프스테이크 같았다. 뤼시앵은 더 이상 아무것도 알 수 없었다. 그는 자신이 어디 있는지 몰랐다. 거의 질식할 것 같았으나, 몸이 따뜻했기 때문에 만족해했다. "내 귀여운 인형"이라고 부르면서 자기 배에 손을 올려놓던 베스 부인과 자기를 "키다리 아스파라거스"라 부르던 에브라르, 부파르디에 씨가 자기를 씻겨주기 위해 들어오리라 상상하면서 아침마다 목욕을 하던 일을 생각했다. "나는 그의 작은 인형이야!" 하고 뤼시앵은 중얼거렸다. 이때 베르제르가 승리의 함성을 울렸다. "드디어" 하고 그는 말했다. "자네 결심했군. 자" 하고 그는 헐떡이며 덧붙였다. "자네가 아주 자질이 없는 건 아니군." 뤼시앵은 자기 스스로 파자마를 벗겠다고 우겼다.

다음날, 그들은 정오가 되어서야 잠에서 깨어났다. 종업원이 침대로 아침을 가져다주었다. 뤼시앵은 그가 건방지다고 느꼈다. '그는 나를 남색가로 생각한다.' 그렇게 생각하니 기분이 나빠 몸이 떨렸다. 베르제르는 아주 친절했으며 먼저 옷을 입고 뤼시앵이 목욕을 하는 동안 비외마르셰 광장으로 담배를 피우러 나갔다. 뤼시앵은 수세미로 된 목욕 장갑으로 정성스럽게 몸을 문지르면서 생각했다. '결국 지겨운 일이야.' 공포의 첫 순간이 지나가고, 그것이 생각했던 만큼 그렇게 고통스럽지 않다는 걸 알게 되었을 때, 그는 음울한 권태 속으로 빠져들어갔다. 빨리 끝내고 잠을 자게 되기를 여전히 바랐지만, 베르제르는 새벽 4시까지도 그를 가만히 내버려두지 않았다. "어쨌든 삼각 기하 문제를 끝내야만 할 텐데" 하고 그는 중얼거렸다. 그리고 자신의 공부에 대해서만 생각하려고 애썼다. 긴 하루였다. 베르제르는 그에게 로트레아몽[100]의 생애에 대해 이야기해주었으나, 뤼시앵은 귀 기울여 듣지 않았다. 베르제르가 귀찮았다. 그날 밤, 그들은 코드베크에서 잤는데 당연히 베르제르는 한참 동안 뤼시앵을 귀찮게 굴었다. 그러나 새벽 1시경, 뤼시앵이 졸립다고 단호하게 말하자, 베르제르는 화도 내지 않고 그를 조용히 내버려두었다. 그들은 저녁 무렵에 파리로 돌아왔다. 요컨대 뤼시앵은 자신에 대해 별로 불만스럽지 않았다.

그의 부모는 두 팔을 벌려 그를 환영했다. "적어도 베르제르 씨에게 고맙다는 말은 했겠지?" 하고 엄마가 물었다. 그는 잠시 그들과 함께 노르망디 들판에 대해 수다를 떨다가 일찍 잠자리에 들었다. 그

---

[100] 콩트 드 로트레아몽 Comte de Lautréamont: 프랑스의 시인. 백작이라 자칭했음. 이성과 논리를 배격한 『말도로르의 노래』로 랭보와 더불어 초현실주의자들의 스승으로 간주된다.

는 천사처럼 잠을 잤으나 이튿날 잠에서 깨어나자 속이 떨리는 것 같았다. 그는 일어서서 한참 거울을 들여다보았다. "난 남색가야"라고 중얼거렸다. 그는 기가 죽었다. "뤼시앵, 일어나거라" 하고 문 너머로 어머니가 소리쳤다. "오늘 아침 학교에 가야지."— "네, 엄마" 하고 뤼시앵은 온순하게 대답했다. 그러나 그는 침대에 쓰러져서 발가락을 바라보기 시작했다. '너무 부당해. 그럴 줄 몰랐어. 경험이 없었으니까.' 이 발가락들을 한 남자가 하나씩 빨았던 것이다. 뤼시앵은 고개를 세차게 돌렸다. '그는 알고 있었어. 그가 내게 한 짓은 이름이 있어. 소위 남자끼리 잔다는 거지. 그리고 그는 그걸 알고 있었어.' 우스꽝스런 일이었다. 뤼시앵은 쓰디쓴 웃음을 지었다. 며칠을 두고 내가 똑똑한 것일까, 아니면 자존심이 너무 강한 것일까, 하고 자문해보아도 결국 결론을 내릴 수 없었다. 뿐만 아니라 어느 날 아침 갑자기 딱지가 붙게 되면, 평생 그것을 지니고 다녀야만 했다. 이를테면, 뤼시앵은 키가 크고 금발이며 아빠를 닮았고 외아들인데, 어저께부터는 남색가가 된 것이다. 사람들은 그에 대해 "너 플로리에를 알지? 왜 남자를 좋아하는 금발의 키다리 말이야"라고 말할 것이다. 그러면 상대방은 "아! 그래. ㄱ 키다리 남색가 말이지? 그럼, 누군지 알지" 하고 대답하리라.

 그는 옷을 입고 밖으로 나갔다. 하지만 학교에 가고 싶은 마음은 없었다. 그는 랑발 가를 따라 센 강까지 가서는 강변도로를 따라 걸었다. 하늘은 구름 한 점 없이 맑았고, 거리에는 푸른 잎새와 아스팔트, 영국제 담배 냄새가 났다. 새로운 영혼으로 잘 씻은 몸에 깨끗한 옷을 입기에 적합한 날씨였다. 사람들은 모두 모범적인 태도를 취하고 있었다. 뤼시앵 혼자만이 이 봄에 수상쩍고 야릇한 기분에 잠겨 있는 것이다. '이것은 숙명적인 추락의 길이다'라고 생각했다. "난 오이디푸스 콤플렉스에서 시작해서, 가학성 항문성욕자가 되었고, 마침내는 남색가가 된 거야. 과연 어디까지 가려고 하는 것일까?' 물론 그의 경우는 아직까지 심각한 것은 아니었다. 그는 베르제르의 애무에서 별로 큰 기쁨을 얻지 못했다. '하지만 습관이 된다면?' 하고 그는 고통스럽게 생각했다. '그 짓을 하지 않고서는 견딜 수가 없을 거다. 그건 모르핀 같을 거야!' 그는 오점을 가진 사람이 되어, 아무도 그를 상대해주지 않을 것이고, 아버지 회사의 직공들까지도 그가 명령을 내리면 비웃을 것이다. 뤼시앵은 일종의 자기만족 속에서 자신의 끔찍한 운명을 상상해보았다. 그는 분을 바르고 우아하게 태를 부리는 서른다섯 살 된 자신의 모습을 그려보았다. 그러자 금방 콧수염을 기르고 레지옹 도뇌르[101] 훈장을 단 무서운 신사가 지팡이를 휘두르며 "당신 같은 사람이 여기 있다는 건 우리 딸들에 대한 모욕이오"라고 소리 지르는 모습이 보였다. 그러자 갑자기 그는 비틀거렸고 공상하는 것을 멈추었다. 베르제르의 말이 생각났기 때문이다. 코드베크에서 지낸 밤의 일이었다. 베르제르는 이렇게 말했다. "아 이런! 자네가 재미있어하다니!" 그는 뭘 말하고자 했던 것일까? 물론 뤼시앵은 나무가 아니었고, 만지작거리다 보면……. "그건 아무것도 입증하지 않아" 하고 그는 걱정스럽게 중얼거렸다. 그러나 그 녀석들은 자기들과 같은 족속을 찾아내는 데 기막히다고 하지 않는가? 말하자면 그건 여섯번째 감각 같은 것이었다. 뤼시앵은 이에나 다리 앞에서 교통 정리를 하고 있는 경찰을 오랫동안 바라보았다.

---

[101] 프랑스에서 가장 명예로운 훈장 중의 하나로 존경받는 부르주아의 표상이다.

'저 경찰이 날 흥분시킬 수 있을까?' 그는 경찰의 푸른 바지를 응시하면서, 근육이 발달하고 털이 난 넓적다리를 상상했다. '그게 나한테 뭘 느끼게 할까?' 그는 아주 마음이 놓여 다시 걷기 시작했다. '그건 그리 대단치 않아. 난 아직 구제받을 수 있어. 그는 내 혼미를 악용했지만, 난 *진짜* 남색가는 아냐' 하고 생각했다. 그는 자기를 스쳐가는 사람마다 똑같은 상상을 해보았지만, 매번 결과는 부정적이었다. '하마터면 큰일 날 뻔했어!' 하고 생각했다. 그건 경고였고, 그게 전부다. 그러나 나쁜 습관은 이내 젖어드는 법이니, 다시는 그런 짓을 해서 안 된다. 그러므로 무엇보다도 시급한 것은 콤플렉스에서 벗어나는 일이었다. 그래서 그는 부모님에게는 말하지 않고 전문가에게 정신분석을 받아보기로 결정했다. 그런 후에 그는 애인을 하나 만들 것이고, 그러면 다른 사람과 같은 정상적인 인간이 될 것이다.

뤼시앵은 안심하기 시작했다. 그때 갑자기 또 베르제르 생각이 났다. 지금 이 순간에도 베르제르는 제 자신에 취해 추억에 가득 찬 머리로 파리 어느 곳엔가 있을 것이다. 그는 내 몸이 어떻게 생겼는지 알고 있어. 내 입도 알고 있고. 그는 내게 "자네는 내가 잊지 못할 향기를 갖고 있어"라고 말했지. 그는 친구들에게 가서 "난 그 애를 소유했어"라고 말하며 자랑할 거야. 내가 마치 창녀인 것처럼 말이야. 이 순간에도 어쩌면 그는 그날 밤 이야기를 하고 있는지 몰라……. 뤼시앵은 심장 고동이 멈추는 것만 같았다. "만약 베를리아크에게 말한다면! 만약 그런 짓을 하면 난 그를 죽이고 말 거야. 베를리아크는 날 싫어하니까 반 아이들 모두에게 말하겠지. 그러면 난 끝장난 것이고, 친구들은 나하고 악수하는 것도 거절하겠지. 그게 사실이 아니라고 우겨야지." 뤼시앵은 허둥거리며 중얼거렸다. "난 고소할 거야. 그가 날 강간했다고 말해야지!" 뤼시앵은 베르제르가 죽이고 싶도록 미웠다. 그가 없다면, 이 수치스럽고 만회할 수 없는 의식이 없다면, 모든 것은 잘될 것이고, 아무도 눈치 채지 못할 텐데. 뤼시앵 자신도 결국에 가서는 그 일을 잊어버릴 수 있을 텐데. '그가 돌연히 죽어버릴 수만 있다면! 하느님, 제발 그가 어느 누구에게도 말하기 전에, 오늘 밤에 죽게 해주세요. 하느님, 이 이야기가 파묻히게 해주세요. 제가 남색가가 되는 것을 바라진 않으시겠죠? 어쨌든 그는 나를 붙들고 있는 거다' 하고 뤼시앵은 몹시 분노하며 생각했다. '다시 그의 집으로 가서 하자는 대로 다 하고, 그걸 좋아한다고 말해야 한다. 그렇지 않으면 난 파멸이다.' 그는 다시 몇 발자국 가더니, 예비 조치로 이렇게 덧붙여 말했다. "하느님, 베를리아크도 죽게 해주십시오."

뤼시앵은 베르제르에게 다시 돌아갈 결심을 하지 못했다. 다음 몇 주 동안, 그는 한 걸음 움직일 때마다, 베르제르를 만나는 듯싶었다. 방에서 공부할 때도 초인종 소리가 나면 깜짝 놀랐다. 밤이면 무서운 악몽을 꾸었다. 베르제르가 생루이 고등학교 운동장 한가운데서 폭력으로 그를 휘어잡았고, 모든 국립공대 준비생들이 모여들었고, 그들은 웃음을 터뜨리며 그를 바라보았다. 그러나 베르제르는 뤼시앵을 만나려고 어떤 시도도 하지 않았고, 소식도 전혀 없었다. '그는 내 몸만을 원한 거야.' 그렇게 생각하니 더욱 기분이 나빴다. 베를리아크도 사라졌다. 일요일마다 그와 함께 가끔 경마장에 가던 기가르가 말하기를 베를리아크는 신경쇠약의 발작으로 파리를 떠났다고 했다. 뤼시앵은 조금씩 마음이 안정되어갔다. 그의 루앙 여행은 아무

것과도 관계없는, 막연하고 기괴한 꿈으로만 생각되었다. 그때 일어났던 일의 세부적인 것은 모두 잊어버렸고, 남은 것이라곤 다만 몸과 향수의 그 음울한 냄새와 견딜 수 없는 권태의 인상뿐이었다. 플뢰리에 씨는 친구 베르제르가 어떻게 되었는지 여러 번 물어보았다. "감사의 뜻으로 그를 페롤에 초대해야만 할 텐데." — "뉴욕으로 갔어요" 하고 뤼시앵은 마침내 대답하고 말았다. 그는 여러 번 기가르와 그의 누이동생과 함께 마른 강으로 보트 놀이를 하러 갔다. 기가르는 그에게 댄스를 가르쳐주었다. '난 잠에서 깨어난 거야. 다시 태어난 거야'라고 그는 생각했다. 그러나 아직도 뭔가 배낭과 같은 것이 그의 등을 무겁게 짓누르는 것을 자주 느꼈다. 그것은 그의 콤플렉스였다. 그는 빈으로 프로이트를 만나러 가야 하지 않을까 생각해보았다. '돈 없이 출발하지 뭐. 필요하다면 걸어서라도 가야지. 나는 그에게 돈은 한 푼도 없지만, 연구 자료가 될 것이라고 말하자.' 6월 어느 더운 날 오후, 그는 생미셸 대로에서 그의 옛 철학 교사였던 르 바부앵 씨를 만났다. "자, 플뢰리에, 국립공과대학 입학 준비를 하나?"
 — "네, 선생님." — "문학 연구 쪽으로 나갈 수도 있었을 텐데. 자넨 철학이 우수했지." — "철학을 포기한 건 아닙니다. 올해도 책을 여러 권 읽었어요. 예를 들면 프로이트를 읽었죠." 그때 갑자기 어떤 생각이 떠올라 덧붙여 말했다. "선생님께 여쭤보고 싶은 게 있는데요. 저, 정신분석에 대해서 어떻게 생각하세요?" 르 바부앵 씨는 웃기 시작했다. "그건 일시적인 유행이지. 프로이트의 가장 훌륭한 부분은 이미 플라톤에게서 찾아볼 수 있는 거니까.[102] 그 나머지

---

[102] 1930년대 정신분석에 대한 프랑스 대학교의 태도가 어떤 것이었는지를 잘 보여주는 부분이다.

는……" 그는 반박할 여지도 없는 어조로 말을 이었다. "그런 하찮은 것에 시간을 낭비하고 싶지 않네. 스피노자나 읽는 게 더 나을 걸세." 뤼시앵은 무거운 짐에서 해방된 듯한 느낌이었다. 그는 휘파람을 불며 집으로 돌아갔다. '그건 악몽이었어. 하지만 이젠 아무것도 남아 있지 않아!' 하고 그는 생각했다. 그날따라 태양은 강렬했고 뜨거웠다. 그러나 뤼시앵은 고개를 들고, 눈도 깜박거리지 않고 태양을 응시했다. 그건 모든 사람의 태양이었고, 뤼시앵도 정면으로 쳐다볼 권리를 가지고 있었다. 그는 구원받았다! '허튼수작들!' 하고 그는 생각했다. '허튼수작이었어! 그들은 날 망치려고 했지만, 끝내 성공하지 못했어.' 사실, 그는 계속해서 저항했다. 베르제르는 그를 자신의 논리 속으로 끌어넣으려 했지만, 뤼시앵은 예를 들면 랭보의 동성애는 오점이라고 느꼈고, 그 조그만 새우 같은 베를리아크가 그에게 마리화나를 피우게 하려고 했을 때도 단호히 거절하지 않았던가. '난 파멸할 뻔했어. 그러나 날 지켜준 것은 바로 내 정신의 건강이었어!'라고 생각했다. 그날 저녁식사 때, 그는 아버지를 다정스럽게 바라보았다. 플뢰리에 씨는 어깨가 딱 벌어졌고, 농부처럼 무겁고 느린 몸짓을 했다. 순수 혈통만이 가진 그 무엇이 있었고, 우두머리다운 금속적이고도 차가운 회색의 눈을 가지고 있었다. '난 그를 닮았어' 하고 뤼시앵은 생각했다. 그는 플뢰리에 집안이 4대째 내려오는 회사의 우두머리라는 사실을 상기했다. '누가 뭐라고 해도 소용없다. 가문은 존재한다!' 그리고 그는 플뢰리에 가문의 정신적인 건강에 대해 자랑스럽게 생각했다.

그해 뤼시앵은 국립공과대학 입학시험에 응시하지 않았다. 플뢰리에 부부는 일찍 페롤로 떠났다. 그는 집과 정원, 공장, 조용하고도 안정된 소도시를 다시 보게 되어 무척이나 기뻤다. 그것은 다른 세계였다. 그는 아침 일찍 일어나서 그 근처를 산책하기로 결심했다. "신선한 공기로 가슴을 가득 채우고 내년을 위해 건강을 저축할까 해요. 내년엔 죽자고 공부해야 할 테니까요" 하고 아버지에게 말했다. 그는 어머니를 따라서 부파르디에 씨 댁과 베스 씨 댁에 갔다. 모두가 뤼시앵이 사리에 밝고 의젓한 청년이 되었다고 말했다. 파리에서 법학을 공부하는 에브라르와 빙켈만도 방학이 되어 페롤에 와 있었다. 뤼시앵은 그들과 여러 번 외출했다. 그들은 자크마르 신부에게 했던 장난과 재미있던 자전거 산책에 대해 이야기하고 「메츠의 포병」을 3중창으로 노래했다. 뤼시앵은 옛 친구들의 꾸밈없는 솔직함과 변함없는 우정을 높이 평가하고, 그들을 소홀히 한 자신을 나무랐다. 그는 에브라르에게 파리를 조금도 좋아하지 않는다고 고백했다. 그러나 에브라르는 그를 이해하지 못했다. 에브라르의 부모님은 그를 한 신부에게 맡겼는데, 신부는 그를 아주 잘 돌봐주었다는 것이다. 특히 루브르 박물관 방문과 오페라 극장에서 보낸 저녁을 생각하면 아직도 황홀해진다는 것이었다. 뤼시앵은 그의 단순함에 감동했다. 그는 자신이 에브라르와 빙켈만의 형이라도 된 것처럼 느껴졌다. 그래서 그처럼 굴곡이 많은 생활을 한 것이 후회스러운 일만도 아니라고 생각하기 시작했다. 거기서 경험을 쌓았으니까. 뤼시앵은 그들에게 프로이트와 정신분석학에 대해 말해주었고 그들을 놀라게 하는 걸 재미있어했다. 그들은 콤플렉스 이론을 격렬히 비난했지만 그 비난은 유치했다. 뤼시앵은 그들에게 그 사실을 지적했고, 철학적인 관점에서 프로이트의 오류를 반박하는 것은 아주 쉬운 일이라고 덧붙였다. 그들은 매우 감탄했으나, 뤼시앵은 모르는 척했다.

플뢰리에 씨는 뤼시앵에게 공장의 메커니즘에 대해 설명해주었다. 그는 뤼시앵을 데리고 다니며 주요 건물들을 보여주었다. 뤼시앵은 직공들의 작업을 오랫동안 관찰했다. "내가 죽으면" 하고 플뢰리에 씨는 말했다. "다음날부터 즉시 공장의 모든 운영은 네가 맡아야 한다." 뤼시앵은 투덜거리며 말했다. "아빠, 그런 말씀은 마세요!" 그는 조만간 자신에게 지워질 책임에 대해 생각하면서 며칠 동안 아주 심각했다. 그들은 공장주의 의무에 대한 긴 대화를 나누었다. 플뢰리에 씨는, 소유라는 것이 권리가 아니고 의무라고 가르쳐주었다. "그들은 계급투쟁이란 것으로 우릴 괴롭히고 있단다" 하고 그는 말했다. "마치 사장과 근로자의 이해가 대립되는 것처럼 말이다! 뤼시앵, 내 경우를 봐라. 나는 작은 회사의 사장이다. 파리 은어로 말하면 협잡꾼이라는 거지. 하지만 난 100명의 직공과 그 가족들을 먹여 살리고 있어. 사업이 잘되면 우선 그들이 득을 본다. 그러나 내가 공장 문을 닫으면, 그들은 거리로 나서는 수밖에 없단다. 그러니까 난 수지 안 맞는 사업을 할 *권리가 없단다*" 하며 그는 힘주어 말했다. "바로 이것이 내가 계급의 연대성이라고 말하는 것이란다."

3주일이 지나도록 모든 것이 잘되어나갔다. 베르제르의 생각은 거의 하지 않았다. 그는 베르제르를 용서해주었다. 단지 살아 있는 동안 그를 다시 보지 않기만을 바랄 뿐이었다. 때때로, 셔츠를 갈아입을 때면 거울로 다가가 자신을 놀라운 눈초리로 들여다보았다. '한 남자가 이 몸을 탐내었다'라고 그는 생각했다. 그는 천천히 손으로 다리를 쓰다듬으며 생각했다. '한 남자가 이 다리 때문에 흥분했다.' 그는 허리를 만져보며, 실크 천을 쓰다듬듯이 자신의 몸을 애무하기 위해 다른 사람이 못 되는 것이 유감이라고 생각했다. 그는 때때로 자신의 콤플렉스를 그리워하기까지 했다. 그것들은 무거웠으며, 그 거대하고 어두운 덩어리가 그를 가득 채웠었다. 그러나 이젠 끝났다. 뤼시앵은 더 이상 믿지 않았다. 그러자 가벼운 고통을 느꼈다. 그것은 그다지 불쾌한 기분은 아니었다. 일종의 환멸이라고나 할까. 좀 구역질이 나기는 했지만 충분히 견딜 수 있는 환멸, 말하자면 권태라고도 할 수 있는 것이었다. '나는 아무것도 아니야. 아무것도 나를 더럽히지 않았기 때문이지. 베를리아크는 더럽게 빠져 있어. 약간의 불확실성쯤은 충분히 견딜 수 있지. 그건 순결의 대가이니까' 하고 그는 생각했다.

산책하는 동안 그는 경사진 곳에 앉아 생각했다. '난 6년 동안이나 잠을 잤어.[103] 그러다 어느 날 누에고치를 벗고 나온 거야.' 그는 활기에 넘쳐 다정하게 경치를 바라보았다. "난 행동을 위해 태어난 사람이야"라고 중얼거렸다. 하지만 곧 그의 빛나는 생각이 시들해졌다. 그는 낮은 목소리로 말했다. "조금만 더 기다려라. 내가 어떤 인간인지 보여줄 테니." 그는 힘을 주어 말했으나 말은 텅 빈 조개껍질처럼 그의 밖으로 굴러나갔다. '어떻게 된 것일까?' 이 야릇한 불안을 그는 인정하고 싶지 않았다. 예전에 너무도 그를 괴롭힌 불안이었다. 그는 생각했다. '이 침묵……, 이 경치…….' 살아 있는 것이라곤 아무것도 없었다. 단지 누렇고 검은 배때기를 먼지 속에서 고통스럽게 끌고 다니는 귀뚜라미들 이외에는. 뤼시앵은 귀뚜라미를 싫어했다. 언제나 반쯤은 죽은 꼴을 하고 있기 때문이다. 길 저쪽에는 짓눌리고 금이 간 회색 벌판이 강까지 뻗어 있었다. 아무도 뤼시

---

103 『구토』의 로캉탱도 6년 동안의 잠에서 깨어난다.

앵을 보고 있지 않았다. 뤼시앵은 껑충껑충 뛰었다. 그러나 그 움직임에 저항하는 것이라곤 아무것도 없는 듯했다. 중력의 저항조차도 받지 않는 듯했다. 지금 그는 회색 구름의 장막 아래 서 있다. 마치 허공 속에 존재하는 것 같았다. '이 침묵은······' 하고 그는 생각했다. 그것은 침묵 이상의 것으로, 바로 무(無)였다. 들판은 뤼시앵 주위에서 신기할 정도로 조용했고, 물렁물렁했으며, 비인간적이었다. 그것은 스스로 작아져서 뤼시앵을 방해하지 않으려고 숨소리까지 죽였다. "메츠의 포병이 병사에 돌아왔을 때······." 그 소리는 허공 속의 불꽃처럼 그의 입술 위에서 사라졌다. 뤼시앵은 혼자였다. 그림자도 메아리도 없는, 이 너무도 은밀하고 무게도 없는 자연 한가운데서. 그는 몸을 흔들면서 생각의 실마리를 다시 잡으려고 애썼다. '나는 행동을 위해 태어났다. 우선 나는 정력적이다. 바보짓을 할 수도 있겠지만, 금방 정신을 차리기 때문에 깊이 빠지지 않는다. 난 정신적으로 건강하다'라고 그는 생각했다. 그러나 곧 혐오감으로 얼굴을 찌푸리며 가던 길을 멈췄다. 죽어가는 짐승들이 지나가는 이 하얀 길 위에서 '정신적인 건강'에 대해 말하는 것이 너무도 부조리해 보였기 때문이다. 화가 난 뤼시앵은 귀뚜라미 위를 걸었다. 그는 구두창 밑에서 자그마한 탄력 있는 공을 느꼈다. 그가 발을 들었을 때, 귀뚜라미는 아직 살아 있었다. 뤼시앵은 그 위에다 침을 뱉었다. '어찌할 바를 모르겠어. 어찌할 바를 모르겠어. 지난해와 똑같아.' 뤼시앵은 자신을 '일인자 중의 일인자'라고 부르는 빙켈만을, 자기를 성인으로 대우하는 플뢰리에 씨를, "귀여운 인형이라고 불리던 애가 저렇게 컸어. 이젠 반말을 못 하겠구나, 겁이 나서"라고 말하던 베스 부인 등을 생각하기 시작했다. 그러나 그들은 멀리, 아주 멀리 있었다. 진정한 뤼시앵은 끝났고, 어쩔 줄 모르는 하얀 유충만이 남아 있는 것 같았다. '나는 무엇일까?' 수십 킬로미터의 들판, 풀도 없고 냄새도 없는 이 평평하고 금이 간 땅, 그리고 이 회색의 지층에서 난데없이 우뚝 솟은 아스파라거스. 그건 너무나 유별나서 뒤에 그림자조차 남기지 않았다. '나는 무엇일까?' 지난 방학 때부터 이 질문은 변함이 없었다. 질문은 뤼시앵이 남겨놓고 간 바로 그 자리에서 뤼시앵을 기다리고 있었던 것 같았다. 아니 그건 질문이라기보다는 차라리 하나의 상태였다. 뤼시앵은 어깨를 으쓱했다. '난 너무 세심해' 하고 그는 생각했다. '지나치게 자가 분석을 한단 말이야.'

그 후 며칠 동안, 그는 더 이상 자가 분석을 하지 않으려고 애를 썼다. 그는 사물에 마음을 쏟으려 했다. 계란 반숙용 그릇들과 둥글게 접은 냅킨, 나무들, 진열장들을 오랫동안 바라보곤 했다. 그는 어머니에게 은그릇을 보여달라고 조르며 그녀를 즐겁게 했다. 그러나 은그릇을 보고 있는 동안에도 은그릇을 보고 있다는 생각이 앞섰고, 그의 시선 뒤에는 살아 있는 작은 안개가 꿈틀거리고 있었다. 또 뤼시앵은 플뢰리에 씨와의 대화에 열중하려 했지만 아무 소용이 없었다. 그 넘쳐흐르는 희미한 안개가, 불투명하고도 불안정한 모습이 어찌 보면 빛처럼 보이는 그 안개가, 뤼시앵이 아버지의 말에 주의를 기울이려 하면, 뒤로 스며드는 것이었다. 그 안개, 그것은 바로 그 자신이었다. 때때로 뤼시앵은 짜증이 나 이야기도 듣지 않고, 뒤로 돌아서서는 안개를 붙잡아 정면에서 살펴보려고 애썼다. 그러나 그는 허공에 부딪힐 뿐, 안개는 여전히 *뒤*에 있었다.

제르멘이 울면서 플뢰리에 부인에게로 왔다. 동생이 기관지염에 걸렸다는 것이다. "불쌍한 제르멘, 동생이 아주 튼튼하다고 하더니!" 하고 플뢰리에 부인이 말했다. 부인은 그녀에게 한 달 동안의 휴가를 주고, 대신 공장 직공의 딸인 열일곱 살 먹은 베르트 모젤을 데려왔다. 그녀는 키가 작았고, 머리 둘레에 금발을 땋아 두르고 있었다. 그녀는 가볍게 다리를 절었다. 그녀가 콩카르노[104] 출신이었기 때문에 플뢰리에 부인은 그녀에게 레이스가 달린 모자를 쓰라고 권했다. "그럼 더 귀여워 보일 테니." 첫날부터, 그녀의 푸르고 큰 눈은 뤼시앵을 만날 때마다, 겸손하고도 열정적인 찬미를 투영하고 있었다. 뤼시앵은 그녀가 자기를 좋아하는 것을 알았다. 그는 친숙하게 말했고 여러 번 물어보았다. "우리 집이 마음에 드니?" 복도에서 그녀와 마주치면 어떤 반응을 하는지 보려고 일부러 그녀의 몸을 스쳐보기도 했다. 그녀는 그를 감동시켰다. 그는 이 사랑 속에서 소중한 위안을 받았다. 자주 그는 아주 흐뭇한 감정으로 베르트가 생각하는 자신의 이미지에 대해 생각해보았다. '사실 나는 그녀가 교제하는 젊은 직공들과는 전혀 닮지 않았어.' 그는 뭔가 핑계를 대서 빙켈만을 부엌으로 들여보내보았다. 빙켈만은 그녀의 몸매가 좋다고 생각했다. "너는 행운아야"라고 그는 결론지었다. "나 같으면 한번 해볼 텐데." 그러나 뤼시앵은 주저했다. 그녀에게서는 땀 냄새가 났고, 검은 블라우스는 팔 밑이 해졌다. 9월 어느 비 오는 오후, 플뢰리에 부인은 자동차를 타고 파리에 갔다. 뤼시앵은 혼자 자기 방에 있었다. 그는 침대에 누워 하품을 하기 시작했다. 그는 자기가 변덕스럽고 덧없는 구름, 언제나 같으면서도 언제나 다른, 그 가장자리가 늘 공기 속에 녹아드는 구름과도 같다고 생각했다. '나는 왜 존재

---

[104] 프랑스 브르타뉴 지방의 조그만 섬에 세워진 도시로, 두 개의 다리로 육지와 연결되어 있으며, 15세기 성벽이 그대로 남아 있고 해수욕장으로 유명하다.

할까?' 그는 거기 있었다. 먹은 것을 소화하며, 하품을 하며, 유리창을 때리는 빗소리를 듣고 있었다. 머릿속에는 실처럼 흐트러지는 하얀 안개가 있었다. 그리고 다음은? 그의 존재는 하나의 스캔들이었으며, 앞으로 떠맡을 책임이 그의 존재를 정당화시켜줄 것인지는 잘 모를 일이었다. "어쨌든 내가 원해서 태어난 게 아니니까" 하고 그는 중얼거렸다. 그러자 자신이 가엾어졌다. 그는 어렸을 때의 불안과 그 긴 잠을 회상했다. 그것들은 새로운 모습으로 나타났다. 사실 그는 자신의 삶이라는, 이 커다랗고 아무 쓸모도 없는 선물 때문에 늘 거추장스러워했다. 그는 그것을 어떻게 해야 할지, 어디에 놓아야 할지 모르는 채 그저 팔에 안고 다녔던 것이다. '나는 태어난 것을 후회하면서 시간을 보냈다.' 그러나 그는 너무도 울적해서 더 이상 그 생각을 깊이 할 수가 없었다. 그는 일어서서 담배에 불을 붙이고 베르트에게 차를 한 잔 부탁하려고 부엌으로 내려갔다.

그녀는 그가 들어오는 것을 보지 못했다. 그가 어깨를 만지자 그녀는 펄쩍 뛰었다. "무서워?" 하고 그가 물었다. 그녀는 테이블에 두 손을 짚고 소름 끼친 표정으로 그를 바라보았다. 그녀의 가슴이 들먹거렸다. 잠시 후 그녀가 웃으면서 말했다. "깜짝 놀랐어요. 아무도 없는 줄 알았거든요." 뤼시앵도 관대하게 웃으면서 말했다. "차를 한 잔 주면 고맙겠는데."——"곧 준비하겠어요, 뤼시앵 씨"라고 그녀는 대답하고 난로 쪽으로 도망갔다. 뤼시앵의 존재가 힘들었던 모양이다. 뤼시앵은 주저하며 문턱에 서 있었다. "우리 집이 마음에 들어?" 그는 다정하게 물었다. 베르트는 등을 돌린 채 냄비에 수돗물을 받고 있었다. 물소리 때문에 대답이 안 들렸다. 뤼시앵은 조금 기다렸다. 그녀가 가스난로에 냄비를 올려놓자, 그는 다시 말했다. "담배

피운 적 있어?"—"가끔요." 그녀는 경계하듯이 대답했다. 그는 크라방 담뱃갑을 뜯어 그녀에게 내밀었다. 별로 기분이 좋지 않았다. 어쩐지 체면이 손상되는 것 같았다. 그녀에게 담배를 피우지 못하게 해야 했는데. "제가 담배를 피워도 괜찮겠어요?" 그녀가 놀라서 물었다. "못 피울 게 뭐 있어?"—"마님께서 꾸짖으실 거예요." 뤼시앵은 나쁜 일에 가담하는 듯한 불쾌한 인상을 받았다. 그는 웃으며 말했다. "말하지 않을 거야." 베르트는 얼굴을 붉히며 손가락 끝으로 담배를 집어서 입에 물었다. '내가 불을 붙여주어야 할까? 그러면 안 될 텐데' 하고 속으로 생각했다. 그는 그녀에게 말했다. "왜 불을 안 붙이지?" 그녀가 그를 짜증나게 했다. 그녀는 팔을 뻣뻣하게 내려뜨리고, 얼굴을 붉히고, 순순히 거기 서 있었다. 입을 내밀고 뾰로통하게 담배를 물고 있는 모습이 꼭 체온계를 물고 있는 듯했다. 그녀는 드디어 양철로 된 상자에서 유황성냥을 꺼내 긋더니, 눈을 깜박거리면서 몇 모금 빨아 마셨다. "순한데요" 하고 말하더니 얼른 입에서 담배를 떼고, 다섯 손가락 사이로 서툴게 꼈다. '희생자로 태어난 자이군' 하고 뤼시앵은 생각했다. 그러나 뤼시앵이 그녀에게 고향 브르타뉴를 좋아하느냐고 묻자, 그녀는 약간 마음을 풀고, 브르타뉴의 각종 모자에 대해 설명했다. 심지어는 곡조는 서툴었지만 부드러운 목소리로 로스포르당[105] 노래까지 불렀다. 뤼시앵은 다정하게 그녀를 놀렸지만, 그녀는 농담을 알아듣지 못하고 당황한 표정으로 그를 바라보았다. 그럴 때 그녀의 모습은 꼭 토끼 같았다. 뤼시앵은 등이 없는 의자에 걸터앉았다. 아주 마음이 편안했다. "앉아" 하고 그

---

[105] 브르타뉴에 있는 작은 마을 이름.

녀에게 말했다. "아! 안 돼요. 뤼시앵 씨, 도련님 앞에서는 안 돼요." 그는 그녀의 겨드랑이를 잡고 자기 무릎으로 끌어당겼다. "이렇게?" 그는 그녀에게 물었다. 그녀는 흥분과 비난이 섞인 야릇한 목소리로 "무릎 위에요!" 하고 중얼거리면서 그가 하는 대로 몸을 맡겼다. 뤼시앵은 따분한 생각이 들었다. '너무 깊이 들어가는군. 이렇게까지 깊이 들어가지는 말았어야 하는 건데.' 그는 입을 다물었다. 그녀의 뜨거운 몸이 그의 무릎 위에 가만히 있었다. 그러나 뤼시앵은 그녀의 심장이 뛰는 것을 느꼈다. '그녀는 내 것이다'라고 그는 생각했다. '나는 이것을 가지고 내가 원하는 대로 모든 것을 다 할 수 있다.' 그는 그녀를 놓아주고 차 주전자를 들고 자기 방으로 올라갔다. 베르트는 그를 붙들기 위해 어떤 행동도 하지 않았다. 차를 마시기 전에, 뤼시앵은 엄마의 향기 나는 비누로 손을 씻었다. 손에서 겨드랑이 냄새가 났기 때문이다.

'그녀와 함께 잘까?' 뤼시앵은 그 후 며칠 동안 이 작은 문제에 사로잡혔다. 베르트는 항상 그가 지나가는 곳에 나타나서, 스패니얼 개처럼 커다랗고 슬픈 눈으로 그를 바라보았다. 도덕이 승리했다. 뤼시앵은 충분한 경험이 없기 때문에 그녀를 임신시킬 위험이 있고 (페롤에서는 자신이 너무 알려져 있어 콘돔을 사는 것도 불가능했다), 또 플뢰리에 씨에게도 커다란 걱정을 끼칠지도 모르기 때문이었다. 게다가 직공의 딸이 그와 함께 잔 것을 자랑하면, 장차 공장에서 자신의 권위가 떨어질지도 모른다고 생각했다. '나는 그녀에게 손댈 권리가 없어.' 9월의 마지막 며칠 동안 그는 베르트와 함께 단둘이만 있는 것을 피했다. "자, 뭘 기다리니?" 빙켈만이 말했다. "난 하지 않을 거야. 하녀와의 사랑은 싫어" 하고 뤼시앵은 냉정하게 대답했다. 하녀와의 사랑이란 말을 처음 들은 빙켈만은 한 번 가볍게 휘파람을 불더니 입을 다물었다.

뤼시앵은 자신이 매우 만족스러웠다. 그는 멋있는 사나이답게 행동했고, 그것이 그가 저지른 많은 실수를 보상해주는 듯했다. "꺾을 수 있는 여자였는데" 하고 약간 서운한 마음으로 중얼거렸다. 그러나 잘 생각해보니 '꺾은 거나 다름없어. 그녀는 몸을 내맡겼지만, 내가 원하지 않았지'라는 생각이 들었다. 그 후 뤼시앵은 자기가 더 이상 총각이 아니라고 생각했다. 이 가벼운 만족감이 며칠 동안 그를 사로잡았으나, 그것 역시 다시 안개 속으로 녹아들어갔다. 10월, 새 학기가 시작하자 그는 지난해 학기 초와 마찬가지로 다시 우울해졌다.

베를리아크는 돌아오지 않았고, 아무도 그의 소식을 몰랐다. 뤼시앵은 몇몇 새로운 얼굴들을 발견했다. 그의 오른쪽에 앉아 있는 녀석은 르모르당이라는 이름이었는데, 푸아티에에서 1년 동안 특별 수학반에서 공부하다 왔다는 것이다. 그는 뤼시앵보다도 더 키가 컸고, 검은 수염이 나서 벌써 어른 같은 모습이었다. 뤼시앵은 학교 친구를 다시 만나도 기쁘지 않았다. 그들은 유치하고, 어린애들처럼 소란스러웠다. 요컨대 신학생(神學生)들이었다. 그는 여전히 그들의 단체 활동에 참가했지만 별로 열의 없이 했다. 게다가 그의 유별난 성격이 그렇게 만들었다. 르모르당은 성숙했기 때문에 그의 관심을 끌 것도 같았지만, 뤼시앵처럼 여러 고통스러운 경험을 통하여 그 성숙함을 얻은 것 같지는 않았다. 그는 태어나면서부터 이미 어른인 자였다. 뤼시앵은 가끔 아주 만족스럽게 그의 커다랗고 생각에 잠긴 얼굴을, 거의 목이 없고, 그냥 어깨에 비스듬히 처박힌 그의 머리를 응시했다. 그 머릿속에는 귀를 통해서도, 붉고 흐릿한 중국 사람의 작은 눈으로도, 아무것도 들어가게 할 수 없을 것 같았다. '신념을 가진 녀석이야'라고 뤼시앵은 존경에 찬 마음으로 생각했다. 그리고 그는 르모르당에게 이처럼 충만한 자의식(自意識)을 부여하고 있는 신념이 과연 어떤 것일까 하고 약간 질투 섞인 마음으로 자문해 보았다. '나도 저렇게 되어야 한다. 바위 같은 존재가.' 뤼시앵은 르모르당이 수학추리반에 들어갈 수 있다는 게 약간 놀라웠다. 그러나 위송 선생이 첫번째 숙제를 돌려주었을 때 뤼시앵은 안심했다. 뤼시앵은 7등이었고, 르모르당은 5점을 받아 78등이었다. 만사는 제대로 된 것이다. 르모르당은 놀라지 않았다. 더 나쁠 줄 알았던 모양이다. 그의 작은 입과 누렇고 반들반들한 커다란 뺨은 감정을 표현하게 생겨먹지는 않았다. 그는 돌부처였다. 화가 난 그를 단 한 번밖에 보지 못했으니까. 그것은 뢰비가 그를 탈의실에서 떠밀었던 날이다. 그는 처음에는 눈을 깜박거리면서 으르렁거리는 소리를 날카롭게 열 번쯤 내더니, "폴란드로 꺼져! 폴란드로 꺼져! 더러운 유대인 놈, 우릴 귀찮게 하러 오지 마" 하고 드디어 소리를 지르는 것이었다. 그는 커다란 키로 뢰비를 압도했다. 그의 육중한 가슴이 긴 다리 위에서 흔들거리고 있었다. 마침내는 르모르당이 뢰비의 양쪽 뺨을 후려갈기자 키 작은 뢰비가 사과했다. 사건은 그것으로 일단락되었다.

목요일마다 뤼시앵은 기가르와 함께 외출을 했는데, 기가르는 그를 자기 누나 친구 집으로 춤추러 데려가곤 했다. 그러나 기가르는 이런 파티엔 이젠 염증이 난다고 고백했다. "난 여자 친구가 있어" 하고 그가 비밀을 털어놓았다. "그녀는 루아얄 가의 플리스니에 옷가게의 일급 디자이너야. 마침 그녀의 친구 중에 남자 친구 없는 애가 있다고 하니 토요일 밤에 우리와 함께 외출하자." 뤼시앵은 부모와 실랑이를 벌인 뒤에 토요일마다 외출하는 허가를 받았다. 열쇠는 문 앞의 깔개 밑에 놓아두기로 했다. 그는 9시경에 생토노레 가의 술집에서 기가르와 만났다. "가보면 알겠지만 파니는 매력적이야. 게다가 괜찮은 건 그녀가 옷을 입을 줄 안다는 거지."—"그럼 내 여자는?"—"난 그녀를 몰라. 내가 아는 건 그녀가 견습공이라는 사실과 파리에 온 지 얼마 되지 않았으며, 앙굴렘 출신이라는 것뿐이야. 그건 그렇고" 하고 그가 덧붙였다. "실수하지 마. 난 피에르 도라야. 넌 금발이니까 영국계라고 했어. 그게 더 좋아. 네 이름은 뤼시앵 보니에르야."—"뭣 때문에 그러지?" 뤼시앵은 의아해서 물었다. "이봐, 그건 그렇게 하는 거야. 자넨 그런 여자들과는 어떤 짓이든 해도 되지만 이름은 결코 알려서 안 돼."—"좋아, 좋아! 그런데 직업은 뭐라고 할까?" 하고 뤼시앵이 말했다. "대학생이라고 말해. 그게 좋지. 그러면 그런 여자들은 아주 좋아하니까. 게다가 돈을 많이 쓰지 않고도 데리고 다닐 수 있으니. 비용은 물론 각자 부담하는 거지. 하지만 오늘 저녁은 내가 돈을 내게 내버려둬. 그게 내 습관이야. 월요일에 네가 얼마를 내야 할지 알려줄 테니." 뤼시앵은 금방 기가르가 돈을 남겨먹으려고 한다는 걸 알았다. '이런 생각을 하는 걸 보니 나도 의심이 많아졌군' 하고 생각하자 재미있었다. 그때 막 파니가 들어왔다. 그녀는 키가 크고, 말랐고, 갈색머리에 긴 다리를 하고, 화장을 진하게 했다. 뤼시앵은 그녀가 위압적이라고 생각했다. "자, 내가 말했던 보니에르야" 하고 기가르가 말했다. "처음 뵙겠어요." 파니가 근시인 것 같은 표정으로 그를 쳐다보면서 말했다. "내 친구 모드예요." 뤼시앵은 마치 꽃병을 뒤집어쓴 것 같은 모자를 쓰고, 나이를 알 수 없는, 자그마한 여자를 보았다. 그녀는 화장을 하지 않아 눈부신 파니 곁에서 초라해 보였다. 뤼시앵은 매우 실망했다. 그러나 그녀가 아름다운 입을 갖고 있다는 걸 알아차렸다. 게다가 이런 여자라면 일부러 잘난 척할 필요도 없을 것이다. 기가르가 미리 신경을 써서 맥주 값을 치러 놓았기 때문에, 두 여자가 도착하는 소란스런 틈을 타서, 마실 시간도 주지 않고, 그녀들을 문밖으로 활기차게 떠밀고 나갈 수 있었다. 뤼시앵은 기가르가 고마웠다. 플뢰리에 씨는 1주일에 125프랑밖에 주지 않았고, 그 돈으로 전화비까지도 내야 했다. 그날 저녁은 매우 즐거웠다. 그들은 라탱 가[106]의 따뜻하고 으슥한 구석이 있는 분홍색의 작은 홀로 춤을 추러 갔다. 칵테일은 100수[107]밖에 하지 않았다. 대학생들이 많이 있었는데, 그들은 파니와 비슷한 종류의 여자들을 데리고 왔으나, 파니보다는 훨씬 못했다. 파니는 기가 막히게 근사했다. 그녀는 파이프 담배를 피우는, 수염이 난 뚱보를 바라보며 큰 소리로 말했다. "댄스홀에서 파이프 담배를 피우는 건 딱 질색이에요." 그 작자는 얼굴이 빨개지더니 불붙은 파이프를 그냥 주머니에 넣었다. 그녀는 기가르와 뤼시앵을 약간 멸시하면서 몇 번씩이나 "당신들은 나쁜 아이들이에요"라고 모성적인 나정한 어조로 말했다. 뤼시앵은 마음이 아주 편안했고 달콤했다. 그는 파니에게 몇 가지 재미있는 이야기를 해주면서 웃었다. 드디어는 그의 얼굴에 미소가 떠나지 않았다. 그는 약간 무관심하면서도 아이러니가 섞인 다정하고도 예의 바른, 그런 세련된 말투를 찾을 수 있었다. 그러나 파니는 그에게 거의 말을 하지 않았다. 그녀는 기가르의 턱을 잡고 볼을 잡아당겨 입술을 툭 튀어나오게 했다. 입

---

[106] 소르본 대학교를 위시한 많은 대학들이 모여 있는 파리 5구와 6구의 대학생 동네.
[107] 1수는 5상팀짜리 동전으로, 100수는 5프랑에 해당된다.

술이 마치 즙이 꽉 찬 과일이나 괄태충(括胎蟲)처럼, 부풀어오르고 침이 고이자, 파니는 "베이비"라고 말하면서 쪽쪽 핥았다. 뤼시앵은 무척이나 당황했고 기가르를 우스꽝스럽다고 생각했다. 기가르의 입가에 루주가 묻었고, 뺨에는 손가락 자국이 났다. 그러나 다른 커플들의 행동은 한층 더 난잡했다. 모두들 키스를 했고, 때때로 외투 맡기는 곳의 여자가 바구니를 들고 지나가면서, 색종이 테이프와 갖가지 색깔의 공을 던지며 외쳤다. "자, 여러분, 즐기세요. 웃으세요!" 그러자 모두들 웃었다. 뤼시앵은 마침내 모드의 존재가 생각나 웃으면서 그녀에게 말했다. "저 젊은 연인들을 봐요." 그는 파니와 기가르를 가리키며 덧붙였다. "우리들, 고귀한 노친네들은." 그가 말을 끝내지 않고 야릇하게 웃었기 때문에 모드도 웃었다. 그녀는 모자를 벗었다. 뤼시앵은 그녀가 댄스홀에 있는 다른 여자들보다는 그래도 나은 편이라는 걸 알고 기뻤다. 그래서 그는 모드에게 춤을 청했고, 자기가 대학입학자격시험을 보던 해에 선생들을 놀려주던 이야기를 해주었다. 그녀는 춤을 잘 추었고, 검고 진지한 눈에 경계하는 빛이 보였다. 뤼시앵은 그녀에게 베르트에 대한 얘기를 하고 후회하고 있다고 말했다. "그러나 그편이 그녀에게는 더 나았을 거예요" 하고 그는 덧붙여 말했다. 모드는 베르트의 이야기가 시적이며 슬프다고 말했다. 그러고는 베르트가 뤼시앵의 부모 집에서 얼마나 받느냐고 물었다. "젊은 여자가 남의집살이를 한다는 게 항상 유쾌한 일은 아니죠." 기가르와 파니는 더 이상 그들에게 신경 쓰지 않았다. 그들은 서로 애무를 했고, 기가르의 얼굴은 온통 젖어 있었다. 뤼시앵은 때때로 "저 젊은 연인들을 봐요. 저들을 좀 봐요"라고 되풀이했다. 그리고 "저들을 보니 나도 저렇게 하고 싶은데요"라는 말이 목구멍까지 올라왔지만 감히 입 밖에 낼 수가 없어서 그냥 웃기만 했다. 그래서 모드와 자기는 사랑 따위는 우습게 아는 오래된 친구인 척하면서 그녀를 "이봐, 동생"이라고 부르며 어깨를 치는 시늉을 했다. 파니가 갑자기 얼굴을 돌리더니 놀란 듯이 그들을 바라보았다. "어머, 뭘 하는 거예요. 저학년 학생들 같으니라고. 키스를 해요. 하고 싶어 죽을 지경이면서." 뤼시앵은 모드를 팔에 안았다. 파니가 그들을 쳐다보았기 때문에 약간 쑥스러웠다. 그는 키스가 길고 성공적이기를 바랐지만, 사람들이 숨을 쉬기 위해 어떻게 할까 하고 생각했다. 결국 그건 생각했던 것만큼 그렇게 어렵지는 않았다. 콧구멍을 누르지 않기 위해 비스듬히 입을 맞추기만 하면 되었다. 그는 기가르가 "하나, 둘······ 셋······ 넷······"하며 세는 소리를 들었다. 52번까지 세었을 때 그는 모드를 놓았다. "시작치곤 나쁘지 않아. 하지만 난 더 잘할 수 있어." 기가르가 말했다. 이번에는 뤼시앵이 팔목시계를 보면서 세어야 했다. 기가르는 159초 만에야 파니에게서 입을 떼었다. 뤼시앵은 화가 나서 이런 경쟁은 어리석은 짓이라고 생각했다. "내가 모드를 놓은 것은 신중한 나머지 그랬던 거지. 그러나 숨 쉴 줄을 안 이상 언제까지라도 계속할 수 있어." 그는 두번째 시합을 하자고 제의했고, 이번에는 그가 이겼다. 그 두 팀이 다 끝냈을 때 모드는 뤼시앵을 바라보며 진지하게 말했다. "키스를 잘하시는데요." 뤼시앵은 기뻐서 얼굴이 빨개졌다. "천만의 말씀" 하고 그는 몸을 기울이며 대답했다. 그러나 그는 차라리 파니와 키스하고 싶었다. 그들은 마지막 전철을 타기 위해서 12시 30분쯤에 헤어졌다. 뤼시앵은 아주 즐거웠다. 그는 레누아르 가에서 껑충껑충 뛰면서 춤을 췄다. 그리고 '일은 다 된 거나 마찬가지야'라고 생각했다. 너무 웃었기 때문에 입가가 다 아팠다.

그는 목요일 6시와 토요일 저녁마다 모드를 만났다. 그녀는 키스하는 것은 허락했지만 몸을 맡기려고는 하지 않았다. 기가르에게 하소연했더니, "걱정 마. 파니가 그러는데 반드시 너와 잘 거래. 단지 어려서 지금까지 애인이 둘밖에 없었대. 아주 다정하게 대해주어야 한다고 파니가 충고하더라" 하고 말하면서 그를 안심시켜주었다. "다정하게 대하라구?" 뤼시앵이 말했다. "그걸 말이라고 해?" 두 사람은 웃었고 기가르가 결론을 내렸다. "할 일은 해야 하는 거야." 뤼시앵은 매우 다정했다. 그는 모드에게 여러 번 키스해주었고, 사랑한다는 말을 했다. 그러나 드디어는 따분해졌고, 게다가 뤼시앵은 모드와 함께 외출하는 것이 자랑스럽지 않았다. 그는 그녀의 몸치장에 대해 충고하고 싶었지만, 그녀는 편견이 많았고, 말만 하면 금방 화를 내는 것이었다. 키스를 안 하는 동안에는 그들은 말이 없었고, 서로 손을 잡고 그저 물끄러미 쳐다볼 뿐이었다. '저렇게 근엄한 눈을 가지고 무얼 생각하는지는 하느님만이 아실 거다.' 한편, 뤼시앵은 언제나 같은 것을 생각했다. 즉 자신의 서글프고 모호한 존재를. 그는 중얼거렸다. "르모르당같이 되고 싶다. 자신의 길을 발견한 사람 중의 하나지!" 그런 순간에는 마치 자기가 딴 사람이 된 것 같았다. 자기를 사랑하는 여자 옆에 앉아, 서로 손을 잡고, 입술은 아직 키스에 젖은 채, 애인이 바치는 조그만 행복을 거절하는 외로운 사람. 그러자 그는 귀여운 모드의 손가락을 힘주어 잡았다. 그의 눈에서 눈물이 흘렀다. 그는 그녀를 행복하게 해주고 싶었다.

12월 어느 아침, 르모르당이 뤼시앵에게 다가왔다. 그는 종이 한 장을 들고 있었다. "여기 서명할래?" 그가 물었다. "그게 뭔데?"—"고등사범학교의 유대인 놈들 때문이야. 그놈들이 교련에 반대하는 항의를 200명의 서명과 함께 『외브르』지에 보냈어.[108] 그래서 우리가 항의하는 거지. 적어도 1천 명은 필요해. 육사생, 해사생, 농대생, 이공과 대학생 등 모든 상류층을 동원해야지." 뤼시앵은 우쭐해서 물었다. "신문에 나오게 되니?" — "『악시옹』[109]지에 틀림없이 나올 거야. 어쩌면 『에코 드 파리』에도 나올지 모르고." 뤼시앵은 즉석에서 서명하고 싶었지만, 신중하게 보이지 않을 것 같아서 종이를 들고 주의 깊게 읽었다. 르모르당이 말을 이었다. "넌 정치 같은 건 하지 않지. 그건 네 일이니 내가 상관할 바가 아니야. 하지만 넌 프랑스 사람이니까 네 의견을 말할 권리가 있어." "네 의견을 말할 권리가 있어"라는 말을 듣자 뤼시앵은 설명할 수 없는 기쁨이 재빨리 자신의 마음을 지나가는 것을 느꼈다. 그는 서명했다. 다음날 그는 『악시옹 프랑세즈』지를 샀는데 성명서는 보이지 않았다. 성명서는 목요일에야 나왔다. 뤼시앵은 신문 2면에서 다음과 같은 제목으로 발표된 것을 보았다. 프랑스 청년들이 국제 유대인 집단에 일격을 가하다. 그의 이름은 거기 르모르당의 이름에서 과히 멀지 않은 곳에, 압축되어, 결정적인 형태로 있었다. 자신의 이름을 둘러싸고 있는 플레슈나 플리포의 이름과 마찬가지로 그 이름은 낯설게 보였다. 이름이 옷을 입은 것 같은 느낌이었다. '뤼시앵 플뢰리에. 농부의 이름. 정말 프랑스적인 이름이지' 하고 그는 생각했다. 그는 큰 소리로 에프(F)자로 시작하는 이름들을 모두 읽어보았다. 자기 이름 차례가 되

---

108 이 일화는 실제 있었던 일로 1928년 사르트르는 고등사범학교 재학 중 다른 학생들과 함께 교련에 반대하는 성명서에 서명을 했다. 이 성명서는 극우파의 학생들로부터 격렬한 항의를 받았다.
109 1908~1944년에 나온 일간지로 샤를 모라스, 레옹 도데 등을 주축으로 한 극우적이며 국수주의적인 성향의 신문이다. 정확한 이름은 『악시옹 프랑세즈』이다.

자, 그는 그 이름을 모르는 척하고 발음해보았다. 그러고 나서 주머니에 신문을 쑤셔놓고 즐겁게 집으로 돌아왔다.

며칠 후, 르모르당을 찾은 것은 바로 뤼시앵이었다. "너 정치하니?" 하고 뤼시앵이 그에게 물었다. "나는 애국자 연맹에 가입하고 있어." 르모르당이 대답했다. 가끔 『악시옹』지를 읽어보니?" ― "자주 읽지는 않아. 지금까지는 별로 관심이 없었지만, 이젠 달라진 것 같아." 뤼시앵이 대답했다. 르모르당은 무표정한 얼굴로 별 호기심 없이 그를 쳐다보았다. 뤼시앵은 베르제르가 자신의 '혼미'라고 불렀던 것을 대충 그에게 얘기했다. "네 고향은 어디지?" 하고 그가 물었다. "페롤 출신이야. 우리 아버지는 그곳에 공장을 가지고 있어." ― "넌 얼마나 거기 있었지?" ― "고등학교 1학년 때까지." ― "그럼, 간단해. 넌 뿌리 뽑힌 사람이야. 바레스[110]의 작품을 읽어봤니?" ― "난 『콜레트 보도슈』[111]를 읽어보았어." ― "그게 아냐" 하고 르모르당은 답답하다는 듯이 말했다. "오늘 오후에 『뿌리 뽑힌 사람들』을 가져다줄게. 바로 네 이야기야. 너는 거기서 악(惡)과 악에 대한 처방을 알게 될 거야." 그 책은 녹색 가죽으로 장정되어 있었다. 첫번째 페이지 위에는 '앙드레 르모르당 장서'라는 글자가 고딕체로 드러나 있었다. 뤼시앵은 깜짝 놀랐다. 그가 르모르당이라는 성(性) 외에 이름도 가질 수 있다는 점에 대해 한 번도 생각해보지 않았던 것이다.

---

110 모리스 바레스 Maurice Barrès: 프랑스 작가이자 정치가로, 애국자 연맹을 조직하여 열렬한 민족주의를 부르짖으며 20세기 초엽의 젊은이들의 우상이 되었다. 특히 대표작 『뿌리 뽑힌 사람들』에서 자아는 고향과 전통을 토대로 형성되며 국가를 떠나서는 존재 의의가 없다고 주장했다. 이런 바레스에 대해 사르트르는 일찍부터 싫어했으며, 초현실주의자들과 마찬가지로 지나치게 민족주의적인 성향의 문학에 대해 비판적인 입장을 취했다.
111 바레스의 1909년 작품.

그는 경계하면서 책을 읽기 시작했다. 벌써 여러 번 사람들은 그에게 설명하려 했고, 여러 번 "이걸 읽어봐. 바로 네 이야기야!"라고 말하며 그에게 책을 빌려주기도 했다. 뤼시앵은 자기가 몇 개의 문장으로 분석될 수 있는 사람은 아니라고 생각하며 약간 씁쓸하게 웃었다. 오이디푸스 콤플렉스, 혼미 등 얼마나 유치하고, 얼마나 동떨어진 말이었던가? 첫 페이지부터 그는 빠져들었다. 그건 심리학에 관한 책이 아니었다. 뤼시앵은 심리학에 이제 진저리가 났다. 바레스가 말하는 젊은이들은 추상적인 인물도 아니고, 랭보나 베를렌과 같은 낙오자도 아니고, 프로이트가 분석한 빈의 유한부인과 같은 환자들도 아니었다. 바레스는 인간을 환경과 가족 속에 위치시키면서 시작했다. 그들은 지방의 견고한 전통 속에서 교육을 잘 받았다. 뤼시앵은 스튀렐이 자기와 닮았다고 생각했다. '정말이지, 난 뿌리 뽑힌 자야.' 그는 플뢰리에 가의 정신적인 건강에 대해 생각했다. 오직 시골에서만 얻을 수 있는 건강, 그들의 육체적인 힘(그의 할아버지는 청동으로 만든 1수짜리 동전을 손가락으로 찌그러뜨렸다고 한다)에 대해 생각했다. 그리고 그는 감동해서 페롤의 새벽을 회상했다. 아침에 일어나서 부모님이 잠에서 깨지 않도록 살금살금 아래층으로 내려가 자전거에 올라타곤 했다. 일드프랑스[112]의 아름다운 풍경이 그를 수줍게 어루만지며 감쌌다. '난 언제나 파리를 싫어했어' 하고 그는 애써 생각했다. 그는 『베레니스의 정원』[113]을 읽었다. 때때로 책읽기를 중단하고 멍한 시선으로 명상에 잠겼다. 이렇게 해서 다시 누

---

[112] 오늘날의 프랑스의 근간이 되는 지역으로 파리와 그 근교의 7개의 도(道)로 이루어져 있다.
[113] 바레스의 초기 작품.

군가 그에게 성격과 운명, 의식의 그칠 줄 모르는 수다로부터 빠져나올 수 있는 방법, 스스로를 정의하고 존경하는 방법을 제공해준 것이다. 그러나 프로이트의 더럽고 음탕한 짐승보다는 바레스가 그에게 선사한 전원의 향기로 가득한 무의식을 얼마나 좋아했는지. 그걸 포착하기 위해서는 자신에 대한 쓸모없는 위험하기만 한 명상에서 멀어지기만 하면 되었다. 페롤의 대지와 지하를 연구하고, 세르네트 강까지 이르는 기복이 심한 언덕의 의미를 해독하고, 인문 지리와 역사에 전념할 필요가 있었다. 그렇지 않으면 아예 페롤로 돌아가서 살아야만 했다. 그는 무해하고도 비옥한 페롤을 자기 발 밑에서 발견하게 될 것이다. 그곳은 마침내 뤼시앵이 지도자가 될 수 있는 힘을 끌어낼 비옥한 부식토로서, 숲과 샘, 풀들이 뒤섞인 페롤의 전원으로 무한히 펼쳐질 것이다. 뤼시앵은 아주 흥분된 채로 그 긴 몽상에서 깨어났다. 때로는 자신의 길을 찾았다는 인상을 받기까지 했다. 이제는 모드의 허리에 팔을 두르고 조용히 앉아 있으면 말들이, 문장의 토막들이 그의 내부에서 울리는 것이었다. "전통을 재건하라." "대지와 망자." 심오하고도 불투명하고 끝이 없는 말들. '얼마나 유혹적인가!' 하고 그는 생각했다. 그러나 감히 그걸 믿을 수는 없었다. 그는 벌써 여러 번 속아왔던 것이다. 그는 르모르당에게 자신의 두려움을 털어놓았다. "믿을 수 있으면 얼마나 좋을까?" ㅡ"이봐, 인간이란 원하는 바를 곧 믿을 수 없는 거야. 실천이 필요해" 하고 르모르당이 대답했다. 그는 잠시 생각하더니 말했다. "우리에게로 오는 게 어때." 뤼시앵은 기꺼이 승낙했다. 그러나 자유가 보장되어야 한다는 것을 분명히 했다. "가보지, 하지만 아주 참여하는 건 아냐. 우선 보고 생각해봐야 하니까."

뤼시앵은 젊은 왕당파들의 우정에 매혹되었다. 그들은 뤼시앵을 소박하고도 따뜻하게 환대했다. 곧 그는 그들 가운데서 마음이 편해지는 것을 느꼈다. 얼마 가지 않아 그는 르모르당의 무리를 알게 되었는데, 스무 명가량 되는 학생들로 거의 모두가 벨벳 베레모를 쓰고 있었다. 폴데르 맥주집 2층에 진을 치고 브리지나 당구를 하며 놀았다. 뤼시앵은 자주 그들을 만나러 갔다. 그리고 이내 그들이 자기를 받아들였다는 것을 알게 되었다. 왜냐하면 그가 들어설 때마다, 그들은 "미남이 왔다" 또는 "우리의 민족주의자 플뢰리에!"라고 소리를 지르며 그를 환대했기 때문이다. 특히 뤼시앵을 사로잡은 것은 그들의 쾌활한 태도였다. 현학적이거나 준엄하지도 않았고, 정치적인 대화도 거의 없었다. 그들은 웃고, 노래 부르고, 그게 전부였다. 대학생의 젊음을 찬양하기 위해 고함을 지르거나 박수를 쳤다. 르모르당 자신도, 아무도 그에게 감히 이의를 제기하지 못하는 그 위엄을 버리지는 않았으나, 그래도 마음을 다소 느긋하게 하고, 미소를 짓곤 했다. 뤼시앵은 대부분 침묵을 지켰고, 그의 시선은 시끄럽고 원기왕성한 젊은이들을 배회했다. '이것은 힘이야' 하고 그는 생각했다. 그들 가운데서 그는 점차로 젊음의 진짜 의미를 발견하게 되었다. 그는 더 이상 베르제르가 높이 평가하던 그 인위적인 우아함 속에 있지 않았다. 젊음, 그것은 프랑스의 미래였다. 게다가 르모르당의 친구들은 청년기의 혼란된 매력 같은 것은 갖고 있지 않았다. 그들은 이미 성인이었으며 몇몇은 수염까지 기르고 있었다. 그들을 자세히 살펴보면 모두가 어딘지 닮아 보였다. 그 나이에 있을 수 있는 방황과 불안정과는 절연했고, 그들은 더 이상 배울 것이 없는 성숙한 인간이었다. 처음에는 그들의 경박하고 사나운 농담이 뤼시앵에게 좀 거슬리기도 했지만, 그건 무의식적인 것 같았다. 레미가 급진 사회당 당수 뒤뷔의 부인이 트럭에 치여 두 다리가 절단되었다고 알리자, 뤼시앵은 우선 그들이 그 불행한 반대파에게 간단한 조의라도 표하려니 하고 생각했다. 하지만 그들은 모두 웃음을 터뜨리며 엉덩이를 치면서 말했다. "늙은 화냥년!" "근사한 운전사!" 뤼시앵은 약간 어리둥절했으나 불현듯이 이 커다란 정화(淨化)의 웃음이 거부라는 것을 깨달았다. 그들은 어떤 위험 같은 것을 느끼고 있었으나, 비열한 동정을 받기가 싫은 나머지 아무렇지도 않은 척하고 있는 것이었다. 뤼시앵도 웃기 시작했다. 점점 그들의 장난이 백일하에 드러났다. 경박한 것은 외면뿐이고, 실상은 권리의 주장이었다. 그들의 신념은 매우 심오하고 종교적이어서, 경박하게 보인다든가, 독설을 퍼붓는다든가, 방종한 짓을 한다든가, 본질적인 것이 아닌 일은 모두 해도 무방한 권리를 스스로에게 부여했던 것이다. 예를 들면 샤를 모라스[114]의 싸늘한 유머와 데페로의 농담(그는 주머니 안에 콘돔을 가지고 다니면서 그것을 블룸[115]의 음경 포피라고 불렀다) 사이에는 정도의 차이밖에는 없었다. 1월에 파리 대학교는 두 명의 스웨덴 광물학자에게 명예 박사학위를 수여하기 위해 엄숙한 의식을 올리겠다고 발표했다. "멋진 소동을 보게 될 거야"라고 르모르당이 말하며 뤼시앵에게 초대권을 주었다. 대강당은 초만원이었다. 뤼시앵은 「라 마르세예즈」 국가에 맞추어 공화국의 대통령과 총장이 입장하는 걸

---

[114] 샤를 모라스 Charles Maurras: 프랑스의 정치가로 왕당파이자 민족주의자였다. 극우파 단체인 '악시옹 프랑세즈'를 결성하고 그 기관지를 창간했다.
[115] 레옹 블룸 Léon Blum: 프랑스의 사회주의 정치가로, 사회당 기관지 『르 포퓔레르』의 주필이었으며, 1937년 인민전선의 수상을 지냈다.

보자 가슴이 뛰었다. 그는 친구들 때문에 겁이 났다. 그러자 곧 몇몇 젊은이들이 연단에 서더니 소리를 지르기 시작했다. 뤼시앵은 다정한 시선으로 레미를 바라보았다. 레미는 토마토처럼 얼굴이 빨갛게 되어 자신의 옷을 잡아당기는 두 남자 사이에서 발버둥 치면서 "프랑스를 프랑스인에게"라고 외쳤다. 그러나 특히 흥겨웠던 것은 나이든 신사가 장난꾸러기 어린애처럼 조그만 나팔을 불어대는 모습이었다. '이 얼마나 건전한가' 하고 그는 생각했다. 젊은이들에게는 성숙한 모습을 띠게 하고, 나이 든 사람들에게는 장난꾸러기 모습을 띠게 하는 이 집요한 장엄함과 떠들썩함의 독특한 뒤섞임을 그는 즐겼다. 뤼시앵도 이내 농담을 시도했다. 그는 몇 번 성공했다. 그가 에리오[116]에 대해 "그자가 자기 침대에서 죽는다면 하느님은 없는 거야"라고 말하자, 거룩한 분노가 가슴속에서 치밀어오르는 것 같았다. 그러자 그는 이를 악물고, 잠시 동안 자신이 레미나 데페로처럼 확신이 있고, 엄격하며, 힘이 있다고 생각했다. '르모르당이 옳아, 실천이 필요해. 모든 것은 거기 있어' 하고 생각했다. 그는 또한 토론을 거절하는 법을 배웠다. 단순한 공화주의자에 불과한 기가르가 반대론을 펴며 그를 못살게 굴었다. 뤼시앵은 기꺼이 그의 말을 들어주었으나, 이내 마음을 닫았다. 기가르는 여전히 말을 계속했지만, 뤼시앵은 더 이상 그를 쳐다보지 않았다. 바지 주름을 펴거나 여자들을 살펴보면서 담배 연기로 동그라미를 만들곤 했다. 물론 기가르가 반박하는 말이 조금 들리기는 했지만, 그 소리들은 갑자기 무게를 잃고 아무것도 아닌 것처럼 가볍게 스쳐 가버렸다. 충격을 받은

---

116 에두아르 에리오 Édouard Herriot: 정치가이자 작가로 급진사회당 당수였다.

기가르가 끝내 입을 다물었다. 뤼시앵은 부모님에게 자신의 새로운 친구들에 대해 이야기했다. 그러자 플뢰리에 씨는 뤼시앵에게 왕당파가 되려는 것이냐고 물었다. 뤼시앵은 머뭇거리며 심각하게 대답했다. "그러고 싶어요. 정말 그러고 싶어요."——"뤼시앵, 제발 그런 짓은 하지 마라" 하고 어머니가 말했다. "그들은 너무 소란스러워서, 곧 불행한 일이 터질 거다. 구타를 당하거나, 감옥에 들어가기 십상이야. 그리고 넌 정치를 하기엔 아직 너무 어려." 뤼시앵은 단지 확고한 미소로만 대답했다. 플뢰리에 씨가 끼어들었다. "그냥 내버려둬요, 여보." 그가 부드럽게 말했다. "자기 생각대로 하게 내버려둬요. 한번은 경험해봐야 할 테니까." 그날부터 뤼시앵은 부모님이 자기를 조심스럽게 대한다고 생각했다. 하지만 막상 결심할 수는 없었다. 요 몇 주일 동안 그는 많은 것을 배웠다. 그는 아버지의 관대한 호기심과 플뢰리에 부인의 근심, 기가르가 자기에 대해 품기 시작한 존경심, 르모르당의 열성, 레미의 조급함 등을 차례차례로 생각해보았다. 그는 고개를 저으며 생각했다. '이건 간단한 일이 아냐.' 그는 르모르당과 오랫동안 대화를 나눴다. 르모르당은 뤼시앵의 이유를 아주 잘 이해하고 서두르지 말라고 말했다. 뤼시앵은 아직도 가끔 우울증에 시달렸다. 그는 자기가 카페 의자 위에서 떨고 있는 하나의 끈적끈적한 작은 투명체에 불과하다는 인상을 받았다.[117] 그리고 왕당파 당원들의 떠들썩한 소동이 부조리하게 보였다. 그러나 다른 순간에는 자신이 돌처럼 단단하고 무거워서 거의 행복할 정도였다.

---

[117] 이 부분은 『구토』의 로캉탱의 체험을 풍자한 것처럼 보인다.

그는 패거리의 모두와 점점 더 친해졌다. 에브라르가 지난 방학에 가르쳐준「레베카의 결혼」이란 노래를 그들에게 불러주었더니, 모두들 재미있다고 말했다. 신이 난 뤼시앵은 유대인들에 대한 신랄한 비판을 하고 인색했던 베를리아크 얘기를 들려주었다. "난 언제나 생각했지. 그가 왜 그렇게 인색한가 하고 말이야. 그렇게까지 인색하다는 건 불가능한 일이거든. 그러다 어느 날 갑자기 깨달았지. 그 작자도 같은 족속이었어." 모두들 웃기 시작했고, 일종의 열광 같은 것이 뤼시앵을 사로잡았다. 그는 자신이 정말 유대인에 대하여 분노한다고 생각되었고, 베를리아크에 대한 추억이 무척이나 불쾌하게 느껴졌다. 르모르당이 그를 똑바로 바라보며 말했다. "넌 순수해." 그 후 뤼시앵은 가끔 이런 부탁을 받았다 "플뢰리에, 유대 놈들에 대해 재미있는 이야기 한번 해봐." 그러면 뤼시앵은 아버지에게서 배운 유대인 이야기를 해주었다. 그는 친구들을 즐겁게 하기 위해서, "어느 날 레피가 플룸을 만났지"라는 어조로 시작하기만 하면 되었다. 어느 날 레미와 파트노트르가 센 강가에서 알제리계의 유대인과 마주쳤는데, 그 녀석을 물에 빠뜨릴 것처럼 달려들어 공포에 떨게 했다고 말했다. "플뢰리에가 우리와 함께 있지 않은 것이 얼마나 유감이었는지 몰라"라고 레미가 결론을 내렸다. "없었던 게 더 나았지" 하고 데페로가 말을 받았다. "뤼시앵이 있었다면 진짜로 유대인을 물속으로 집어던졌을지도 몰라!" 코를 보고 유대인을 분간하는 데는 뤼시앵과 대적할 사람이 없었다. 뤼시앵이 기가르와 외출할 때면 그는 팔꿈치를 치며 말했다. "지금 당장 뒤돌아보지 마. 우리 뒤에 있는 작은 뚱보 녀석도 그중의 하나야!"—"그 점엔 눈치도 빠르군!" 하고 기가르가 말했다. 파니도 역시 유대인을 알아보지 못했다. 그

네 사람은 어느 목요일 모드의 방으로 올라갔다. 뤼시앵이 「레베카의 결혼」을 노래했다. 파니는 더 이상 참을 수 없다는 듯이 "그만둬요, 그만둬. 바지에 오줌을 쌀 것 같아요" 하고 말했다. 그가 노래를 마치자, 그녀는 만족한, 애정에 가까운 시선을 보냈다. 폴데르 맥주집에서는 모두들 뤼시앵을 놀렸다. 누군가가 언제나 슬쩍 이런 말을 던졌다. "유대인을 그토록 사랑하는 플뢰리에……" 또는 "레옹 블룸은 플뢰리에의 가장 친한 친구지……." 그러면 다른 사람들은 모두 입을 벌리고 숨을 죽인 채 기쁨에 취해 기다렸다. 뤼시앵은 얼굴을 붉히고 테이블을 두드리며 소리치곤 했다. "제기랄……!" 그들은 웃음을 터뜨리며 말을 했다. "그가 나섰어! 그가 나섰어! 나선 게 아니라 달려들었어!"

그는 정치적인 모임에 자주 그들과 동반했다. 그는 클로드 교수와 막심 레알 델 사르트의 강연을 들었다.[118] 그의 공부는 이 새로운 의무 때문에 약간 방해를 받았지만, 어쨌든 그해에 뤼시앵이 국립공과대학 입학시험에 합격하리라는 기대는 하지 않았기 때문에, 플뢰리에 씨는 관대하게 대했다. "뤼시앵은 사람 되는 것을 배워야 할 테니까" 하고 그는 부인에게 말했다. 그 모임에서 나올 때면 뤼시앵과 친구들은 몹시 흥분해서 곧잘 어린애 같은 짓을 했다. 한번은 일행이 약 10명쯤 되었는데 그들은 『위마니테』[119]를 읽으며 생탕드레데자르[120] 거리를 가로질러가는 흑갈색 얼굴빛의 키 작은 남자를 만났다. 그들

---

118 클로드 Claude 교수는 네온사인을 발명한 사람으로 극우파 정치에 가담했다. 막심 레알 델 사르트 Maxime Real del Sarte는 제1차 세계 대전의 망자들을 위한 기념비들로 프랑스를 뒤덮는 데 기여했다.
119 프랑스 공산당의 기관지로 일간신문이다.
120 파리 라탱 가에 있는 생미셸 광장 근처의 거리 이름.

은 그를 벽에 몰아세웠다. 레미가 명령을 했다. "그 신문을 버려!" 키 작은 녀석은 거드름을 피우려고 했지만, 데페로가 그의 뒤로 가서 허리를 껴안았다. 그동안 르모르당은 힘센 손으로 그에게서 신문을 빼앗았다. 아주 재미있었다. 화가 난 녀석은 공중에 발길질을 하며 "이걸 놔, 이걸 놔" 하고 괴상한 악센트로 외쳤다. 르모르당은 아주 침착하게 신문을 찢어버렸다. 그러나 데페로가 녀석을 풀어주려 했을 때, 사태가 험악해지기 시작했다. 녀석은 르모르당에게 달려들었는데 레미가 때마침 녀석의 뒤통수에 일격을 가하지 않았던들, 르모르당이 맞을 뻔했다. 녀석은 넘어질 뻔하더니 벽에 기대서서 매서운 눈초리로 그들을 쳐다보며, "더러운 프랑스 놈들!" 하고 외쳤다.— "다시 한 번 말해봐" 하고 마르슈소가 차갑게 말했다. 뤼시앵은 뭔가 나쁜 일이 벌어질 것이라는 걸 알았다. 마르슈소는 프랑스에 관한 어떤 농담도 받아들이려 하지 않았다. "더러운 프랑스 놈들!" 하고 그 메테크[121]가 말했다. 그는 무지막지한 주먹을 얻어맞고 앞으로 고꾸라지면서, 고개를 숙인 채 고함을 쳤다. "더러운 프랑스 놈들, 더러운 부르주아. 난 너희들을 증오한다. 모두 죽어버려라. 죽어버려!" 뤼시앵으로선 상상조차 할 수 없는 더러운 욕설과 난폭한 말들이 튀어나왔다. 그러자 그들은 참지 못하고 모두 덤벼들어 응징했다. 한참 후 그를 놓아주자, 녀석은 벽에 기대었다. 그는 휘청거렸고, 오른쪽 눈을 얻어맞아 잘 뜨지 못했다. 모두들 때리는 데 지쳐 그 주위에서 녀석이 쓰러지기만을 기다렸다. 녀석은 입을 비틀면서 "더러운 프랑스 놈들!" 하고 내뱉었다. "다시 시작하길 원해?" 데페

---

[121] 프랑스에 거주하는 지중해 연안 국가에서 온 사람들. 이하에서는 외국인이라고 옮기고자 한다.

로가 숨을 헐떡이며 물었다. 녀석은 말을 알아듣지 못한 것 같았다. 그는 왼쪽 눈으로 그들을 도전적으로 쏘아보면서 되풀이했다. "더러운 프랑스 놈들! 더러운 프랑스 놈들!" 모두들 한참 머뭇거렸다. 그래서 뤼시앵은 친구들이 싸움을 포기하려나 보다고 생각했다. 그때 뤼시앵은 자신도 모르게 앞으로 달려가 녀석을 힘껏 두들겨주었다. 뭔가 부서지는 소리가 들렸다. 녀석은 얼빠진 놀란 표정으로 그를 쳐다보았다. "더러운……" 하고 더듬거렸다. 하지만 멍이 든 그의 눈이 뜨기 시작했다. 눈동자 없는 충혈된 안구만이 보였다. 그는 무릎을 꿇고 더 이상 아무 말도 하지 않았다. "도망가자" 하고 레미가 속삭였다. 그들은 뛰었고 생미셸 광장에 가서야 멈췄다. 아무도 그들을 쫓아오지 않았다. 그들은 넥타이를 바로 하고 손바닥으로 서로의 먼지를 털어주었다.

젊은이들은 그 모험에 대해 아무 말도 하지 않은 채 저녁을 보냈다. 그들은 서로에게 유난히 친절히 대했다. 평상시에 그들의 감정을 위장하는 데 사용되었던 순진한 난폭함까지도 버렸다. 그들은 서로 예의 바르게 이야기했다. 뤼시앵은 처음으로 그들이 자신들의 집에서 하는 것과 같은 행동을 한다고 생각했다. 그러나 뤼시앵 자신은 매우 흥분해 있었다. 지금까지 길 한복판에서 건달들과 싸운 적이 한 번도 없었기 때문이다. 그는 모드와 파니가 다정하게 생각되었다.

그는 잠을 잘 수가 없었다. "취미로 그들을 계속 따라다닐 수는 없다. 이젠 모든 것이 충분히 검토된 만큼, 정식으로 *참여해야 한다!*"[122]

---

[122] 사르트르에게서 중요한 의미를 갖는 이 단어는 여기서는 부정적으로 사용되었다. 1930년대에 이 참여의 개념은 드니 드 루즈몽, 에마뉘엘 무니에, 그리고 『에스프리』지 그룹에 의해 개진되었다.

그가 이 기쁜 소식을 르모르당에게 알렸을 때, 그는 자신이 엄숙하고 거의 종교적이라고 느꼈다. "결정했어. 너희들과 함께할 거야" 하고 그는 말했다. 르모르당은 그의 어깨를 쳤고, 모두들 몇 병의 술을 마시면서 이 일을 축하했다. 그들은 자신들의 거칠고 즐거운 어조를 되찾았지만 전날의 사건에 대해서는 한 마디도 하지 않았다. 헤어질 무렵 마르슈소가 뤼시앵에게 단지 이렇게만 말했다. "넌 훌륭한 주먹을 가졌더군!" 뤼시앵은 대답했다. "그놈은 유대인이었어!"

이틀 후에 뤼시앵은 생미셸 대로의 상점에서 산 굵은 등나무 지팡이를 들고 모드를 만나러 갔다. 모드는 곧 알아차렸다. 그녀는 지팡이를 보면서 말했다. "잘됐어요?" — "잘됐어" 하고 뤼시앵이 웃으며 말했다. 모드는 기쁜 모양이었다. 그녀는 개인적으로 오히려 좌익 사상에 호의적이었지만 마음은 너그러웠다. "난 어떤 정당에도 훌륭한 점이 있다고 생각해요" 하고 그녀가 말했다. 그날 저녁 그녀는 그를 젊은 왕당파라 부르며 여러 번 그의 목을 어루만졌다. 그로부터 얼마 되지 않은 어느 토요일 저녁, 모드는 피곤해했다. "집에 돌아가겠어요. 얌전히 있겠다면, 나와 함께 올라갈 수 있어요. 당신은 몹시도 아픈 모드의 손을 잡아주고 친절히 대해줘야 해요. 이야기도 해주고." 뤼시앵은 별로 마음이 내키지 않았다. 모드의 방은 정성스럽게 정돈되었으나, 초라해서 뤼시앵을 서글프게 했다. 하녀의 방이나 다름없었다. 그러나 이처럼 좋은 기회를 놓친다면 오히려 범죄자가 될 것이다. 방에 들어가자마자 모드는 침대에 몸을 던지며 "후유! 살겠어요" 하고 말했다. 그리고 그녀는 아무 말도 하지 않고 뤼시앵을 응시하면서 입술을 내밀었다. 뤼시앵은 그녀 옆에 누웠다. 그녀는 손가락을 벌려 눈 위에 놓으면서 어린애 같은 목소리로 말했다. "야아, 당신이 보여요!" 그는 몸이 무겁고 나른해지는 것을 느꼈다. 그녀는 손가락을 뤼시앵의 입에 넣었고, 뤼시앵은 그녀의 손가락을 빨았다. 그런 다음 그는 정답게 말했다. "귀여운 모드가 아프다니, 아이 딱해라. 불쌍한 모드!" 그는 그녀의 온몸을 애무했다. 그녀는 눈을 감고 신비롭게 웃었다. 잠시 후에 그는 모드의 스커트를 걷어올렸다. 그들은 사랑을 했다. '난 타고났어' 하고 뤼시앵은 생각했다. 그들이 끝냈을 때, 모드가 말했다. "이럴 줄은 몰랐는데." 그녀는 뤼시앵을 바라보며 부드럽게 나무랐다. "나쁜 사람 같으니라고, 얌전한 줄 알았는데!" 뤼시앵은 자기도 그녀만큼 놀랐다고 말했다. "어쩌다 보니 그렇게 되었어" 하고 그가 말했다. 그녀는 잠시 생각하더니 진지하게 말했다. "아무것도 후회하지 않아요. 전에는 더 순결했을지 모르지만, 덜 완전했으니까요."

'난 정부를 가지고 있다.' 뤼시앵은 지하철에서 생각했다. 그는 텅 비고 지친 듯했다. 압생트[123]주와 싱싱한 생선 냄새에 젖은 듯했다. 그는 땀에 젖은 옷이 살에 닿지 않도록 몸을 뻣뻣하게 세우고 앉았다. 그의 몸은 마치 엉긴 우유로 만들어진 것 같았다. 그는 힘차게 되풀이했다. '나는 정부가 있다.' 그러나 뭔가 충족되지 않은 느낌이었다. 어제까지만 해도 그가 모드에게서 원했던 것은 마치 옷을 입은 듯한 그녀의 뾰족하고도 닫힌 얼굴과 날씬한 모습, 품위 있는 태도, 신중한 여자라는 평판, 남성에 대한 경멸 등이었다. 요컨대 그녀를 낯선 여자로, 정말로 *타자*로 만들어주는 그런 것이었다. 그녀의 깨끗한 작은 생각들이며, 수줍어하는 모습이며, 실크 스타킹이며,

---

123 쓴 쑥으로 향기를 낸 독한 술의 일종.

크레이프 천의 원피스며, 파마머리며, 항상 손에 미치지 못하는 곳에 있는, 단단하고도 결정적인 그런 것이었다. 이제 이런 모든 겉치레가 포옹과 함께 녹아버렸고, 살만 남아 있었다. 그는 눈 없는 얼굴, 마치 배처럼 벌거벗은 어떤 얼굴에 자신의 입술을 갖다 대었고, 축축하게 젖은 커다란 살의 꽃을 소유했다. 물결치듯 찰랑거리는 소리를 내고 털투성이의 입을 벌리며 시트 속에서 파닥거리던 눈먼 짐승을 그려보며, 그것이 *우리 두 사람이구나* 하고 생각했다. 그들은 하나가 되었고, 그는 더 이상 모드의 살과 자신의 살을 구별할 수가 없었다. 지금까지는 어느 누구도 이처럼 구역질나는 내밀함의 느낌을 준 적이 없었다. 덤불 뒤에서 리리가 성기를 보여주었을 때나, 바지를 말리는 동안 자신을 잊은 채 배를 깔고 누워서 벌거벗은 엉덩이를 내놓고 다리를 흔들던 때를 제외하고는. 뤼시앵은 기가르를 생각하면서 약간 위안을 받았다. 그는 내일 기가르에게 말하리라. "나는 모드와 함께 잤어. 굉장하더군. 그런 면에서는 천부적인 재능을 가진 여자야." 그러나 뤼시앵은 마음이 편치 않았다. 그는 지하철의 먼지 섞인 열기 속에서 자신이 벌거벗은 것처럼, 옷의 얇은 막 아래서 벌거벗은 것처럼 느껴졌다. 신부 옆에서, 두 중년 부인 앞에서, 마치 더럽혀진 키 큰 아스파라거스처럼 뻣뻣하고 벌거벗은 듯했다.

  기가르는 열렬히 축하했다. 그는 파니에게 약간 싫증이 나 있었다. "그녀는 정말 성격이 나빠. 어제 저녁에도 내내 얼굴을 찌푸리고 있었어." 그들은 둘 다 동의했다. 그런 여자들은 필요하다. 결혼할 때까지 숫총각으로 지낼 수야 없으니까. 게다가 그런 여자들은 욕심도 없고 병에 걸리지도 않았으니까 말이다. 그러나 그런 여자들에게 집착하는 것은 잘못이다. 기가르는 진짜 처녀들에 대해 아주 의젓하게 말했다. 뤼시앵은 그의 누이동생 소식을 물었다. "잘 있어" 하고 기가르가 대답했다. "너보고 약속을 지키지 않는 사람이라고 하더라. 하지만," 하고 허심탄회하게 덧붙여 말했다. "누이동생이 있는 게 나쁘지는 않아. 여러 가질 알게 되니까." 뤼시앵은 그의 말을 잘 이해할 수 있었다. 그 후에도 그들은 자주 젊은 여자들에 관해서 얘기했고, 시적인 기분에 넘치는 것을 느꼈다. 기가르는 여자에게 인기가 좋았던 아저씨의 말을 즐겨 인용했다. "내 신통치 못한 인생을 통해 항상 좋은 일만을 해온 건 아니지만, 하느님이 나를 눈여겨봐주신 것이 하나 있지. 그것은 숫처녀에게 손대기보다는 차라리 손을 잘라 버리는 게 낫다고 생각한 거지." 그들은 가끔 피에레트 기가르의 친구들 집에 놀러 갔다. 뤼시앵은 피에레트를 무척 좋아했다. 뤼시앵은 약간 짓궂은 큰오빠처럼 말했다. 그녀가 머리를 자르지 않은 것에 대해 뤼시앵은 고맙게 생각했다. 그는 또 정치 활동에 아주 몰두해서, 일요일 아침마다 뇌이 성당 앞으로 『악시옹 프랑세즈』를 팔러 갔다. 두 시간 이상이나 뤼시앵은 긴장한 얼굴로 그 앞에서 이리저리 서성거렸다. 미사에서 나오는 젊은 여자들이 때때로 아름답고 거침없는 눈길을 그를 향해 들곤 했다. 그러면 뤼시앵은 약간 긴장이 풀리면서, 자신이 순수하고 강하게 느껴지는 것이었다. 그녀들에게 미소를 보냈다. 그는 자신의 패거리에게 여성을 존경한다고 설명했으며 자기가 바랐던 것을 이해시킬 수 있어 기뻐했다. 게다가 그들은 대부분 누이동생을 가지고 있었다.

4월 17일 기가르 가(家)는 피에레트의 18세를 기념하는 무도회를 열었는데, 물론 뤼시앵도 초대받았다. 그는 이미 피에레트와 아주 친해져서 그녀는 뤼시앵을 자기 댄스 파트너라고 불렀다. 뤼시앵은 그녀가 자신에게 반한 게 아닌가 하는 생각이 들었다. 기가르 부인은 피아니스트를 불렀으며, 오후 시간은 아주 즐거울 것 같았다. 뤼시앵은 피에레트와 여러 번 춤을 추고 나서, 끽연실에서 친구들을 접대하고 있는 기가르를 찾으러 갔다. "안녕" 하고 기가르가 말했다. "다들 알지, 플뢰리에? 시몽, 바뉘스, 르두." 기가르가 친구들의 이름을 말하는 동안, 뤼시앵은 붉은 곱슬머리에 우윳빛 피부와 검고 뻣뻣한 눈썹을 가진 키 큰 젊은이가 머뭇거리며 다가오는 것을 봤다. 뤼시앵은 화가 치밀어올랐다. "저 녀석은 여기서 뭘 하는 거지?" 하고 그는 중얼거렸다. "기가르는 내가 유대인을 싫어한다는 걸 잘 알텐데!" 그는 발뒤꿈치로 한 바퀴 돌고 그 유대인과 인사하는 것을 피하기 위해 재빨리 빠져나왔다. "저 유대인은 누구야?" 하고 잠시 후 그는 피에레트에게 물었다. "베유라는 사람이에요. 국립상과대학에 다녀요. 오빠가 검도장에서 안 사람이에요." —— "난 유대인은 딱 질색이야" 하고 뤼시앵이 말했다. 피에레트는 가벼운 미소를 지었다. "저 사람은 그래도 꽤 좋은 사람이에요." 그녀가 말했다. "식탁으로 가요." 뤼시앵은 샴페인 한 잔을 들었고 잔을 내려놓자마자, 기가르, 베유와 코를 맞대게 되었다. 그는 기가르를 무섭게 노려보면서 휙 돌아섰다. 그러나 피에레트는 그의 팔을 붙잡았고, 기가르는 명랑한 태도로 그에게 말을 붙였다. "내 친구 플뢰리에, 내 친구 베유" 하고 태연스럽게 말했다. "자, 이젠 소개는 끝났네." 베유가 손을 내밀었다. 뤼시앵은 아주 난처했다. 다행히도 그때 갑자기 데페로의 말이 기억났다. "플뢰리에라면 유대인을 정말로 물속에 처넣었을 거야." 그는 주머니에 손을 처넣고 기가르에게 등을 돌린 채 도망쳤다. 그는 맡긴 외투를 달라고 하면서 '이 집 안에 다시는 발을 들여놓을 수 없을 것이다'라고 생각했다. 어떤 씁쓸한 자존심 같은 것을 느꼈다. '이것이 바로 소신을 지킨다는 거다. 이젠 더 이상 남들과 어울려 살 수는 없다.' 그러나 길가에 나가자 자존심은 사라지고 뤼시앵은 매우 불안해졌다. '기가르는 틀림없이 화가 났을 거야!' 그는 고개를 저으면서 자신 있게 중얼거렸다. "그가 나를 초대한다면 유대인을 부를 권리가 없어!" 그러나 어느덧 분노가 가라앉았다. 손을 내밀면서 놀라던 베유의 얼굴을 생각하니 어쩐지 꺼림칙하여 다시 화해하고 싶어졌다. '피에레트는 틀림없이 나를 야비한 놈이라고 생각할 거야. 그 손을 잡고 악수를 해야 했을 텐데. 악수한다고 해서 그것이 날 구속하는 것은 아닌데. 그저 못 이기는 척 인사를 하고 곧 자리를 물러났으면 됐을 텐데. 바로 그렇게 해야 하는 건데.' 그는 지금이라도 기가르의 집에 다시 돌아갈 수 있을까 하고 생각해보았다. 베유에게 다가가서 "미안합니다. 몸이 좀 불편했어요"라고 말하면서 그와 악수를 하고 몇 마디 상냥한 대화라도 나누면 되는 것이다. 그러나 이미 너무 늦었다. 그가 저지른 행동은 만회할 수 없었다. '이해도 할 수 없는 사람들에게 내 의견을 표명할 필요가 있었을까!' 하고 그는 화가 나서 생각했다. 그는 신경질적으로 어깨를 으쓱했다. 그건 큰 실수였다. 이 순간에도 기가르와 피에레트는 그의 행동에 대해 비판하고 있을 것이다. 기가르는 "그는 완전히 미쳤어!"라고 말하리라. 뤼시앵은 주먹을 쥐었다. 그는 절망감에 사로잡혀 생각했다. '그들이 미워죽겠어! 유대인들이 미워죽겠어!' 그러고는 이 엄청난 증오를 생각하면서 기운을 좀 차려보려고 했다. 그러나 그것은 그의 시선 아래서 사라져버렸고, 아무리 레옹 블룸이 독일에서 돈을 받고 프랑스 사람들을 미워한다고 생각해보아도 아무 소용이 없었다.[124] 음울한 무관심밖에는 아무것도 느낄 수 없었다. 다행히도 모드는 집에 있었다. 뤼시앵은 그녀에게 사랑한다고 말하고, 미친 듯이 격노하여 여러 번 그녀를 소유했다. '모든 게 다 틀렸어. 난 결코 *아무것도* 되지 못할 거야' 하고 그는 생각했다. "안 돼요! 안 돼요! 그만 해요. 그건 안 돼요" 하고 모드가 말했다. 그러나 마침내 그녀는 마음대로 하도록 내버려두었다. 뤼시앵은 여기저기 그녀의 온몸에 키스하려고 했다. 그는 자신이 어린애 같고 변태처럼 느껴졌다. 그는 울고 싶었다.

　이튿날 아침, 학교에서 기가르를 보자 가슴이 죄는 듯했다. 기가르는 엉큼하게도 그를 못 본 척했다. 뤼시앵은 너무 화가 나서 필기도 할 수 없을 정도였다. '개자식! 개자식!' 하고 그는 생각했다. 수업이 끝나자 기가르가 그에게 다가왔다. 창백한 얼굴이었다. '녀석이 까불면 패줘야지' 하고 생각했다. 그들은 잠시 나란히 서서 서로의 구두 끝만 바라보고 있었다. 드디어 기가르가 떨리는 목소리로 말했다. "미안해, 너에게 그런 짓을 해서는 안 되는 건데." 뤼시앵은 깜짝 놀라 경계하는 눈초리로 그를 바라보았다. 그러나 기가르는 고통스럽게 말을 이었다. "난 그를 검도장에서 만났어. 그래서 말인데……, 우린 같이 시합을 했거든. 그리고 그가 나를 자기 집에 초대한 적이 있었어. 하지만 나도 잘 알아……, 그렇게 하지는 말았어야 하는 건데. 초대장을 쓸 때 그 생각은 조금도 하지 못했어……." 뤼시앵은 말이 떠오르지 않아 여전히 아무 말도 하지 않았다. 그러나 마음은 누그러졌다. 기가르는 고개를 숙이고 덧붙였다. "그렇지

---

124 당시 극우파 신문에서 떠들어대던 비방이다.

만 한 번 실수했다고 해서······." — "바보 같은 녀석" 하고 뤼시앵이 그의 어깨를 치며 말했다. "나도 네가 일부러 그렇게 하지 않았다는 걸 잘 알아." 그는 관대하게 다시 말했다. "나도 잘못했어. 상놈처럼 행동했으니. 하지만 어떻게 하겠니? 나도 어쩔 수가 없었으니 말이야. 그놈들과 접촉하는 게 싫으니까. 체질적인 거야. 그들의 손에는 꼭 비늘 같은 게 있는 것 같거든. 피에레트는 뭐래?" — "미친 사람처럼 웃더군" 하고 기가르가 동정하듯 말했다. "그 녀석은?" — "이해했지. 내가 할 수 있는 건 다 말해봤지만 15분 후에 가버렸어." 그는 여전히 기가 죽은 채 덧붙여 말했다. "우리 부모님도 네가 옳다고 말씀하셨어. 신념이 있는 이상 달리 행동할 수 없었을 거라고 말이야." 뤼시앵은 신념이란 단어를 음미했다. 그는 기가르를 안아주고 싶었다. "아무것도 아냐. 우리가 친구로 남아 있는 한 그건 아무것도 아냐" 하고 그는 기가르에게 말했다. 그는 엄청난 흥분감에 휩싸여 생미셸 대로를 따라 내려갔다. 이젠 더 이상 자신이 아닌 것 같은 느낌이었다.

그는 중얼거렸다. "이상해, 이젠 내가 아니야. 날 더 이상 알아보지 못하겠어!" 날씨는 덥고 포근했다. 사람들은 봄이 온 것에 놀란 듯한 미소를 얼굴에 띠고 거리를 거닐고 있었다. 이 나른한 군중 속으로 뤼시앵은 강철 쐐기를 박듯이 파고들어갔다. 그는 생각했다. '이것은 이미 내가 아니다.' 어젯밤까지만 하더라도 나는 페롤의 귀뚜라미를 닮은, 배가 툭 튀어나온 커다란 곤충에 불과했다. 그러나 지금은 마치 자신이 시간 측정기처럼 깔끔하고 정확하게 느껴졌다. 그는 라수르스 카페로 들어가서 페르노 주 한 잔을 주문했다. 그 카페는 외국인들이 우글거린다고 해서 뤼시앵 패들이 드나들지 않던 곳이었다. 그러나 그날은 외국인도 유대인도 뤼시앵을 불쾌하게 하지 않았다. 바람 부는 귀리밭처럼 가볍게 살랑거리고 있는 이 흑갈색 피부의 무리들 한가운데서 그는 자신이 색다르고 위협적이라고 느껴졌다. 마치 의자에 기대어놓은 거대한, 번쩍거리는 시계라고나 할까. 그는 지난 학기에 법과 대학 복도에서 젊은 애국자 연맹 회원들이 혼내준 키 작은 유대인을 알아보고 즐거워했다. 살찌고 생각에 잠긴 그 작은 괴물은 매 맞은 자국이 없었다. 한동안 얻어맞은 상처를 지니고 다니다가 다시 그의 둥근 모습을 되찾았으리라. 그러나 그 유대인의 마음 속에는 일종의 음란한 체념 같은 것이 있었다.

  지금 그는 행복한 것처럼 보였다. 그는 기분 좋게 하품을 했다. 햇빛이 그의 콧구멍을 간질였다. 그는 코를 긁으며 미소 지었다. 그것은 미소였을까? 아니면 밖에서, 즉 방구석 어디에선가 생겨나 입술 위로 사라지러 온 작은 진동이었을까? 그 모든 외국인들은 어둡고 무거운 물 위에 떠 있었고, 그 소용돌이가 그들의 물렁물렁한 살을 뒤흔들고 있었다. 그들은 팔을 치켜올리고, 손가락을 움직이고, 입술과 장난했다. 불쌍한 녀석들! 뤼시앵은 그들이 가엾어졌다. 뭘 하러 프랑스에 온 것일까? 어떤 해류(海流)가 그들을 이곳까지 데려와서 내려놓았을까? 생미셸 가의 양복점에서 옷을 맞추고 아무리 단정하게 입어봐야 소용이 없었다. 그들은 단지 해파리에 불과했다. 뤼시앵은 자신이 해파리도 아니고, 이 비천한 무리에 속해 있지도 않다고 생각했다. "난 물속에서 잠수 중이니까" 하고 그는 중얼거렸다. 그러자 갑자기 라수르스 카페와 외국인들을 잊어버렸다. 하나의 등만이 보였다. 근육이 잘 발달된 넓적한 등, 조용한 힘을 가지고 멀어져가는, 안개 속으로 냉혹하게 사라져가는 등이었다. 또 기가르도 보였다. 기가르는 창백했다. 그는 그 등을 바라보면서 보이지 않는 피에레트에게 말했다. "그래, 한 번 실수했다고⋯⋯." 뤼시앵은 거의 참을 수 없는 기쁨에 사로잡혔다. 그 힘차고 고독한 등은 바로 자신의 등이었다! 그리고 그 광경은 어제 벌어졌던 일이다! 잠시 동안 그는 극심한 노력 끝에 기가르가 되었다. 기가르의 눈으로 자신의 등을 바라보았다. 그는 자기 앞에 선 기가르의 굴욕을 느끼고 감미로운 공포에 사로잡혔다. '그들에게 교훈이 되었을 거야!' 하고 그는 생각했다. 그러자 장면이 바뀌었다. 그건 피에레트의 침실이었다. 앞으로 있을 일이다. 피에레트와 기가르는 약간 거북한 표정으로 초대자 명단 위에서 이름 하나를 가리키고 있었다. 뤼시앵은 그 자리에 없었지만, 그의 힘은 그들에게 미치고 있었다. 기가르가 말했다. "아! 안 돼, 이 녀석은 안 돼! 뤼시앵과 만나면 시끄러울 테니까. 뤼시앵은 유대인을 견디지 못해." 뤼시앵은 다시 한 번 자신을 응시하고 생각했다. '뤼시앵, 그건 나다! 유대인을 견디지 못하는 사람.' 그는 이 문장을 여러 번 발음해보았지만, 오늘은 이전과 같지 않았다. 물론 겉보기에 그것은 단순히 '뤼시앵은 굴을 좋아하지 않는다'라든가, 혹은 '뤼시앵은 춤을 좋아한다'라는 문장처럼 하나의 사실 확인에 지나지 않았다. 그러나 그 점에 속아서는 안 된다. 춤을 좋아하는 것은 아마 저 키 작은 유대인에게서도 있을 수 있는 일로, 해파리가 몸을 떠는 것만큼이나 대수로운 일이 아니었다. 저 빌어먹을 유대인 놈을 쳐다보기만 해도 녀석이 좋아하는 거나 싫어하는 것이 녀석의 냄새나 피부 색깔처럼 그 몸에 달라붙었다는 것을 알 수 있었다. 그것은 마치 눈꺼풀의 무거운 깜박거림이나 쾌감이 섞인 끈적끈적한 미소처럼 그와 함께 사라져버리는 것이다. 그러나 뤼시앵의 반(反)유대주의는 다른 종류의 것이었다. 무자비하면서도 순수한 그것은, 칼날처럼 자기 밖으로 튀어나와서 다른 사람의 가슴을 위협했다. '이것은, 이것은……, 신성한 거야!' 하고 그는 생각했다. 그는 자기가 어렸을 때, 어머니가 가끔 야릇한 어조로 "아빠는 서재에서 일하고 계신단다" 하고 말하던 것이 생각났다. 그 문장은 마치 갑자기 그에게 무한한 종교적인 의무를 부여하는 성언(聖言)과도 같이 여겨졌다. 그래서 딱총을 가지고 놀 수도, "타라라붕" 하고 외칠 수도 없었다. 그는 성당에 있는 것처럼, 발끝으로 복도를 걸어갔다. '이젠 내 차례야' 하고 그는 만족스럽게 생각했다. 누군가가 목소리를 낮추며 "뤼시앵은 유대인을 좋아하지 않아"라고 말하자, 사람들은 수많은 화살에 찔려 사지가 마비된 것처럼 고통스러워했다. "기가르도 피에레토도 어린애야"라고 그는 가엾다는 듯이 중얼거렸다. 그들은 죄가 컸지만, 뤼시앵이 조금 위협하자 곧 후회하고, 낮은 목소리로 말하고, 발끝으로 걸어갔던 것이다.

  뤼시앵은 다시 한 번 자신에 대한 존경으로 가득 찼다. 그러나 이번에는 더 이상 기가르의 눈을 빌리지 않아도 되었다. 바로 자신의 눈에 자기가 존경스럽게 보였다. 마침내 몸과 취향, 구역질, 습관, 기분의 겉포장을 꿰뚫은 자신의 눈에. '내가 날 찾던 곳에서는 날 찾을 수 없었다' 하고 그는 생각했다. 그는 성실하게 *자신의 과거*에 대해 세밀한 목록을 작성했다. '그러나 만일 내가 단지 현재의 나에 지나지 않는다면, 저 키 작은 유대인 놈과 다를 것이 없다.' 끈적끈적한 내밀함 속에서 아무리 뒤져봐야 육체의 비애와 평등이라는 비열한 허위, 무질서 외에 다른 무엇을 발견할 수 있단 말인가? "첫번째 격언, 자신의 내면을 들여다보려고 하지 말 것!"[125] 그보다 더 위험한 오류는 없다"라고 뤼시앵은 중얼거렸다. 진짜 뤼시앵은—이제 그는 그걸 알고 있었다—타인들의 시선 속에서, 피에레트와 기가르의 겁먹은 복종 속에서, 그를 위해서 성장하고 성숙하는 모든 사람들, 장차 그의 직공이 될 젊은 견습공들, 언젠가는 자신이 시장(市長)이 되어 보살펴야 할 페롤의 어른들과 아이들, 그 모든 이들의 희망에 가득 찬 기대 속에서 찾아야 했다. 뤼시앵은 거의 무서울 지경이었다. 자신이 감당하기 어려울 정도로 너무 위대하게 느껴졌다. 많은 사람들이 부동의 자세로 그를 기다리고 있었다. 그리고 그, 그는 다른 사람들의 커다란 기대의 대상이었고, 앞으로도 항상 그럴 것이다. '이것이 바로 지도자라는 거다'라고 그는 생각했다. 그는 근육이 발달된 울퉁불퉁한 등이 다시 나타나는 것을 보았다. 그 다음으로 즉시 성당이 떠올랐다. 뤼시앵은 그 안에서 색유리를 통해 들어오는 빛을 받으며 살금살금 거닐고 있었다. '그렇지만 이번에는 내가 곧 성당이다!' 그는 자기 옆에 앉은 시가처럼 부드럽고 키가 큰 갈색의 쿠바인을 뚫어져라 쳐다보았다. 자신의 경이로운 발견을 표현하기 위한 말을 절대적으로 찾아내야 했다. 그는 자신의 손을 마치 불이 켜진 초처럼 조심스럽게 살며시 이마까지 올렸다. 그러고는 잠시 성스러운 생각을 하며 명상에 잠겼다. 그러자 말이 저절로 나왔다. 그는 중얼거렸다. **"나는 권리가 있다!"** 권리! 삼각형이나 원과 같은 그 무엇. 그것은 너무도 완벽해서 존재하지 않았다. 컴퍼스로 수천 개의 원을 그려본들 단 하나의 원도 만들어낼 수 없었다.[126] 그

---

125 이 말은 소크라테스나 몽테뉴 혹은 파스칼의 말과는 대립되는 것으로, 뤼시앵은 정신분석이나 직접적으로는 랭보의 「견자의 편지」에 나오는 구절을 부정하고 있는 것이다.
126 여기서도 사르트르는 『구토』에 나오는 로캉탱의 사유를 변형 풍자하고 있다.

와 마찬가지로 직공들도 대대손손 뤼시앵의 명령에 조심스럽게 복종할 것이다. 그들은 결코 뤼시앵의 명령할 권리를 없애지는 못하리라. 권리, 그것은 수학적인 대상이나 종교적인 교리처럼 실존의 저편에 있었다. 뤼시앵은 바로 그것이었다. 책임과 권리의 거대한 꽃다발이었다. 그는 오랫동안 자신이 우연히 어쩌다 존재하는, 표류하는 존재라고 믿어왔다. 그러나 그것은 충분히 생각하지 않았기 때문이다. 그가 태어나기 훨씬 전부터, 그의 자리는 태양에, 페롤에 새겨져 있었던 것이다. 아버지가 결혼하기 훨씬 전부터 이미 사람들은 그를 *기다리고 있었다.* 그가 세상에 태어난 것은, 바로 그 자리를 차지하기 위해서였다. '나는 존재한다. 왜냐하면 나는 존재할 권리가 있기 때문이다'라고 그는 생각했다. 아마도 그는 처음으로 자신의 운명에 대한 영광스럽고도 찬연한 비전을 가지게 되었는지도 몰랐다. 그는 조만간에 국립공과대학에 입학할 것이다(하기야 그건 별로 중요한 것이 아니었다). 그러면 모드는 버리자(그녀는 항상 함께 자자고 졸랐는데, 견딜 수 없는 일이었다. 그들의 뒤섞인 몸은 이 초봄의 찌는 듯한 더위 속에서 약간 탄 듯한 스튜 냄새를 풍겼다. '게다가 모드는 모든 사람들의 소유물이 아닌가. 오늘은 내 것이고, 내일은 딴 사람의 것이고. 이 모든 것은 의미가 없다'). 그는 페롤에 가서 살 것이다. 프랑스 어느 곳엔가 피에레트와 같은 해맑은 처녀, 그를 위해 순결을 지키고 있는 꽃과 같은 눈을 가진 시골 아가씨가 있으리라. 이따금 그녀는 자신의 미래의 주인, 무섭고도 자상한 이 사람을 상상해볼 것이다. 하지만 그 모습을 떠올리는 데는 성공하지 못하리라. 그녀는 처녀고, 그녀의 몸의 가장 은밀한 곳에서 뤼시앵만이 자기를 소유할 권리가 있다는 것을 인정하리라. 뤼시앵은 그녀와 결혼을 할 것이고, 그녀는 그의 부인, 그의 권리 중에서 가장 다정한 것이 되리라. 그녀가 밤에 신성하고도 수줍은 몸짓으로 옷을 벗을 때, 그녀는 마치 제물과도 같을 것이 아닌가. 뤼시앵은 모든 사람의 동의 아래 그녀를 품에 안고, 그녀에게 이렇게 말하리라. "당신은 내 거요!" 그녀가 뤼시앵에게 보여주는 것은 오직 뤼시앵에게만 보여줄 의무를 가지고 있으리라. 사랑의 행위는 그에게 자신의 재산에 대한 달콤한 증거가 될 것이다. 그의 가장 다정한 권리, 가장 은밀한 권리, 육체 속에서까지 존경받을 권리, 침대에서까지도 복종을 받을 권리. '나는 일찍 결혼할 것이다' 하고 그는 생각했다. 또한 자식을 많이 가지리라 생각했다. 그런 다음 그는 아버지의 사업에 대해 생각했다. 빨리 계승하고 싶어 마음이 초조했다. 플뢰리에 씨가 곧 죽지나 않을까 자문도 해보았다.

　시계가 정오를 쳤다. 뤼시앵은 일어났다. 변신은 이루어졌다. 한 시간 전에 카페에 들어온 것은 상냥하고 불확실한 젊은이였는데, 이제 나가는 것은 한 남자, 프랑스인의 지도자였다. 뤼시앵은 프랑스 아침의 영광스런 햇빛 속에서 몇 걸음 걸었다. 에콜 가와 생미셸 대로의 모퉁이에 이르자 그는 한 문방구로 다가가 유리창에 자신의 모습을 비춰보았다. 뤼시앵은 자신의 얼굴에서 자기가 찬미하던 르모르당의 무표정한 얼굴을 되찾고 싶었다. 그러나 유리창은, 아직은 그리 무섭지 않은 귀엽고 어린 고집스런 얼굴만을 비출 뿐이었다. '수염을 기르자' 하고 뤼시앵은 결심했다.[127]

---

127 『구토』에서 사르트르는 하나의 우스꽝스런 코기토를 만들어냈는데, 그것이 바로 "나는 생각하지 않는다. 고로 나는 수염이다"이다. 사르트르가 이 글을 쓸 당시 가장 유명했던 수염은 물론 히틀러의 수염으로 그것은 파시즘의 상징이었다. 따라서 이 마지막 문장은 새로 태어난 지도자와 '총통' 사이에 자동적인 연관 관계를 보여준다고 할 수 있다.

|옮긴이 해설|

『벽』, 치열한 자기 삶의 글쓰기

　실존주의 철학의 대명사이자 참여 문학의 기수이며, 행동하는 지식인의 표상으로 20세기 지성사를 풍미해온 장 폴 사르트르Jean-Paul Sartre의 탄생 100주년을 맞이하여 프랑스는 물론 우리나라에서도 사르트르의 현대성을 조망하는 작업이 활발하게 진행되고 있다. 1968년 5월 학생운동 당시 '구조가 실존을 추방하였다'라는 구호가 소르본 대학교의 벽을 장식하면서 세인들의 무관심 속에 버려졌던 그가 1980년 4월 몽파르나스로 가는 장례 행렬에서는 국장에 버금가는 인파들로 에워싸이며 화려하게 부활했던 것처럼, 이제 100주년이라는 사건이 그를 망각의 무덤으로부터 되살리고 있는 것이다. "그는 나의 스승이었다"라는 들뢰즈의 말이나,[1] 오늘날 철학의 모든 핵심 주제가 사르트르로부터 비롯되었다는 지적이나,[2] 현대 문학의 주요 화두가 타자·몸·자서전·페미니즘·탈식민주의라고 한다면 그 근저에는 사르트르가 자리한다는 사실은 모두 시대를 앞선 '견자

---

[1] G. Deleuze, "Il a été mon maître," *L'île déserte et autres textes*, Éd de Minuit, 2002, pp. 109~113.
[2] 서동욱, 「사르트르의 현재성」, 『문학과 사회』, 70, 문학과지성사, 2005, p. 374.

voyant'로서의 사르트르를 확인하게 해준다. 특히 프란츠 파농이나 에드워드 사이드의 『오리엔탈리즘』에서 촉발된 것으로 여겨지는 탈식민주의 문학이 사실은 사르트르에게서 유래하는 것으로,³ 그는 생고르가 편집한 『마다가스카르와 흑인의 새로운 프랑스어 시 선집』(1948)의 서문 「흑인 오르페우스」에서 문명과 흑인 사이에 존재하는 그 자아의 균열이, 기존의 문화에 대한 그 전복적이고 파괴적인 움직임이 이 작품의 혁명적인 양상이라고 극찬하며 서구의 많은 문학인들을 흑인 문학에 대한 본격적인 논의의 마당으로 끌어들이는 데 성공한다.⁴ 그리하여 1920년대 프랑스를 휩쓸었던 아프리카의 예술, 즉 재즈나 가면·마술·조각품 등에서 현대성을 발견하고 열광하던 이국 취향적인 움직임에 결별을 고하게 하고, 시간 속에 보존된 원시적이고 충동적인 산물의 보고로서의 아프리카가 아닌 억압과 약탈·노예화로 황폐화된 식민지 참상에 눈을 뜨게 하는 데 결정적인 계기를 마련했다면, 그것은 사르트르가 실존주의와 더불어 이제는 기념비 속으로 사라진 그런 망령이 아니라 우리 옆에서 호흡을 같이 하는 오르페우스로 새롭게 부활했음을 의미한다.

흔히 사르트르의 대표작으로는 『구토』와 『말』 그리고 『존재와 무』가 꼽힌다. 그러나 사르트르가 말년에 가진 한 인터뷰에서 자신은 철학가가 아닌 문학가로 기억되기를 바라며, 특히 『구토』의 작가로 남기를 바란다는 발언은⁵ 종전에 그가 『말』에서 『구토』를 부정하던

---

3 J-M. Moura, "Multiculturalisme français et littérature postcoloniales," Röhrig Universitätrsverlag St. Ingbert, 1999, p. 251.
4 J-P. Sartre, "Orphée Noir," in *Anthologie de la nouvelle poésie nègre et malgache*, P.U.F., 1977, XVII.
5 Michel Contat et Michel Rybalka, Notice de *La Nausée*, *Œuvres Romanesques*, Bib. de la

것과는 달리 상상력과 실존에 의거한 허구 작품이 자신의 출발점이자 귀결점이라는 것을 확인하고 있다는 점에서 주목을 끈다. 그의 말대로 『구토』가 대표작이라면, 『구토』와 동일한 주제인 실존 Existence의 문제를 다루면서도 신문의 3면 기사나 분위기, 상황에 대한 소설적인 형상화 작업에 보다 치중한 『벽』의 위상 또한 새롭게 평가되어야 할 것이기 때문이다. 그것은 『구토』의 단순한 연장선상이 아닌 독립된 의미 작용의 공간으로서, 영미권에서는 사르트르의 허구 작품 중에서도 가장 훌륭한 작품으로 간주된다고 말해진다. 앙드레 지드의 놀라움과 많은 비평가들의 호평 속에 『벽』은 출간되자자 1940년 민중소설상을 수상했으며, 포켓북 시리즈에서도 가장 판매 부수가 많은 책 중의 하나로 기록되며, 영화나 텔레비전에서도 여러 차례 각색 방영되는 등 사르트르의 대중적 명성도를 높이는 데 크게 기여한다.

단편집 『벽』은 이미 『*NRF*』지와 『므쥐르』지에 발표한 「벽」(1937), 「방」(1938), 「내밀」(1938)에 두 편의 미발표작 「에로스트라트」와 「어느 지도자의 유년 시절」을 추가하여 갈리마르 출판사에서 1939년 출간되었다. 그것은 출간 당시부터 항상 동일한 순서로 동일한 작품만을 수록하고 있어(거의 같은 시기에 쓴 「낯설음」이란 단편은 작가 자신의 거부로 실리지 못했다) 이 단편들 간에 어떤 긴밀한 주제적 유사성이 있지 않나 하는 의문을 품게 했다. 사실상 사르트르는 1939년에 출간된 『벽』의 서문에서 이 작품의 주제가 실존을 도피하려는 일련의 시도들로서 결국에는 벽에 부딪혀 허사로 돌아가는 모습을 그리고 있

Pléiade, Gallimard, 1981, p. 1669.

다고 말하고 있다.

아무도 **실존**을 정면에서 바라보려 하지 않는다. 여기 이런 **실존** 앞에서의 다섯 개의 비극적인 혹은 희극적인 패배, 다섯 개의 삶이 있다. 곧 총살을 당할 파블로는 **실존**의 저편으로 자신의 생각을 내던지고 죽음을 생각하지만 실패한다. 에브는 광기의 비현실적이고 닫힌 세계 속에서 피에르와 결합하려 하지만 실패한다. 그것은 가식의 세계이며 광인은 거짓말쟁이다. 에로스트라트는 인간 조건에 대한 눈부신 거부인 범죄로서 사람들을 놀라게 하려 하지만 실패한다. 범죄는 이미 이루어졌고 존재하지만 에로스트라트는 그 사실을 더 이상 인정하지 않는다. 그것은 안으로부터 피가 흘러나오는 거대한 오물 상자이다. 롤라(륄뤼)는 자신을 속인다. 그녀는 자신과, 자신에게 던지지 않을 수 없는 시선 사이에 가벼운 안개를 스며들게 하려 하지만 실패한다. 안개는 즉시 투명한 것이 되기 때문이다. 인간은 자신을 속이지 못한다. 그저 속인다고 믿을 뿐이다. 뤼시앵 플뢰리에는 자신이 존재한다고 느낄 찰나에 있다. 그러나 그는 그것을 원치 않으며 도피한다. 그는 자신의 권리에 대한 명상 속으로 피신한다. 왜냐하면 권리란 존재하지 않고 존재해야만 하는 것이기 때문이다. 그 역시 실패한다. 이 모든 도피는 벽에 막힌다. **실존**으로부터 도피하는 것, 그것도 여전히 존재하는 것이다. **실존**이란 인간이 벗어날 수 없는 일종의 충만이다.[6]

죽음(「벽」), 광기(「방」), 범죄(「에로스트라트」), 성적 소외(「내

---

[6] 이 작가의 서문은 1939년 판의 출간을 위해 사르트르 자신이 작성한 것이다(in *Œuvres Romanesques*, p. 1807).

밀」), 자기기만(「어느 지도자의 유년 시절」)의 소주제 너머로 자신의 실존에 유폐되어 있는, 존재의 비극을 표상하는 벽이란 공통분모가 우뚝 솟아 있다. 어느 누구도 존재의 '우연성contingence'으로부터, 실존으로부터 자유로울 수는 없다. 그러나 이런 외형적인 주제 너머로 필자가 이 글을 처음 소개하고 20여 년 만에 다시 읽으면서 느끼는 감정은 '형이상학적 진실과 감정을 문학적인 형태로 표현하려 했던' 『구토』와는 달리 『벽』은 몽파르나스와 생미셸을 중심으로 한 사르트르의 자전적 체험이 그의 특유한 아이러니와 더불어 짙게 채색되어 있다는 점이었다. 몸에 대한 끈질긴 조망이나 여성의 성적 소외에 대한 예리한 분석 등은 이 작품이 출간 당시에 받은 유일한 부정적인 요소였던 작품의 외설성과 더불어, 직접적인 사랑의 행위보다는 팬티에 묻은 냄새를 통하여 대리 만족을 하는 루소의 그것처럼 '부재하는 현전' 혹은 무한히 유보된 기원의 의미를 되새기게 해주었다.[7] 게다가 환각제와 동성애 체험으로 표현되는 초현실주의자와의 만남, 바레스의 민족주의와 히틀러의 나치주의의 합성물인 뤼시앵 플뢰리에란 한 허구적인 인물을 통한 작가 자신의 젊은 날의 방황의 흔적들은 철학적이고 공식적인 사르트르의 얼굴 아래 지극히 내밀하고 개인적인 사르트르를 엿볼 수 있다는 점에서 매우 흥미로웠다. 『말』이 그의 유년 시절의 체험이라면, 『벽』은 몽파르나스와 생미셸을 중심으로 한 그의 젊은 시절의 자화상이며, 『구토』는 성인이 된 사르트르의 편력인 것이다. 따라서 이 글에서는 『벽』에 수록된 다섯 편의 작품에 대하여 그 배경과 주제를 장 폴 사르트르의 『소설 전집』에 수

---

[7] 서동욱, 앞의 글, p. 376.

록된 미셸 콩타와 미셸 리발카의 『벽』에 대한 주석,[8] 그리고 주느비에브 이드의 『장 폴 사르트르의 벽』[9]의 탁월한 연구에 의거하여 소개하고자 한다.

1. 「벽」

우선 단편집 『벽』의 첫머리를 장식하는 「벽」은 희곡 작품 「유폐된 문」과 「유희는 끝났다」를 효시하는 글로 사르트르의 첫번째 정치적 저술로 간주된다. 죽음이라는 극한 상황에 처한 인물들을 통하여 살인-자살이라는 주제를 다루고 있는 이 작품은 직접적으로는 스페인 내란 때 결성된 '국제여단'과 관계된다. 국제여단이란 1930년대 프랑코의 파시즘에 대항하여 스페인뿐만 아니라 유럽의 모든 진보 세력이 결집된 최초의 연대적인 투쟁의 표현으로서 어떤 점에서는 사르트르의 최초의 역사와의 만남이라 할 수 있다. 그러나 사르트르는 무기를 들 수 없는 신체적인 조건으로 전쟁에는 직접 참여하지 못했으며, 이러한 자신의 무력감에서 벗어나기 위해 뭔가 공화국의 대의명분을 위해 유익한 일을 해보겠다고 결심한다. 그리하여 1937년 초 그의 제자이자 나중에 절친한 친구가 된 자크 로랑 보스트의 요청으로 폴 니장과 앙드레 말로에게 각기 보스트가 스페인으로 떠날 수 있도록 부탁한다. 그렇지만 당시 사르트르의 주된 관심사는 스페인의

---

[8] Michel Contat et Michel Rybalka, Notice du *Mur*, *Œuvres Romanesques*, Bib.de la Pléiade, Gallimard, 1981, pp. 1802~1859.
[9] Geneviève Idt, *Le Mur de Jean Paul Sartre*, Larousse, 1972.

정치 상황보다는 보스트 개인에 대한 것으로, 무모하게 생명을 잃는다는 이유로 보스트의 참전에 반대했다고 한다. 그러므로 이 작품은 사르트르의 본격적인 정치 저술이라기보다는 "죽음이란 무엇인가"라는 형이상학적인 주제를 다룬 글로, '한 친구의 가능한 죽음에 대한 개인적인 명상'인 것이다.

이 작품을 집필하기 위해 사르트르는 스페인 여행 경험(1931~1932)과, 신문기사, 페르난도 게라시 같은 친구들을 통해서 알게 된 정보들을 활용했다고 한다. 여기에다 사형선고를 받은 자에 대한 의사의 보고서도 참조한다. 그러나 이 작품은 죽음에 대한 과학 보고서가 아닌, 사형에 처한 자가 죽음에 대해 생각하는, 즉 상상력에 대한 글이다. 그러므로 「벽」은 죽음이란 주제를 다룬 사르트르의 유일한 허구 작품으로 말로의 작품들이나 카뮈의 『이방인』과도 자주 비교된다. 그러나 사르트르는 죽음에 대한 본격적인 성찰이 아닌, 단지 죽음에 대한 관점의 부조리성을 지적하고 있다는 점에서 이들과 구별된다. 즉 죽음의 선고를 받은 파블로는 단지 몇 시간만을 가지고 있다. 그러나 그는 사형 집행을 받지 않으며, 따라서 그의 모든 고뇌는 헛된 것이 되고 만다. 그리하여 '인간은 항상 지속적으로 유예 상태에 있는 존재'라는 것을 알게 된다. 『존재와 무』에서 사르트르는 죽음의 이런 부조리한 성격에 대해 「벽」과 유사한 사례를 들고 있다.

글쓰기 측면에서 「벽」은 1인칭 서술이면서도 객관적인 서사라는 양식을 택하고 있다. 사르트르는 미국 소설, 특히 헤밍웨이의 소설에서 많은 영향을 받았는데, 이드의 지적에 따르면 단순과거의 사용은 사건의 시간과 서술의 시간 사이에 모든 관계를 배제시킨다고 설명된다. 게다가 서술 상황에 대한 어떤 암시도 없다. 그 결과 서사는 과거에 위치하면서도 즉흥적이라는 인상을 준다. 인물들은 우리와 그들 혹은 '누군가on'라는 이분법적인 범주로 나뉘는데 감옥에 갇힌 포로들, 즉 '죽은 자les morts'와 이들을 감시하는 '산 자les vivants' 인 팔랑헤 당원들이나 간수·의사가 그렇다. 살아 있는 자들은 행동의 주체이며 동사의 주어인 데 반해, 죽어가는 자들은 행동이 배제된 동사의 목적어이다. 이들에게 허용된 유일한 자유는 생각하고 상상하는 지적인 행위이다. 그러나 이와 같은 대립도 작품의 마지막에 이르면 파기되어 살아 있는 자들은 죽은 자들로 변모하며 모든 가치가 붕괴된다(장교의 '썩은 입김'이나 수염을 기른 얼굴에서 죽음을 보는 것 등이 그러한 예이다). 게다가 이 텍스트는 번역문처럼 읽혀져야 한다고 이드는 지적한다. 왜냐하면 파블로가 사용하는 언어는 스페인어이며, 파블로는 동시에 자신이 연루된 사건의 배우이자 관찰자로 제시되기 때문이다. 파블로는 자신의 느낌이나 감정을 전하면서 사건에 대해 명상하며, 내적 독백을 전통적인 사실주의 화자의 주석과 혼용하여 사용한다. 이와 같은 글쓰기의 모호성은 파블로란 인물에 대한 해석을 어렵게 만드는데, 그는 모든 시련을 극복한 영웅이나 긍정적인 투사의 이미지와는 거리가 멀다. 그러나 '안티 영웅'으로서의 그의 태도에도 두 가지 해석이 가능하다. 한편으로 작가는 파블로에게 실제적이고도 완전한 방식으로 투쟁에 가담하지 않았다는 것을 비난하는 것처럼 보인다. 파블로는 자신의 의지와는 무관하게 친구인 라몬 그리스가 묘지에 있다고 진실을 말하기에 이르며 그 결과 친구의 죽음을 야기하고 타자의 눈에 비겁자·배신자가 된다. 이것은 아무 목적도 없는 무상적인 행동의 결과로서 파블로가 자신의 행동에 전적으로 참여하지 않았다는 것을 말해준다. 그러나 다른 한편 이 보통 사람인 파블로를 비인간적인 전쟁의 덫에 걸려든 역사의 희생물로 생각할 수도 있다. 그는 최선을 다했지만 그의 모든 행위는 자신의 의지와는 반대로 되며, 그리하여 상황에 대처할 수 없는 불가능성을 보여준다. 따라서 파블로는 베케트의 고도처럼 '부조리의 안티 영웅'을 표상하며 '우리 시대의 윤리의 불가능성'을 구현한다고 표현된다.

2. 「방」

「방」과 「내밀」은 폐쇄적인, 질식할 것 같은 프티 부르주아의 일상적인 삶에서 일어나는 개인적인 작은 비극들을 보여주고 있다. 「방」은 신문의 3면 기사에나 나올 것 같은 일화를 통해 극한 상황에 처한 인간과 광기의 관계를 그린다. 1972년 사르트르는 "한 미치광이가 가족들과 맺는 관계에 대해 묘사하고 싶었다. 모든 이론의 밖에서 광인과 같이 사는 정상적인 아내의 삶을 특히 성적인 차원에서 다루려고 했다"[10]라고 밝히고 있다. 게다가 보부아르에 따르면 이 작품의 기원에는 루앙의 교사인 루이즈 페롱 Louise Perron과의 만남이 있었는데, 그녀의 편집증은 한 50대 사회주의자와 호텔에서 성적인 관계를 맺으면서 더욱 악화되었다고 한다. 이 페롱의 사례와 더불어 사르트르 자신도 1935년 2월 생탄 병원에서 지각의 비정상적인 효과를 알기 위해 직접 메스칼린 환각제를 맞은 적이 있었는데, 그 후유증

---

10 *Œuvres Romanesques*, p. 1834.

은 예상했던 것보다 훨씬 더 오래 지속되었다고 한다. 거의 1년 이상 이나 바다가재, 게에게 쫓긴다고 생각할 정도로 환각증에 시달렸으며 사물에 대한 지각도 변화되었다고 한다. 보부아르는 사르트르에게 그의 유일한 광기는 자신이 미쳤다고 믿는 것이라고 말할 정도였다고 한다. 그러나 사르트르가 「방」을 쓸 무렵 이 메스칼린의 위기는 거의 끝났으며, 그는 거리감을 가지고 이 경험을 표현했다고 한다. 여기에다 루앙의 한 정신병원에서 환각증이나 분열증에 시달리는 사람들을 보고 느낀 충격이 추가된다. 과거에는 의미를 가졌던 몸짓들이 지금은 축 늘어진 입이나 멍한 시선으로 변한 것을 보고 사르트르는 깊은 충격을 받았다고 한다. 정신병원에 한번 들어간 사람은 거기서 나온다는 희망을 버려야 한다는 점에서 '광기의 비환원성,' 그리고 '감금 상태'가 사르트르의 광기에 대한 주된 논지라고 설명된다.

이 작품에서 광인으로 나오는 피에르에 대한 작가의 입장은 분명하지 않다. 그는 피에르를 직접 묘사하지 않고 항상 타인들이 보고 말한 것에 따라 보여준다. 그 결과 피에르는 흐릿하고 모호하며 신비스럽기조차 하다. 따라서 이 작품은 광기 자체를 다룬다기보다는 광기에 대한 반응을 다룬 것이라고 할 수 있다. 즉 1부는 광기에 대한 사회적인 반응을, 2부는 개인적인 반응 그리고 암묵적으로는 의사의 담론을 표출하고 있다. 1부의 사회적 반응의 대변인인 다르베다 씨는(피에르의 장인) 20세기 초반의 광기에 대한 사회적 태도를 요약한다. 광인은 인간적인 범주에서 벗어나기 때문에 감금시켜야 한다. 광인은 병자이자 죄인이며 다른 사람들을 전염시킬 수 있으므로 정상적인 사람과 분리시켜야 한다. 사회는 휴머니즘의 이름으로 이런 적응하지 못한 자들을 배제시킬 의무가 있다. 이에 반해 2부는 에브의 개인적인 반응을 보여준다. 그녀는 광기를 내부에서 이해하려 한다. 피에르를 정상적인 사람으로 취급하며 사랑의 관계를 회복하려 한다. 그러나 그녀 역시 프랑쇼 의사처럼 모든 정신병자가 거짓말쟁이인지 아닌지 하는 가짜 질문을 가지고 시간을 낭비한다. 특히 마지막 「요약」 부분은 프랑쇼 의사의 임상적인 설명을 그대로 반복하고 있다는 점에서 광기에 대한 작가의 비극적인 인식을 엿볼 수 있다. 즉 광인의 진실은 바로 육체의 훼손에 있으며, 멍한 시선, 벌어진 입, 축 처진 얼굴 앞에서 "그 전에 내가 당신을 죽일 거예요"라고 말하며 안락사라는 비극적인 해결책을 택하는 에브의 모습은 바로 작가의 모습을 반영한다는 것이다.

그러나 다른 한편 이 작품의 주인공은 피에르도 다르베다도 아닌 에브이다. 그녀는 정상적인 세계와 광인의 세계 사이에 위치한다. 다르베다 부부로 표상되는 부르주아의 일상적인 세계도 사실 피에르로 표현되는 광인의 세계만큼이나 유폐된 세계이다(부르주아의 상징인 다르베다 부인은 '이름 모를 병'으로 피에르처럼 방 안에 유폐되어 있다). 그러므로 겉으로는 서로 대립되는 것처럼 보이는 이 두 세계가 실제로는 서로 보완적인 유사한 세계인 것이다. 그 사이에서 에브는 예전에는 성적인 측면에서 피에르와 교감이 이루어졌던 방, 그러나 지금은 즉자적인 존재 en soi의 영역이 된 그 방에 매혹되지만, 결국에 가서는 어느 곳에도 자신이 설 자리가 없다는 것을 깨닫게 된다. 게다가 작가는 광기를 묘사하기 위해 시간의 개념을 끌어들이는데, 피에르의 광기는 그것의 진전 과정 속에서 포착된다. 자폐증과 의사소통의 불능, 그러나 성적 관계는 가능했던 단계에서 출발하여 환각('날아다니는 동상'의 에피소드), 멍한 시선과 벌어진 입 등 육체적 통

제가 불가능한 상태, 언어의 상실로 나타난다. 사르트르는 피에르가 앓고 있는 병의 진전 상태를 전적으로 에브와 다르베다 씨의 관점에서 제시하면서 정상과 비정상의 두 측면을 무대화하고, 그 둘 사이의 경계에 대해 자신의 의견을 피력하기를 거부한다. 그럼에도 불구하고 이 작품의 마지막에 사용된 '요약'이란 단어, 피에르를 인간적인 것 밖으로 추방하려는 다르베다 씨의 태도, 그리고 프랑쇼 박사의 처방은 피에르의 광기의 근본적인 원인이 타자에 의해 사물화되거나 또는 부모의 사물화에 복종하는 데 있다는 것을 보여준다. 부르주아 세계로 인해 피에르로 변형된 아담, 그리고 피에르가 아가트라고 부르는 에브, 이들이 살았던 에덴 동산은 환각 또는 신화의 장소인 방으로 축소된다. 따라서 피에르가 보았다는 동상statue은 현재를 비극과 공포의 기호 아래 위치시키러 온 '과거와 유년 시절'의 힘인 에리니에스 여신으로서, 피에르의 소외가 이런 부르주아 세계에서 보낸 과거와 유년 시절로부터 야기되었음을 확인한다. 이와 같은 부르주아 세계에 대한 비판은 광기에 대한 윤리적이고 사회적인 전망이 가능하다는 것을 암시한다고 리발카는 말한다.

3. 「에로스트라트」

이 작품의 기원에 대해서는 별로 알려진 것이 없다. 다만 사르트르가 이 글을 쓸 당시 한 친구와 자신의 팡타슴에 대한 대화를 나누었는데, 그는 앙드레 브르통이 『2차 초현실주의 선언문』에서 일상성을 파괴하는 몸짓으로 군중을 향해 총을 쏘는 모습을 상상했다는 사실을 환기했다고 한다. 이런 개인적인 대화 외에도 보부아르에 따르면 신문의 3면 기사에 대한 사르트르의 취향, 알프레트 아들러의 열등감에 대한 『신경질적 기질』이란 책의 독서, 그리고 특히 고대의 신화를 현대화하려는 사르트르의 열정이 작용한 것이라고 설명된다.

평범한 회사원인 폴 일베르는 고대의 에로스트라트 또는 헤로스트라투스를 본받아 반(反)인본주의적인 행위로 자신을 불멸의 존재로 만들려고 한다. 알렉산더 대왕이 태어난 바로 그날, 에페소스에 있는 디아나 아르테미스 사원을 파괴한 것으로 알려진 에로스트라트는 서른세 살에 죽임을 당한 그리스도, 도스토예프스키의 『악령』에 나오는 러시아의 니힐리스트, 사회적인 항거의 고귀한 몸짓으로 채색된 파팽 자매 등의 이미지를 통해 반복된다. 그러나 이 인물의 실체는 일간신문이 우리에게 전하는 '분노한 자' 혹은 '불행한 편집광'의 그것으로, 고대의 비극적인 위대한 파괴자의 형상은 어느덧 사라지고 평범하고도 저속한 코미디언의 모습으로 희화된다. 폴 일베르가 가진 지팡이와 코안경, 장갑, 뚱뚱한 배가 바로 그 표상이다. 신화나 과거에서 모델을 찾아야 한다는 필연성이 바로 그의 실패를 입증하며, 파괴의 불가능성을 구현하는 것이다. 프티 부르주아 출신의 고독한 인간인 폴 일베르는 에로스트라트라는 이름이 환기하는 그런 형이상학적인 공포를 야기하지 못하며, 다만 평범한 자들에 걸맞은 농정심만을 자아낼 뿐이다.

폴 일베르라는 이름 자체도 내적인 모순성을 함축한다. 일베르 Hilbert란 이름에서 게르만어 어미-bert가 '저명한'이란 뜻을 갖고 있다면, 이름 전체는 부르주아적인 함의를 담고 있다. 그러나 다른 한편 폴 일베르가 102명의 작가에게 보낸 편지에 함축된 휴머니즘에 대한 비판은 그 강경한 어조가 사르트르의 다른 작품과 비교할 수 없을 정도이다. 이 편지는 앞부분 창녀와의 성교 장면과 더불어 이 작품의 백미라고 리발카는 서술한다. 오늘날 위기에 봉착한 부르주아 사회에서 에로스트라트란 어떤 점에서는 우리가 가질 수 있는 유일한 영웅으로, 우리는 그에게서 셀린Céline적인 '서민들의 증오에 찬 경멸'을 듣는다. 그렇다면 『구토』의 독학자와는 반대로 인간을 사랑하기를 거부하면서 택한 에로스트라트의 반인본주의적인 범죄는 실현 가능한 것일까? 그러나 폴 일베르는 범죄를 저지르기 전에 이미 범죄에 대한 욕망을 상실한다. 그를 쫓아온 사람들에게 문을 열어주는 마지막 장면은 일시적이나마 인간들과의 화해가 가능하다는 것을 보여준다. 이런 맥락에서 「에로스트라트」는 '정신병리학에 대한 사례 연구라기보다는 니힐리즘의 경계로의 여행, 혹은 인간의 비참함에 대한 개별적인 증언'이라고 표현된다.

4.「내밀」

이 작품은 1938년 여름 장 폴랑의 『NRF』지에 성적 관계를 묘사한 장면을 제외하고 두 번에 걸쳐 연재되었다가 1939년 단행본에는 다시 복원되어 출판되었다. 사르트르에게 친숙한 몽파르나스를 중심으로 벌어지는 이 글에 대해 한 비평가는 '몽파르나스에서의 애정 연구'라고 정의한다. 사르트르와 보부아르는 몽파르나스의 르돔 카페나 라쿠폴 카페에서 만나는 사람들의 삶에 대해 상상하는 습관이 있었다고 한다. 그들의 일상적인 자질구레한 문제들, 행복에 대한 상투적인 생각들, 남녀관계 등이 내밀intimité이란 이름으로 요약된 것이다. 그러나 이 개념은 부정적으로 제시되는데, 그 이유는 릴뤼와 앙리의 내밀한 관계가 상호적인 이해와 신뢰 위에 근거하지 않으며, 게다가 가장 은밀해야 할 부부관계가 일상적인 경험을 상투적인 것으로 만드는 수다를 통해 외재화되어, 그 결과 그들의 실제 모습이나 생각과는 무관하게 앙리는 성불구자이며 릴뤼는 자위행위를 통해서만 쾌락을 느낀다는 식으로, 신문의 3면 기사를 장식할 것 같은 단순한 행위로 축소되기 때문이다. 이와 같은 삶의 일상성에 대한 비판은 훗날 르페브르를 통해 그 깊이를 더한다.

이 작품의 흥미는 주제와 형식에서 찾을 수 있다. 인간관계의 소외된 양상이 각기 다른 두 여성의 관점과 내적 독백의 독창적인 기법으로 표현된다. 「내밀」에서 남성은 수동적이고 2차적인 역할만을 하며 여성이 주도권을 가진다. 이처럼 남성이 도구로 전환되고 여성만이 주체성을 가진 이 작품에서 우리는 고대의 모계사회가 재현되는 듯한 느낌을 가지게 된다고 이드는 말한다. 두 여자 주인공인 릴뤼와 리레트의 관점이 교차하는 네 개의 부분으로 구성된 이 작품에서 처음 나오는 릴뤼의 내적 독백은 제임스 조이스의 『율리시스』를 연상시킨다. 게나가 릴뤼의 남편인 앙리 그리고 연인인 피에르와의 관계에서 앙리와 피에르는 미국의 행동주의 소설에서처럼 '밖에서 본 시점'을 통해서만 묘사된다. 따라서 우리는 그들의 생각이나 속내 마음을 결코 알지 못하며 단지 겉으로 드러나는 행동을 통해서만 유추할 뿐이다. 이것도 행동이나 말이 비교적 분명한 앙리의 경우는 가능하지만, 피에르는 여전히 신비스러운 존재로 남아 있다. 이와 같은 구성은 객체로서의 여성이라는 신화를 뒤엎고 주체로서의 여성을 무대화한 것으로, 비록 오늘날의 페미니즘 문학이 지향하는 가치를 충족시키는 수준까지는 이르지 못하지만 당시로서는 상당히 혁신적인 내용으로 평가된다. 그러나 다음과 같은 문장들, 즉 "사랑이란 왜 이렇게 추한 것일까?" "왜 우리는 몸을 가져야만 하는 것일까?"와 같은 표현들을 직접 사르트르에게로 귀속시키는 것은 잘못되었다고 리발카는 지적한다. 쉬잔 릴라르가 『사르트르와 사랑에 대하여』에서 사르트르의 성적인 것에 대한 혐오감을 언급하고 있기는 하지만, 그러나 사르트르의 1차적인 목적은 성적 관계에서의 소외를 재현하는 데 있다고 설명된다.

5. 「어느 지도자의 유년 시절」

이 작품은 그 분량이나 주제의 풍요로움으로 단순한 단편소설 이상의 것으로 간주된다. 1938년에 쓰기 시작하여 상당히 빠른 속도로 완성된 이 작품은 『벽』에 수록된 다른 단편들에 비해 훨씬 발전된 야심작이다. 사르트르의 『상황 II』에 따르면 1924년경 사르트르는 좋은 집안 출신의 젊은이를 만나게 되었는데 그는 문학에 대한 열정은 많았지만 아버지가 돌아가시자 보통 사람처럼 살아야 한다면서 가족이 경영하는 공장을 맡고 상속녀와 결혼했다고 한다. 이 젊은이에 대한 추억이 플뢰리에(플뢰르는 꽃을 의미한다)란 자연주의적 색채의 이름을 낳게 했으며, 또 제목의 지도자라는 말은 당시의 파시즘의 상승과 더불어 그 정치적 의미가 강조된다. 사르트르는 『말』에서 자신은 복종하는 것도 지배하는 것도 원치 않았으며, 지도자도 종속자도 없는 사회를 꿈꾸었다고 고백한다. 사회적 환경에 의해 결정된 뤼시앵은 그의 독립에 대한 의지에도 불구하고 사람들이 그를 위해 정해 놓은 역할을 받아들인다. 그는 「에로스트라트」의 폴 일베르와 마찬가지로 영웅이 되기를 바라지만 결코 역사에 나오는 위대한 모델들에 버금가는 인물은 되지 못한다. 그는 자신의 정체성을 찾아나선 한 평범한 지도자로서, 냉혹하고 독선적인 파시즘보다는 바레스나 모라스적인 전통에서의 극우적인 보수 민족주의자에 더 가깝다. 자신의 수동성과 추종주의로 모든 가치 판단을 타인에게 맡기는, 타인을 통해 존재하는 자이다. 작품의 결말에 이르면 그는 자신을 '바위나 성당'으로 간주하나 진짜 뤼시앵은 타인의 시선 속에서 찾아야 한다고 생각한다. 그러므로 그의 마지막 행동은 친구인 르모르당(히틀러의 모방자처럼 보이는)을 모방하여 수염을 기르기로 결심하는 것이다. 뤼시앵이 지도자로서의 교육을 마치고 타인에 대한 실제적인 권력을 가지고 가족과 공장을 지배하리라는 사실을 안다면 이와 같은 결론은 상당히 아이러니컬한 것이다.

그러나 「어느 지도자의 유년 시절」에는 사르트르의 많은 자전적인 추억들이 담겨 있다. 비록 뤼시앵의 여정이 『구토』의 로캉탱이나 『말』에서 장 폴(풀루라고 불림)이 꿈꾸는 '작가'와는 다르다 할지라도, 파리 라탱 가를 중심으로 한 그랑제콜 출신의 한 젊은이의 지적 편력은 작가 자신의 개인적인 체험을 투영한다. 어떤 점에서 뤼시앵은 '잘못된 장 폴을 재현한'[11] 것으로 아버지가 더 오래 살아남았더라면 장 폴은 이공대생 polytechnicien이 되도록 강요받았을 테고, 그렇

---

[11] R-M. Alberes, *Jean Paul Sartre*, Éd. Universitaires, 1953, p. 69.

게 되었더라면 그는 『말』이라는 제목이 함축하는 '작가'의 길을 택하기보다는 '지도자'가 되었을 것이기 때문이다. 이런 맥락에서 「어느 지도자의 유년시절」은 『말』의 반대급부이다. 아버지의 부재라는 절대적인 자유 속에 작가의 길을 택한 장 폴에 비해, 뤼시앵은 아버지와 전통의 무게에 짓눌려 지도자의 길을 밟는다. 이와 같은 사실은 자신의 모습을 충실히 기록하고 재현하는 자서전보다는 수많은 상상적인 자아의 출현을 통하여 자신을 부정하고 왜곡하고 풍자하는 자서전 소설에서 보다 진정한 작가의 모습을 찾아볼 수 있다는 것을 말해주는 것이 아닐까?

게다가 사르트르는 이 글에서 1903~1938년의 문화적이고 정치적인 이데올로기를 비판하는 데 주저하지 않는다. 그런데 이 비판의 주된 대상은 극우파, 반유대주의, 초현실주의의 몇몇 형태, 정신분석학이다. 이 중에서도 극우파와 반유대주의에 대한 사르트르의 견해는 별 논란이 없지만, 초현실주의와 프로이트주의에 대한 것은 약간의 유보를 요한다고 리발카는 지적한다. 사르트르는 브르통과 프로이트에 대해 직접적으로 비판한 적은 없다. 다만 베르제르 같은 유형의 몇몇 초현실주의자들에 대해 그들의 신중하지 못한 거짓 탐색을 공격했을 뿐이다. 그럼에도 불구하고 사르트르가 초현실주의나 정신분석에 대해 거리감을 두었다는 것은 잘 알려진 사실이다. 무의식을 인정하지 않으며, 의식과 의지의 원초적 선택을 통해 작가를 규명하려는 사르트르의 방법론은 따라서 '실존적 정신분석'이라고 불리며 프로이트주의와는 구별된다. 그렇지만 이 작품의 서사 형식은 상당 부분 정신분석에서 차용한 것으로, 일종의 '부정적인 전이'를 구현하고 있다고 말해진다. 이를테면 이 작품의 처음 장면은 정신분석에서 말하는 원초적 장면에 해당되는 것으로, 부모의 성교 장면을 목격한 것이 평생 외상으로 남는 '늑대 인간'의 이야기는 긴 푸른색 터널과 늑대에게 잡아먹힌 빨간 모자의 아가씨 이야기로 희화된다. 항문기적인 성향을 보여주는 뤼시앵의 다양한 몸짓들은 메뚜기 일화나 화장실에서의 낙서 장면, 대변을 참으면서 쾌감을 느끼는 장면으로 풍자된다. 또 다른 독창성은 반유대주의 비판에 상당한 지면을 할애하고 있다는 점이다. 하지만 사르트르는 자신의 『유대인 문제에 대한 성찰』이란 글에서처럼 그것을 이론화하지 않는다. 화자의 설명이나 매개 없이 극적인 방식으로 직접 보여준다. 뤼시앵은 유대인 배척주의자들처럼 자신의 지도자로서의 정체성을 '증오'로 규정하고 있는데, 이와 같은 사실은 지금까지 충분히 논의가 되지 못한 것으로 사르트르의 유대주의, 더 나아가 타자의 사유에 새로운 빛을 던져줄 것이라고 리발카는 서술한다.

그렇다면 이 다섯 편의 단편을 통하여 우리가 만나게 되는 작가의 이미지는 구체적으로 어떤 것일까? 「벽」의 아나키스트, 「방」의 주부, 「에로스트라트」의 사무원, 「내밀」의 판매원, 「어느 지도자의 유년 시절」의 고등학생 등 다양한 직업과 다양한 삶의 스타일에도 불구하고 우리를 끈질기게 사로잡는 이미지는 사르트르가 말하는 지식인의 이미지이다. 「어느 지도자의 유년 시절」의 뤼시앵을 제외하고 그들 모두는 소유하는 것을 유일한 인생 지표로 삼는 '더러운 자식들' 또는 다른 말로 하면 '지도자'와는 반대되는 사람들로, 사회적으로 고립된 아웃사이더들이다. 그들은 물질적으로 풍요롭지는 않지만 그렇다고 해서 하루하루 생활에 쪼들리는 궁핍한 자들도 아니다. 즉 그들에게는 책을 읽고 말할 여유가 있다. 이 물질적이고 정신적인 여유는 모든 사회의 계급의 여백에 서서 비판적인 시선을 던질 수 있는 여유를 가지게 하며, 바로 이것이 세계에 대해 놀람과 비판의 시선으로 한 순간이나마 '더러운 자식들'에게 불안을 야기하는 지식인의 자질인 것이다. 스페인의 아나키스트인 파블로조차도 자신의 개인적인 갈등이 집단적인 행동의 필요보다는 앞선다는 점에서 투사라기보다는 모험가이다. 에브도 아버지 다르베다의 폐쇄적인 인식에 반기를 든다. 게다가 「어느 지도자의 유년 시절」의 뤼시앵 역시 겉보기에는 이런 지식인과 거리가 있는 것 같지만 『말』의 장 폴과 공통된 유년 시절을 가지고 있다. 그러나 뤼시앵은 사르트르가 말하는 비판적인 지식인과는 달리 지배 계급의 일원으로 권력과 유기적인 공모 관계를 유지하는 바람직하지 못한 지식인상을 구현한다. 지식인은 어떤 점에서는 권력의 기생충이다. 그럼에도 지식인은 권력의 완전한 시녀 노릇을 하는 대신 사회가 변화할 수 있도록 끊임없는 자기 성찰과 비판을 통해 사회의 '불편한 의식'이 되어야 한다. 이것이 바로 사르트르가 말하는 작가와 지도자, 비판적인 지식인과 권력과 공모한 지식인의 차이인 것이다.

이처럼 『벽』은 다양한 상상적인 자아들을 통해 그 자아 속에 공존하는 이질적인 목소리들을 무대에 올려놓고 그 행태를 상이한 시간과 상황 속에서 관찰하고 묘사하며 그 효과를 통해 스스로를 갱신하며 새로운 정체성을 만들어가는 사르트르의 자전적 글쓰기의 대표적인 표현이다. 사회에 대한(「벽」과 「에로스트라트」), 가족에 대한(「방」과 「어느 지도자의 유년 시절」), 성에 대한(「방」과 「내밀」) 이 젊은 시절의 고뇌는 지나치게 현학적이고 사변적인 철학가로 알려진 사르트르에게 새로운 빛을 부여하고 있다. 왜냐하면 바르트의 말대로 작품의 생명력을 결정하는 것은 어떤 사상이나 철학이 아닌 이데올로기에 가장 덜 오염된, 바로 이런 개별적인 육체에서 우러나온 세부적인 것, 삶의 일상적인 양상이기 때문이다.[12] 아마도 『벽』은 『구토』와 더불어 사르트르를 문학가의 반열에 오래 머무르게 할, 치열한 자기 삶의 글쓰기로 기록될 것이다.

끝으로 20여 년 만에 다시 번역의 기회를 주신 문학과지성사의 채호기 사장님과 교정을 꼼꼼하게 보아주신 편집부에 깊은 감사를 드린다.

---

[12] 롤랑 바르트, 『텍스트의 즐거움』, 김희영 역, 동문선, 1997, p. 101.

|작가 연보|

1905년   6월 21일 파리에서 출생한다. 사르트르 의사의 아들인 해군 사관장 바티스트 Jean Baptiste와 알베르트 슈바이처 Albert Schweitzer 가문의 안 마리 Anne Marie 사이에서 태어났다. 노벨 평화상을 수상한 슈바이처와 안 마리는 사촌간이다. 의사 집안인 아버지와 교사, 식료품상 집안의 어머니 사이에서 태어난 사르트르는 전형적인 프티 부르주아 출신인데, 이에 대한 혐오증은 대단했다.
1906년   아버지가 사망한다. ("아버지가 살아 있었더라면, 그는 나를 깔고 누워서 계속 나를 짓눌렀을 것이다. 다행히도 그는 젊은 나이에 죽었다.") 어머니와 함께 외조부가 사는 뫼동으로 이사한다. ("나는 노인과 두 여자 사이에서 혼자 지냈다.")
1913년   여덟 살 때 「바나나 장수 Le Marchand de Bananes」와 「나비를 위하여 Pour un Papillon」를 썼다.
1915년   명문 중학교인 앙리 IV 중학교에 입학한다.
1916년   어머니가 재혼한다. 그에게 영향을 주게 될 폴 니장 Paul Nizan과 만난다. ("니장도 나처럼 사팔뜨기였지만, 나와는 달리 그의 사팔뜨기는 매력적이었다.")
1917년   의부를 따라 라로셸로 가서 그곳 중학교를 다닌다.
1920년   파리로 돌아와 앙리 IV 고등학교에 다닌다.

1922년	니장과 함께 루이르그랑 고등학교에서 고등사범학교에 들어가기 위해 준비한다.
1924년	니장, 레몽 아롱Raymond Aron과 함께 파리 고등사범학교에 입학한다.
1927년	첫번째 소설 『어떤 패배 Une Défaite』를 썼으나 갈리마르 출판사에서 거절당한다.
1928년	고등학교 교사자격시험(철학 부문)에서 낙방한다.
1929년	시몬 드 보부아르Simone de Bauvoir와 만난다. 교사자격시험에서 사르트르는 1등으로, 보부아르는 2등으로 합격한다.
1929~1931년	생포리앵에서 군복무를 한다.
1931~1933년	르아브르 고등학교 철학 교사로 부임한다. 이곳은 후일 『구토』의 무대가 된다.
1933년	베를린에 있는 프랑스 연구소에서 키에르케고르, 하이데거, 후설, 헤겔을 연구한다.
1934~1935년	메스칼린이라는 환각제 마약 주사를 맞는다. 6개월 동안 신경쇠약과 환각에 시달린다. 르아브르 고등학교에 복직한다. 「자정의 태양Le Soleil de Minuit」이란 단편을 썼으나 출판되지 않는다.
1936년	『상상력 L'Imagination』을 출간한다. 단편 「에로스트라트Érostrate」를 쓴다. 이탈리아를 여행한다. 갈리마르 출판사에서 후일 『구토 La Nausée』란 제목으로 발표하게 될 작품 『우울Melancholia』을 거절당한다. 라옹 고등학교로 전근한다.
1937년	『NRF』지에 단편 「벽 Le Mur」을 발표한다. 파리 파스퇴르 고등학교로 전근한다.
1938년	후일 『감동 이론과 소묘 Esquisse d'une Théorie des Émotions』로 발표하게 될 『프시케 La Psyché』를 탈고한다. 1월에는 단편 「방 La Chambre」을 발표한다. 3월에 『구토』가 갈리마르 출판사에서 출

간된다. 공쿠르 상 후보에 올랐으나 대중 작가 앙리 트루야(Henri Troyat)에게 빼앗긴다. 7월에 「어느 지도자의 유년 시절 L'Enfance d'un Chef」을 탈고한다. 8월에 미국 작가 존 도스 페소스John Dos Passos에 관한 평론을 발표한다. 9월에 「내밀Intimité」을 발표하고, 11월에 니장의 『음모 Le Conspiration』에 관한 서평을 발표한다.

1939년 1월에 단편집 『벽』을 출간한다. 12월에 『감동 이론 소묘』를 출간한다.

1940년 4월에 『벽』으로 민중소설상을 받는다. 『상상적인 것 L'Imaginaire』을 출간한다. 6월에 로렌에서 포로가 된다. 포로수용소에서 예수 탄생을 소재로 한 희곡 「바리오나 Bariona」를 쓰고 연출한다. 전선에서 니장이 사망한다.

1941년 3월에 석방되어 군에서 제대한다. ("전쟁은 나에게 참여해야 한다는 것을 가르쳐주었다.") 메를로 퐁티, 보스트, 푸용, 보부아르와 더불어 지식인들의 저항단체인 '사회주의와 자유 Socialisme et Liberté'를 조직했다가 곧 해산한다.

1942년 샤를 뒬랭이 희곡 「파리 떼 Les Mouches」를 무대에 올린다. 「파리 떼」 총연습날 알베르 카뮈와 처음으로 만난다.

1943년 『존재와 무 L'Être et le Néant』가 출간된다. 10년 동안 구상하고 2년 만에 탈고한 것이다. 가브리엘 마르셀 Gabriel Marcel이 실존주의란 말을 처음으로 사용한다. 이에 대해 사르트르는 다음과 같이 말한다. ("내 철학은 존재에 관한 것이다. 실존주의, 나는 그것이 무엇인지 모른다.")

1944년 레몽 룰로 Raymond Rouleau가 희곡 「닫힌 문 Huit Clos」을 무대에 올린다. 사르트르는 교사직을 그만둔다.

1945년 『콩바 Combat』지와 『르 피가로 Le Figaro』지의 특파원으로 파견되어 미국으로 첫 여행을 떠난다. 『자유의 길 Les Chemins de la

Liberté』의 제1권 『철들 무렵 L'Âge de Raison』과 제2권 『집행유예 Le Sursis』를 출간한다. 레지옹 도뇌르 훈장을 거절한다. 10월 15일에 『현대 Les Temps Moderne』지 제1호가 나온다. 창간자는 사르트르, 아롱, 리리스, 모리스 메를로 퐁티 등이다. ("우리는 의미의 추적자가 될 것이다. 우리는 세계와 생에 대해 진실을 말할 것이다.")

1946년　미국, 아프리카, 스칸디나비아, 소련 등지로 여행을 떠난다. 희곡 「무덤 없는 죽음 Morts sans Sépulture」 「공손한 창녀 La Putain Respectueuse」를 출간한다. ("파리의 벽에 창녀가 붙어 있는 것은 참을 수 없는 일이다"라고 프레데리크 뒤퐁이 맹렬히 비난한다.) 「유대인 문제에 관한 고찰 Réflexions sur la Question Juive」을 발표한다. ("유대인 배척주의가 유대인을 만든다"라는 사르트르의 말은 곧 유행의 물결을 탄다.) 『실존주의는 휴머니즘이다 L'Existentialisme est un Humanisme』 『유물론과 혁명 Matérialisme et Révolution』을 출간한다. 공산주의자들과 논쟁을 벌인다. 로제르 가로디 Roger Garaudy는 사르트르를 '가짜 예언자' '문학의 파괴자'라고 비난한다. 부르주아지와 불화를 겪는다. 『현대』지를 통해 사르트르는 드골이 창설한 프랑스 인민동맹(RPF)을 파쇼 정당이라고 비난한다.

1947년　『보들레르 론(論) Baudelaire』, 평론집 『상황 I Situation I』 『문학이란 무엇인가? Qu'est-ce que la Littérature?』, 시나리오 「내기는 끝났다 Les Jeux sont Faits」를 발표한다. 아롱과 올리비에가 『현대』지를 떠난다. 알프레트 쾨슬러, 카뮈와 사이가 멀어진다. 『현대』지에서 중립 정치를 지향할 것을 제안한다. 또한 방송 도중에 드골을 히틀러에 비유함으로써 드골파들의 격렬한 비난으로 이 방송은 삭제된다.

1948년　1월에 알트망, 루스, 로장탈, 루세 등이 창설한 '민주혁명연합

Rassemblement Démocratique et Révolutionnaire'에 가담한다. 이 당의 정강은 '사회주의, 반(反)드골주의, 반(反)스탈린주의, 반(反)식민지주의'이다. 4월에 「더러운 손Les Mains Sales」이 상연된다. 『상황 II』「톱니바퀴L'Engrenage」를 발표한다. 7월 16일 장 주네 Jean Genet 구명 서한을 대통령에게 보낸다. ("프랑수아 비용과 폴 베를렌의 전례가 오늘 우리에게 이 위대한 시인을 위해 당신의 도움을 청하게끔 했습니다.")

1949년 민주혁명연합은 인도차이나 반도에서의 평화를 위한 서명 운동 및 '독재와 전쟁에 항거하는 국제 단합 대회'를 조직한다. 사르트르는 이 연합의 지도자들이 미국 진영으로 반(反)공산주의로 기울고 있다고 비난하고 이 연합에서 탈퇴한다.

1950년 1월에 모리스 메를로 퐁티와 더불어 소련의 실태를 고발한다. 보부아르는 한국전쟁에 관해 "사르트르는 무척 당황해했다. 왜냐하면 북한이 먼저 국경을 침범했는데도 불구하고 공산당 신문들은 이를 극구 부인했기 때문이다"라고 전했다. 『자유의 길』 제3권 『영혼 속의 죽음 La Mort dans l'Âme』『상황 III』을 발표한다.

1951년 「악마와 신 Le Diable et le Bon Dieu」이 상연된다.

1952년 『성 주네, 희극배우와 순교자 Saint Genet, Comédien et Martyr』를 발표한다("이 책은 아마도 내가 자유에 관해 어떻게 생각하는지를 가장 잘 설명한 책일 것이다.").

1954년 소련을 여행한다.

1955년 「네크라소프 Nekrassov」가 상연되었으나 평이 좋지 않았다. 9월에 보부아르와 중공을 여행한다.

1956년 알제리 전쟁에 관한 반대 운동을 전개한다. ("우리가 할 수 있는 유일한 일은 식민주의적 독재로부터 알제리인과 프랑스인을 해방시키기 위해 알제리인 곁에서 투쟁하는 길뿐이다.") 알제리 대학생인 아를레트 엘카임 Arlette Elkaïm을 만난다. 1965년 사르트르는 그녀를 양녀로 맞아들인다. 11월에 『엑스프레스 L'Express』지와의 인터뷰에서 헝가리 사태에 대한 소련의 태도를 비난한다. ("헝가리 국민이 그들의 피로써 우리에게 가르쳐준 것은 소련에서 수입한 상품으로서의 사회주의의 완전한 실패이다.")

1958년 『엑스프레스』지에 알제리 사태에 관한 반(反)드골파적인 텍스트 「권리 주장자 Le Prétendant」를 발표한다. 5월에 반(反)드골파 운동에 참여한다.

1959년 『알토나의 유폐자들 Les Séquestres d'Altona』을 발표한다.

1960년 『변증법적 이성 비판 Critique de la Raison Dialectique』을 발표한다. 카뮈가 사망한다. ("우리는 서로 갈라졌지만, 그건 아무것도 아니다. 단지 함께 사는 또 하나의 다른 방법일 따름이다.") 쿠바를 여행한다. 알제리 출정 기피 군인들을 옹호하기 위한 '121일 선언'에 서명한다. 프랑스 측 알제리 데모에서는 "사르트르를 총살하라"라는 구호를 외친다.

1963년 『말 Les Mots』을 발표한다. ("1954년에 쓰다 중단한 『말』을 1963년에 다시 쓰기 시작했을 때, 나는 퐁탈리스 Pontalis란 정신분석학자 친구에게 나를 분석해줄 것을 청했다. 하지만 그는 20년 동안의 우리들의 관계로 보아 그건 불가능한 일이라고 대답했다.") 『말』은 6개월 동안 베스트셀러 1위 자리를 차지한다.

1964년 10월 22일에 노벨 문학상 수상을 거부한다. ("작가는 기구로 변모되는 것을 거부해야만 한다. 만약 누군가가 나에게 레닌 상을 준다고 제안했더라도, 나는 마찬가지로 받을 수 없었을 것이다. 〔……〕 미하일 숄로호프에게 노벨상을 수여하기 전에 보리스 파스테르나크에게 수여한 것은 애석한 일이다. 소련 작가의 작품 중에 유일하게 상을 받은 작품이 국내에서는 금지되고 외국에서 출판된 작품이라는 것은 유감스런 일이다.") 『상황 IV』『상황 V』『상황 VI』을 출간한다.

1965년 에우리피데스의 희곡 「트로이의 여자들 Les Troyennes」을 각색한

	다.『상황 VIII』을 발표한다.
1966년	7월에 버트란트 러셀 경이 주재한 베트남 전쟁 고발 재판에 재판장으로 참가한다. 10월에 팽고와의 인터뷰에서 구조주의자들, 즉 미셸 푸코, 클로드 레비 스트로스, 자크 라캉, 알튀세르, 텔켈Tel Quel 그룹을 맹렬히 공격한다. 이들에게 역사에 관한 마르크시스트적인 비전을 참작하지 않았다고 비난한다. 시니아브스키-다니엘 재판에 항거하기 위해 소련 여행을 거부한다. 볼리비아에 감금된 레지 드브레Régie Debray를 옹호하는 발언을 여러 번 한다.
1968년	5월 학생운동 때 학생 편에 가담한다. ("서구 사회에서 유일한 좌익의 항거 세력은 학생들에 의해 표현된다.") 후일 이 운동에 대한 공산당의 태도에 관해 '전혀 혁명적이 아닐 뿐더러 혁신적'이지도 못하다고 비난한다. 8월 체코 사태에 대한 소련의 간섭을 비난한다. ("관료정치로 인해 질식된 소련의 모델은 더 이상 유용하지 않다.")
1969년	12월에 올리비에 토드Olivier Todd의 요청으로 베트남 전쟁에 관한 좌담을 위해 처음으로 텔레비전에 출연한다.
1970년	좌익 계열의 프롤레타리아 신문인 『인민의 동기 La Cause du Peuple』의 책임 편집을 맡는다. 소련에 거주하는 유대인 구명 운동에 참여한다. 에르베르토 파디야Herberto Padilla를 투옥시킨 피델 카스트로와 결별한다. 5월에 플로베르 론(論)인 『집안의 천치 L'Idiot de la Famille』 제1·2권을 발표한다 ("플로베르 론은 10년이나 걸렸다.『알토나의 유폐자들』이후 나는 이 책 외의 다른 것은 거의 아무것도 하지 않았다고 말할 수 있다.").
1972년	'우리는 프랑스 대통령을 고발한다'란 벽보가 사르트르의 서명과 함께 파리 곳곳에 붙여진다.
1973년	5월에 반 실명이 된다. 5월 22일 사르트르를 편집인으로 『해방

Libération』이란 좌익 신문의 첫 호가 출간된다. 그러나 건강 문제로 곧 그만둔다. 대통령 선거 제2차 투표에서 사회당 후보인 프랑수아 미테랑에게 투표하기를 거부한다.

1974년 10회에 걸쳐 현대 역사에 관한 텔레비전 프로그램 출연을 승낙한다.

1975년 『70세의 자화상』을 발표한다. (자신의 실명을 상기하면서 "작가로서의 내 생명은 완전히 끝났다. 어떤 의미에서 그것은 내가 존재한다는 이유마저 빼앗아갔다. 내 생의 유일한 목적은 쓴다는 것이었으므로"라고 말한다.)

1976년 스페인의 사형 선고자 11명의 처형을 저지하기 위해 개입한다.

1979~1980년 알렉상드르 아스트뤼크Alexandre Astruc와 미셸 콩타 Michel Contat가 「사르트르 그 사람을Sartre par lui-même」이란 영화를 만든다. 이 영화에서의 대담은 1972년에 찍은 것이다. 아롱과 글뤽스만Glucksmann과 함께 베트남 난민을 위해 대통령 관저에 간다. 「유럽」이라는 방송 프로그램에서 소련의 아프가니스탄 침공을 비난한다. 안드레이 사하로프Andrei P. Sakharov의 유형에 대해 소련 정부를 맹렬히 비난하고, 모스크바 올림픽 보이콧에 찬성하는 발언을 한다.

1980년 4월 16일 파리에서 사망한다.